김옥균, 조선의 심장을 쏘다

KB194967

# 김옥균,
## 조선의 심장을 쏘다

이상훈 장편소설

파람북

책머리에

『포검비抱劒悲, 칼을 품고 슬퍼하다』 이후 2년여 만에 새 소설 『김옥균, 조선의 심장을 쏘다』를 내어놓는다. 오래전부터 이 소설을 구상해왔으나, 본격적인 집필에 들어간 건 이태 전이었다. 두 해 동안 김옥균과 함께 밥을 먹고 함께 잠이 들었다.

　내가 김옥균에게 관심을 기울였던 이유는 그가 우리 근대사의 영웅이었음에도 혁명의 실패로 올바른 평가를 받지 못했기 때문이다. 흔히 성공과 실패는 종이 한 장 차이라고들 한다. 운칠기삼運七技三이라는 말도 있다. 왜 이런 얘기들이 나왔겠는가. 숱한 대업의 성패를 가름하는 것은 인간의 사소한 오판과 실수, 인간이 미처 예기치 못하는 운명의 변덕들일 때가 많다는 것을 고래로 사람들이 뼈저리게 체감했기 때문이다. 그래서 단지 성공과 실패로 인물의 격을 나누어서는 온당한 평가가 어렵다는 말이 장삼이사들 사이에서까지 나오는 것이다.

김옥균은 조선의 심장에 총을 겨눈 저격수인 동시에, 그 자신이 조선의 심장이기도 했다. 마키아벨리의 말처럼 운명을 사로잡을 자격이 있는 사람은 운명에 과감히 도전하는 사람뿐이며, 우리는 흔히 그를 영웅이라고 부른다. 도전하지 않는 자에게는 성공도, 심지어 제대로 된 실패도 없다. 영웅이 세상을 바꾼다는 말만 늘어놓기 전에, 실패한 영웅들에게도 시선을 돌려야 할 이유다. 그럼에도 대한민국에서 김옥균을 단순한 실패자로 규정하고, 실패할 수밖에 없었던 원인들을 아등바등 찾고, 심지어 그를 친일 프레임 속으로 몰고 있는 역사가들이 있으니, 그것이 늘 마음에 걸렸다. 북한에서조차 김옥균을 재평가하고 독립 영웅으로 받들고 있는 마당이다.

소중화사상으로 인한 쇄국의 우물에 빠진 구한말 조선의 상황은 어떠했는가. 일본에 의한 강제 개항 이후에도 고종과 민비 일족의 여전한 사대주의와 지독한 탐욕으로 인해 조선은 수렁에서 헤어나오지 못하는 상태였다. 김옥균은 우선 왕실과 민씨 척족들의 강고한 부패의 고리를 끊고, 조선의 앞날에 새로운 물길을 트려 했다. 고인 물로는 조국의 땅을 적시고 백성의 갈급을 채울 수 없다는 사실을 깨달았기 때문이다. 박규수,

더 멀리는 박지원으로부터 이어져 내려온 근대 개화사상의 총아가 바로 김옥균이었으며, 옥균이 그 대열의 맨 앞에 서서 추락해가는 조선의 심장에 총을 쏜 것이다. 그리고 암살자 홍종우가 발사한 수구당의 총알은 김옥균뿐만이 아니라 조선의 마지막 희망을 쓰러뜨린 것이었다.

　권력을 쥘 수 있으면 나라가 어찌 되어도 상관없다는 정치인들, 사리사욕을 채우는 데만 진심인 고위 공직자들, 기득권을 쟁취하기 위해 편을 가르고 이전투구를 벌이고 있는 정치인들을 보면서 구한말의 상황이 겹쳐지는 것은 나만의 지나친 비약일까? 일본으로부터 해방된 지가 80년이 되었는데도 아직도 친일과 반일로 나뉘어 욕설과 저주를 퍼붓는다. 조선이 왜 일본의 식민지가 되었는지에 대한 반성은 그 정쟁의 열기 안에서 증발한다. 우리는 우리가 왜 일본에 먹혔는지에 대한 반성 뒤에 일본을 비판해야 한다. 실패를 반복하지 않기 위해서 우리는 그 실패의 원인을 알아야 한다. 나는 그런 마음가짐을 소설의 기초로 삼았다.

조선이 살 수 있는 마지막 기회가 갑신정변, 아니 갑신 혁명이었다. 혁명이 실패했기에 역사는 갑신정변으로 기록하고 있지만, 김옥균과 박영효가 주도한 혁명이 성공했다면 조선은 단기간에 근대화를 이루어 세계의 열강들과 어깨를 견줄 가능성이 열릴 것이었다. 김옥균은 그 실마리를 일본의 메이지유신에서 찾고자 했다. 메이지유신과 근대화를 이뤄낸 일본의 영웅들도 김옥균을 높게 평가했고, 그를 칭찬하고 한편으로는 견제하면서도 그에게서 조선의 유일한 가능성을 보았다.

　세계로 나가는 것은 한국의 운명이다. 이십 년 전까지만 해도 누가 우리 대한민국이 일본을 앞지르고 한류가 세계문화의 중심으로 자리 잡을 것이라고 꿈이라도 꾸었겠는가. 박정희로 상징되는 경제성장과, 김대중으로 상징되는 문화성장은 모두 쇄국이 아닌 세계로의 담대한 도전으로부터 시작되었다. 그와 마찬가지로 조선이 근대화하고 서양과 동등한 입장의 나라로 탈바꿈할 수 있었던 기회를 꿈꾸던 사람이 바로 김옥균이라고 나는 본다. 역사에서 가정이라는 것은 의미가 없지만 나는 상상해본다. 만약 갑신 혁명이 성공해서 부패하고 타락한 조선이 새롭게 태어났다면 조선은 일본의 식민지로 전락하지 않고 서양과 어깨를 나란히 겨룰 수 있는 국가로 탈바꿈해서 오늘의 영광을 더 빨리 누릴 수 있지 않았나 하고 말이다. 그 기대와 상상이 조선의 현실과 엇갈리고, 나는 안타까운 마음에 이 책의 집필에 심혈을 기울였던 것이다.

　나는 김옥균을 찾았다. 김옥균의 흔적이라면 어디든 쫓아다녔다. 노트북을 들고 그가 남긴 역사적 현장에서 신들린 것처럼 글을 썼다. 그가 태어나서 자란 공주 정안면, 그리고 입양된 후 살았던 정독 도서관의 생가터와 현재의 헌법재판소 자리에 있던 스승 박규수의 집터에 들러 꿈에 부풀어 올랐던 젊은 시절의 김옥균을 떠올렸다. 그리고 갑신정변이 이루어졌던 우정국의 자리를 둘러보고, 삼일천하의 배경인 경우궁과 창덕궁의 자리를 지나, 혁명 실패 후 일본공사관에서 도망쳐 인천으로 향하는 길을 밟았다. 그리고 일본으로 건너가 그의 발자취를 따라다니면서 일본의 냉대와 멸시를 참으며 재기를 꿈꿨던 그 마음을 함께 했다. 현재도 도쿄에서 여객선으로 24시간이 걸리는 오가사와라 제도, 김옥균의 유배지도 다녀왔다. 그리고 두 번째 유배지인 홋카이도, 그곳에서 한 여인을 만나 옥균의 이룰 수 없었던, 가슴 아픈 사랑 이야기를 전해 들었다. 홋카이도 하코다테의 노인들 중에 김옥균과 스기야마의 가슴 아픈 사랑 이야기를 기억하는 사람이 있었다. 그리고 도쿄의 김옥균 묘지에 참배를 드리고 마지막 문장의 마침표를 찍었다.

나는 묻는다. 다만 목숨을 걸고 옳은 일을 시도한 이가 누구인가? 오늘날 자신의 이익과 사리사욕을 위해 국가를 팔고 국민을 파는 사이비 정치인 그리고 사이비 지식인에게 김옥균의 일생이 작은 울림을 주기를 바랄 뿐이다. 세밀한 고증을 위한 자료 수집에도 철저히 매진했지만, 책상 앞에서 머리로만 쓴 글이 아니라 저 현장에서 가슴으로 쓴 글로 독자들이 읽어 주었으면 좋겠다.

이 책의 집필을 마치고 나서야 조용히 뒤돌아볼 여유가 생겼다. 혁명가 김옥균에 대해서 우리 후손들이 더 정확히 알고 편견에 치우치지 않고 평가해주었으면 하는 소망만을, 기도하는 마음으로 전한다.

2025년 초봄 이상훈

차례

一부     눈을 들어 세상을 보라

二부  혁명은 끝나지 않았다

一 부

눈을 들어 세상을 보라

## 『갑신일록』의 비밀

1894년 3월 25일 나가사키 항구에는 검은 구름이 잔뜩 찌푸린 채 하늘을 가리고 있었다. 그 먹장구름 사이로 한줄기 햇빛이 틈을 뚫고 흘러나오다가, 다시 구름에 가려 빛을 잃어버렸다. 상해행 사이쿄마루西京丸 증기선이 검은 연기를 내뿜으며 하늘에 먹을 덧칠하고 있었다. 부둣가에는 상하이로 떠나는 김옥균을 배웅하기 위해 수십 명의 사람이 줄지어 섰다. 배웅객 중 한 명인 도야마 미쓰루頭山滿가 김옥균을 뜨겁게 안았다. 그는 보자기에 곱게 싼 보검을 김옥균에게 건네며 말했다.

"이것은 우리 집안 대대로 전해온 가보입니다. 조상 대대로 내려오는 이 검이라면 이홍장의 선물로 손색이 없을 것입니다. 부디 뜻한 바를 이루시길 바랍니다."

도야마는 김옥균이 이홍장에게 줄 선물을 고민하는 것을 알고 목숨과도 같은 보검을 도쿄에서부터 가져왔다. 도야마에게 얼마나 그것이 소중한 것인지 아는 옥균은 그 진귀한 보검을 돌려주며 말했다.

"마음만 받겠습니다."

"제 목숨을 선생님께 바치겠다는 뜻입니다. 선생께서 받지 않으시면 이 검으로 할복해 제 마음을 보여드리겠습니다."

도야마의 맹렬한 우정에 김옥균은 깊은 인상을 받았다. 옥균은 그 보검을 다시 받으면서 도야마를 재차 꼭 껴안았다. 말할 수 없는 감동이 발끝에서부터 전해졌다. 김옥균은 갑신정변 실패 후 일본에 망명하면서 수많은 암살의 위기를 넘겼다. 이번에 목숨을 걸고 이홍장을 만나기 위해 상하이로 떠난다고 했을 때 모든 동지와 지인이 말렸지만, 옥균의 고집을 꺾을 수는 없었다. 동경에서 환송회가 열렸을 때 친구 백여 명이 모여 김옥균을 걱정하며 십시일반으로 노잣돈을 마련해주었다. 대부분은 도쿄에서 작별 인사를 나누었지만, 나가사키 항구까지 따라온 혁명 동지들과 일본인 두 사람이 있었다. 그 두 사람이 도야마 미쓰루와 고야마 에쓰노스케小山悦之助였다. 고야마 에쓰노스케는 김옥균을 존경해 옥균을 자신의 집에 모시며 극진히 대접했다. 그리고 또 한 사람, 눈에 띄지 않게 부두 저 멀리서 일본인 여자가 옥균의 모습을 뚫어지게 쳐다보고 있었다. 멀리서 눈물을 흘리며 안타까워하는 여인의 이름은 스기타니 다마杉谷玉였다. 그녀는 옥균의 유배지 홋카이도의 하코다테 온천의 주인으로 옥균을 만난 후 그를 향한 사랑의 감정을 품었다. 옥균이 눈길 한번 주지 않아도 그녀의 사랑은 더욱 깊어만 갔다. 혁명 동지들과 일일이 포옹한 후에 옥균은 가슴 속에서 품었던 책 한 권을 꺼냈다. 그것은 그가 갑신 혁명의 실상과 일본에서 느꼈던 소회들을 일본 망명 10년 동안 기록한, 고백문의 일기였다. 자신의 죽음을 예감하기라도 했던 것일까. 옥균은 그 책을 고야마 에쓰노스케에게 건네며 말했다.

"내가 일본으로 돌아올 때까지 내 일기를 당신에게 맡깁니다. 여기에는 일본 정부가 싫어하는 내용이 담겨있으니, 일본이 조선의 독립을 방해하면 공개해 주시기 바랍니다. 이 책을 일본인인 당신에게 드리는 것은 당신의 일본 정관계 인맥을 통해 이 책을 활용해달라는 부탁입니다."

책을 건네받는 고야마 에쓰노스케의 손이 떨렸다.

"저를 이렇게 믿어주시다니 선생님을 위한 일이라면 목숨을 내놓아도 아깝지 않습니다."

옥균은 배에 오르면서 마지막으로 일본의 하늘을 쳐다보았다. 그리고 언덕 위에서 계속 쳐다보고 있는 여인에게 눈길을 주었다. 거리가 멀어 잘 보이지는 않지만, 여인이 고개를 숙이는 듯했다. 사이쿄마루에 오르는 옥균의 일행에는 와다 엔지로和田延次郎, 통역관으로 온 청국공사관 서기 오보인吳葆仁, 그리고 도포에 갓을 쓴 조선인 홍종우가 있었다. 배는 서서히 나가사키항을 떠나 상하이항으로 검푸른 물결을 가르고 있었다. 고야마가 김옥균에게 받은 책의 제목이 『갑신일록甲申日錄』으로 표기되어 있었다.

2025년의 따뜻한 봄 향기가 서울을 감싸고 있을 때, 조선호텔에서 한일 사학자들이 『갑신일록』에 관한 토론회를 열었다. 관심을 갖고 있던 내용이라 경식은 한 달 전부터 이날을 기다리고 있었다. 오전 10시가 세미나 시작이었지만 그는 한 시간 일찍 호텔에 도착해서 뒤편에 처량하게 서 있는 환구단圜丘壇을 찾았다. 고종이 황제에 즉위하고 하늘에 제사를 올렸던 환구단은 호텔 뒤에 방치된 채 봄의 온화한 기운을 받지 못하고 을씨년스럽게 남아있었다. 고종이 그렇게 죽이려고 했던 김옥균의 『갑신일록』에 관한 세미나가 마침 고종이 세운 환구단이 있는 장소에서 치러지는 것 또한 역사의 아이러니라는 생각을 경식은 지울 수가 없었다.

세미나가 시작되자 서울의 유명 대학 교수가 자신이 준비한 논문들을 읽기 시작했다.

"우리가 알고 있는 『갑신일록』은 김옥균이 쓴 것이 아니라 나중에 일본인이 조작해 만든 것입니다. 『갑신일록』은 실제 김옥균이 일기 형식으로 갑신정변에 대한 자신의 솔직한 심정을 기술한 것인데 그가 죽음을 직감했는지 상하이로 떠나기 전 자신이 신세 졌던 일본인에게 그것을 맡긴 것은 사실입니다. 그런데 김옥균 사후에 나온 『갑신일록』은 김옥균의 육필이 아닌 필사본입니다. 김옥균이 자신의 필체로 쓴 『갑신일록』 원본은 어디로 사라졌을까요? 일본인들이 원본을 조작하고 나서 원본을 없애버린 게 아닐까 하는 강한 의심이 듭니다."

단상의 교수는 소리를 높였다가 지치면 물을 마시며 30분가량을 읽어나갔다. 근거 자료도 없는, 추측의 남발이었다. 한국 교수는 『갑신일록』이 조작되지 않았다는 일본 학자의 반박에 자신의 역할은 이미 끝났다는 듯 얼버무리며 넘어가려 했다. 이때 한 일본인이 조리 있는 일본어로 일본인 학자를 정면으로 반박했다. 일본어를 어느 정도 할 줄 아는 경식은 『갑신일록』에 대해 일본인끼리 치열하게 반론에 반론을 이어가는 모습에 새삼스러운 충격을 받았다. 조선인 김옥균에 대해 어떻게 우리보다 일본인들이 더 관심을 기울이는지, 경식은 은근히 화가 치밀기도 했다. 그동안 자료를 찾아 동분서주하며 알게 된 것처럼, 김옥균에 대한 자료는 국내보다 일본에 훨씬 많았다. 경식은 김옥균에 대한 그릇된 인식을 문서 고증을 통해 바로잡기 위해 그의 발자취를 따라 한국과 일본을 수도 없이 오갔다. 세미나가 끝나고 경식은 『갑신일록』이 조작되었다고 주장한 일본인을 찾아가 인사했다.

"저는 한국의 재야사학자인 윤경식입니다. 아까 세미나에서 『갑신일록』이 조작되었다고 말씀하셨는데 그 자료와 근거가 있습니까?"

경식의 말에 일본인은 먼저 자신의 신분부터 밝혔다.

"저는 고야마 신타로小山晉太郎입니다."

경식은 이름을 듣고 깜짝 놀라며 물었다.

"성이 고야마라면 혹시 고야마 에쓰노스케 선생과 무슨 연관이 있습니까?"

고야마 에쓰노스케는 김옥균이 상하이로 출발하기 직전『갑신일록』을 맡겼던 사람이었다. 일본인은 웃으며 말했다.

"역시 알아보시는군요. 고야마 에쓰노스케 씨는 저희 증조부입니다."

고야마 신타로는 머리가 희끗거리는 60대 정도의 중년이었다.

"하늘이 무심하지 않습니다. 제가 그렇게 찾아 헤매던 고야마 씨의 증손자분을 만나다니 꿈만 같습니다. 저는 김옥균 선생의 자료를 십 년 넘게 찾아다니고 있습니다. 김옥균 선생이 직접 쓰셨다는『갑신일록』에 관해 의문점이 많았으나 자료가 부족해서 반박할 수 없었습니다. 그런데 일본도 아닌 이곳에서 김옥균 선생이『갑신일록』을 맡기신 분의 손자를 만나다니 정말 믿을 수가 없습니다. 제가 잘 아는 주점이 있는데 오늘 제가 모시고 싶습니다."

둘은 자리를 옮겨 서린빌딩 뒷골목의 돼지갈빗집으로 자리를 옮겼다. 처음 만난 사이가 아니라 마치 오랜 친구를 만난 것처럼 두 사람은 거리낌이 없었다. 술이 어느 정도 오르자 긴장이 풀린 고야마 신타로는 돈키호테 같은 경식이 좋아졌다. 경식이 두 번째 병을 따 고야마의 잔을 채우며 말했다.

"먼저 증조부인 고야마 에쓰노스케 선생에 대해서 듣고 싶습니다."

"저는 증조부를 직접 뵌 적이 없고 할아버지인 고야마 나오히코小山 直彦에 대한 기억은 많습니다. 할아버지는 교토대학 법학부를 졸업하고 오사카 세관장을 지냈습니다. 지방에선 나름 명문가로 통했지요. 할아버지에게서 조선의 김옥균이라는 사람의 이야기를 어릴 때부터 많이 듣고 자랐습니다."

경식은 입술이 바싹 타들어 가는 듯했다.

"혹시 할아버지께서 김옥균 선생이 주신 『갑신일록』에 대해 말씀하시지 않으셨습니까?"

경식의 입에서 『갑신일록』에 관한 이야기가 나오자 고야마 신타로는 약간 당황한 눈빛을 보이며 말했다.

"사실, 증조부께서 돌아가시기 전에 할아버지께 『갑신일록』에 관한 이야기는 절대로 다른 사람에게 말하면 안 된다고 엄명하셨다고 들었습니다. 『갑신일록』이 발각되면 가문에 큰 재앙이 내릴 것이라고 말씀하셨다고 합니다."

"그렇게 말씀하신 이유가 뭔지 혹시 아십니까?"

"증조부의 말씀으로는 『갑신일록』 원본을 일본 정부가 필사하면서 자신들에게 유리하도록 날조했다는 것입니다. 그래서 증조부는 원본을 숨기셨고 나중에 진실을 밝혀야 한다는 유언을 남기셨다고 합니다."

고야마 신타로는 가방 깊숙한 곳에서 오래된 책 한 권을 꺼냈다. 비닐에 싸여있는 책을 보는 순간 경식은 감전된 듯 전율을 느꼈다.

"이 책이 할아버지가 돌아가시면서 제게 남긴 김옥균 선생의 친필 『갑신일록』입니다."

『갑신일록』의 원본을 보자 경식은 숨이 막히고 피가 솟구치는 듯했다.

"이것을 제게 보여주셔도 괜찮은 것인지요?"

"제가 아무것도 모른 채 선생님을 따라왔다고 생각하십니까? 저는 선생님께서 내신 논문을 이미 여러 편 읽었습니다. 선생님처럼 진심으로 김옥균과 갑신년의 진실에 매진하는 사람이 한국에 따로 없다고 생각하기에 이 책을 지닌 채로 선생님과 말씀을 나누었던 것입니다."

"혹시 제가 사진을 찍어도 괜찮겠습니까? 허락해 주시면 제 다음 논문의 가장 귀중한 자료가 될 것 같습니다."

고야마 신타로는 웃으며 말했다.

"이걸 공개하는 건 당신이 처음입니다. 증조부의 유언을 따르는 일이라 생각하니, 이 자료를 바탕으로 저의 증조부와 김옥균 선생님의 뜻을 꼭 밝혀주시길 바랍니다. 사진만 찍으시고 부디 외부로 유출하진 말아 주십시오. 입수한 경로도 바깥에 밝히시면 안 됩니다."

경식은 말없이 고야마 신타로에게 고개를 숙였다.

"감사합니다. 저만 읽어보고 절대로 유출하지 않겠습니다."

경식이 스마트폰을 꺼내 한 장씩 넘겨 가며 사진을 찍는 중에 고야마 신타로가 말했다.

"저희 증조할아버지는 고민을 많이 하셨습니다. 그리고 압력도 많이 받았습니다. 그래서『갑신일록』원본을 밤새 필사해 일본에 넘기고, 이 원본은 땅속 깊이 묻었던 겁니다. 언젠간 이 책을 찾는 사람이 있을 것 이라는 유언을 남기셨지요. 저는 그분이 나타나기를 기다리며 이 책을 소중하게 보관하고 있었습니다. 준비하시는 논문이 완성되면 저에게도 보여주십시오."

고야마 신타로는 일본의 주소와 전화번호를 적은 종이쪽지를 건네 며 말했다.

"일본에 오시면 꼭 연락 바랍니다."

경식이 사진 촬영을 마치자 그는 원본을 들고 어둠 속으로 사라졌 다. 경식은 꿈을 꾸고 있는 게 아닐까 싶어 핸드폰을 열어보았지만, 그 안에 분명히『갑신일록』원본 사진이 담겨있었다. 경식은 하늘을 나는 듯한 기분이었다. 지성이면 감천이라고 했다. 경식의 지극한 정성에 하 늘이 감동한 것이다.『갑신일록』은 옥균의 어린 시절부터 회상하는 일 기 형식으로 되어있었다. 경식은 떨리는 손으로『갑신일록』을 열었다.

## 백옥같이 곱고 희다

눈에 뒤덮인 밤나무가 바람에 휘날릴 때마다 흰 눈보라가 마을을 하얗 게 덮었다. 초봄인데도 눈이 그칠 줄 몰랐다. 눈의 무게를 이기지 못한 소나무 가지가 부러지는 소리가 마을에 울려 퍼질 때, 한 아이가 세상에 태어났다. 눈처럼 희고 백옥처럼 고왔다. 그의 부모는 아기의 유난히 희고 고운 살결을 따라 이름을 '옥균玉均'이라 지었다.

김옥균이 아버지 김병태와 어머니 은진송씨의 장남으로 태어난 것은 1851년 2월 23일, 충청남도 공주시 정안면 광정리에서였다. 옥균의 아버지는 안동김씨 후손이었지만 몇 대째 벼슬에 진출하지 못하고 시골에서 아이들을 가르치는 훈장으로 생계를 이어가고 있었다. 옥균은 가난했지만 아래로 남동생, 여동생과 함께 구김살 없이 자랐다. 옥균은 다섯 살이 지나자 천자문을 뗄 정도로 영특했지만, 천진난만함 또한 잃지 않았다.

옥균이 여섯 살이 되었을 때 옥천으로 이사했다. 옥균은 옥천 강가에서 미꾸라지를 잡다가 거머리가 살갗을 파고들어 심하게 앓은 적이 있었다. 거머리에게 물린 다리에서 피가 흘렀지만, 어머니가 걱정할까 싶어 이야기하지 않았다. 어머니가 추어탕을 좋아한다는 것을 알고 대나무 소쿠리를 들고 강가 수풀로 나가 온종일 미꾸라지를 잡아 온 것이었다. 미꾸라지가 가득한 소쿠리를 어머니에게 건네며 옥균은 말했다.

"어머님, 우리를 위해 끼니를 거르시는 걸 소자는 알고 있습니다. 이 미꾸라지는 소자가 어머님을 위해 잡은 것이니 어머니께서 꼭 드셔야 합니다."

어머니는 그런 옥균이 불쌍하고 애처롭게만 보였다. 어머니의 눈에 물기가 서렸다. 어려운 살림에 아들을 굶기지 않기 위해 물로 배를 채우는 날이 많았다. 흉년이 들어 너나없이 어려워지자 글을 배우려는 학생도 나날이 줄고 있었다. 지방 관리들은 온갖 방법을 동원해 백성의 고혈을 쥐어짜는 데만 정신이 팔려있었다. 백성은 피골이 상접해도 그들의 얼굴에선 기름기가 흘렀다.

옥균이 미꾸라지를 잡아 온 날 가족이 둘러앉은 밥상에 보리밥과 된장을 풀고 시래기를 얹은 추어탕이 올라왔다. 옥균은 어머니가 숟가락을 들지 않으면 숟가락을 들지 않았다. 어머니는 그런 옥균이 남편보다 듬직했다. 옥균은 어머니의 보살핌 속에 가난했지만, 행복한 유년 시절을 보냈다.

김옥균이 영특하다는 소문이 안동김씨 가문에 널리 퍼지고 있었다. 그러던 중 아버지와 육촌지간인 김병기의 귀에도 들어가게 되었다. 김병기는 과거급제 후에 이런저런 벼슬을 거치며 한양의 명문가요 당대의 정계 거물로 자리 잡고 있었지만, 대를 이을 후사가 없어 전전긍긍하고 있었다. 김병기는 육촌동생 김병태의 집을 찾아 옥천으로 내려왔다. 김병기는 어린 옥균을 보자마자 그가 총명한 아이라는 것을 간파하고 어린 그에게 장난삼아 달을 보고 시를 한 수 지어보라 했다. 김옥균은 머뭇거림 없이 바로 그 자리에서 붓과 종이를 꺼냈다.

"저 달은 비록 작으나 온 천하를 비추는구나."[1]

김병기는 즉시 김옥균을 자신의 양자로 입적할 것을 결정했다. 김옥균이 여섯 살 때 일이었다. 옥균의 친아버지 김병태는 아들이 시골에서 썩힐 인물이 아니란 걸 알고는 장자였음에도 양자로 보내기로 마음을 굳혔다. 옥균의 장래를 위한 일이었다. 당시 유력 집안에 적자가 없는 경우 일가친척 중에서 양자를 들여 정치적 지위와 제사를 잇게 하는 경우는 흔했어도 맏이를 양자로 보내지는 않았는데, 옥균은 아버지 김병태의 결단으로 세도가 집안에 입양가게 되었다. 옥균이 떠나는 날 어머니는 밤새 물레를 돌려 깨끗한 무명옷 한 벌을 만들어 입혔다.

입양 후 어린 옥균의 문장과 시, 학문은 하루가 다르게 발전했다. 옥균은 명문가의 후계자 수업을 받으며 한양의 유명한 선생들을 통해 안목을 더욱 키워나갔다. 그가 열한 살 때 양부 김병기는 외직에 나갈 순번이 돼 강릉부사로 갔다. 옥균도 강원도 강릉으로 이주해 송담서원에서 글을 배웠다. 강릉은 서인의 원조 율곡 이이의 고향으로, 율곡의 사당을 모신 그곳에서 그는 노론의 학통도 몸에 익혔다. 5년 후인 16세 때 다시 중앙으로 전임하는 양아버지를 따라 옥균은 한양으로 돌아왔다. 그곳에서 피 끓는 청년 김옥균은 그의 정신적 지도자가 된 박규수를 만나게 되

---

1    月雖小照天下

었다. 박규수는 연암 박지원의 손자로 조선 최초로 개화파를 이끈 인물이었다.

박규수는 어릴 때부터 할아버지, 연암 박지원의 영향으로 바깥세상에 눈이 뜨여있었다. 할아버지가 북경에 갔을 때 문화적 충격을 받아 지으신 『열하일기』를 읽으면서 소년 박규수는 더 넓은 세상을 꿈꾸었다. 박규수는 할아버지의 친구인 추사 김정희 밑에서 공부했다. 그의 영특함이 알려져 20세에 순조의 큰아들 효명세자의 개인 스승으로 들어가 『주역』을 강의하고 철학을 함께 토론했다. 박규수는 효명세자처럼 영특한 사람이 조선의 왕이 되면 조선은 서양 세력의 위협에서 살아남을 수 있다고 생각했다. 효명세자는 조선의 마지막 희망이었다. 대리청정 기간에 탕평책으로 정국을 안정시킨 효명세자는 조선의 근대화 작업이 중요하다는 것을 박규수를 통해서 아울러 절감하고 있었다. 그러나 1830년 효명세자가 22세의 나이로 죽고 그의 아들 헌종이 어린 나이에 즉위한후 후사 없이 죽자, 강화도령 철종이 왕위에 오르며 안동김씨 외척 가문의 세도정치가 시작되었다. 실의에 빠진 박규수는 조정에 나가지 않고, 혼란한 정계에서 빠져나와 학문과 후배 양성에 열정을 쏟았다.

　철종이 죽고 대원군이 등장하자 효명세자의 부인인 조대비가 수렴청정하게 되었다. 조대비는 평소에 남편 효명세자가 얼마나 박규수를 의지하고 존경했는지를 기억하고 대원군에게 박규수를 적극적으로 천거했다. 대원군은 조대비 때문에 아들이 왕위에 올랐기에 조대비의 청을 거절할 수 없었다. 박규수는 할아버지의 영향으로 자진해서 청나라에 사신으로 가기를 자청했다. 박규수가 청나라에 사신으로 가는 시기는 공교롭게도 청나라가 서양 세력의 공격을 받을 때였다. 영국군과 프랑스군은 베이징을 점령하고 원명원을 불태웠으며, 황제 함풍제는 열하로 피신했다. 양이에게 북경이 함락되고 황제는 도망쳤다는 소식을 들은 조선 조정은 당황하기 시작했다. 1860년 조선은 청의 위급한 상황을 살필 겸 청나라에 열하문안사熱河問安使[2]를 파견하게 되고 박규수는 문안사의 부사로 수행했다. 겁이 난 함풍제는 조선 사신의 접견을 거부했다. 이에 박규수는 북경의 상황을 살필 겸 북경으로 갔다. 그가 북경에 도착하니 영국과 프랑스는 북경의 모든 보물을 약탈하고 사라진 뒤였다. 서양 열강에 유린당한 북경을 보고 박규수는 엄청난 충격과 혼란에 빠졌다. 세계의 중심이라는 청이 어떻게 이렇게 허무하게 무너질 수 있는지 몇 번이고 곱씹어 보았다. 중국을 무너뜨린 서양 세력은 다음에는 반드시 조선으로 향하리라는 사실을 박규수는 깨달았다.

박규수는 홀로 황폐해진 북경 시내를 걸었다. 거리의 사람들은 예전의 활기를 잃어버리고 모두가 패잔병처럼 고개를 숙인 채 걷고 있었다.

---

2  영국과 프랑스의 공격으로 북경이 함락되고 함풍제가 열하로 피난하자, 조선 조정에서 그를 위로할 목적으로 파견했다.

숙소로 돌아온 박규수는 조선이 있는 동쪽의 하늘을 쳐다보았다. 동쪽에서 먹구름이 별들을 가리고 있었다. 박규수는 붓을 들어 박영효의 아버지 박원양에게 편지를 보내 솔직한 심정을 적어나갔다.

　서양 오랑캐는 시장개방 등에 집착했다. 중국은 주전파와 주화파가 대결함으로 어정쩡한 싸움에서 황제가 열하로 피난을 했다. 우리나라도 곧 이러한 일들이 닥칠 것이다.[3]

박규수는 1864년부터 병조참판과 이조참판을 거치면서 능력을 인정받았고 1865년에는 한성부 판윤, 예조판서를 거쳐 1866년 2월 평안도 관찰사에 부임했다. 이것이 제너럴셔먼호 사건 5개월 전의 일이었다. 평양감사로 있던 박규수는 대동강으로 침략해 들어온 미국 함선 제너럴셔먼호를 격침했다. 그리고 이 배를 해체한 다음 대원군에게 보내, 함선의 동력 장치와 화포를 『해국도지海國圖志』[4]의 원리를 따라 만들도록 건의했다. 대원군은 박규수의 뜻에 동의했고, 기술자를 선발해 서양 기술을 이용한 함선의 건조를 시도했다.

　그러나 그러던 사이 대원군이 천주교를 박해하고 프랑스 신부를 죽

---

3　김명호, 『환재 박규수 연구』, 창비.
4　위원魏源이 편찬한 책으로 19세기 중반 서구에 대한 거의 모든 지식과 정보를 망라한 세계 역사 지리서이다.

인 것을 빌미로 삼아, 중국에 있던 프랑스함대가 군함 여러 척을 이끌고 조선으로 쳐들어왔다. 이것이 병인양요였다. 이때 박규수의 제자, 오경석은 대원군에게 프랑스함대의 약점을 보고하면서 험한 산악지대와 조수간만의 차가 심한 서해의 물길을 이용해 장기전으로 간다면 프랑스군은 한 달 치의 양식이 동나는 순간 스스로 포기하고 돌아갈 것이라고 조언했다. 절대로 선제공격하지 말고 적을 유인해 약점을 공격하면 아무리 서양함대가 강하다 할지라도 이길 수 있다는 건의였다. 오경석의 건의를 받아들인 대원군은 프랑스함대를 물리칠 수 있었다. 이것은 중국에서도 깜짝 놀랄 일이었다. 중국은 서양함대와의 전쟁에서 단 한 번도 그런 성과를 거둔 적이 없었다. 그런데 속국으로 여기던 조선이 프랑스함대를 몰아냈다는 소식을 듣고 중국의 지식인들이 들고일어나기 시작했다.

조선 개화파의 선구자 박규수와 오경석은 서양의 기술을 받아들이기 위해 개화는 서둘렀지만, 힘으로 밀어붙이는 서양의 무력함대에 대해서는 철저하게 저항했다. 청나라가 힘없이 무너지는 것을 보았기 때문이다. 박규수와 오경석은 대원군이 위정척사파로 서양을 배척하면서도 서양의 높은 기술은 받아들이려는 준비가 되어있는 것을 알기에 대원군을 적극 지지했다. 대원군의 부국강병을 기초로 나라의 틀을 잡고 개화를 이룬다면 일본을 곧 따라잡을 수 있으리라 생각했다.

## 개화의 씨앗을 퍼뜨리다

1870년 당시 홍문관 제학弘文館提學으로 제너럴셔먼호 사건을 진압하고 대원군의 총애를 받던 박규수의 집에 젊은이들이 모여들고 있었다. 경복궁 동편 북촌 스승댁 사랑방에 드나들던 뜻있는 젊은이들과 한의원이자 개화 사상가이며, 백의정승白衣政丞이라고 불리는 유대치와의 만남도 거기서 이루어졌다. 유대치는 오경석에게 말했다.

"조선의 젊은 양반을 끌어들이지 않으면 우리 중인들만의 힘으로는 조선의 개혁은 실현되기 힘들 것이야."

"자네가 생각한 양반댁 젊은이가 있는가?"

"김옥균이라는 젊은이를 눈여겨보고 있는데 예사 사람이 아니야. 그의 눈은 늘 새로운 것에 대한 호기심과 열정으로 불타고 있거든."

오경석은 대대로 역관 집안으로 청나라를 수십 번 드나들었다. 청나라가 아편전쟁에 패하고 서양과의 불평등조약으로 무너져 내리는 것을 오경석은 두 눈으로 똑똑히 지켜보았다. 그는 서양의 기술을 받아들여야겠다는 생각에서 『해국도지』 등의 신서적을 탐독한 후 비싼 돈을 치르고 조선으로 들고 왔다. 박규수와 오경석의 인연은 박규수가 북경의 사신으로 갈 때 역관이었던 오경석을 만나 의기투합하면서부터이다. 그렇게 두 사람은 박규수의 사랑방으로 조선의 젊은이들을 모아서 개화의 틀을 닦게 되었다. 그때 오경석이 김옥균을 보고 첫눈에 반한 것이다.

'저 사람이면 우리의 꿈을, 새로운 세상을 맡길 수 있을 것이다.'

박규수의 집에서 오경석을 만난 김옥균은 해외문물에 지식이 해박한 오경석을 신분을 뛰어넘어 좋아하고 따랐다. 오경석은 젊은 김옥균을 항상 가슴에 담고 있었다. 온건개화파인 김윤식도 박규수의 문하에 같이 있었는데 그는 젊은 김옥균이 한꺼번에 세상을 뒤엎으려는 생각을 품고 있는 것을 알고 만류하기도 했다.

스승 박규수의 집엔 신기한 물건과 사람이 많았다. 일본에서 들여온 지구본, 만화경, 망원경 등의 신기한 물건도 있었고, 청나라에서 들여온 『영환지략』, 『해국도지』 등 서구 지리와 정세, 문물을 소개한 서적들도 있었다. 박규수는 중국어로 번역된 서양 관련 책들을 빼놓지 않고 읽으려고 노력했다. 그는 프랑스에서 혁명이 일어나 루이 16세 왕과 마리 앙투아네트 왕비가 처형되고 백성이 주인 되는 민주 공화정이 들어섰다는 사실도 알았다. 박규수는 지나치게 형식에 얽매여있는 성리학 교육이 외세에 대항하는 데 아무런 도움이 되지 않는다는 것을 깨달았다. 따라서 박규수의 집에 모이는 젊은이들의 개화 교육은 기존의 일방적인 주입식, 암기식 교육이 아니라 하나의 주제를 가지고 합리적인 토론을 통해서 결론을 도출해내는 과정이었다. 박규수의 교육법은 김옥균에게 충격으로 다가왔다. 자신이 우물 안 개구리였다는 사실을 깨달은 순간 폐쇄된 조선의 껍데기를 깨지 않고는 개화를 이룰 수 없다는 사실을 몸으로 느끼기 시작했다. 어느 날 옥균이 박규수에게 물었다.

"선생님. 청이 저렇게 서양 함선 앞에 무너지는 것을 보면서 저는 우리도 서양의 함선과 같은 배를 만들어야 한다고 생각했습니다. 우리 조선은 임진년에 이순신 장군께서 거북선을 만들어 왜선을 격침한 사실이 있습니다. 우리의 선박기술은 동양에서 가장 뛰어났다고 생각합니다. 우리 조선에도 장영실 같은 과학 천재가 있었습니다. 그러나 그분도 성리학 중심의 유교 체제에서 세종대왕이 아무리 보호하려고 했어도 철저한 멸시와 냉대로 역사에서 사라져 버렸습니다. 우리 조선이 기술을 천시한 까닭에 이렇게 서양에 뒤처지게 된 것이리라 생각합니다. 그러나 아직 늦지 않았습니다. 중국도 양무운동으로 서양 기술을 받아들이고 일본도 메이지유신으로 개방해서 빠르게 서양 기술을 받아들이고 있습니다. 더 뒤처지면 조선은 살아남기 힘들 것입니다. 우리가 서양의 앞선 기술을 따라잡기 위해서는 그들을 이용해야만 합니다. 서양의 함선을 구입하면 거기에는 당연히 대포와 기술이 뒤따라올 것입니다."

박규수는 말했다.

"내가 평양감사로 있을 때 미국 함선이 대동강으로 올라와 경고를 몇 번 해도 말을 듣지 않기에 대포를 쏘았는데, 그 함선이 대동강 얕은 수심에 갇혀 관민에게 죽임을 당했어. 아직도 대동강 변에 미국의 함선이 그대로 놓여있네."

옥균은 두 눈으로 그 미국의 함선을 보고 싶었다.

"제가 지금 가서 한번 보고 싶습니다."

"지금은 뼈대만 있을 것이야. 성난 백성들이 그 배 위에 올라가 모두 부수고 돈 되는 것은 모두 가져갔어. 한양에서 관리가 왔는데 쓸모가 없다고 판단해서 지금은 흉물처럼 남아있지."

옥균은 박규수에게 말했다.

"선생님께서 먼저 조선에서도 빨리 함선을 구입해서 기술자들이 해체해 똑같이 만들어야 한다고 건의해 주십시오. 서양의 기술자들은 돈만 많이 주면 조선으로 와서 기술을 가르쳐준다고 합니다."

옥균은 그때 이미 서양함대의 위력을 알고 있었으며 같은 함대로 대적하지 않으면 절대 서양을 이길 수 없다는 것을 알고 있었다. 대원군이 강화도에서 미국 함선을 이겼다고 척화비를 세운 것은 우물 안 개구리의 식견이었다고 생각했다. 병인양요와 신미양요는 소수의 서양 군인들이 함선 몇 대만으로 강화도를 쑥대밭으로 만들고 수많은 조선 군사를 죽이고 문화재를 약탈해서 철수한 사건이다. 결코, 조선이 승리한 게 아니었다. 그런데 대원군은 그것을 승리로 포장해서 쇄국으로 조선을 더욱더 고립시키고 있었다. 그사이 일본은 미국과 조약을 체결했고, 사카모토 료마坂本龍馬[5]와 요시다 쇼인吉田松陰[6]은 서양의 함선인 흑선을 구입해 조슈번에서 그 함선으로 기술을 배양하는 중이었다. 그것이 조선과 일본의 격차를 하늘과 땅 차이로 만들 터였다. 김옥균은 그것을 미리 예견한 것이었다.

철종의 부마로 고종의 매제였던 박영효와의 첫 만남은 북촌의 박규수 집에서 이루어졌다. 박규수의 북촌집 사랑방 모임은 일본에서 메이지유신의 주역들을 길러낸 요시다 쇼인의 사숙과 비슷했다. 박영효는 부유한 집안의 아들로 태어나 철종의 사위로 남부럽지 않게 지냈으며, 옳은 일을 위해 목숨을 바쳐야 한다는 강직하고 올곧은 성품의 소유자였다. 불우한 어린 시절을 겪었던 김옥균과는 다른 환경에서 자랐고 성격도 완전히 달랐지만, 박영효는 첫 만남부터 옥균에게 호감을 느끼게 되었다. 박영효는 1861년생이고 김옥균은 1851년생으로 김옥균이 박영효보다 열 살이 많았으나, 박영효는 철종의 딸 영혜옹주와 결혼해 금릉위錦陵尉 정1품 상보국승록대부上輔國崇祿大夫에 봉해져서 지위가 높았기에 옥균은 박영효를 존대했다. 박영효는 김옥균의 거침없는 언행과 행동에 자신도 모르게 빠져들었다.

먼저 인사를 건넨 것은 손아래의 박영효였다.

"저는 금릉위 박영효라는 사람입니다. 앞으로 많은 가르침 부탁드립니다."

---

5   도쿠가와 막부 종식과 메이지유신에 영향을 미쳤다. 천황 중심의 중앙집권적 근대국가로 재탄생하는 길을 여는 데 기여한 막부 말기의 풍운아.

6   막부 말기의 병학자, 교육자, 사상가, 혁명이론가. 쇼카손주쿠 학당을 통해 근대화의 주도 세력을 배출한 메이지유신의 정신적 지도자.

옥균은 박영효에 대해서 이미 들어 알고 있었다. 나이는 어리지만 풍기는 인상은 강직했다.

"금릉위에 대해서 많이 들었습니다. 저는 고균古筠(옥균의 자)이라 하옵니다. 이렇게 만나 뵈어 영광입니다. 귀한 분과 한자리에서 이야기를 나눈다니 저로서는 몸 둘 바를 모르겠습니다."

"고균께서 하시는 말씀을 옆에서 듣고 저도 공감하는 부분이 많았습니다."

"나라를 걱정하시는 금릉위의 마음을 어찌 제가 대신하겠습니까?"

박영효는 김옥균과 대화하면서 그에게 빨려 들어가는 느낌을 받았다. 박영효는 고개를 숙이며 말했다.

"앞으로 많은 가르침을 부탁드립니다."

옥균은 왕의 부마로서 직위가 높음에도 불구하고 자신을 낮추는 자세를 보고 박영효에 호감이 갔다. 하지만 옥균의 마음속에는 다른 생각도 떠올랐다.

'부마로서 왕실의 모든 권력을 누리는 사람이 과연 목숨을 걸고 세상을 바꾸는 일에 동참할 수 있을까?'

박영효는 옥균의 마음을 읽고 있는 듯이 말했다.

"저는 환재 박규수 선생님의 말씀을 듣고 느낀 바가 많습니다. 환재 선생님은 저의 부친과는 막역한 사이로 서로 흉금을 터놓고 지내고 있습니다. 환재 선생님이 중국에 계실 때 아버님께 보낸 편지를 저에게 보여주셨습니다. 세계가 급변하고 있는데 조선이 변하지 않으면 중국처럼 외세에 지배될 것이라는 내용이었습니다. 그래서 저는 환재 선생님의 가르침을 받고자 이 집으로 온 것입니다. 신분 차이를 떠나 저에게 좋은 가르침을 부탁드립니다."

채 스무 살이 되지 않았던 박영효는 학식과 경륜을 겸비한 선비처럼 보였다. 옥균도 고개를 숙이며 말했다.

"그 뜻이 변하지 않게 항상 가슴에 묻고 계시면 좋겠습니다. 저희도 조선을 위해 목숨 바칠 각오로 임하고 있습니다."

박영효는 결심한 듯 말했다.

"저도 동참하고 싶습니다. 함께하게 해주십시오."

"감사합니다. 금릉위께서 저희와 뜻을 함께해주신다면 이보다 더 큰 힘은 없을 것입니다. 비룡재천의 힘으로 힘껏 하늘을 날아보십시다."

두 사람은 손을 꼭 잡았다. 서로의 손에서 하늘에서 내리는 듯한 찌릿함을 느꼈다. 박영효가 먼저 옥균을 꼭 껴안았다.

"받아주셔서 감사합니다."

옥균은 어린 박영효의 눈빛에서 조선의 희망을 보았다.


조선에서 박규수가 개화의 기틀을 다졌다면 일본에는 요시다 쇼인이 있었다. 난학蘭學[7]의 영향을 받아 요시다 쇼인이 만든 사숙 쇼카손주쿠松下村塾[8]가 일본 근대화의 주역이 된 것이다. 박규수와 요시다 쇼인은 조선과 일본 근대 개혁의 중심인물로 동시대를 살았지만, 조선과 일본의 운명을 가르는 시발점이 되었다. 조선의 박규수 문하에서 김옥균, 박영효, 서재필, 유길준 등의 개화파가 배출되었다면, 요시다 쇼인의 문하에선 메이지유신을 성공시킨 기도 다카요시 木戸孝允[9], 이노우에 가오루 井上馨, 이토 히로부미 伊藤博文가 나왔다. 박규수가 뿌린 조선의 개화사상은 갑신정변의 실패로 무너진 데 비해, 요시다 쇼인의 제자들은 메이지유신을 성공시키며 일본을 근대화로 이끌었다. 기도 다카요시는 메이지유신의 3걸이 되었으며 이노우에 가오루는 1863년 이토 히로부미 등과 함께 영국에 유학하고 돌아와 메이지 정부를 근대국가의 체제로 만들었다. 이노우에 가오루는 후일 김옥균과 악연을 맺게 되는 사람이기도 하다.

**운명적 만남**

역관 출신 오경석을 김옥균은 존경했다. 비록 중인 계급이지만 청나라를 다녀옴으로 해외 선진 문물에 밝았던 그는 조선이 개화하지 않으면

---

7    란가쿠. 에도 시대 네덜란드를 통해서 들어온 유럽의 학문, 기술, 문화 등을 통칭해서 이르는 말이다.

8    요시다 쇼인이 병학을 가르치던 삼촌의 사숙을 이어 이곳에서 막부를 타도하고 천황을 중심으로 외세를 막아내자는 사상을 퍼뜨려 메이지유신의 요람이 됐다.

9    조슈번 출신으로 존왕양이 운동에 가담, 사쓰마번과 삿초동맹을 결성해 막부 타도의 주역이 된 인물이다. 사이고 다카모리, 오쿠보 도시미치와 함께 메이지유신 3걸 明治維新三傑로 불린다.

살아남지 못할 거라며 나이 어린 김옥균에게 청나라에서 가져온 서양 서적들을 전해주었다. 김옥균도 오경석을 스승의 예로 대하며 서로 믿고 의지했다. 오경석에게는 김옥균과 동갑인 딸이 있었다. 그녀의 이름은 오경화였다. 경화는 옥균보다도 클 정도로 장신인 데다 힘도 세어 여장부의 풍모가 있었다. 오경석은 딸이었음에도 경화에게 서양의 학문과 역관의 지식을 전해주었다. 경화의 어머니는 그런 남편을 핀잔했다.

"여자에게 무슨 학문을 가르쳐요? 그저 언문 정도만 익혀서 같은 신분의 좋은 사람에게 시집가면 그게 여자의 행복입니다."

오경석은 아내에게 말했다.

"당신은 세상이 변하고 있는 걸 모르고 있소. 이제는 여자도 남자와 똑같은 세상이 올 거요. 경화가 개화된 세상에 살아가려면 선진 문물을 배우지 않으면 안 되오. 경화처럼 똑똑한 아이는 새로운 세상의 여성 지도자가 되어야 하오."

"여자 팔자가 너무 세면 남자들이 가까이하지 않습니다. 저는 제 딸을 그저 평범하게 키우고 싶습니다."

부부가 다투는 소리를 듣고 경화가 방으로 들어오면서 말했다.

"두 분의 목소리가 밖까지 들려 소녀의 귀에 들어왔습니다. 엿들은 게 아니라 소녀의 문제로 어머님 아버님이 다투시는 소리에 소녀가 감히 문을 열고 들어왔습니다. 소녀의 무례를 용서해주시기 바랍니다."

오경석은 경화가 들어오자 우군을 만난 듯 기뻐하며 말했다.

"그래, 마침 잘 들어왔다. 네 솔직한 의견을 듣고 싶구나. 네가 엄마의 의견과 같다면 이 애비도 더 이상 너에게 신교육을 시키지 않으마."

경화는 어머니와 아버지를 번갈아 쳐다본 후에 입을 열었다.

"어머님이 걱정하시는 부분을 소녀도 충분히 알고 있습니다. 그러나 어머님, 소녀 걱정은 안 하셔도 괜찮습니다. 소녀가 밖에 나가 배운 티를 내지 않으면 아무도 알지 못할 것입니다. 학식은 자랑하려고 있는 것이 아닙니다. 아버님께서 가르쳐주신 지식을 품고 있다가 제 자식에게 가르쳐주려고 합니다. 제가 혼인하기 전에는 절대로 자중하겠나이다. 어머님께서는 이제 제 걱정은 하지 마시고 아버님께서는 중국에 다녀오시면 서양 책을 꼭 구해주시기 바랍니다."

오경석이 중국에서 돌아오면 김옥균은 꼭 오경석의 집으로 찾아왔다. 자연스럽게 만난 김옥균과 오경화는 처음에는 서로 얼굴을 쳐다볼 수 없었다. 남녀가 유별한 조선에서 과년한 처녀가 양반인 김옥균의 얼굴을 똑바로 보는 것이 쉬운 일이 아니었다. 경화는 김옥균과 아버지의 대화를 옆방에서 하나도 빠짐없이 엿듣고 있었다. 그런데 경화는 김옥균의 해박한 지식에 자신도 모르는 사이에 조금씩 빠져들고 있었다. 옥균은 경화가 아버지와 당당하게 의견을 나누는 모습을 보고 경화가 보통의 조선 여성들과 다르다는 느낌을 받았다. 경화는 자신이 키가 큰 것을 부끄러워하지 않고 오히려 장점으로 여기고 있었다. 옥균은 보통의 조선 여인과 다르게 자신만만하고 의견을 솔직하게 드러내는 경화에게 자신도 모르게 마음이 갔다. 어떤 남자에게도 끌리지 않았던 오경화는 유독 김옥균만 보면 얼굴을 붉히며 부끄러워했다.

어느 날 오경석의 집으로 가는 길에 소나기가 퍼부어, 옥균은 흠뻑 젖은 채 오경석의 집으로 들어왔다. 경석은 부인에게 자신의 옷을 한 벌 가져오게 한 다음 옥균의 젖은 옷을 말려 드리라고 했다. 옥균의 젖은 옷이 경화의 방으로 들어오는 순간 경화는 얼굴이 달아올랐다. 어머니는 경화에게 다리미에 숯을 넣으라고 했다. 경화는 부엌으로 가서 숯을 가져왔다. 경화의 어머니는 주안상 준비에 바빴기 때문에 경화에게 다리미질을 부탁하고 부엌으로 들어갔다. 작은 방에 옥균의 젖은 옷을 집어 든 순간 그녀의 마음은 천리만리 길을 헤매고 있었다. 옥균의 젖은 옷을 만지는 경화의 손끝이 떨렸다. 정성스럽게 다리미질을 하면서 젖은 옷에서 김이 올라올 때마다 경화는 들이마셨다. 따뜻한 옥균의 향기가 코로 스몄다. 다림질이 끝날 무렵 실밥이 터진 곳을 발견하고 바느질까지 마무리했다. 경화는 옥균의 마른 옷을 잘 개켜서 자신이 정성스럽게 수놓은 보자기로 쌌다. 그리고 아버지와의 대화가 끝나기를 기다렸다. 비가 그치고 옥균이 오경석에게 작별 인사를 하는 동안 경화는 옥균의 옷을 들고 댓돌 위에 서 있었다. 옥균과 눈이 마주치는 순간 경화는 강아지가 큰 개를 만난 듯 움츠러들어 고개를 숙인 채 보자기를 내밀었다. 옥균도 당황하며 보자기를 받았다. 옥균의 시선이 경화의 시선과 부딪혔다. 처음 본 경화의 얼굴에 옥균의 가슴은 뛰기 시작했다. 경화는 고개를 숙이고 말했다.

"젖은 옷이 다 말랐습니다."

백옥같은 피부에 키가 남자만큼 컸지만, 얼굴에서 풍기는 이미지는 옥균이 보았던 양반 집 규수와는 완전히 달랐다. 옥균은 평소의 그답지 않게 떨려서 경화를 똑바로 볼 수 없었다. 고맙다는 말도 못 하고 우물 쭈물하는 사이에 오경석이 옥균에게 말했다.

"또 옷을 갈아입기가 불편할 테니 오늘은 그냥 내 옷을 입고 가시고 다음에 올 때 가져다 주십시오."

옥균은 엉겁결에 대답했다.

"네 그렇게 하겠습니다. 낭자, 고맙습니다."

경화는 고개를 숙인 채 대답이 없었다. 옥균은 보자기를 들고 뒤도 돌아보지 않고 한길로 나섰다. 예쁜 보자기 안에 있는 자신의 옷이 경화의 향기를 내뿜었다. 잠잠하던 바다에 몰아치는 태풍처럼 가슴이 요동치고 있었다. 처음 느끼는 감정이었다.


나라에 가뭄과 역병이 들어 굶어 죽는 사람이 늘어났다. 옥천에서 훈장을 하는 옥균의 친부는 학생이 모두 끊겨 극심한 생활고를 겪고 있었다. 옥균의 막내 여동생이 병에 걸렸는데 먹지를 못해 죽을 고비를 넘기고 있었다. 옥균의 어머니는 마지막 심정으로 무거운 발걸음을 이끌고 한양으로 향했다. 자식을 양자로 보내면 친가의 부모는 정을 떼고 만나지 않는 것이 불문율이었다. 그러나 그 어떠한 법도 천륜을 이기지는 못하는 것이다. 옥균의 어머니가 옥균의 남동생을 데리고 무작정 옥균을 만나러 온 것이다. 남편이 그렇게 가지 말라고 말렸지만, 옥균의 어머니는 제정신이 아닌 것처럼 집을 나섰다. 어머니는 옥균의 집에 들어가지 못하고 집 앞에 있는 큰 은행나무 뒤에 숨어 옥균이 오기를 초조하게 기다렸다. 말끔한 차림의 옥균이 늠름하게 친구들과 걸어오는 모습을 보자 어머니는 후회가 몰려와 도망치고 싶었다. 친구와 헤어진 옥균이 끌리듯 어머니를 먼저 보았다. 십여 년 만에 만나는 어머니지만 옥균의 입에서 어머니 소리가 나오지 않았다. 십 년이란 세월이 어머니와 아들의 거리를 더 멀게 한 것만 같았다. 옥균보다 세 살 어린 남동생이 생전 처음 만난 사람처럼 멋쩍게 옥균을 쳐다보았다. 제일 좋은 옷을 입혔지만 기운 자국이 드러난 데다 옥천에서 한양까지 온 탓에 허기지고 지친 모습이 역력했다. 십 년 만에 만나니 동생은 한양의 또래 아이보다 작고 주눅이 들어 어깨가 처져있었다. 옥균은 동생을 보니 가슴이 아팠다. 자신을 대신해서 그 작은 어깨로 힘들게 고난을 헤쳐나갔을 모습이 눈에 어른거렸다. 어머니가 어렵게 입을 뗐다.

"양자를 보낸 널 찾아서 이렇게 온 것이 염치가 없어 쥐구멍에라도 들어가고 싶은 심정이다. 그런데 지금 너의 여동생이 병에 걸려 도통 먹질 못하고 있구나. 당장 의원에게 가지 못하면 죽을 수도 있다고 한다.

아버지는 서당에 학생이 없어 평생 해보지 않던 농사일도 하지만 입에 풀칠하기도 힘든 실정이다. 네가 무슨 힘이 있겠냐마는 지푸라기라도 잡는 심정으로 이렇게 염치불고하고 찾아왔다."

옥균의 가슴은 찢어졌다. 자신이 가진 것이라고는 엽전 몇 푼과 책밖에 없었다. 옥균은 고민하다가 어머니에게 말했다.

"어머니, 여기서 잠깐만 기다려 주시기 바랍니다."

그 말을 남기고 옥균은 집으로 들어갔다. 어머니는 눈물에 젖은 눈으로 옥균의 뒷모습을 쳐다보고 있었다. 마침 오경화가 아버지의 심부름으로 옥균의 집을 향하다 그 광경을 목격하게 되었다. 집으로 들어간 옥균은 자신이 공부하던 책을 들고나왔다.

"제가 가진 것이라고는 이 책밖에 없습니다. 이 책을 팔면 얼마간의 돈을 구할 수 있을 것입니다."

어머니는 옥균의 손을 뿌리치며 말했다.

"내가 굶어 죽으면 죽었지 네가 공부하는 귀중한 책을 가져갈 수는 없다. 너의 과거시험이 얼마 남지 않았는데 어떻게 어미가 너의 앞길을 망칠 수가 있겠느냐?"

"어머님, 소자는 이 책을 다 외우다시피 했습니다. 어머니께서 받아 주셔야 제가 마음이 편해서 공부할 수 있을 것입니다."

"그래도 이 책이 없으면 어떻게 공부할 수 있겠느냐?"

"친구에게 빌리면 됩니다. 어머니 받아주십시오."

두 사람의 실랑이 벌이는 모습을 경화는 멀리서 지켜보고 있었다. 어쩔 수 없이 책을 받아들고 울면서 헤어지는 모습을 경화는 눈물로 지켜보고 있었다. 옥균의 어머니가 옥균과 헤어지고 허탈하게 걸어가고 있을 때 경화가 옥균의 어머니에게 말을 걸었다.

"들고 가시는 책을 소녀가 사고 싶은데 저에게 파시겠습니까?"

"우리 아들의 피 같은 책입니다. 이 책으로 여동생을 살리고 싶은 아들의 마음은 갸륵하지만, 어찌 에미 되는 사람으로서 그냥 받았는지 모르겠습니다."

"제가 값을 후하게 쳐서 드리겠습니다."

경화는 금전 두 닢을 보여주었다.

옥균의 어머니는 깜짝 놀랐다. 당시 금전 한 닢은 시골의 집 한 채를 살 수 있는 돈이었다. 경화는 옥균의 어머니 이야기를 엿듣고 집으로 쏜살같이 달려가 어머니에게 이야기해 금전 두 닢을 받아온 것이다. 당시 오경석 같은 역관들은 청나라를 드나들면서 귀중한 물건들을 매매해 많은 이윤을 챙길 수 있었다. 금전 두 닢의 큰돈을 보고 옥균의 어머니는 당황스러운 듯이 말했다.

"아니, 이렇게 큰돈을 주시면 저더러 어찌하라는 말씀이십니까?"

경화는 옥균의 어머니에게 모든 것을 털어놓으며 말했다.

"제가 이 책을 도련님께 그대로 돌려드리겠습니다. 그냥 마음 편하게 받아주시면 됩니다."

옥균의 어머니는 연신 경화에게 고개를 숙이며 말했다.

"낭자는 선녀와 같습니다. 내 그대를 두고두고 잊지 않겠습니다."

옥균의 어머니는 경화에게 책을 건네고 훌쩍거리면서 돌아섰다. 경화는 사라져가는 어머니의 모습을 보면서 옥균에 대한 연민과 아스라함이 가슴에 전율을 일으켰다. 집으로 돌아간 경화는 옥균의 책을 가슴에 안고 잠이 들었다. 책에서 옥균의 체취가 풍기는 것 같았다.

어느 날 경화의 아버지 오경석이 궁궐에 가 있는 사이에 김옥균이 오경석의 집을 찾았다. 사랑채에서 김옥균이 아버지를 기다리고 있는 사이에 경화는 다과를 들고 김옥균에게 인사를 했다. 옥균은 애써 눈길을 피하며 말했다.

"아버님에게서 이야기 많이 들었습니다. 낭자께서 양학에 뛰어나다고 하더군요."

얼굴이 붉어진 경화는 더듬거리며 말했다.

"아버님께서 괜한 말씀을 하셔서 소녀를 무안하게 하옵니다. 그저 귀동냥으로 들은 실낱같은 지식뿐이옵니다."

경화는 옥균의 친모에게서 받은 책보자기를 건네며 작은 목소리로 말했다.

"소녀를 책망하셔도 좋습니다. 연유를 묻지 마시고 이것을 받아주십시오."

옥균은 경화가 건넨 보자기를 풀었다. 그 안에는 그가 어머니에게 드렸던 책들이 그대로 있었다. 옥균은 당황스럽기도 하고 창피하기도 하고 얼굴이 붉어졌다. 그 표정을 보고 경화가 말했다.

"주제넘은 여자라고 저를 혼내셔도 달게 받겠습니다. 우연히 길가에서 엿들은 죄를 용서해 주십시오."

옥균은 입에서 말이 나오지 않았다. 치부를 들킨 것 같은 부끄러움과 경화의 진심에 대한 고마움이 교차했다. 옥균은 호흡을 가다듬고 말했다.

"더 이상 묻지는 않겠습니다. 그러나 나중에 반드시 갚을 기회만은 주시기 바랍니다."

"소녀는 도련님의 처분에 따르겠습니다."

인사를 하고 일어서려는 경화를 옥균은 그냥 보낼 수가 없었다. 뭐라도 말을 걸고 싶었다.

"잠깐이면 되오니 아버님이 돌아오실 때까지 저하고 말씀을 나눌 수가 있겠습니까?"

"남녀가 유별한데 어찌 과년한 처자가 지체 높으신 양반분과 자리를 함께할 수 있겠사옵니까?"

"저와 춘부장 어른과는 신분의 벽을 이미 허물었고, 제가 아버님을 스승으로 모시고 있습니다. 아버님께서 그대의 지식을 높이 평가하시니 그대의 고견을 듣고 싶을 뿐입니다. 저의 막힌 부분을 혹시 그대가 풀어

주실 수 있나 해서 여쭙는 것입니다."

김옥균의 간절한 부탁에 경화는 더 이상 뿌리칠 수 없었다.

"그러하시면 소녀 무례함을 무릅쓰고 듣겠나이다."

"거두절미하고 묻겠습니다. 조선을 개화시키려면 무엇이 가장 중요한 부분이라 생각하십니까?"

경화는 옥균의 기세에 눌리지 않고 당당하게 말했다.

"개화는 혁명이 아닙니다. 백성들의 의식이 바뀌지 않으면 개화는 물거품이 될 것입니다. 백성의 의식을 바꾸기 위해서는 개화 교육이 먼저 필요합니다. 어릴 때부터 사고방식을 바꾸지 않으면 조선 오백 년의 틀을 바꾸기 힘듭니다. 그래서 남자들 못지않게 아이와 아녀자들의 개화 교육이 필요하다고 생각하옵니다. 소녀가 아녀자의 입장에서 보니, 아녀자들의 생각이 바뀌면 아이들의 생각도 바뀝니다. 그런데 도련님이 추구하시는 개화는 모두 남자들에게만 집중하고 있습니다. 그것이 안타까울 뿐입니다. 조속히 교육을 실행해야 한다고 생각합니다."

옥균은 경화의 말에 속으로 감탄했지만, 시치미를 떼고 말했다.

"그렇게 말하는 근거가 있으시오?"

"제가 유학 경전은 많이 읽지 못했지만, 아버님이 청나라에 다녀오실 때마다 중국어로 번역한 서양 책을 많이 읽었습니다. 소녀가 읽은 서양 책 중에는 여자들의 의식구조가 사회를 바꾼다고 되어있었습니다."

김옥균은 경화의 이야기를 듣고 손뼉을 치며 말했다.

"과연 그대는 듣던 대로 조선 최고의 신여성이오. 부디 저를 도와주시오."

"소녀는 나서지 않고 조용히 아버님의 일을 도울 생각입니다."

옥균은 경화를 만난 이후 경화의 모습이 머리에서 떠나지 않았다. 인물에 반하면 그 여운이 오래 가지 않지만, 인품에 반하면 그 여운은 뇌리에 박히는 법이다. 그때부터 옥균의 마음속에는 경화가 여자에서 동지로 그리고 동지에서 연인으로 변하고 있었다. 경화도 마찬가지였다. 사랑은 양극이 움직여야 마음을 움직인다. 마음을 움직이면 자석처럼 서로 끌어당기는 강한 힘이 생긴다. 그러나 그 사랑을 방해하는 조선의 유교적 신분 사회는 둘의 사랑을 아프게 채찍질하고 있었다.

**견고한 장애물**

옥균은 책을 읽다가 글이 눈에 들어오지 않아 방문을 열었다. 마당에는 진달래가 연분홍 꽃망울을 터트리며 자태를 뽐내고 있었다. 봄의 아지랑이가 마당에 흔들리듯 춤을 추고 있었고 옥균은 멍하게 그것을 쳐다보고 있었다. 봄의 향내가 옥균의 코끝을 간질였다. 그것은 봄의 향기가 아니라 경화의 향기처럼 느껴졌다. 그 향기는 옥균의 심장으로 파고들었다. 옥균은 책을 던져두고 밖으로 나갔다. 발길은 귀신에 끌리듯이 경화의 집을 향하고 있었다. 막상 경화의 집에 도착했지만, 옥균은 경화의 집에 들어가지 못하고 몇 시간을 주변만 뱅뱅 돌고 있었다. 맥없이 집으로 돌아온 옥균은 용기를 내어 경화에게 편지를 보내기로 했다. 어떻게 보낼까 며칠을 고민한 끝에 오경석에게 빌린 책을 되돌려주는 핑계로 책 속에 편지를 넣기로 했다. 옥균은 경화의 집을 찾았을 때 가슴이 뛰었지만, 우물가에서 물을 한 사발 들이켜고는 당당하게 경화의 문을 두드렸다. 마침 오경석이 집에 없었기에 경화가 옥균을 맞이했다. 옥균이 나타나자 경화의 얼굴이 붉어지기 시작했다. 서로의 마음이 부풀어 올라 터질 것만 같았다. 두 사람은 복받치는 감정을 서로에게 들키지 않으려 애써 얼굴에 힘을 주었다. 먼저 옥균이 책을 내밀며 말했다.

"아버님께 빌린 책을 돌려드리기 위해 왔습니다."

"아버님은 지금 청나라에 가 계십니다."

"알고 있습니다. 책 속에 편지가 있습니다. 읽어보시고 답장을 주시기 바랍니다."

옥균은 책을 건네주고는 뒤도 돌아보지 않고 달렸다. 그의 가슴은 벅차올랐으며 하늘의 구름마저 자신을 따라오며 응원하는 것 같았다. 경화는 떨리는 손으로 책 속에 감춰진 편지를 열었다. 옥균의 글씨가 눈에 들어왔다.

"나는 낭자를 사랑하는 것 같소. 내 마음을 전할 길이 없어 번민의 밤을 여러 날 보냈소. 태어나서 이런 감정은 처음이오. 그러나 그대의 마음이 중요하리라 생각하오. 사랑은 음양이 서로 어울려야 꽃피운다고 했소. 그대의 감정을 알고 싶소."

경화는 편지를 몇 번이고 읽고 또 읽었다. 경화는 편지를 읽으면서 마음이 아렸다. 자신도 옥균을 사랑하지만, 사랑한다고 말할 수 없는 자신의 처지가 야속하고 미웠다. 경화는 어떻게 답장을 해야 할지 고민에 휩싸였다. 전통적 유교 사회에서 연모의 마음을 고백하는 여자는 부정한 여자처럼 보이기 때문이었다. 경화는 답장을 쓰지 않기로 했다. 그사이 옥균의 마음은 타들어갔다. 편지를 받고 답장을 하지 않는 그녀가 야속했다.

책을 펼쳐도 글자들 사이로 경화의 얼굴이 어른거렸다. 글자들이 맥없이 흩어져 문장을 이루지 못했다. 한참을 책과 씨름해 보았으나 허사였다. 그의 머릿속은 이미 경화에 대한 상념들로 가득해 글이 비집고 들어올 틈이 없었다. 책을 덮은 옥균은 자신도 모르는 사이에 발길이 오경석의 집으로 향했다. 아무래도 얼굴을 마주하고 자신의 감정을 전해야 할 것 같았다. 그러지 않고는 아무것도 할 수 없을 것만 같았다. 옥균은 뜨거운 가슴을 부여잡고 오경석의 집 문 앞에 서 있었다. 평소에 편안하게 드나들었던 그 대문이 오늘따라 경복궁 대문보다도 크게 느껴졌다. 옥균은 오경석이 출타 중인 것을 알았지만 큰소리로 청지기를 불렀다.
　　"이리 오너라."

평소에 옥균의 목소리를 아는 청지기가 급하게 문을 열며 말했다.

"주인어른은 지금 집에 안 계시는데요."

갑자기 옥균은 붉어진 얼굴로 호흡을 가다듬으며 말했다.

"오늘은 여기 주인어른의 부탁을 받고 경화 낭자를 찾아왔다. 낭자
는 계시는가?"

청지기는 양반집 도령이 느닷없이 주인집 처녀를 만나겠다니 적잖
이 당황스러웠다.

"주인마님께 먼저 말씀을 드리겠습니다."

옥균은 허둥대기 시작했다. 오경석의 부인이 나오면 어떻게 해야 할
지 갈피를 잡지 못했다. 또 오경화를 좋아한다는 사실이 알려지면 둘 다
곤경에 빠질 게 뻔했다. 초조함을 감추지 못해 쩔쩔매고 있는데, 옥균의
목소리를 들었는지 어디선가 경화가 나왔다.

"그러잖아도 아버님께서 도련님께 전해드리라는 물건을 가지고 있
습니다. 이리 드시죠."

옥균은 경화의 순간적인 재치에 한편으로는 당황스럽고 한편으로는
긴장이 되었다. 경화는 옥균을 사랑방으로 모셨다. 청지기가 물러가고
단둘이 있게 되자 옥균이 무안한 듯 먼저 말했다.

"낭자, 고맙습니다. 고맙다는 인사를 전하고 싶어 이렇게 불쑥 찾아
왔습니다. 무례를 용서해 주시기 바랍니다."

"고맙다는 말씀은 저번에 하신 걸로 알고 있습니다."

"편지로는 제 마음을 충분히 전하지 못했다고 생각해서 이렇게 실례를 무릅쓰고 찾아왔습니다. 용서해 주십시오. 저의 마음을 저도 모르겠습니다. 책을 읽고 있는데 글자가 하나도 눈에 들어오지 않고 낭자의 얼굴만 떠올랐습니다. 이런 감정은 처음입니다. 다시 한번 사과드립니다."

경화는 옥균이 고백을 하면서도 그것이 사랑의 감정인 줄 모르는 것이 순수하게 보여서 더욱 귀엽게 느껴졌다.

"사과하실 필요 없습니다. 그렇게 자신의 감정을 솔직하게 표현할 수 있다는 게 소녀는 그저 부러울 뿐입니다."

"낭자께서는 왜 솔직한 감정을 표현하실 수가 없는 것입니까?"

"남녀가 유별한데 어찌 소녀가 제 감정을 다 이야기할 수 있겠습니까? 소녀는 가슴에 간직한 채 살고 있습니다."

"그럼 낭자도 저처럼 가슴이 이렇게 뛰고 두근거린 적이 있습니까?"

경화가 머뭇거리는 사이 옥균이 참지 못하고 말했다.

"낭자의 마음을 알고 싶습니다. 저와 같은 마음을 가지고 계십니까?"

경화는 여자의 마음을 알아채지 못하고 답을 요구하는 옥균이 야속했다.

"마음은 마음으로 알아야 하는 것입니다. 입으로 나오는 소리는 진실한 마음의 소리가 아니라고 생각하옵니다."

옥균은 그제야 경화의 마음을 알고 안심이 되었다.

"그러면 내가 만나자고 하면 만나주겠소?"

"급하게 달아오른 쇠는 급하게 식어버립니다. 천천히 시간을 가지고 서로의 감정을 확인하는 것이 좋을 것 같습니다."

"만나고 싶을 때는 어찌하라는 말이오?"

"책을 빌린다는 핑계로 방문해주십시오. 그러면 소녀가 책을 가지고 나오겠습니다."

그러면서 경화는 옥균에게 책을 한 권 내밀었다.

"이 책은 세계 지도입니다. 세상이 이렇게 넓은 줄 소녀도 몰랐사옵니다. 도련님께서도 이 지도를 보시고 큰 뜻을 품으시길 바랍니다."

"앞으로 많은 가르침을 부탁하오."

"아녀자를 놀리시면 안 됩니다. 아버님께 들은 바로 도련님은 학식이 높고 뜻도 원대하다고 들었습니다. 아버님이 청나라에서 가져오는 신기한 물건들과 책을 접하면서 소녀도 저 끝없는 세상으로 나가고 싶었습니다. 청나라 너머의 구라파와 신대륙인 미국까지 가보고 싶었습니다."

옥균은 경화의 호기심 가득한 눈동자를 쳐다보았다. 눈동자가 어린 소녀처럼 천진난만한 빛을 발했다.

"빨리 개화가 되면 내가 그대를 데리고 함께 세계 여행을 하고 싶소."

옥균의 말에 경화는 눈을 반짝이며 말했다.

"그 말씀이 거짓인 줄 알지만, 소녀는 기쁘옵니다."

옥균은 정색하고 말했다.

"내가 왜 거짓말을 하겠소. 약속을 꼭 지키리다."

옥균은 자신이 꿈꾸는 개화된 조선을 만든 후에 경화를 데리고 세계 일주를 해보고 싶은 욕망에 두 주먹을 불끈 쥐었다.

옥균과 경화의 만남이 잦아질수록 주위 사람의 눈초리가 심상치 않았다. 신분이 낮은 중인의 여자가 고관대작 양반의 아들과 놀아난다는 소문이 퍼지자 경화는 마음이 복잡해졌다. 옥균이 과거시험도 등한시하며 매일 자신의 집에 찾아오는 것이 옥균의 미래를 위해서도 좋지 않거니와 애초에 이루어질 수 없는 사랑이라면 피차간에 상처를 만들기 전에 일찍 포기하는 것이 낫다는 생각에 마음을 다잡고 옥균에게 편지를 쓰기로 했다. 경화는 옥균에게 새 책을 빌려준다는 핑계로 옥균의 집으로 향했다. 옥균은 경화가 집을 찾아와 준 것만도 감정을 억제할 수 없을 정도로 가슴이 뛰었다. 경화는 고개를 숙이며 말했다.

"제가 저번에 도련님의 편지에 왜 답장을 못 드렸는지 아시는지요? 그것은 소녀의 마음을 결정하지 못했기 때문이었습니다. 그러나 곰곰이 생각하니 꼭 답장을 드려야 할 것 같아서 이렇게 찾아뵈었습니다."

책 속의 편지를 건네고 돌아설 때 경화의 눈에 눈물이 고였다. 경화는 눈물을 보이기 싫어 돌아서 힘껏 달렸다. 옥균은 경화가 떠난 후 멍한 마음을 다잡고 편지를 열었다.

"연정은 가슴 속에 담아둘 수 있지만, 이루어질 수 없는 사랑은 애초에 시작하지 않는 것이 좋다고 했습니다. 도련님과 저는 엄연히 신분이

달라 혼인할 수 없습니다. 저에 대한 도련님의 마음을 제 가슴속에 고이 간직하겠습니다."

옥균은 생각할 겨를도 없이 경화를 따라잡기 위해 뛰어갔다. 헐레벌떡 뛰어오는 옥균을 보고 경화는 사람이 많은 길가를 벗어나 조그만 언덕으로 올라갔다. 옥균은 경화의 손을 잡았다. 두 손은 긴장으로 떨리고 있었다. 옥균은 울부짖으며 말했다.

"나는 낭자를 사랑하오. 낭자 없이는 단 하루도 살 수가 없소. 신분을 뛰어넘기 위해서라도 우리는 사랑을 이루어야 하오. 낭자. 나를 믿어주시오. 만약에 낭자가 나를 사랑하지 않는다면 지금 당장 조용히 물러나리다. 낭자가 나를 어떻게 생각하는지 그것만 말씀해 주시오."

경화는 참았던 눈물을 쏟으며 말했다.

"세상은 하루아침에 바뀌지 않습니다. 소녀는 도련님을 위해서 사랑을 포기하겠다는 말씀입니다. 소녀의 마음을 헤아려 주시길 바랍니다."

"그깟 신분 차이로 사랑을 포기해야 한다면 세상을 바꾼들 무슨 의미가 있겠습니까? 제발 나의 마음을 받아주시길 바랍니다."

"사랑은 마음만으론 이룰 수 없는 것입니다. 지금 이대로 도련님과 학문적 동지로 이어지고 싶습니다."

옥균은 경화가 없는 세상은 생각하기도 싫었다. 지금처럼 경화와 만날 수만 있다면 옥균도 사랑의 병을 이겨낼 수 있을 것 같았다. 옥균은 호흡을 가다듬고 말했다.

"제발 헤어지자는 말은 하지 마시길 바랍니다. 저는 낭자 없이는 살수가 없습니다. 저와 낭자의 사랑을 지키기 위해서 저는 목숨 걸고 세상을 바꿀 것입니다. 저에게 힘이 되어 주십시오."

"그러면 지금처럼 편안하게 친구로 대해 주시기 바랍니다."

"친구라도 좋고 연인이라도 좋습니다. 부디 제 곁에만 머물러 주십시오."

옥균은 경화를 꼭 껴안았다. 경화의 심장 소리가 옥균의 심장 소리에 겹쳐졌다.


옥균은 경화와의 사랑을 위해서 과거시험에 몰두했다. 꿈을 이루기 위해선 무엇보다 과거시험에 통과해야만 한다는 것을 경화를 통해 몸으로 느끼게 되었다. 경화에 대한 그리움을 억누르고 학업에 매진한 옥균은 드디어 1872년 문과 알성시謁聖試에 장원급제했다.

옥균이 장원급제하자 섭정을 하고 있던 대원군이 사저인 운현궁으로 불렀다. 당시 대원군의 권위는 나는 새도 떨어뜨릴 정도였다. 대원군은 옥균의 재능이 매우 출중하다는 이야기를 듣고 자신의 사람으로 만들고자 했다. 산해진미로 차린 주안상이 들어오고 기생의 가락이 울려 퍼지는 가운데 옥균과 대원군의 생각은 좀체 아귀가 들어맞지 않았다. 술이 거나해진 대원군이 옥균을 떠보려고 물었다.

"그대는 나를 어떻게 생각하는가?"

질문을 받자 옥균은 일말의 망설임도 없이 대답했다.

"대원위 대감께서는 조선의 권력을 쥐고 계십니다."

젊은 옥균의 당돌한 대답에 대원군은 껄껄 웃으면서 말했다.

"자네도 권력을 쥐고 싶은가?"

"소인은 권력이 아니라 조선의 백성들이 잘사는 나라를 만들고 싶습니다."

대원군은 옥균의 인물됨을 보고 주위 사람을 물리쳤다. 시중드는 사람들이 물러가자 대원군은 옥균을 가까이 오라 하고 술을 따르며 말했다.

"나도 조선의 백성이 잘사는 나라를 만들고 싶을 뿐이야. 그러기 위해서는 권력이 필요한 것이야. 자네가 나의 사람이 되어주겠나?"

"대원위 대감께서 그렇게 말씀해주시니 소인 몸 둘 바를 모르겠습니다. 그러나 소인은 먼저 대감께 여쭤보고 싶은 게 있사옵니다. 대감께서는 조선과 백성이 위기에 처했을 때, 나라를 위해 무엇을 먼저 하셔야 한다고 생각하시는지요?"

"그야 당연히 외척을 물리치고 부패한 관료를 척결하고 왕권을 강화하는 것이 중요하지 않겠는가?"

"당연한 말씀이시옵니다. 대감께서 김씨 일파를 물리치고 유림의 반대에도 서원을 철폐한 것은 소인도 존경하고 있습니다. 그러나 지금 서양 세력들이 물밀듯이 밀려오고 있습니다. 천하의 중심이라는 청마

저도 서양의 군대에 패배해서 북경이 불타고 황제마저 도망가지 않았습니까?"

옥균의 말을 듣고 대원군은 정색하며 말했다.

"그깟 서양놈들은 우리가 물리칠 수 있어. 우리는 청과 달라. 병인양요와 신미양요를 보지 않았는가? 그들은 겁이 나서 도망친 것이야. 내가 세운 척화비가 그것을 말해주고 있지 않은가?"

"병인양요의 불란서 함대와 신미양요의 미국 함대는 상선을 호위하는 작은 함대에 불과합니다. 그 작은 함대에도 우리 조선의 피해가 막대하지 않았습니까?"

"자네는 양놈들의 함대가 겁이 난다는 말인가?"

"겁이 난다는 말씀이 아니라 현실을 직시해야 한다는 말씀입니다. 서양의 함대와 같은 흑선을 우리도 만들어서 힘을 키워야 합니다."

"서양의 흑선을 만들려면 어떻게 해야 한다는 말인가?"

"대감께서 유지하시는 쇄국책을 푸시고 서양에 문호를 개방해서 그들의 문화와 기술을 받아들이는 것이 좋은 방책이라 생각하옵니다."

"자네는 서양의 사이비 종교를 보지 않았는가? 부모에게 제사도 지내지 않고 왕과 백성이 똑같다고 현혹을 하니 어찌 그것을 받아들일 수가 있다는 말인가? 나는 왕조의 종묘사직을 지켜서 조상들에게 떳떳한 후손으로 남기를 바랄 뿐이야. 자네도 다른 생각하지 말고, 조선왕조 오백 년의 법통을 지키고 우리의 문화를 발전시키는 것이 서양을 이기는 것이라는 것을 알아두어야 하네."

옥균은 육십에 가까운 노인의 고집을 꺾을 수 없다고 생각했다. 더이상 대원군과 소모적인 논쟁을 한다면 자신의 신상에 해로울 것 같아 대원군에게 머리를 숙이며 말했다.

"소인, 대감의 깊은 뜻을 헤아리지 못했습니다. 용서해 주십시오."

"그래, 어려움이 있으면 언제든지 나를 찾아오도록 하게."

대원군의 집을 나서면서 옥균은 착잡한 심정을 가눌 길이 없었다. 옥균의 마음과 같이 그날 저녁에 비가 내렸다. 대원군이 보내준 가마꾼을 보내고 옥균은 비를 맞으며 생각에 잠겼다.

'저 고집불통 영감이 있는 한 조선은 더욱 힘들어질 것이다. 세상이 이렇게 급변하고 있는데 우물 속에서 하늘만 쳐다보고 있으니 조선은 새장에 갇힌 새와 다름없다.'

새장에 갇힌 새는 조선만이 아니라 경화의 처지도 마찬가지이니 경화부터 구제해야 한다는 생각이 앞섰다.

## 허공을 헤메다

옥균의 장원급제를 누구보다도 기뻐하는 사람은 경화였지만 경화의 마음 한구석에 알 수 없는 불길함이 번지기 시작했다. 옥균도 대원군을 만난 후 뭔지 모를 불안감에 휩싸였다. 옥균이 과거에 급제하고 며칠이 지나고 경화를 찾아가서 말했다.

"이제 나의 사랑을 받아주오. 먼저 부모님께 말씀드리고 청혼을 올리겠소."

경화는 청혼이라는 말에 당황스러운 듯 말했다.

"아직 때가 아니옵니다. 이렇게 경사스러운 시기에 부모님 마음을 아프게 하지 마시길 바랍니다."

"아닙니다. 매도 먼저 맞는 것이 낫다고 계속 미룬다고 해결될 일이 아닙니다. 저의 양부모님은 개방적이고 관대하신 분이시기 때문에 이해해주실 것입니다."

"부모님만의 문제가 아닙니다. 조선사회의 규율을 뒤엎는 혼인이옵니다. 혼인은 우리 두 사람만의 것이 아니라 가족과 친지들 그리고 나라에서 인정해주어야 비로소 혼인이 성사되는 것입니다. 저는 그것이 두려울 뿐이옵니다."

"저는 그만한 각오가 되어있습니다. 낭자께서도 마음을 단단히 먹고 계셔야 합니다. 이깟 신분제를 뛰어넘지 못한다면 어떻게 나라 전체를 개혁할 수 있겠습니까?"

옥균의 말에 경화는 눈물이 쏟아졌다. 그 말을 믿고 싶지만, 현실이 그를 쉽게 놓아주지 않으리라는 것을 알기에 눈물은 더 굵게 떨어졌다. 옥균은 경화를 꼭 껴안았다. 그도 부모님을 설득하는 것이 쉬운 일이 아니라는 것을 알고 있었다. 그러나 그의 가슴을 움켜쥐고 있는 경화를 놓칠 수는 없었다. 옥균에게는 경화에 대한 사랑이 공자의 가르침보다 더 숭고한 것이었다.

"아직 낭자의 아버님께는 말씀드리지 마시길 바랍니다. 제가 먼저 부모님의 허락을 받고 그다음에 낭자의 부모님께 승낙을 얻는 것이 도리라고 생각합니다."

옥균은 스승 오경석이 경화를 얼마나 애틋하게 생각하는지 잘 알고 있었다. 그래서 스승의 마음을 상하게 하고 싶지 않았다. 어떤 일이 있더라도 부모님의 허락을 받고 당당하게 스승께 따님을 행복하게 해드리겠다고 말하고 싶었다. 경화도 옥균의 마음을 알고 대답했다.

"아버님은 지금 청나라로 나가계셔서 육 개월 이후에나 돌아오십니다. 그때까지는 저도 말씀드리지 않겠습니다."

경화와 헤어진 후, 옥균은 항상 말을 잘 들어주는 양어머님께 먼저 말씀드려서 어머니를 우군으로 만드는 것이 유리하리라 생각했다. 옥균은 양아버지가 출타한 틈을 타서 내실로 들어가 어머니를 찾았다. 어머니는 옥균이 장원급제한 기쁨이 아직도 가슴에서 떠나지 않은 듯 행복에 겨워 주위 사람의 인사를 받고 있었다. 아기를 낳지 못해 가문을 잇지 못하는 고통 속에서 세월을 보냈던 양어머니였다. 뒤늦게 양자를 들이고 애지중지 키운 양아들이 장원급제까지 했으니 그 기쁨은 이루 말할 수 없었다. 옥균이 들어오자 어머니는 하던 일을 멈추고 옥균을 맞이했다.

"내가 며칠간 인사받는다고 정신이 없었다. 이 에미는 너한테 어떻게 고마움을 표해야 할지 모르겠구나."

"모두가 어머니께서 저를 잘 보살펴주신 덕분입니다. 소자는 어머님의 은혜를 한시도 잊은 적이 없사옵니다."

마음씨 고운 어머니는 옥균의 생모를 생각하며 말했다.

"이럴 때 네 생모는 얼마나 네가 보고 싶을까? 네 생모를 우리 집에 초대해서 잔치를 벌이는 것은 어떨까?"

양어머니가 옥균의 생모 이야기를 꺼내자 옥균은 시골에서 고생하고 있을 가족들이 떠올라 마음이 편치 않았으나 감정을 억누르고 말했다.

"그러실 필요까진 없사옵니다. 저를 낳아주신 부모님도 계시긴 하지만 저를 키워주시고 공부시켜 이 자리에 오르게 해주신 분들이야말로 소자의 부모님이라 생각해왔습니다. 어머님의 그 배려심에 소자는 고개 숙여질 뿐이옵니다."

"그래, 그러면 시골 생가에 내가 큰 선물을 보내도록 하마."

"어머님 감사하옵니다. 오늘 제가 어머님께 긴히 드릴 말씀이 있사옵니다."

"그래, 하고 싶은 이야기가 무엇이냐? 이 에미는 아들의 부탁이라면 목숨이라도 내어놓으마."

어머니의 말에 옥균은 목이 멨다. 옥균이 입을 떼려는 순간 어머니가 먼저 말했다.

"너의 부탁은 내가 모두 들어주는 것으로 하고, 그보다 조금 전에 유판서 댁에서 청혼이 들어왔다. 이제 너도 혼인할 나이가 되지 않았느냐? 과거에도 장원급제했으니 너를 사위로 삼으려는 정승들이 줄을 섰다."

어머니는 행복에 겨운 듯 웃음을 감추지 않고 말했다. 옥균은 어머니의 그 행복한 모습을 지켜주고 싶었으나 경화의 이야기를 꺼내지 않을 수가 없었다.

"어머니, 소자가 마음에 담고 있는 낭자가 있사옵니다."

옥균의 그 말에 어머니는 손뼉을 치며 말했다.

"우리 아드님 참 대단도 하시네. 과거 공부에 매달리면서도 연애사업까지 벌이셨다니 역시 큰 인물이야. 그래 어느 댁 규수라는 말이냐?"

순간 옥균은 등에 식은땀이 흘렀다. 그러나 여기에서 멈출 수는 없었다.

"역관 오경석의 딸 오경화라는 낭자이옵니다."

어머니는 순간 얼굴이 경직되면서 입술이 부르르 떨렸다.

"너 지금 에미를 놀리려고 하는 소리지?"

"어머님, 진심으로 사랑하고 있습니다. 저를 도와주십시오."

"어떻게 우리 가문이 역관의 딸과 혼인한다는 말인가? 조정에서도 가만히 있지 않을뿐더러 조상님들의 얼굴은 어떻게 본다는 말이냐?"

"어머님, 이제 세상이 바뀌어야 합니다."

"세상이 바뀌면 우리가 거기에 따르면 되는 것이다. 세상을 앞서가면 그것은 역적이 되거나 세상에서 버림받게 되는 것이다. 내가 너를 위해 목숨을 내어놓을 수는 있지만, 우리 가문의 명예를 더럽힐 수는 없다."

어머님의 강경한 태도에 옥균은 얼굴이 붉어졌다. 어머니는 정색하고 말했다.

"오늘 이야기는 안 들은 것으로 할 테니 아버님께는 절대로 이야기하면 안 된다. 그리 알고 물러가라."

어머니가 그렇게 화를 내는 모습을 일찍이 옥균이 본 적이 없었다. 어머니를 설득하지 못하면 아버지는 절대로 설득할 수 없다는 것을 직감하며 온몸이 땀으로 젖고 있었다.


옥균은 믿었던 양어머니의 완강한 반대로 정신을 잃은 사람처럼 방황했다. 경화는 이미 옥균이 괴로움을 예감하고 있었다. 퇴청 후 옥균이 찾아왔을 때 말했다.

"도련님이 힘들어하시는 모습을 지켜보는 저도 힘듭니다. 저를 포기하시고 양반댁 규수와 혼인을 치르시길 바랍니다."

옥균은 경화가 포기하는 것이 가장 두려웠다.

"그렇게 약한 모습을 보이지 마시길 바랍니다. 저 역시 큰 어려움이 따를 것이란 걸 알고도 그대를 좋아하게 되었습니다. 이 난관을 이겨내지 못하면 저는 아무것도 할 수 없을 것입니다."

"그러면 저는 어떻게 하면 좋겠습니까?"

옥균은 한참을 고민하다가 결심한 듯이 말했다.

"제가 낭자의 아버님께 청혼을 요청하겠습니다. 낭자의 아버님께서는 일찍이 서양 문물을 받아들이신 분이라 저희 둘을 이해하실 것입니다."

"저희 아버님은 우리 사이를 전혀 모르고 계십니다. 저희 어머니께서는 우리 사이를 눈치채고 걱정만 하고 계십니다."

"제가 모든 걱정을 해소하도록 하겠습니다. 낭자는 저만 믿고 따라오시길 바랍니다. 낭자께서 흔들리시면 안 됩니다. 내 가슴은 이미 낭자의 사랑으로 가득 차 더 이상 아무것도 받아들일 수가 없습니다."

"저의 마음도 도련님과 똑같습니다. 사랑의 불길이 이렇게 험한지 소녀도 미처 몰랐습니다. 그 불길을 끄기 위해서 모든 노력을 동원했지만, 그 불길은 점점 더 커져만 갔습니다."

"낭자, 그 사랑의 불길을 끄지 마시고 저와 함께 키워갑시다."

경화는 눈물을 글썽이며 옥균의 품속에 머리를 파묻었다.


양어머니의 설득에 실패한 후, 옥균은 장원급제한 것이 오히려 원망스러웠다. 그렇지만 청나라에서 돌아온 오경석에게만은 경화와의 혼담을 약조 받고 싶었다.

옥균은 경화의 아버지 오경석에게 고백했다. 그러나 오경석은 펄쩍 뛰었다.

"절대로 안 될 일입니다. 도련님과 저희 집안은 엄연히 신분이 다릅니다. 이것은 조선의 법도에 어긋나는 일입니다."

"그 신분제도가 조선을 망치고 있습니다. 우리가 그것을 깨트리기 위해 뭉치지 않았습니까? 제가 먼저 모범을 보이고 싶습니다."

"고균 혼자 힘으론 이루어낼 수 없습니다. 그리고 개화에도 시간이 걸리는 법입니다. 된장이 맛을 내려면 묵히는 시간이 필요하듯이 우리 조선이 바뀌는 것에도 시간이 필요합니다."

그 말이 옥균의 귀에 들어오지 않았다. 오경석은 가쁜 숨을 삼키며 말을 이어갔다.

"고균은 박규수 선생님의 말씀을 잊었습니까? 지체 높은 양반이 중인 신분의 여자와 혼인하면 모든 사대부의 손가락질을 받을 것입니다. 그리고 나는 애비로서 딸의 행복을 바라고 있습니다. 손가락질받는 혼인은 시키고 싶지 않습니다."

옥균은 오경석 앞에 무릎을 꿇었다.

"저희 혼인을 허락해 주시옵소서. 저는 따님을 행복하게 해줄 자신이 있습니다. 이렇게 간절하게 부탁드립니다. 저부터 바뀌지 않으면 세상을 바꿀 수가 없습니다."

오경석은 당황해서 얼른 옥균을 일으켜 세우며 말했다.

"개혁과 개화도 서서히 이루어져야 저항이 없습니다. 고균처럼 혈기 하나로 일시에 세상을 바꾸려는 태도를 박규수 선생님께서도 가장 우려

하십니다. 사사로움을 버리고 나라를 위해 목숨을 바칠 각오가 있어도 성공할 수 있을지 의문입니다. 그런데 이런 사사로운 감정에 얽매이시면 개혁은 결코 성공할 수 없습니다."

옥균은 오경석의 단호한 태도에 말을 잃고 멍하게 쳐다볼 뿐이었다. 오경석은 옥균이 돌아간 후, 경화를 불러서 말했다.

"나는 널 내 목숨보다 더 사랑한다. 네가 고균과 혼인하면 고균이 견딜 수가 없을 것이다. 네가 진심으로 고균을 사랑한다면 고균을 놓아주어라. 그게 진정한 사랑이다."

경화는 아버지의 마지막 부탁을 거절할 수가 없어 며칠 동안 잠을 이루지 못했다. 자신으로 인해 옥균이 출셋길이 막히고 고난이 따르리란 것을 알고 경화는 독하게 마음먹기로 했다. 사랑하는 사람의 행복을 위해서라면 희생도 감수해야 하는 것이 진정한 사랑이라고 경화는 생각했다. 머리로는 그렇게 생각했지만, 가슴은 옥균을 더 갈망하고 있는 자신을 보며 경화는 죽고 싶은 마음뿐이었다. 이승에서 이루지 못할 사랑이라면 차라리 처녀의 몸으로 깨끗하게 죽는 것이 자신도 지키고 옥균도 지키는 방법이라는 결론에 도달했다. 죽는다 생각하니 오히려 마음이 편해졌다. 마지막이라면 한 번은 봐도 되겠지 싶어 경화는 옥균의 집 느티나무 아래에 앉아 하늘을 쳐다보았다. 하늘을 떠도는 구름이 경화의 가슴에 포근히 안기는 것 같았다. 이 모든 게 마지막일 수도 있다고 생각하니 하늘도 구름도 산도 마을도 다 어여쁘게만 보였다.

저물녘에 옥균이 집으로 돌아오다가 이상한 느낌이 들어 느티나무를 쳐다보았다. 경화가 거기에 앉아 있었다. 옥균은 한걸음에 뛰어가서 경화를 안았다. 경화도 주위를 살피지도 않고 옥균의 품으로 몸을 기울였다.

"우리 둘이 도망갑시다. 아무도 없는 시골로 가서 그대와 단둘이 살고 싶습니다."

경화는 대답도 없이 물끄러미 옥균을 쳐다보았다. 과거에 장원급제한 꿈 많은 젊은이가 한 여자를 위해 모든 것을 내던지려 한다. 순간적으로 옥균을 따라서 도망치고 싶다는 생각이 스쳤다. 그러나 조선 어디를 가도 행복은 오래가지는 못하리라는 것을 경화는 알고 있었다.

"장원급제한 도련님이 모든 것을 포기하고 중인의 딸과 도망친다면 세상이 모두 우리를 비웃을 것입니다."

"세상의 이목은 다 필요 없소. 나는 낭자만 있다면 모든 것을 포기하겠소."

"도련님의 인생을 망치고 싶지 않습니다. 우리의 인연은 여기까지인 것 같습니다."

"헤어지다뇨? 무슨 말씀입니까? 저는 그렇게 할 수 없습니다. 어떤 난관도 헤쳐나갈 자신이 있습니다."

"저의 결심은 확고합니다."

"나는 포기할 수 없습니다. 끝까지 낭자를 따라갈 것입니다."

"죽음까지도 따라오시겠습니까? 도련님이 끝까지 고집하시면 죽으리라 결심하고 오늘 이렇게 찾아온 것입니다. 도련님을 위해서 저는 먼저 떠나려 합니다."

옥균은 경화의 눈을 쳐다보았다. 이미 죽음을 각오한 눈이었다. 옥균은 겁이 났다. 경화는 목숨을 걸고 나를 지키려 하는구나, 경화의 목숨이 내게 달려있구나, 내가 장래를 포기할 수도 있다고 생각할 때 경화는 목숨을 포기할 수도 있었던 것이구나, 그런 생각을 하니 온몸에 소름이 일었다. 옥균의 그림자가 어른거리는 경화의 눈에서 눈물이 쏟아져 내렸다. 옥균은 경화 앞에 무릎을 꿇고 말했다.

"제발 죽지는 마시오. 나를 위해 살아준다고 약속하시오. 그 약조만 해주면 그대 뜻대로 하겠소."

경화의 눈에 막 떠오르기 시작한 달빛이 어른거렸다. 경화는 옥균을 일으켜 세우며 말했다.

"그러면 약조하십시오. 저를 잊고 양반댁 규수와 혼인해 개화된 세상을 만드시겠다고."

옥균은 경화의 손을 꼭 잡고 말했다.

"내 약조하겠소. 그 대신 죽지 않고 살아있겠다고만 약조해주시오. 그대가 죽으면 나도 따라서 죽을 것이오."

경화는 옥균을 꼭 껴안았다. 세상이 원망스러웠다. 하늘이 우리의 사랑을 시샘하는 것일까? 신분 차별이 없는 세상이 온다면 그때 옥균을 다시 만나, 못다 이룬 사랑을 마저 이루고 싶었다.

"죽지 않겠습니다. 살아서 도련님의 꿈이 이루어지는지 소녀는 멀리서 지켜보겠습니다."

옥균의 눈에서 뜨거운 눈물이 흘렀다. 경화는 옥균의 눈물을 저고리 소매로 닦아주며 옥균에게 말했다.

"나를 진심으로 사랑한다면 도련님이 원하시는 세상을 만들어주세요. 저는 도련님이 만든 세상에서 훨훨 날아다니며 살고 싶습니다."

느티나무의 산비둘기가 목이 쉬도록 꺼억꺼억 울고 있었다. 옥균과 헤어진 경화는 아무렇지도 않은 듯 달빛이 안내하는 길을 따라 말없이 걸었다. 눈물이 그 길에 떨어지며 달빛에 영롱하게 빛나고 있었다. 옥균은 그날 이후 방황에서 벗어나 경화의 사랑과 꿈을 지키기 위해 조선의 개화에 목숨 바치겠다는 결심을 했다.


옥균이 과거에 장원급제한 이듬해인 1873년, 10년간의 대원군 통치가 끝났다. 대원군은 외척과 세도가를 척결하고 나라의 기강을 바로 세웠지만, 외교는 문외한이었다. 서양을 배척하는 양이攘夷 사상을 바탕으로 나라의 문을 걸어 잠그는 것, 이른바 쇄국 정치는 조선을 나락으로 밀어 넣었다. 병인양요와 신미양요를 거치면서 그는 조선의 빗장을 더욱 굳세게 잠갔다. 프랑스와 미국의 작은 군함 몇 척이 강화도를 쑥대밭으로 만들고 수많은 백성을 죽였다. 프랑스와 미국 모두 프랑스는 공화정의 혼란, 미국은 남북전쟁 후유증 등 국내 사정으로 인해 조선 본토를 공격하지 않고 물러갔음에도, 대원군은 서양 오랑캐와 싸워 이겼노라 선전하면서 척화비를 세우고 스스로 개구리가 되어 우물 안으로 뛰어들었다. 그의 정치적 지향은 오직 왕권 강화밖에 없었다. 고종이 성년이 되었으므로 그는 십 년 만에 섭정에서 물러났다. 그를 이어 왕권을 잡은 아들 고종은 더욱 한심했다. 욕심이 많았으며 남을 믿지 못하고 겁이 많은 전형적인 소인배였다. 그는 중전 민비의 치마폭에 싸여 외척세력을 키웠다. 아버지에 대한 반발심으로 쇄국책을 포기하고 서양을 받아들이기로 했지만, 커피와 와인 같은 서양의 사치품을 즐기기만 했지 나라의 힘을 키우는 데는 소홀했다. 이런 위기 상황에서 박규수를 중심으로 한 개화파가 전면에 등장하게 된 것이다.

서양이 함선으로 통상을 요구했지만 번번이 실패하자 아예 조선을 포기하고 있을 때, 일본이 서양 흉내를 내면서 조선에 통상을 요구하기 시작했다. 박규수는 고민 끝에 결론을 내렸다. 어차피 서양에 개항해야 하는 상황이라면, 이미 부산 왜관에서 무역을 하고 있었던 일본과 먼저 통상 조약을 유리하게 체결하고, 그것을 기준으로 서양과 조약을 체결하는 것이 옳다고 고종에게 전했다. 박규수의 뜻대로 조선은 일본과의 장기적인 협상에 들어갔다. 협상이 순조롭게 진행이 되지 않자 박규수가 보통 사람이 아니라는 것을 깨달은 일본은 음모를 꾸며 박규수를 협상에서 배제시켰다. 1874년 박규수가 일본의 음모로 우의정에서 물러나면서 일본은 운요호사건雲揚號事件을 일으켜 물리력으로 강제 조약을 체결했다. 불평등조약인 강화도조약이 체결됨으로 박규수가 우려했던 일이 현실로 다가왔다. 강화도조약의 실무를 역관 오경석이 맡게 되자 박규수는 오경석을 불러서 말했다.

"어차피 우리 조선은 임진왜란의 비극을 피하기 위해 일본과 만국공법에 따른 조약을 체결해야만 한다. 일본인들에게 전쟁의 빌미를 제공해서는 안 될 것이야. 그렇지만 무조건 일본의 말만 따르는 굴욕적인 조약이 되어서도 더욱 안 되네. 그러기 위해서는 자네의 역할이 매우 중요하네. 조선 백성들에게 피해가 가지 않는 범위 내에서 개항을 이끌어주게나."

오경석은 스승 박규수가 무슨 뜻으로 그런 말을 하는지 잘 알고 있었다.

"스승님 걱정하지 마십시오. 제가 중간에서 최선을 다하겠습니다."

박규수는 오경석에게 술을 한 잔 따르고는 말했다.

"나는 이미 늙어서 이제 나라를 위해 나설 수도 없네. 우리 조선이 걱정되어 잠을 이룰 수가 없고 죽어서도 편하게 눈을 감을 수 없을 것 같아. 자네도 이미 흰머리가 듬성듬성 나를 따라오네그려. 우리 젊은이들이 빨리 국제정세에 눈을 뜨고 일본을 따라잡아야 할 것이야. 이제 그 몫은 자네에게 달려있네."

오경석은 박규수가 말하는 젊은이들이 누구인지 알고 있었다.

"고균 김옥균과 금릉위 박영효 같은 개화파 젊은이가 있는 이상 조선은 무너지지 않을 것입니다."

"자네가 그들을 잘 인도해야 하네. 젊음이 좋긴 하지만 너무 급한 것도 흠이야. 우리도 젊었을 때 모든 것을 한꺼번에 바꿀 수 있다고 생각했지만, 세상은 그렇게 만만하지 않다는 걸 나이 들면서 깨닫게 되었지. 그러나 종국에 세상을 바꾸는 건 그 젊은이들이 아니겠는가? 자네가 그 균형을 잡을 수 있도록 인도해 주게."

"목숨을 걸고 스승님의 말씀을 가슴에 새기겠습니다."

"아무튼, 이번 일본과의 조약을 슬기롭게 처리하는 것이 세계화에 나서는 첫걸음이라고 생각하네. 우리가 불란서와 미국 함선을 물리쳤다고 쇄국으로 돌아선 것이 나는 안타깝기만 하네. 일본은 이미 도쿠가와 막부부터 서양과 통상 조약을 체결하면서 서양 문물을 받아들여 강한 나라가 되었어. 우리가 일본보다 조금 늦었지만, 일본을 시작으로 미국, 영국, 불란서 등과 조약을 체결하고 무역을 통해 힘을 키워야 해. 고립되면 영원히 뒤떨어질 뿐이야. 나는 그것이 걱정이네."

오경석은 박규수 집을 나서면서 착잡한 심정이었다.


1876년 조선과 일본이 맺은 강화도조약은 조선 최초의 통상 조약이었다. 조약의 정식 명칭은 조일수호조규朝日修好條規였다. 강화도조약 체결 이전부터 조선을 둘러싼 국제정세는 급변하고 있었다. 당시 일본과 청나라는 동아시아를 넘보며 남하하는 러시아를 가장 경계했다. 본토와 거리가 멀었던 영국과 미국, 프랑스는 영토 야욕이 없고 통상을 위주로 개방을 요구했지만, 러시아는 극동의 부동항을 확보하기 위해 영토 야욕을 드러내고 있었다. 러시아는 1860년 청나라와 협약으로 연해주를 넘겨받았으며 일본과의 협약으로 사할린을 영토로 편입했다. 그리고 부동항을 찾으면서 조선을 노리고 있었다. 일본과 청나라는 조선을 러시아에 넘기면 안 된다는 데 뜻을 같이하면서 서로 조선에 대한 주도권을 쥐고 싶어 했다. 한편 조선은 러시아가 남하하자 청나라가 자신을 지켜줄 것이라 믿고 황제에게 서신을 보냈다. 그러나 청나라는 러시아의 함대를 대적할 만한 함선이 없었다. 청나라 황제가 어정쩡한 태도를 보이는 사이에 일본이 조선의 개방에 적극적으로 나서게 된 것이다. 일본은 조선이 러시아에 넘어가면 그다음은 자신이 되리란 걸 잘 알고 있었다. 러시아와 일본이 호시탐탐 조선을 노리고 있었지만, 조선은 고종의 무능과 민씨 일파의 부정부패로 얼룩진 가운데 재기를 노리는 대원군과 민씨 일파의 싸움이 이어졌다. 지방 유생이었던 위정척사파들은 대원군을 몰아냈지만, 다시 대원군과 손잡고 민씨 일당과 물고 물리는 싸움만 계속하고 있는 가운데 조선은 일본과 강화도조약을 맺을 수밖에 없었다. 일본은 자신들이 서양과 맺었던 불평등조약을 악용해 조선과 조일수호조규를 맺은 것이다.

## 두 스승이 떠나가다

박규수는 죽을 날이 가까이 온 것을 알고 오경석을 따로 불렀다. 오경석은 자신이 믿고 따르던 스승 박규수의 마른 손을 잡고 말했다.

"스승님. 아직도 할 일이 많으신데 속히 일어나셔야 합니다."

"나는 이제 가망이 없네. 내가 자네에게 큰 짐을 맡기고 떠나니 마음이 무겁네. 나라가 풍전등화에 처해 있는데 민씨 일파들은 사리사욕에 빠져 나라가 고꾸라지든 말든 신경 쓰는 사람이 없네. 배가 기울어 가는데 배를 구할 생각은 하지 않고 짐만 빼돌리는 형국이니 배는 머잖아 가라앉고야 말 것이야. 자네가 서둘러 배를 수리해 저 망망대해로 나가도록 하게."

"스승님 저는 중인에 불과합니다. 제가 어찌 그 막중한 일을 할 수가 있겠습니까?"

"자네가 개혁의 불씨가 되어주게. 불씨를 살릴 수 있는 젊은 유학자들이 있지 않나? 그중에 나는 김옥균을 눈여겨 보아왔네. 그는 기울어가는 배를 살릴 수 있는 배짱과 지혜를 가졌어. 자네는 김옥균을 도와야 하네."

오경석은 자신에게도 병이 있다는 말을 차마 할 수 없었다. 그는 몇 달 전부터 기침이 잦고 가래에 피가 섞여 나오곤 했다.

"스승님 말씀 명심하겠습니다."

박규수는 가냘픈 목소리로 말했다.

"내가 김옥균을 이리 불렀어. 아마 오고 있을 거야."

잠시 후에 김옥균이 방문을 열고 들어왔다. 그는 두 스승 앞에 먼저 큰절을 올렸다. 박규수가 옥균에게 말했다.

"이리 가까이 오게."

박규수는 오경석과 김옥균의 손을 잡으며 말했다.

"앞으로는 둘이서 힘을 합해 조선의 개혁을 이끌어주게. 오경석은 중인 신분이라 전면에 나설 수 없으니 고균 자네가 앞장서게. 오경석은 뒤에서 자네를 지원할 것일세."

옥균은 눈물을 글썽였다.

"제가 목숨 걸고 스승님이 이루려 하셨던 일을 완수해나가겠습니다. 그리고 개혁이 이루어지면 제일 먼저 신분 차별을 없애고 오경석 선생님을 최고의 자리에 모시겠습니다."

옆에서 오경석이 말했다.

"나는 높은 자리를 바라지 않습니다. 다만 조선이 서양에 뒤지지 않고 모든 백성이 평등하게 살았으면 좋겠습니다."

옥균은 오경석을 쳐다보자 가슴에 맺힌 응어리가 터져 나올 것 같았다. 자신이 사랑하는 여인의 아버지로 끝내 사랑을 허락하지 않은 사람이었다. 옥균은 오경석이 원망스럽기도 했지만, 그의 마음이 충분히 이해되어 존경이 더욱 깊어졌다. 그리고 기필코 조선을 개화시키겠다는 경화와의 약속이 떠올랐다. 옥균은 오경석에게 정중하게 말했다.

"앞으로 사석에서는 존댓말을 쓰지 마시고 편하게 대해 주시길 바랍니다."

"무슨 말씀이십니까? 양반에게 중인이 하대하면 국법으로 큰 벌을 받습니다. 사소한 일로 대사를 망치는 일이 있어서는 안 됩니다."

옥균이 머뭇거리는 사이에 박규수가 말했다.

"그것은 오경석의 말이 옳다. 그대로 따르도록 하라. 조선은 풍전등화의 위기 속에 있다. 지금 바로 잡지 못하면 조선은 어느 나라에 의해서건 식민지로 병합될 것이야. 청은 조선이 속국이라는 이유로 끝내 조선을 병합하려 할 것이며 일본도 임진왜란에서 못다 이루었던 조선 병합의 야욕을 드러낼 것이다. 그리고 서양 세력들도 인도를 식민지화한 것처럼 우리나라를 호시탐탐 넘볼 것이다. 우리가 힘을 키우지 않으면 조선을 지킬 수 없을 것이다. 나라의 힘이 없으면 그것은 나라가 아니야. 나라는 입으로 지키는 게 아니라 힘으로 지켜야만 하는 것이다."

"명심하겠습니다."

"그 힘을 키우기 위해서는 무엇보다 지도자가 중요한 것이야. 지금 조선의 지도자들은 입으로만 떠들고 있어. 입은 화만 부를 뿐이야. 힘을 키우지 않으면 그 나라는 먹히고야 만다는 것을 잊지 말아야 한다. 그게 동서고금의 역사가 말해주는 진리야."

박규수는 마지막 유언을 하듯이 가슴에 담아두었던 이야기를 모두 쏟아내고는 숨을 헐떡거렸다. 옆에 있던 오경석이 물을 드렸다. 물을 마시고 호흡을 가다듬은 박규수는 두 사람의 손을 꼭 잡고 말했다.

"이제 쉬고 싶다."

그것이 박규수의 마지막 말이었다. 1877년 박규수는 오경석과 김옥균을 만난 지 몇 달 후 숨을 거두었다. 오경석은 오열하다가 탈진해 쓰러졌다. 그리고 오경석은 자신의 모든 책을 옥균에게 넘겨주었다. 경화는 그 모습을 묵묵히 지켜보고만 있었다.


옥균은 경화를 잊기 위해 개화 사업에 더욱 몰두했다. 첫사랑의 상처가 너무나 컸기에 어떤 여인에게도 눈길을 줄 수 없었다. 혼인에 뜻이 없는 옥균을 설득하기 위해 생부와 생모까지 나섰다. 심지어 생부는 옥균에게 이렇게까지 말했다.

"정녕 네가 그 여자를 못 잊으면 경화를 첩으로 들이는 것이 어떻겠느냐?"

옥균은 울먹이며 말했다.

"그건 그녀를 두 번 죽이는 처사입니다."

그러나 옥균이 혼자 버티기에는 조선이 그렇게 만만한 나라가 아니었다. 심지어는 옥균의 친구마저 옥균에게 이렇게 말했다.

"우리가 나라를 바꾸려는 뜻을 품고 있는데, 마음에서 여자 한 명 지워내지 못하면 어찌 큰일을 도모할 수 있다는 말인가?"

옥균은 더 이상 버티지 못하고 양부모가 소개한 유씨 집안 딸과 혼인했다. 김옥균의 처 유씨 부인은 유길준과 먼 친척이었다. 혼인식을 올리는 김옥균의 심정은 착잡하기만 했다. 마음 깊은 곳에서 경화가 떠나지 않는데 순진한 처녀를 속이고 혼인한다는 죄책감마저 들었다.

부모의 강요에 혼인할 수밖에 없었던 옥균은 첫날밤에 처량한 눈길로 여인을 바라보았다.

'저 여인은 또 무슨 죄가 있어 나에게 시집을 왔다는 말인가?'

여인은 부끄러운 듯이 살짝 옥균을 쳐다보고는 계속 눈길을 방바닥에 둔 채 석상처럼 굳어있었다. 옥균은 여인이 안쓰럽기만 했다.

박규수가 떠난 지 2년도 지나지 않아 폐병이 깊어진 오경석은 각혈을 토해내다 기도가 막혀 유언도 남기지 못한 채 절명했다. 오경석이 사망하자 경화는 하늘이 무너지는 것만 같았다. 옥균과 헤어진 후, 믿고 따르는 유일한 사람이었던 아버지마저 돌아가시자 경화는 나침판을 잃은 배처럼 방향을 잃은 채 방황했다. 아버지의 상가에 옥균이 나타났다. 과거에 급제하고 혼인까지 치른 옥균이 오경석의 시신 앞에 꿇어앉아 흐느끼기 시작했다. 스승 박규수에 이어 오경석마저 떠나보내는 것이 비통하기도 했지만, 오경석의 딸 경화를 지켜주지 못한 것에 대한 자책과 울분이기도 했다. 옥균은 오경석의 관을 잡고 오열하며 말했다.

"스승님의 꿈이 바로 눈앞에 있는데 그 꿈을 이루어드리지 못한 제가 죄인입니다. 박규수 대감께서 가시고 바로 이렇게 따라가시니 남은 저희들은 어떻게 하라는 말씀입니까?"

양반이 중인에게 스승이라 호칭하면서 서럽게 우는 옥균의 모습을 보고 주위 사람들이 수군거렸다. 옥균은 인생의 지표였던 스승 두 분이 두 해 사이에 모두 돌아가시니 애통한 마음을 감출 수가 없었다. 게다가 경화에 대한 죄책감까지 겹쳐 오경석의 시신 앞에서 옥균은 목이 닳도록 울고 또 울었다. 그 모습을 지켜보는 경화의 마음은 더욱 슬픔에 잠겨들었다. 조문이 끝나고 옥균이 나갈 때 경화가 따라 나와 인사를 했다.

"이렇게 찾아와주셔서 감사드립니다."

옥균이 오랜만에 경화와 단둘이 있게 되자 옥균의 가슴은 방망이질하듯이 뛰었다.

"저를 용서해 주십시오."

옥균의 입에서는 그 말 밖에 나오지 않았다. 경화는 옥균의 얼굴을 보면서 말했다.

"모든 것이 인연입니다. 누구를 원망하겠습니까? 저는 도련님을 평생 가슴 속에 묻고 살겠습니다. 도련님이 어떻게 생각하시든 도련님에 대한 저의 사랑은 가슴속에 묻어두고 아름답게 간직하며 살겠습니다."

"그러면 내가 더 나쁜 사람이 되는 것 아닙니까? 부디 못난 저를 잊어주시고 저에게 욕이라도 해주십시오. 낭자께서 주시는 어떤 벌이라도 달게 받겠습니다."

"사랑이란 주고받는 것이 아니라고 생각합니다. 저는 제 가슴의 사랑이 식을 때까지 제 방식대로 사랑을 간직할 것입니다."

경화의 눈에 눈물이 맺히고 있었다. 그 눈물이 비수처럼 옥균의 가슴을 찔렀다.

오경화는 아버지가 돌아가시고 옥균이 혼인한 이후 삶의 방향을 잃고 헤매고 있었다. 간간이 중인들 가운데 혼사 의뢰가 들어왔지만, 경화는 매번 핑계를 대고 거절했다. 옥균을 가슴에서 비워내기 전에 다른 남자와 혼인한다는 것 자체가 자신에게는 불결한 일이고 상대에게는 배신이라 여겨졌기 때문이었다. 경화의 어머니는 딸의 심정을 아는지라 더 강요하지는 않았지만, 딸의 나이가 찰수록 근심도 늘어만 갔다. 그런 와중에 오경화가 영특하고 서양 지식에 밝다는 소문이 조대비의 귀에 들어가게 되었다. 조대비는 자신의 곁에 양학에 밝은 궁녀를 두어 바깥세상에 대한 지식을 얻고자 했다. 조대비의 궁녀들은 하나같이 어릴 때부터 궁궐에 들어와 서양은 고사하고 대문 밖 사정에도 어두웠다. 조대비는 늘 그것이 답답했다. 조대비는 역관 오경석의 딸이 양학에 밝고 영특하고 처신이 바르다는 소식을 듣고 무릎을 쳤다. 이내 조카 조성하를 불러 오경석의 딸을 자신의 곁에 두고 싶다고 말하자 조성하는 오경화의 집을 찾았다. 대왕대비의 조카가 오경화를 찾아온 것이다. 경화의 어머니는 머리를 조아리고 조성하를 맞이했다. 오경석이 죽은 후에 비워두었던 사랑방에 조성하를 모셨다. 경화의 어머니는 대왕대비의 친조카인 조성하가 무슨 일로 일개 중인의 집에 직접 왔는지 두렵기도 하고 걱정되기도 했다. 조성하가 자리를 잡고 입을 열었다.

"대왕대비 마마께서 이 댁 따님이 영특하다는 소문을 듣고 한번 만나기를 청합니다."

경화의 어머니는 조성하의 말을 듣고 까무러칠 정도로 놀랐다.

"대왕대비 마마께서 어인 일로 미천한 저의 딸을 보시고자 하시옵니까?"

"대왕대비 마마께서는 바깥세상 돌아가는 것에 관심이 많으십니다. 이 댁 따님께서 역관이신 아버지의 영향으로 서양 문물에 밝다 하니, 그 소문을 듣고 곁에 두고자 하십니다."

"곁에 두고자 하심은 무슨 말씀이시온지요?"

"상궁의 높은 벼슬을 내리시겠다는 말씀입니다."

어머니는 딸을 궁녀로 보내고 싶은 마음이 조금도 없었다. 그러나 대왕대비 마마의 명령을 거역할 수도 없는 지경이었다. 어머니는 어렵게 입을 뗐다.

"저의 딸은 혼인을 약속한 남자가 있사옵니다. 헤아려 주시기 바랍니다."

"대왕대비 마마께서는 강제로 데려오지는 말라고 하셨습니다. 따님을 한번 만나볼 수 있겠습니까?"

어머니는 마지못해 경화를 불렀다. 조성하는 경화에게 질문을 몇 번 하고는 경화가 소문대로 서양 문물에 해박하며 똑똑하다는 것을 알고 놀랐다. 그리고 경화에게 말했다.

"너의 그 신학문과 지혜를 대왕대비 마마께 조언해줄 의향은 없느냐? 대왕대비 마마께서는 세상 돌아가는 것에 관심이 많으신데 궁궐에 있는 궁녀들은 하나 같이 우물 안 개구리들이니 대왕대비 마마께서 답답해하고 계시다. 그래서 너와 같은 인물을 곁에 두시고 견문을 넓히시고자 하신다. 너의 뜻은 어떠하냐?"

경화는 조성하의 이야기를 듣고 지금 조선의 최고 어르신인 대왕대비의 마음을 움직이면 옥균이 원하는 개화에 조금이나마 도움이 되겠다는 생각이 떠올랐다. 그리고 혼인할 생각도 없는데 계속 거절하고 있는 지금의 상황에서 벗어날 수 있는 도피처로 최선이라는 생각이 들었다. 경화는 한참을 생각한 후에 조성하를 쳐다보며 말했다.

"소녀, 미약한 지식이나마 아버님께서 가르쳐주신 서양의 지식과 학문을 대왕대비 마마께 전해드리도록 하겠습니다."

경화의 말에 어머니는 깜짝 놀랐다.

"너는 평생 혼자 살아야 하는 궁녀로 들어가겠다는 말이냐? 너에게 들어온 혼사 자리는 어떻게 한다는 말이야?"

"어머님, 저는 이미 혼자 살겠다고 마음먹고 있었습니다. 마침 제 마음을 하늘도 알았는지 대왕대비 마마께서 저를 불러주시니 저는 하늘의 뜻이라 생각하고 받아들이겠습니다."

말문이 막힌 어머니 옆에서 조성하가 웃으며 말했다.

"과연 소문대로 개화된 처녀로구나. 대왕대비 마마께서도 무척 좋아하시겠구나."

경화는 옥균을 잊기 위해서, 그리고 옥균이 혼인 이후에도 가지고 있을지 모를 작은 미련조차 단념시키기 위해 조대비의 상궁으로 들어가리라 결심했다. 경화가 조대비의 궁녀로 들어가는 날 어머니는 통곡하며 남편의 무덤 앞에서 울부짖었다.

"내가 당신에게 이르지 않았습니까? 여자의 행복은 평범한 남자를 만나서 그만그만하게 사는 것이라고. 경화가 궁녀가 된다니, 평생 궁궐에 갇혀 살아야 한다니 당신이 딸의 행복을 망쳤습니다."

경화는 아버지의 무덤을 어루만지며 어머니께 말했다.

"이것이 소녀의 운명이라 생각하옵니다. 아버님 탓이 아니옵니다. 아버님은 저를 사랑한 죄밖에 없습니다."

경화는 울면서 옥균을 생각했다. 평생 처음 사랑을 안겨준 옥균을 다시 볼 수 없다는 생각에 설움이 복받쳤다. 그러나 어머니 때문에 눈물을 보일 수는 없었다. 경화가 조대비의 궁녀로 들어간다는 소문이 옥균의 귀에도 들어왔다. 옥균은 경화가 궁으로 떠나는 날 경화의 집이 보이는 언덕으로 올라가 가마에 올라타는 경화의 모습을 안타깝게 지켜보았다. 눈물이 옷깃을 적시는 줄도 몰랐다. 갑자기 불어온 돌개바람이 옥균의 마음을 아는지 모르는지 애꿎은 나뭇가지만 비틀어 꺾고 있었다.

## 날개 잃은 새

강화도조약 이후 일본의 메이지 정부는 조선과의 무역을 강화하기 위해 상인들을 대거 부산 왜관에 투입하고 있었다. 일본 상인의 숫자가 늘어나자 그들이 믿는 불교도 함께 따라왔다. 일본 정토종의 본산인 히가시혼간지東本願寺의 부산 별원이 세워졌다. 지금 부산의 대각사가 바로 그 사찰이다. 히가시혼간지는 조선의 포교 활동을 위해 오쿠무라 엔신奥村圓心[10]을 부산 별원의 초대 주지로 임명했다. 오쿠무라 엔신은 조선에서 포교 활동을 하면서 조선 승려와도 교류의 폭을 넓혔다. 보수적인 조선 승려들은 일본의 접근에 응하지 않았지만 유독 통도사에 있던 젊은 승려 이동인은 일본에 관심이 많았다. 어느 날 이동인이 부산 별원의 오쿠무라를 찾아왔다. 그 둘의 만남은 히가시혼간지의 조선 포교일지에 기록되어있다. 이동인은 일본으로 가기 위해 부산에 나와 있는 일본 불교를 이용할 생각을 했다. 스스로 머리를 깎고 중이 되어 오쿠무라 엔신

---

10  조선 승려 이동인을 일본으로 밀항하게끔 도움을 준 일본 포교승. 개화파 박영효, 김옥균 등이
    일본에서 활동하는 데 지원을 아끼지 않았다.

에게 접근한 것이다.

오쿠무라 엔신은 일본의 군함을 구경하기를 간절히 바라는 이동인을 히에이함比叡艦으로 안내해서 구경시켜주었다.[11]

이동인은 증기를 동력으로 하고 철갑함포를 장착한 서양식 군함 히에이함을 보고 이순신 장군의 거북선이 아무리 개량된다 한들 강철로 무장한 저 군함을 상대할 수 없으리란 것을 깨달았다. 이동인은 일본 군함을 보고 다시 한번 조선 개화의 절박함을 느꼈다. 이동인은 오쿠무라를 만나서 불교 이야기를 나누기보다는 근대화된 일본의 기술과 문화에 더 관심을 기울였다. 이동인은 오쿠무라에게 일본의 근대화 관련 서적과 자료를 요구했다. 오쿠무라는 조선의 포교를 위해 이동인에게 최대한 일본의 책과 자료들을 구해다 주었다. 이동인은 이 자료들을 들고 한양으로 올라갔다. 당시 불교는 유림과 위정척사파들이 물러나고 조선이 근대화되어야 불교가 옛 명성을 되찾을 수 있다고 판단한 젊은 승려들 중심으로 개화의 실마리를 찾고자 노력했다. 이동인과 김옥균의 만남은 서울 봉원사에서 이루어졌다. 독실한 불교 신자인 김옥균은 가끔 봉원사에 들렀는데 그가 개화에 관심이 많다는 것을 알고 있는 주지 스님이

---

11    오쿠무라 엔신의 「조선국 포교일지朝鮮國布教日誌」, 1878년 12월 11일.

말했다.

"우리 불교를 유학자들이 억압하고 있는데 고균이 이렇게 절을 자주 찾아오면 출세에 지장이 있는 것 아닙니까?"

주지 스님의 농담 섞인 말에 옥균이 웃으며 대답했다.

"조선을 망친 것은 성리학에 매몰된 고집불통의 유학자 때문이라고 생각합니다. 공자님도 세상을 바꾸려는 개혁가였습니다. 그런데 조선에서는 공자님의 개혁 정신은 사라지고 글자에 함몰되어 흐느적거리는 유학자들만 있습니다. 지금 공자님이 보신다면 한심한 놈들이라고 쫓아버렸을 것입니다."

옥균의 말을 듣고 주지 스님은 한참을 망설인 끝에 입을 열었다.

"우리 절에 부산에서 온 개화승 한 분이 계신데 고균과 잘 어울릴 것 같습니다. 그분은 부산 왜관의 일본인을 통해 개화와 관련한 중요한 서적과 자료들을 구해서 가지고 계십니다. 조선의 근대화에 몸을 아끼지 않겠다는 이상한 스님입니다. 한번 만나보시겠습니까?"

옥균은 주지 스님의 말에 그 개화승을 꼭 만나보고 싶었다.

"스님, 불가의 인연이 이렇게 시작되는 것 같습니다. 제가 그분을 만나는 것은 우연이 아니라 필연인 것 같습니다. 꼭 만나게 해주십시오."

"그 개화승도 고균을 만나기 위해 부산에서 한양으로 올라왔다고 합니다."

김옥균은 이동인을 만나는 자리에 박영효와 서재필을 데리고 왔다. 이동인은 김옥균, 박영효, 서재필을 만나서 일본의 근대화와 국제정세를 설명하고 일본에서 가져온 자료와 책을 전달했다. 이동인을 만난 이후 김옥균과 박영효는 밤잠을 이루지 못했다. 김옥균과 박영효는 돈을 모아 이동인에게 주면서 일본으로 건너가서 더 자세히 일본을 배우고 더 많은 정보를 제공해줄 것을 요청했다. 이동인은 그 돈을 들고 부산으로 내려가서 오쿠무라에게 자신을 일본으로 보내 달라고 부탁했다. 그 당시 조선인은 일본으로 가는 것이 엄격하게 금지되어 있었다. 오쿠무라는 이동인을 일본 상인으로 변장시켜 밀입국시켰다. 일본에 도착한 이동인은 오쿠무라의 주선으로 1880년 4월까지 히가시혼간지에 머물며 일본어를 배우는 조선인 최초의 일본 유학생이 되었다.

궁궐에 들어온 경화는 매일 밤 눈물로 지새웠다. 별을 보아도 달을 보아도 옥균이 떠올랐다. 나뭇잎이 개울에 떠내려가듯이 정처 없는 시간이 흘렀다. 그나마 간간이 들려오는 옥균에 대한 소식이 단비처럼 가슴을 적시곤 했다. 그러나 옥균은 경화의 마음을 아는지 모르는지 궁궐에 들려도 경화를 찾지 않았다. 경화가 궁궐로 들어간 지 몇 개월이 지나자 조대비가 경화를 불렀다.

"이제 궁궐 생활이 조금 익숙해졌느냐?"

"대왕대비 마마의 은택으로 잘 지내고 있습니다."

"궁궐 생활은 제약이 많을 게다. 네가 궁궐 생활에 익숙할 때까지 일부러 부르지 않았다."

대원군이 실각한 후 민비가 정권을 잡으면서 조대비는 권력에서 밀려나 있었다. 민비의 첩자가 대비전에도 들어와 있는 것을 알고 경화는 조심하고 있었다. 조대비는 주위의 사람을 물리치고 경화에게 물었다.

"네가 서양 지식에 밝다고 소문이 자자하더구나."

경화는 조대비에게 바깥세상이 어떻게 돌아가는지 상세하게 설명했다. 조대비를 움직이면 옥균이 꿈꾸는 개화에 한층 다가갈 수 있으리라 생각했다. 경화의 말에 조대비는 탄식만 쏟아져 나왔다. 조대비가 경화에게 물었다.

"그러면 너는 지금 조선을 구하기 위해서 무엇을 해야 한다고 생각하느냐?"

경화는 이 순간을 기다려왔다. 경화는 단 일순간의 망설임도 없이 말했다.

"조선의 마지막 희망은 연암 박지원 선생에게서부터 내려오는 개화파들에게 있습니다. 박규수 선생 문하의 젊은 학자들 중심으로 조선을 개화시키려는 노력이 이어지고 있습니다. 대왕대비 마마께서 김옥균이라는 사람을 만나 힘을 보태주시면 조선은 살아남을 수 있을 것입니다."

"그러면 내가 몰래 사람을 보내도록 하겠다."

조대비가 김옥균을 불러들인다는 말에 경화는 숨이 막히는 것 같았다. 옥균을 이곳에서 다시 만날 수 있다는 게 꿈처럼 느껴졌다. 경화는 감정을 숨기고 차분하게 말했다.

"주위에 보는 눈이 많습니다. 은밀하게 추진하셔야 할 것입니다."

경화는 조대비와 만난 날부터 잠을 이룰 수가 없었다. 이후 조대비는 거의 매일 경화를 불러서 청나라와 일본 그리고 서양에 대해 질문했다. 김옥균의 개화파는 바쁘게 움직이고 있었고 조대비와의 만남이 늦어지면서 경화의 마음도 초조해지기 시작했다.

당시는 민비를 중심으로 하는 청나라 의존 수구파와 대원군을 중심으로 하는 독립 수구파. 그리고 최익현을 중심으로 한 유림 중심의 위정척사파가 수구파를 삼분하고 있었다. 김옥균을 중심으로 하는 급진 개화파는 한양 북촌의 젊은 유학자들로, 그들이 선진 문물을 독점해 지방 유림은 서양의 소식에 둔감할 수밖에 없었다. 지방의 신진 사대부를 끌어안지 못한 것이 김옥균의 급진 개화파의 한계였다. 향촌의 지식인들은 서양의 물결이 쓰나미처럼 몰려오는데도 아무런 정보도 제공받지 못하고 있었다.

강화도조약 체결 4년 후 김홍집은 일본과 맺은 강화도조약의 관세 문제를 협상하기 위해 일행 60여 명과 함께 일본으로 갔다. 그는 일본에 머물면서 일본의 근대화를 실제로 보고 불안감을 느끼기 시작했다. 그들은 아사쿠사의 히가시혼간지 별관에 숙소를 정하고 있었다. 그때 이동인은 김옥균의 지시로 김홍집을 만나기 위해 교토에서 도쿄의 아사쿠사 혼간지 별관으로 옮겼다. 오쿠무라는 이동인이 김홍집을 만나면 밀항 사실이 들통나 위험에 처할 수 있다고 말렸다. 그러나 이동인은 오쿠무라에게 말했다.

"제가 목숨이 아까웠다면 일본으로 밀항하지도 않았을 것입니다. 조선이 저렇게 성균관 개구리 유학자들 때문에 쓰러져가는 모습을 그냥 두고 볼 수 없어 이곳까지 온 것입니다. 일본이 어떻게 근대화에 성공해 서양 세력들과 어깨를 나란히 할 수 있었는지를 이 두 눈으로 똑똑히 지켜보았습니다. 그 사실을 조선의 사신에게 꼭 알려야겠습니다. 사신이 저를 국법을 어긴 죄로 처단하려 한다면 저는 그 사신 앞에서 진실을 말하고 스스로 목숨을 끊어 조선을 구하고 싶습니다."

오쿠무라는 이동인을 말릴 수가 없었다. 김홍집이 저녁을 먹고 쉬는 시간을 이용해 이동인은 일본 승려 복장을 하고 김홍집을 찾았다. 이동인은 김옥균의 지시로 김홍집을 개화파로 포섭하려 했다. 이동인을 만난 김홍집은 그의 유창한 일본어 실력에 일본인인 줄 알았다가 이동인의 입에서 조선말이 나오자 깜짝 놀랐다. 이동인은 김홍집 앞에서 자신이 조선 사람임을 밝히고 자신이 여기까지 오게 된 경위를 낱낱이 설명했다. 설명 중간에 눈물을 흘리는 모습을 보고 김홍집은 이동인의 진정성을 조금씩 느끼기 시작했다. 최소한 일본인 첩자는 아니라 여겼던 김홍집은 이동인의 입에서 김옥균과 박영효 이야기가 나오자 이동인을 믿었다. 김홍집은 일본 상황에 이렇게 밝은 사람이 조선에 꼭 필요하다고 생각해서 이동인에게 말했다.

"그대는 나와 함께 조선으로 돌아갑시다. 그대의 죄는 내가 감출 것이오."

"소인 목숨을 걸고 조선의 근대화를 위해 모든 것을 다하겠습니다."

김홍집은 이동인에게 술을 따랐다. 이동인은 술을 단숨에 들이켜고 김홍집에게 큰절을 했다. 김홍집은 중얼거리듯이 말했다.

"그동안 고생 많이 했소이다."


김홍집은 귀국하기 일주일 전 일본주재 청나라 초대공사 하여장何如璋과 참찬관 황준헌黃遵憲(황쭌셴)을 만나서 도움을 청했다. 그 당시 청나라는 러시아에 굴욕적으로 연해주를 빼앗기면서 러시아를 조선과 청나라를 위협하는 최대의 적으로 생각하고 있었다. 블라디보스토크에 항구를 건설하고 부동항을 확보하기 위해 조선에도 야욕을 뻗칠 것을 걱정했지만 조선이 러시아의 공격을 받아도 군사적으로 도울 힘이 없었다. 그래서 조선이 개항하고, 만국공법에 따라 미국과 영국 등 서방국가와의 외교를 서둘러야 한다고 조언했다. 김홍집이 조선으로 돌아가기 전날 참찬관 황준헌은 김홍집을 위해 앞으로 조선이 어떻게 해야 할지를 글로 남겨 전해주었다. 그것이 『조선책략朝鮮策略』[12]이다. 『조선책략』

은 조선이 러시아의 남하 정책에 맞서기 위해 친중국親中國, 결일본結日本, 연미국聯美國해서 자강의 길을 걸어야 함을 충고하고 있었다.

이동인은 조선으로 돌아가면서 마차 한 대 분량의 서양 자료들을 배에 싣고 갔다. 김홍집은 이동인을 고종에게 소개하기로 했다. 이동인은 고종을 만나기 전날 김옥균을 만나서 무엇을 말해야 할지 지시를 받고 고종을 알현했다. 고종을 만난 자리에서 이동인은 말했다.

　"전하, 일본이 십 년 전(1871년)에 이와쿠라를 정사로, 기도 다카요시, 오쿠보 도시미치, 이토 히로부미 등을 부사로 삼아 총 46명의 메이지유신 주역들을 미국과 구라파에 1년 10개월간 보내어서 그들의 선진 문물을 견학하게 하고 그것을 토대로 근대화를 이루었습니다."

　고종은 일본의 근대화에 관심이 많았다.

　"일본의 상황을 소상하게 말하거라."

　"일본은 서양의 기술이 뛰어남을 알고 그 후에 백여 명의 유학생을 선발해 구라파와 미국으로 보내어서 선진 기술을 습득하게 했습니다. 이것이 일본 근대화의 초석을 다진 이와쿠라 사절단입니다."

　"우리 조선도 미국과 구라파로 유학생을 보내야 한다는 말인가? 그

---

12　러시아의 남하 정책에 대비하기 위해 조선, 일본, 청국 등 동양 3국의 외교 정책을 서술한 책으로 원제목은 『사의조선책략私擬朝鮮策略』이다.

돈을 어떻게 감당한다는 말인가?"

이동인은 고종의 말을 듣고 기다렸다는 즉시 말했다.

"현재 조선은 구라파와 미국으로 시찰단을 보낼 형편이 되지 않으니 그 대신 동양에서 근대화에 성공한 일본에 시찰단을 보내어 서양 문물을 배우면 경비도 절감하고 효율성도 훨씬 높을 것입니다."

"일본에서 쉽게 가르쳐 주겠느냐?"

"제가 일본에 몇 년 머무르면서 기술을 전해줄 사람들을 알고 있사옵니다. 소신이 책임을 지고 완수하겠습니다."

고종이 비로소 개화에 눈을 뜬 것은 이동인의 자세한 설명 때문이었다. 이동인의 건의가 받아들여져서 1881년 2월 12명의 조선 관리가 일본시찰단으로 3개월간 일본에 머무르게 되었다. 개화의 첫 단추가 열린 것이다. 물론 김옥균도 일본시찰단에 포함되었다. 옥균은 책으로만 보던 해외 선진 문물을 눈으로 확인하는 계기가 되어 개화의 의지가 더욱 불타올랐다.


옥균이 첫 번째 일본 방문을 준비하고 있을 때 조대비의 갑작스러운 부름을 받고 당혹스러웠다. 경화가 조대비의 궁녀로 들어가 있었기 때문이었다. 경화가 궁녀로 들어간 후 옥균은 죄책감에 정신을 잃을 때까지 술을 마신 적도 있었다. 그런데 경화가 있는 대비전에서 자신을 찾는다는 소식을 듣고 옥균은 밤잠을 이룰 수가 없었다. 조대비를 만나는 것보다 경화를 만난다는 생각에 잠을 설치고 이른 아침에 대비전으로 향했다. 민비 쪽 사람의 눈을 피해 아침 일찍 나서야 했다. 옥균의 가슴은 망치로 내려치듯 요동치고 있었다.

'경화를 몇 년 만에 만나는 것인가?'

궁궐 입구에서 가마에서 내려 대비전으로 걸어 들어가는 옥균의 코로 농익은 가을 국화의 향기가 스며들었다. 대비전 앞에서 궁녀 복장을 한 경화가 옥균을 기다리고 있었다. 마음속으로 수많은 말들이 맴돌았지만, 주위의 시선 때문에 가볍게 목례를 하고 대비의 방으로 들어갔다. 조대비는 대원군과 함께 몇 대째 내려오는 안동김씨 외척을 물리치고 고종을 왕위에 올린 여장부였다. 대원군 실각 후 민비에게 밀려 뒷방 늙은이로 전락했지만, 여전히 여걸다운 품새를 느낄 수 있었다. 옥균이 조대비에게 큰절을 올리자 조대비가 말했다.

"어려운 걸음을 해주었습니다."

"대왕대비 마마께서 부르시온데 어찌 어려운 걸음이라 하시옵니까?"

조대비는 다과를 준비해온 궁녀들을 물리치고 단둘이 남게 되자 옥균에게 말했다.

"그대가 조선의 개화에 앞장서고 있다고 들었소. 나도 이 나라가 걱정되어서 그대를 부른 것이오. 내가 할 일이 있으면 허심탄회하게 말해주길 바라오."

옥균은 조대비가 경화에게서 무슨 말을 들었을 것이라 짐작하고 말했다.

"대왕대비 마마. 지금 조선은 안팎으로 위기에 처해 있습니다. 안으로는 관리들의 부정부패로 백성의 원한이 하늘을 찌르고 있으며 밖으로는 서양 세력이 군함을 앞세워 위협하고 있습니다. 지금 조선의 군사력으로는 서양의 군함과 무기를 당해낼 수가 없습니다. 그렇기에 소신은 조선의 문호를 개방해 서양의 기술을 받아들이고 국력을 키워야 한다고 생각하고 있습니다."

"서양은 믿을 수가 있는 나라들이오?"

"그들은 통상을 요구하고 있습니다. 그들을 이용하자는 것입니다. 일본은 우리보다 이십여 년 일찍 문호를 개방해 서양 문물을 받아들였으며, 지금은 서양과 동등한 힘을 가지게 되었습니다. 우리보다 못했던 일본이 하는데 우리가 못 할 이유가 어디 있겠습니까? 제가 일본으로 가고자 하는 것도 제 두 눈으로 똑똑히 보고 싶어서입니다."

"일본에 가서 많이 보고 배우고 오기를 바라오. 내가 힘은 없지만, 그대가 하라고 하면 내 그대를 따르리다. 지금 민씨 일족의 부패가 하늘을 찌른다고 들었소이다. 대원위 대감과 내가 외척을 없애려고 그렇게 노력했는데 우리가 호랑이 새끼를 키운 것이오. 그러나 아직은 내가 내명부의 최고 어른이라 중전도 내 말을 함부로 거역하지는 못할 것이오. 그대의 개화운동에 도움이 된다면 언제든지 나한테 거리낌 없이 이야기하도록 하시오."

조대비는 갑자기 경화를 불렀다.

"오 상궁은 들라."

경화가 조대비의 방으로 들어오자 조대비는 옥균에게 경화를 인사시키며 말했다.

"여기 오 상궁은 나의 선생이오. 내가 세상눈을 뜨게 해주었소. 김 공을 추천한 사람도 여기 오 상궁이오."

경화는 고개를 숙이고 말이 없었다. 둘의 관계를 모르는 조대비는 옥균과 경화를 번갈아 보며 말했다.

"앞으로 나에게 도움을 요청할 일이 있으면 여기 오 상궁을 통하도록 하시오."

"네, 분부 받들겠나이다."

옥균은 대비에게 절을 하면서 속에서 울컥했다. 조대비는 옥균의 표정에서 만족감을 느끼며 경화에게 말했다.

"오 상궁은 여기 김 공을 배웅하도록 하라."

경화는 대비전 담장까지만 옥균을 배웅할 수 있었다. 그 담장 대문까지의 길이 오늘따라 왜 이렇게 짧은지 아쉬운 마음에 발걸음을 천천히 했다. 옥균도 경화의 보폭에 맞추어 걸음을 옮기며 말했다.

"고맙고 미안합니다. 부디 나를 용서해주시기 바랍니다."

"이제 그런 말씀은 더 이상 하시지 않겠다고 저에게 약조해주십시오."

이렇게 말하는 경화의 표정은 차가웠다. 경화는 감정을 자제하며 말했다.

"앞으로 할 일이 많으신 분이 사사로운 감정에 얽매이면 큰일을 하지 못합니다."

옥균을 쳐다볼 때 냉정했던 경화의 눈이 고개를 돌리자마자 눈물로 흐려졌다. 경화가 마음을 다잡고 말했다.

"저는 여기서 잘 지내고 있습니다. 제가 키도 크고 힘도 세고 성격도 좋아서 궁녀들이 저를 고대수高大嫂라고 부릅니다. 수호전의 장군 고대수처럼 저는 씩씩하게 잘살고 있습니다. 제 걱정은 마시고 조선의 개화에 몰두해주시기 바랍니다. 제가 목숨을 걸고 돕겠습니다."

옥균이 대답도 하기 전에 대비전 담장 대문에 다다랐다. 경화는 인사를 한 후 뒤도 돌아보지 않고 걸어갔다. 옥균은 경화의 뒷모습을 보며 속으로 다짐했다.

'경화 씨를 위해서도 조선의 개화와 독립을 이루어야 한다. 그것이 경화 씨에 대한 내 죄의 보답이다.'

궁궐에 돌개바람이 일어서 낙엽이 춤추듯 옥균의 머리 위로 올랐다. 옥균은 그 낙엽을 가슴에 품으며 쓸쓸히 궁궐을 빠져나왔다.

## 바다를 건너다

이동인이 고종을 만나 개화의 필요성과 일본에 시찰단을 보내야 한다고 주장한 것이 위정척사파의 분노를 일으켰다. 일본시찰단으로 옥균과 함께 가기로 했던 이동인은 갑자기 사라졌다. 옥균은 실종된 이동인을 찾기 위해 모든 수단을 동원했지만 찾을 수 없었다. 필시 살해되었을 것이나 시신조차 찾을 수 없었다. 과연 누가 이동인을 암살했단 말인가? 옥균은 범인을 찾기 위해 박영효와 더불어 백방으로 수소문했지만, 범인은 오리무중이었다. 조선 근대화의 물꼬를 튼 개혁가 이동인은 그렇게 역사에서 사라졌다. 위정척사파나 민비 쪽에서 살해했으리란 의심이 들지만, 수사권이 없는 옥균은 눈물을 머금고 분노를 삼킬 수밖에 없었다.

'이 중요한 시기에 그렇게 허무하게 목숨을 잃은 것이 저도 분하고 슬픕니다. 선생께서 못다 이룬 개혁과 근대화를 제가 반드시 이루어내겠습니다. 하늘에서 지켜봐 주시기 바랍니다.'

옥균은 하늘을 향해 다짐했다. 아무 일 없다는 듯이 구름이 흘러가고 있었다.

이동인이 일본 유학 중일 때 자유민권운동가인 후쿠자와 유키치福澤諭吉[13]를 만나 그의 사상과 인품에 크게 감명받았다. 이동인은 살아생전에 김옥균에게 말했다.

"일본에 시찰단으로 가면 꼭 후쿠자와 유키치라는 분을 만나시길 바랍니다. 제가 그분께는 고균 선생님의 이야기를 많이 해 놓았습니다."

이동인은 암살되었지만, 그의 간곡한 부탁으로 후쿠자와는 김옥균이 일본에 오면 꼭 만나고 싶어 했다. 그런 인연으로 옥균이 처음 일본을 방문했을 때 후쿠자와 유키치와의 역사적인 만남이 이루어졌다. 후쿠자와는 김옥균을 보자마자 그가 범상치 않은 인물임을 간파했다. 옥균 또한 후쿠자와를 만나기 전에는 일본인에게 깊은 불신을 품었으나 후쿠자와를 만난 후 그의 깊은 학식에 감동했다.

"선생님을 뵈니 제 스승이신 환재 박규수 선생님이 떠오릅니다. 저는 그분을 통해서 세상을 알았습니다."

후쿠자와는 옥균의 얼굴을 똑바로 보았다. 그의 인상에서 후쿠자와는 압도되는 느낌을 받았다. 후쿠자와는 옥균에게 진심에서 우러나오는 말을 했다.

"나는 저 넓은 세상을 모두 다녀왔소. 미국과 유럽에서 겪은 나의 충격은 이만저만한 것이 아니었소. 우리 일본과 조선이 이 좁은 우물을 벗어나지 못하면 모두 서양의 식민지가 되고 말 것이오. 그래서 나는 일본인의 의식구조와 문화를 바꾸려고 하는 것이오."

---

13　후쿠자와 유키치는 자연과학과 국민 계몽을 강조해 일본이 근대로 나아가는 데 큰 역할을 했다. 2024년까지 발행된 만 엔짜리 지폐에 그의 얼굴이 선명하게 박혀있다.

"그 넓은 식견을 저에게도 가르쳐 주시기 바랍니다. 제가 선생님으로 모시겠습니다."

"조선에 있는 그대의 스승 환재 선생을 만나고 싶소."

"그분은 조선 실학파의 대가이신 연암 박지원 선생님의 손자이십니다."

후쿠자와는 박규수가 박지원의 손자라는 말에 깜짝 놀랐다.

"연암 선생을 내가 뵙지는 못했지만, 그분의 책을 읽었소. 조선에도 성리학의 껍데기를 버리고 실학을 만드신 분이 계신다는 것에 대해 항상 존경하는 마음을 품고 있었소. 그 말을 들으니 더욱 환재 선생을 만나고 싶소이다."

"선생님께서는 돌아가셨습니다."

후쿠자와는 안타까움을 표하고, 이어 옥균을 격려하며 말했다.

"일본과 조선이 힘을 키우지 않으면 함께 무너질 것이오."

"그래도 일본은 메이지유신을 통해 개혁을 이루지 않았습니까? 조선은 아직도 성리학의 틀을 벗어나지 못하고 유림 수구세력이 자리를 잡고 있습니다."

"일본은 조선보다 어려운 상황에서 메이지유신을 이룩했습니다."

옥균은 조선에서 일본과 같은 메이지유신을 성공시켜 근대화된 국가를 만들고 싶었다.

"선생님, 일본의 메이지유신이 어떻게 성공했는지 그 과정을 설명해

주실 수 있을는지요."

후쿠자와 유키치는 한참을 생각한 후 결심한 듯 말하기 시작했다.

"메이지유신을 이해하려면 먼저 일본의 막부를 이해해야 합니다. 일본의 천황은 상징적인 존재이고 일본의 모든 권력은 도쿠가와 막부에서 나왔습니다. 도쿠가와 막부의 마지막 쇼군 도쿠가와 요시노부德川慶喜는 실제로 일본의 통치자로 조선의 왕과 같은 지위였습니다. 조선과 일본이 사신을 주고받는 것도 모두 조선의 왕과 도쿠가와 막부 쇼군의 칙명으로 결정되었습니다. 실제 일본의 천황은 일절 정치에 관여하지 않았습니다. 그저 자리만 지키며 도쿠가와 막부에서 주는 생활비로 생활하며, 교주 같은 존재로 신사에 제사 지내는 역할만 하고 있었습니다."

옥균은 말했다.

"일본의 역사를 알지 못하고는 이해하기 힘든 구조입니다."

"그렇습니다. 백제 왕족에서 이어진 일본 천황은 백제가 멸망한 후 처음으로 나라 이름을 일본으로 하는 독립된 왕권 국가를 만듭니다. 그리고 절대 왕권을 가진 백제계가 독점적으로 일본을 이끌고 있었는데 936년 신라가 멸망하면서 대규모의 신라 병력이 일본으로 건너왔고 기존의 백제계와 신라계가 팽팽하게 대립하면서 권력을 나누며 견제와 균형을 유지하고 있었습니다. 그런 가운데 1180년 힘을 기른 신라계 무인들이 백제계 세력과 승부를 가리게 되는데 그 정점이 겐페이源平 전투[14]입니다."

옥균은 일본인들의 금기사항인, 일본 천황가가 백제계라는 사실을 공공연히 말하는 후쿠자와를 보면서 더욱 믿음이 갔다.

"그런데 일본인들은 백제 왕족이 일본 왕실의 뿌리라는 것을 부정하고 있지 않습니까?"

"학자는 진실을 말해야 합니다. 저는 군인이 아니라 학자입니다."

"선생님의 일본 역사 강의를 더 듣고 싶습니다."

옥균의 부탁을 받고 후쿠자와는 생각을 정리한 후에 말했다.

"신라계 원 씨(겐지)와 백제계 평 씨(헤이지)의 싸움에서 신라계 원 씨가 승리하면서 백제계 천황은 권력에서 밀려나고 일본에서 막부가 처음으로 등장하게 되었습니다. 그것이 가마쿠라 막부입니다. 신라계 원 씨의 미나모토노 요리토모가 쇼군이 되면서 가마쿠라 막부의 무인 정권이 탄생했고 천황을 아무런 실권이 없는 상징적인 존재로 남겼습니다."

옥균은 고려의 무인 정권이 생각났다.

"조선에서도 고려시대에 무인 정권이 있었습니다. 4대에 걸쳐 무인 정권이 이어졌지만, 원나라 침략으로 무인 정권은 막을 내리고 고려왕이 다시 실권을 잡게 되었습니다."

"조선에도 무인 정권이 짧게 있었군요. 그러나 일본은 몽골의 침략을

---

14  헤이안 시대 말기 가마쿠라 막부 출현의 계기가 되었던 내전이다. 미나모토노 요리토모가 쇼군이 되었고 천황은 상징적 존재로 남게 되어 메이지유신 이전까지 이어졌다.

막아내고 외세와 전쟁이 한 번도 없었기에 무인 정권이 계속 내려올 수 있었던 것입니다. 가마쿠라 막부에서 무로마치 막부를 거치고 군웅할거의 전국시대를 거쳐 오다 노부나가가 통일하면서 도요토미 히데요시에 이어 도쿠가와 막부까지 거의 700년 동안 이어져 오고 있었습니다. 그런데 도쿠가와 막부는 서양의 세력에 대항하기 위해서 힘을 키워야 한다는 생각에 서양에 개방을 결정한 것입니다. 이에 반기를 든 것이 하급 사무라이들이었습니다. 메이지유신을 주도한 사쓰마번 출신의 오쿠보 도시미치大久保利通와 사이고 다카모리西鄕隆盛, 조슈번 출신의 기도 다카요시 이세 사람을 '유신 3걸'이라고 하는데 모두 하급 사무라이 출신이었습니다. 도쿠가와 막부의 사무라이들은 260년간 전쟁이 없었지만, 각 번의 치안과 질서를 담당하며 유학과 검술훈련 등으로 대를 이어 생활하고 있었습니다. 조선은 전쟁이 일어나면 농민도 칼을 들고 싸우지만, 일본의 전쟁은 사무라이들의 전쟁입니다. 전쟁 중에도 농사만 지으면 아무도 농부를 해치지 않았습니다. 일본은 조선보다 더 철저한 신분 사회였습니다. 조선은 양민도 과거에 합격하면 양반으로 진출할 수 있었지만, 일본의 사무라이들은 대를 이어 영주에게 충성합니다."

옥균은 후쿠자와의 말을 듣고 이해할 수 없는 부분이 있어서 물었다.

"도쿠가와 막부에서 서양과 통상을 반대했던 집단이 사무라이 계층이었는데 어떻게 하급 사무라이들이 메이지유신을 주도할 수 있었습니까?"

"처음에 하급 사무라이들은 도쿠가와 막부에 대한 반감이 커져 존왕양이尊王攘夷라는 목표 아래 뭉쳤습니다. 존왕양이는 천황을 받들고 서양 오랑캐를 물리치는 것을 말합니다. 그러나 하급 무사가 떠받드는 고메이 천황孝明天皇은 겁이 나서 권력을 넘겨받고 싶지 않았습니다. 오히려 고메이 천황이 막부 편에 서서 하급 무사를 탄압하자, 하급 무사들은 힘이 빠졌습니다. 그런데 고메이가 죽고 어린 아들 메이지가 왕위에 오르자 어린 메이지를 등에 업고 그들은 다시 막부에 대항했습니다. 그 중심에 조슈번이 있었지요. 일본은 영주가 다스리는 260여 개의 번이 막부에 충성을 맹세하고 세금을 바치고 있었습니다. 조슈와 사쓰마가 힘을 키워 도쿠가와 막부에 대항하는 가운데 조슈는 막부의 허락도 없이 서양함대를 공격해 서양 세력으로부터 공공의 적이 되었습니다."

"그래서 메이지유신의 핵심 세력이 조슈번과 사쓰마번 출신이 되었군요."

"맞습니다. 서로 라이벌이었던 사쓰마와 조슈가 사카모토 료마의 중재로 동맹을 맺게 되는데 그것이 삿초 동맹薩長同盟[15]입니다. 동맹은 군대를 이끌고 도쿠가와 막부가 있는 에도로 향했습니다. 일본은 세키가하라 전투 이후 최고의 내전 상황에 직면했고, 막부와 동맹의 전력이 대동소이했습니다. 이때 미국과 영국, 네덜란드 등이 함대를 보내 막부를

---

15   에도 시대 후기에 사쓰마번과 조슈번이 맺은 정치적, 군사적 동맹. 도쿠가와 막부를 타도하는
      게 동맹의 목적이었다.

106

돕겠다고 했지만, 쇼군은 내전이 일어나면 일본은 다시 일어날 수 없다는 생각에 모든 권력을 포기하고 어린 메이지 천황에게 권력을 넘긴 채 고향으로 돌아갔습니다. 그것이 메이지유신의 시작이었습니다. 메이지유신이라고 해서 메이지 천황이 이룬 건 아니고 하급 무사들이 주축이었던 존왕양이파의 승리였던 것입니다. 메이지 천황은 상징적인 존재였기에 모든 정책 결정을 '유신 3걸'에 맡긴 것이었습니다. 역설적이지만 메이지유신의 가장 큰 공로자는 도쿠가와 막부의 쇼군 도쿠가와 요시노부였습니다. 그는 260년간 이어진 막부의 마지막 쇼군으로 스스로 권력을 내려놓음으로써 일본은 근대화에 성공할 수 있었던 것입니다."

메이지유신의 정권은 당연히 사쓰마와 조슈 출신의 하급 사무라이들이 장악했다. 이들은 처음에는 존왕양이를 외쳤지만, 정권을 쥐고 난 후에는 서양 세력과 대결하기 위해서는 서양의 우월한 기술이 필요하다고 느꼈다. 사무라이의 칼로 저들의 총과 군함에 대항하는 것은 계란으로 바위 치기라는 것을 깨달았다. 이런 입장의 변화로 인해 유신 3걸은 각자 다른 길을 걷고 있었다. 오쿠보 도시미치와 기도 다카요시는 기존 다이묘 중심의 번을 해체하고 중앙집권적 군현제를 도입하고자 했다. 그런데 번을 폐지하면 번으로부터 급여를 받고 생활하던 사무라이는 생활 기반을 잃게 되므로, 사무라이에 의해 탄생한 권력이 사무라이를 해체하는 이율배반적인 상황에 놓이게 된 것이다. 메이지유신을 만든 유신

3걸 사이의 싸움이 시작되었다. 사이고 다카모리는 오쿠보 도시미치와 기도 다카요시의 메이지유신 이념에는 동의했지만, 자신을 믿고 따라준 사무라이를 배신할 수는 없었다. 사이고 다카모리의 반대에도 불구하고 메이지 정부는 1871년 폐번치현廢藩置縣[16]을 결정했다. 또 근대식 군사 제도 확립을 위해 징병제를 도입했으나, 징병제는 사무라이의 불만에 기름을 부었다. 그때까지 일본에서의 전쟁은 사무라이의 몫이었다. 그런데 농민도 군인이 되어 자신들과 같이 싸운다고 생각하니 사무라이들의 자존심은 땅에 떨어지고 모멸감이 극에 달했다. 이 사무라이들의 불만을 잠재우기 위해 사이고 다카모리는 조선을 정벌하는 정한론을 제기했다. 도요토미 히데요시가 전국시대를 평정한 후 사무라이들의 시선을 돌리기 위해 임진왜란을 일으킨 것과 같은 논리였다. 그러나 이 소식을 듣고 이와쿠라 사절단으로 가 있던 기도와 오쿠보가 급히 일본으로 돌아왔다. 지금 상태로 조선과 전쟁을 벌이면 청나라와 러시아가 개입할 것이기 때문에 신생 메이지 정부가 무너지는 게 뻔하기 때문이었다. 사무라이들의 열렬한 환호 속에 불이 붙기 시작한 정한론이 좌절되자 사이고 다카모리는 모든 관직을 사퇴하고 사쓰마번의 가고시마로 돌아가 버렸다. 이때부터 메이지 정부에 불만이 많았던 사무라이들이 사이고

---

16    도쿠가와 막부의 지방 영주가 통치하던 번藩을 폐지하고 지방 통치 기관을 중앙정부가 통제하는 부府와 현縣으로 일원화한 행정 개혁.

다카모리에게 모이기 시작했다. 사쓰마의 사이고 다카모리는 메이지 정부의 모든 명령을 따르지 않고 독자적인 노선을 걸었다. 메이지 정부는 사이고를 제거하지 않으면 유신이 물거품이 될 거라 여기고 강경파들은 사이고 암살 작전을 모의했다. 그러나 사이고 다카모리는 메이지 정부와 전면전을 벌이자는 사무라이들을 만류하고 있었다. 사이고 다카모리 암살이 미수에 그치자 화가 난 사쓰마의 사무라이들은 사이고 다카모리의 말도 듣지 않고 사쓰마의 무기고를 탈취해 무장봉기를 일으켰다. 세이난 전쟁西南戰爭[17]의 발발이었다. 사이고 다카모리는 전쟁에 참여하지 않을 수 없었다. 자기를 지켜준 사무라이에 대한 마지막 예의였다. 사이고 다카모리의 반정부군과 메이지 정부군과의 전투가 6개월간 벌어졌다. 메이지 정부군의 수장은 사이고 다카모리의 어릴 적 친구이자 메이지유신의 동지 오쿠보 도시미치였다. 사이고 다카모리는 구마모토성 전투에서 정부군에 패배하고 가고시마로 돌아와 할복으로 생을 마감했다. 그의 나이 49세였다. 오쿠보 도시미치는 친구의 주검 앞에서 오열했다. 사이고 다카모리는 마지막 사무라이로 지금까지도 존경받고 있다.

옥균은 후쿠자와 유키치의 이야기를 들으면서 자신이 조선의 오쿠보 도

---

17   메이지유신을 주도했던 유신 3걸 중 한 명인 사이고 다카모리를 옹립해 메이지 정부에 저항했던 사무라이들의 반란이며, 일본의 마지막 내전이다.

시미치가 되어 조선을 일본처럼 서양과 견줄 수 있는 나라로 만들고 싶었다. 오쿠보가 독일의 철혈재상 비스마르크를 모델로 삼았다면 자신은 단시간에 근대화를 이룩한 일본의 철혈재상 오쿠보 도시미치를 배우기로 했다. 오쿠보는 사이고 다카모리처럼 인기에 영합하지 않았고 강한 리더십으로 산업화를 먼저 이루었다. 산업화는 민주적인 절차로는 빠르게 이룰 수 없었다. 비난을 감수하더라도 강한 추진력을 발휘해야 하는 것이다. 하지만 오쿠보 도시미치는 사이고 다카모리의 추종 세력인 사무라이들에게 살해당했다. 유신의 기틀을 만들고 향후 10년의 계획을 세워놓은 상태에서 안타깝게 죽임을 당한 것이다. 그의 뒤를 이은 사람이 이토 히로부미였다. 후에 이토 히로부미는 조선의 입장으로는 침략의 원흉이었지만, 일본에서는 메이지유신의 기틀을 확립한 근대화의 주역으로 추앙받고 있었다.

김옥균이 일본에 머무는 가운데 유길준과 윤치호도 일본에 남아 조선인 최초의 공식 유학생이 되었다. 앞서 이동인의 노력이 없었다면 불가능한 일이었을 것이며, 이는 유길준과 윤치호를 포함해 많은 조선 유학생들이 후쿠자와 유키치의 제자가 되는 인연으로 이어졌다.

**임오군란**

김옥균이 1차 일본 방문을 마치고 귀국을 준비하고 있을 때 조선에서 임오군란이 터졌다는 소식이 들려왔다. 신식군대 우대로 월급이 일 년 이상 밀린 조선의 재래식 군인들의 불만이 극에 달했다. 그 와중에 선혜청에서 한 달 치 월급으로 나온 쌀에 모래와 겨가 섞여있는 것이 발견되자 재래식 군인들이 봉기를 일으켰고 권력에서 물러난 대원군이 뒤에서 그들을 부추겼다. 그들은 대원군을 찾아가 복귀를 주청했다. 대원군은 못 이기는 척하며 큰아들인 고종의 형을 영의정으로 삼고 민씨 일파를 숙청했다. 임오군란 당시 구식군대의 첫 번째 목표가 민비 살해였다. 그러나 민비는 궁녀로 가장해 장호원으로 피신했다. 중전 복장을 한 상궁이 살해되고 민비가 죽었다는 보고가 올라오자 대원군은 다음 수순으로 민씨 일족을 모조리 숙청했다. 임오군란으로 위기에 몰린 고종이 청나라에 파병을 요청하자, 청나라는 기다렸다는 듯이 원세개袁世凱(위안스카이)를 총대장으로 해 군함을 이끌고 조선으로 들어왔다. 청나라는 일본에 주도권을 빼앗기지 않기 위해 조선에 군대를 보낼 기회를 엿보던 중이었다. 임오군란으로 별기군 일본인 교관 호리모토 레이조 소위가 살해당하고 일본공사관이 습격당했다. 하나부사 요시모토 공사도 죽을 위기에 몰렸으나 인천 앞바다의 영국 측량선에 구조되어 구사일생으로 살아남았다. 곧 일본 여론이 들끓었다. 일본의 강경론자들 사이에서 조선을 무력으로 점령하자는 정한론이 들끓기 시작했다.

고비를 넘긴 민비는 원세개에게 도움을 청해 대원군을 제거하려는 음모를 꾸몄다. 민비가 살해된 줄 알고 있었던 대원군은 청나라 외교관 마권충에게 비밀리에 만나자는 전갈을 보냈는데, 마권충은 대원군에게 청나라 공사관에서 회담할 것을 제안했다. 일말의 의심도 없이 청나라 공사관으로 간 대원군은 청나라 군사에 의해 체포되어 중국 톈진으로 압송되었다. 민비의 요청으로 대원군이 체포되어 압송되자 흩어졌던 임오군란 세력들이 다시 군사를 일으켰다. 이에 고종은 청나라에 무력 진압을 요청했다. 청나라 군대는 잔인하게 조선의 군사를 죽이고 임오군란을 종식시켰다. 무력으로 조선의 군대를 진압한 청나라는 이 기회에 조선을 직접 통치하면서 식민지로 만들 계획을 수립했다. 조선이 형식상으로는 속국이었어도 이때까지 청나라는 조선의 정치에 관여하는 일이 없었으나, 원세개는 본격적으로 조선의 내정에 깊숙이 관여함으로써 사실상 조선을 식민지로 취급했고 고종에게도 안하무인으로 대했다.

  일본의 하나부사 공사는 임오군란으로 일본이 입은 피해에 대해 보상할 것을 조선에 요구했다. 더불어 조선에 있는 일본인을 보호한다는 구실로 일본군의 조선 주둔도 요구했다. 청나라는 자국의 군대도 주둔하고 있었으므로 일본의 요구를 거절할 명분이 없었다. 일본과 조선은 제물포조약을 맺고, 이 결과 일본군이 정식으로 조선에 주둔하게 되었다. 조선은 독립국으로서의 자존심을 잃어가고 있었다. 임오군란을 진압하고 정권을 잡은 민씨 일가는 모든 것을 청에 의존하게 되었지만, 문호 개방을 미룰 수는 없었다. 그것이 이홍장의 기본 정책이었기 때문이었다. 이홍장은 일본과 러시아를 제어하기 위해서 조선이 다른 모든 나라들과 통상수호조약을 맺어야 한다고 주장하고 있었다. 민씨 일가는 동도서기라는 어정쩡한 명분으로 개화의 문을 열었지만, 자신들의 기득권을 유지하기 위해서 수구세력을 모을 수밖에 없었다. 임오군란 후에 조선으로 돌아온 김옥균은 조선이 개방하는 쪽으로 방향을 잡은 것에 안도했지만 한편으로는 수구세력인 민씨 일당이 속으로는 개화를 원하지 않는 것을 걱정했다.

임오군란을 진압한 후 청나라는 조선의 자치권을 인정하는 오랜 전통을 깨고 노골적으로 직접 통치의 뜻을 내비치고 있었다. 청나라는 강제적으로 조청상민수륙무역장정朝清商民水陸貿易章程[18] 조약을 체결하고 책임자로 진수당陳樹棠(천슈탕)을 임명했다. 그의 공식 직함은 중국총판조선상무中國總辦朝鮮商務였지만 조선에 상주하면서 식민지의 총독처럼 조선의 해외 무역을 통제하고 있었다. 그는 조선에 나와 있는 다른 나라의 공사와 자신은 지위가 다르다면서 외국의 공사들에게 공공연하게 말했다.

"나의 지위는 인도를 통치하는 인도 총독과도 같다. 조선은 예로부

---

18   임오군란을 계기로 조선에 대한 내정간섭을 강화한 청나라가 조선에 대한 식민지 경제침투를 강화하기 위해 맺은 조약.

터 중국의 일부이니 중국이 지배해야 한다. 이제까지는 속방에 자치권을 인정해주었지만, 그 자치권을 거두어들이고 조선을 우리 황제께서 직접 통치할 것이다."

이 소식을 듣고 김옥균은 격분해서 진수당을 찾아가 말했다.

"청과 조선은 엄연히 다른 나라입니다. 역사적으로도 조선은 오천 년을 독립 국가로 이어 왔소. 당신 식대로 말하면 만주는 대대로 우리 조상의 땅이오. 우리 고구려의 땅이라는 말씀이오. 우리는 고구려와 고려로 이어오면서 당신들과 대등한 위치에서 독립적 통치를 유지해왔으며 조선이 건국되면서 명과의 전쟁을 피하려 형식적으로 조공을 바쳤지만, 그 조공은 일종의 무역 거래였소. 명은 한 번도 내정간섭을 일삼은 적이 없소. 당신은 그 사실을 알면서도 끝까지 우리 조선을 식민지로 만들려고 하는 것이오? 중국이 서양 세력에 당한 것을 어찌 우리 조선에 앙갚음한다는 말이오?"

진수당은 김옥균의 말에 화가 나서 앞의 탁자를 뒤집으면서 말했다.

"우리 대황제께서 그렇게 은혜를 베풀었는데도 배은망덕하게 이렇게 나온다는 것이오?"

"우리 조선이 황제의 은혜를 입은 것이 구체적으로 무엇이오? 임진왜란 때 조선을 도운 것은 왜군이 조선을 발판으로 삼아 명에 쳐들어가려는 것 때문에 그런 것 아니겠소? 이제 세상이 바뀌었소, 청이 우리 조선과 협력하지 않으면 둘 다 살아남을 수 없을 것이오."

114

"우리는 절대로 멸망하지 않소. 조선의 멸망을 막아주려는데 고마워하기는커녕 이렇게 배은망덕하게 나오면 우리도 어쩔 수가 없소."

"우리는 스스로 일어설 것입니다. 우리의 역사가 말해주고 있습니다."

옥균은 저들이 뼛속 깊이 조선을 속국으로 낮잡아보고 멸시하는 것을 느낄 수 있었다. 옥균은 그것을 깨부수고 싶었다.

임오군란 이후 죽음의 위기에서 살아 돌아온 민비는 청나라에 모든 것을 의존하는 사대주의 수구당의 대표가 되고 그녀의 수족들인 민씨 일파는 수구당의 친청파 정권을 수립했다. 일본의 선진 문물을 받아들이고 개화를 이루려는 개화파를 그들은 친일파라 몰아세우며 공격하기 시작했다. 이때부터 개화파와 수구파의 권력다툼이 표면적으로 드러나기 시작했다.

## 태극기의 탄생

조선과 일본은 조선이 임오군란으로 피해를 본 일본에 배상과 사과를 한다는 제물포조약을 체결하고 그 책임자로 박영효를 일본에 파견시켰다. 이때 김옥균은 특명전권공사 박영효와 함께 일본으로 가게 되었다. 김옥균이 조선으로 들어온 지 한 달 만의 일이었다. 그것이 김옥균의 2차 일본 방문이었다. 고종과의 합의하에 차관 도입의 명분으로 1882년 9월 20일 박영효와 김옥균은 하나부사 요시모토 일본공사와 함께 자신들이 타고 들어온 메이지마루호에 올라 다시 일본으로 떠났다. 이때 고종은 옥균을 종3품 우부승지로 임명한다. 총독 행세를 하면서 고종을 무시하는 진수당과 원세개에 반감을 품은 고종은 옥균을 통해 일본에 비밀리에 도움을 요청했다. 그 일환으로 고종은 박영효를 임오군란에 대한 사과사절단 특명전권대사로 임명한 것이다. 김옥균은 공식 지위는 없었지만, 이 모든 것의 배후에서 고종을 지도하고 있었다. 명목상으로는 사과사절단이었지만 실제로는 일본의 차관 도입과 관세 협상이 그 임무였다.

마침 그 배에 영국 영사 애스톤이 함께 타고 있었는데, 그는 국가의 고유성과 독립성을 상징하는 국기의 필요성을 강조했다. 김옥균과 박영효는 조선이 독립국임을 대외적으로 표방하려면 국기가 필요하다는 것에 공감했다. 박영효가 옥균에게 말했다.

"고균께서는 조선의 국기를 어떻게 만드는 것이 좋겠습니까?"

옥균은 스승 박규수와 오경석이 떠올랐다.

오경석은 일본과 강화도조약 협상을 시작하면서 국경이 없는 바다에서 모든 선박은 어느 나라 소속인지를 밝혀야 하므로 국기가 중요하다고 생각했다. 그래서 오경석은 박규수를 찾아가 말했다.

"조선의 국기는 태극무늬를 중앙에 표시해서 조선이 우주의 중심이며 만물을 아우르는 나라임을 상징적으로 드러내는 것이 어떻겠습니까?"

오경석의 말을 듣고 박규수가 고개를 끄덕이며 말했다.

"태극의 원형만 있으면 일장기와 비슷하다는 소리를 들을 수 있으니 조선팔도를 상징하는 팔괘와 함께하는 것은 어떤가?"

"좋은 생각이십니다. 조선이 팔도이니까 태극무늬를 중앙에 하고 팔괘를 가장자리에 배치하는 태극기를 만들겠습니다."

오경석은 그 자리에서 태극기를 그렸다. 그 태극기를 보고 박규수도 감개무량한 듯 말했다.

"이 태극기처럼 우리 조선을 조선팔도가 아닌 오대양 육대주의 중심이 되는 나라로 만들어보세."

오경석은 강화도조약 체결 당시 그 태극기를 가슴에 품고 갔다. 그러나 청나라의 반대로 그 태극기는 한 번도 사용하지 못했다. 그 이유는 조선이 청의 속국임을 세계만방에 알리려면, 청나라 국기를 작게 변형해서 써야 한다는 이홍장의 지시가 내려졌기 때문이었다. 박규수는 이에 반발해 조선 고유의 태극과 팔괘를 고집했다. 박규수와 오경석이 만든 그 태극기를 옥균은 가슴에 품고 온 것이다. 박영효가 그 태극기를 영국 공사 애스턴에게 보여주자 그가 말했다.

"저는 중앙의 태극은 좋은데 팔괘가 복잡하고 균형이 맞지 않아 따라 그리기 힘드니 단순화시키는 것이 좋겠습니다. 국기가 사각형이니까

네 귀 가장자리에 한 개씩 넣으면 훌륭한 국기가 될 것 같습니다."

　주역에 관심이 많았던 김옥균은 영국 공사의 말을 듣고 주역 64괘 중에서 지금 조선에 가장 필요한 것이 무엇인지를 고민했다. 백성을 한마음으로 모으고 나라를 부강하게 만든다는 염원을 담아 김옥균은 먼저 왼쪽 위아래에 건괘乾卦와 리괘離卦를 그렸다. 그리고 오른쪽 위에 감괘坎卦를 그리고 아래에 곤괘坤卦를 그렸다. 태극기의 왼쪽은 64괘 중 천화동인天火同人, 오른쪽은 수지비水地比의 괘가 완성되었다. 천화동인에는 '하늘과 불이 서로 만나니, 군자는 뜻이 같은 자들을 모아 일을 완성하고 처리한다.'[19]라는 의미가 담겼고, 수지비에는 '비가 땅에 촉촉하게 내려 만물을 적시고 만국을 세워 하나가 되게 한다.'[20]라는 의미가 담겼다. 따라서 태극기의 사괘에는 모두가 뜻을 모아서 부강한 나라를 만들고 그 은혜를 만백성에게 고루 스며들게 한다는 염원이 담겨있었다. 그래서 중앙에 태극무늬가 들어가고 사괘가 네 모서리에 배치되는 오늘의 태극기가 완성된 것이었다. 박영효의 『사화기략使和記略』[21]에서 고종에게 보고한 내용이 이를 뒷받침하고 있으나, 오경석이 대한민국 최초로 태극기의 기초를 만든 사람이라는 사실을 아는 사람은 드물었다.

---

19　天與火同人, 君子以類族辨物
20　地上有水 比 先王 以建萬國 親諸侯
21　박영효가 특명전권대신 겸 수신사로 일본에 다녀와 쓴 사행 기록. 초기의 관세 문제, 일본의 수로水路, 풍속과 대일 관계사를 연구하는 데 중요한 자료이다.

박영효와 수신사 일행이 임무를 마치고 1882년 11월에 일본에서 조선으로 떠났지만, 김옥균은 고종의 허락을 받고 일본의 정세를 더 둘러보기 위해 서광범과 함께 남았다. 김옥균은 일본이 무역 관세에 더해 술과 담배에까지 세금을 매기는 등 세수를 늘려 그 돈으로 군비를 확장하고 있는 것에 놀랐다. 김옥균의 생각에도 조선의 독립을 위해서는 부국강병이 최우선의 과제였기 때문이었다. 김옥균이 일본 외무경 이노우에 가오루를 만나자 말했다.

"당신도 일본이 서양 세력에 의해 위험에 처해 있을 때, 당신의 스승 요시다 쇼인을 통해 개화의 당위성을 배웠고 쇼카손주쿠에서 메이지유신을 태동시키지 않았습니까? 우리 조선에서도 요시다 쇼인 선생 같은 분이 계셔서 우리 젊은이들에게 개혁의 길을 제시하셨습니다. 그분이 박규수 선생님이십니다. 우리 조선도 일본이 성공시킨 유신의 길을 걷고 싶습니다. 도와주십시오. 일본과 조선은 순망치한의 관계입니다. 조선이 서양 열강의 식민지로 전락하면 일본도 위험해질 것입니다."

이노우에 가오루는 김옥균이 자신의 스승과 어린 시절의 학교인 쇼카손주쿠까지 이야기하는 것을 보고 범상한 인물이 아니라는 것을 느꼈다. 그러나 일본은 정한론자들이 정국을 이끌고 있었다. 이노우에는 김옥균을 보고 말했다.

"우리도 우리 스스로의 힘으로 일어났습니다. 조선도 조선 스스로의 힘으로 일어나야 합니다."

"지금 조선은 일본과 달리 성리학과 유교에 함몰된 쇄국주의가 정권을 잡고 있습니다. 우리 개화파들이 힘에 부치기 때문에 도와달라고 부탁을 드리는 것입니다."

"우리 일본에서는 조선을 정벌하자는 정한론자들이 힘을 얻고 있습니다."

이노우에 가오루가 정한론을 꺼내자 옥균은 핏발선 목소리로 말했다.

"당신들의 개화도 결국은 서양의 제국주의적 패권을 이루기 위한 것이었습니까? 일본은 임진왜란의 교훈을 잊었습니까?"

"그때와는 상황이 완전히 다르오."

"그러면 지금 일본이 이렇게 군비를 늘리는 것은 조선을 침략하기 위함입니까?"

김옥균은 먼저 포석을 깔기 위해서 이노우에의 허를 찔렀다. 당황한 이노우에는 김옥균에게 말했다.

"일본이 군비를 확장하는 건 조선에도 이로운 일입니다. 조선을 노리는 나라들이 많기 때문에 이웃 나라인 우리가 지켜주지 않으면 우리도 조선도 위험하기 때문입니다."

이노우에가 자신의 의도에 말려들었다고 생각하고 김옥균은 다음 수를 두었다.

"그렇게 생각하신다면 조선도 스스로의 힘으로 지킬 수 있도록 하는 게 중요한 것 아니겠습니까? 지금은 조선의 재정이 열악하니 조선의 군비를 확장하기 위해서 외무경께서 차관을 제공해 조선의 힘을 모아주신다면 조선 조정에서도 일본을 의심하지 않을 것입니다."

이노우에는 정곡을 찌르는 김옥균의 말에 당황한 듯 헛기침을 몇 번 했지만 거절할 명분이 없었다. 그는 시간을 벌기 위해 김옥균에게 잠시 뜸을 들인 다음 말했다.

"조선 국왕의 국채 위임장을 가져오면 제가 천황폐하께 말씀드리겠습니다."

"천황께서도 이노우에 경이 말씀하시면 듣지 않겠습니까?"

"저는 물론 찬성입니다. 제가 해드리도록 하겠습니다."

"그러면 제가 반드시 조선 대왕의 국채 위임장을 가지고 다시 찾아뵙겠습니다. 조선의 군비를 확장하려면 3백만 엔의 차관이 필요합니다."

"3백만 엔이면 큰돈입니다."

"조선이 근대화해서 일본처럼 관세와 술과 담배 등에 세금을 매기면 금방 갚을 수 있는 돈입니다."

"알겠습니다. 조선 국왕의 위임장을 가져오시면 제가 차관을 앞장서서 조처하겠습니다."

김옥균은 속으로 쾌재를 불렀다. 3백만 엔이면 신식무기와 군함을 구입할 수 있는 돈이었다. 김옥균은 생각했다.

'이 돈을 밑천 삼아 조선을 부국강병의 나라로 만들어야 한다.'

그날 저녁 김옥균은 서광범과 오랜만에 진하게 술을 마셨다. 사케가 목구멍으로 달달하게 넘어갔다.

옥균의 2차 방문 동안 후쿠자와 유키치는 조선의 개화에 대해 여러 가지를 조언했다. 후쿠자와 유키치는 옥균에게 문명 개화론을 이야기하면서 이렇게 말했다.

"조선 일부 지식층만의 힘으로는 문명을 개화할 수 없습니다. 국민적인 개화가 함께 이루어져야 합니다. 전 국민의 개화를 위해선 서구에서 발행하는 신문이 무엇보다 중요하다고 생각합니다."

옥균이 궁금해서 물었다.

"서양의 신문은 어떻게 만들어지고 있습니까?"

후쿠자와 유키치는 일본어로 된 신문 한 부를 옥균에게 보여주며 말했다.

"이것이 서양의 신문을 그대로 활용한 일본의 《시사신보時事新報(지지신보)》입니다. 제가 일본에서 제일 먼저 한 것이 이 신문의 창간이었습니다. 이 신문은 일본의 모든 국민이 읽기 쉽도록 일본 언문으로 발행되었습니다."

후쿠자와 유키치는 김옥균에게 조선 백성을 위해 조선어 신문발행을 추천했다. 그리고 일본 신문사의 편집장을 김옥균과 같이 조선에 보내면서 윤전기도 함께 보냈다. 조선의 신문 책임자는 후쿠자와 유키치의 학교에서 공부한 유길준이 맡았다. 김옥균을 중심으로 하는 개혁은 조선을 청나라로부터 독립시켜서 완전한 근대화를 이루는 것이 목표였다. 그러나 민씨 일파는 청나라의 양무운동처럼 동도서기를 주장하면서, 청의 속국 상태를 유지하는 의존적인 개화를 목표로 삼았다. 따라서 일본의 지원을 받는 김옥균을 견제하기 시작했다. 일본의 도움으로 한글을 사용하려는《한성순보》를 김옥균으로부터 배제시키고 유길준을 신문사에서 손을 떼게 하였다. 그래서 민씨 일파가 김옥균이 추진하던 신문사를 독점하면서 최초의 한글 신문이 무산되고《한성순보》는 한자로만 발행하게 되었다. 조선에서의 조선어 신문이 무산된 이후, 후쿠자와 유키치가 보낸 일본인 편집장도 일본으로 돌아갔다. 이때부터 급진 개화파와 민씨 일파 사이의 갈등이 본격화되었다.

둘은 나라의 재정 부분에서도 대립했다. 민씨 일파가 새로운 화폐를 만들어서 재정 적자를 메우려 했던 반면 김옥균은 새로운 화폐의 발행은 물가를 상승시키고 기존 화폐가치를 떨어뜨려 백성들이 더욱 힘들어진다고 반대했다. 그 대신에 외국에서 차관을 도입해서 조선의 경제를 부흥시켜야 한다고 강력하게 주장했다. 청나라는 일본의 돈이 조선으로 들어오는 경우 자국의 입김이 약화될까 두려워 차관을 반대했다.

민비는 김옥균을 꼬드겨 제 편으로 삼으려 했지만, 옥균은 민비의 속셈을 알아차리고 거리를 두었다. 김옥균은 민비를 조선의 암적 존재로 보고 있었다. 사치와 권력욕은 하늘을 찔렀고, 백성들이 죽어 나가든 말든 부와 권력을 위해서라면 악마와도 손잡을 듯했다. 민비는 매일 밤 사당패를 궁궐로 불러들여 유흥과 가무로 돈을 물 쓰듯 하고 있었다. 민비는 관직을 팔면서 돈을 충당했고 벼슬을 산 지방 관리는 돈을 회수하기 위해 백성을 갈취했다. 권력에 빌붙어 잇속을 챙기려는 자들이 날로 늘어 갔고, 참다못한 백성들이 고향을 떠나거나 화적패로 들어갔다. 고종은 매일 밤 사당패를 보기 위해 군사를 이끌고 경복궁과 창덕궁을 오갔다. 그를 호위하는 시종과 군사들이 주린 배를 움켜쥐면서 궁중 잔치를 지켜보았다. 매일 밤 먹다 남은 잔치 음식이 종로 뒷골목에 무더기로 버려졌다. 굶주린 채 집으로 돌아가던 호위병들이 버려진 음식을 파먹고 있는 개들을 보고 눈이 뒤집히곤 했다. 혹세무민의 날들은 이렇게 깊어 가고 있었다.

민비는 명을 거역하는 김옥균을 제거하기 위해 하수인으로 민영익을 골랐다. 민영익은 민비 집안의 사람으로 민비는 민영익의 아버지 민태호를 영의정으로 밀었다. 민영익은 처음에는 개화에 관심을 두고 홍영익과 함께 박규수 문하에서 김옥균과 뜻을 같이했지만, 출세욕에 눈이 어두워 민비의 개가 되었다. 그는 민비가 부를 때마다 민비의 처소를 찾았다. 여자의 분 냄새가 중궁전을 채우고 있었다. 민영익이 먼 조카라는 이유로 민비는 거리낌 없이 그를 자신의 침소까지 불러들이곤 했다. 농염한 미소를 지으며 민비가 말했다.

"지금 전하께서 돈이 없어 아무것도 못 하고 있소. 내탕금이 부족해서 연회도 못 열 지경이오. 부족한 내탕금을 채우는 방법이 없겠소?"

민비는 국가와 개인의 것을 구분하지 못하고 국가재정을 자신의 것인 양 펑펑 써대고 있었다. 왕실이 돈을 물 쓰듯 하니 국가재정은 구멍 난 독에 물 붓는 격이었다. 민영익도 그것을 알고 있는지라 민비의 말에 비지땀만 흘리고 있었다. 이것을 보고 민비는 조롱하듯 말했다.

"사내대장부가 그렇게 담력이 없어서 어디에 사용하겠는가? 새로운 세상을 구경하고 싶다고 아버지에게 이야기했다는데 미국으로 가고 싶지는 않으냐?"

민비는 요사스럽게 민영익에게 덫을 걸고 있었다. 민영익이 무엇을 원하고 있는지 정확히 알고는 그 심장을 꿰뚫고 있는 것이다. 민영익은 삐질삐질 땀을 흘리며 말했다.

"제가 어떤 일을 해야 하는지 하명하여 주시옵소서."

"이리 가까이 오라."

민영익이 우물쭈물하며 머뭇거리자 민비는 야릇한 웃음을 지으며 말했다.

"잡아먹지 않을 테니 이리 가까이 오거라."

민영익이 다가가자 민비의 체취가 그를 덮쳤다. 민비의 숨소리가 민영익의 귀에 하수구에 물 빠지는 소리를 내며 박히고 있었다. 민비는 젊은 남자의 체취를 즐기듯 민영익의 기를 빨아들이며 말했다.

"너는 내 조카야. 조카가 고모에게 무얼 이리 내외를 하는 것이야."

민영익은 민비의 체취에 정신이 혼미해졌다. 민비가 민영익에게 속삭였다.

"우리 둘만의 비밀이다. 내게 믿을 사람이 조카뿐이야. 내 말 알겠는가?"

민영익이 우물거리며 대답을 못 하고 있을 때 민비는 목소리를 죽이며 말했다.

"외국 상선들에 세금을 거둬들여 내탕금으로 입금하게."

민영익은 민비의 소리에 깜짝 놀라 말했다. 국가의 재정을 빼돌리는 것은 역모와 마찬가지로 대역죄에 해당하는 중죄였다.

"외국 상선들에서 거두는 세금은 국가의 재산이므로 내탕금으로 빼돌릴 수 없습니다. 통촉하여 주시옵소서."

"그래도 내 말을 못 알아듣겠는가? 그들과 협상해서 국가에 내는 세금을 깎아주고 나머지를 내탕금으로 돌리라는 이야기야."

"지금 인천의 해관은 개화파들이 쥐고 있어서 빼돌리기가 쉽지 않습니다."

민비는 개화파 소리를 듣자 적개심이 일어 없는 목젖이 튀어나올 것처럼 목에 힘을 주며 말했다.

"이 나라는 주상의 나라이고 우리 왕실의 나라야. 왕실의 재정이 나라의 재정이야. 왕실의 재정부터 채워야 하는 것 아닌가?"

"인천해관은 제가 손쓸 수가 없습니다."

"자네가 개화파들과 친하다고 알고 있네. 자네가 개화파에 들어가 사람을 포섭하고 왕실 재정을 위해 함께할 사람을 모으라는 말이네. 개화파 중에서 누가 가장 걸림돌이라고 생각하는가?"

"지금 일본에 가 있는 김옥균입니다."

"김옥균은 내가 알아서 처리할 테니 걱정하지 말고 내 말을 명심하고 나와 우리 민씨 가문을 위해 목숨 바쳐 일하기를 바라네."

## 고래를 잡아라

김옥균의 2차 일본 방문 기간에 이홍장은 조선이 중국으로부터 독립하려는 것을 막기 위해 외교 고문으로 묄렌도르프[22]를 조선으로 보냈다. 수신사로 파견되었던 박영효는 1882년 12월 조선으로 돌아왔으며 김옥균은 석 달 더 머물다 1883년 3월 조선으로 돌아왔다. 김옥균의 2차 일본 방문 기간은 6개월 정도였다. 김옥균이 돌아오니 고종은 묄렌도르프에게 외교와 국제통상을 일임하고 있었다. 이는 개화파를 견제하기 위한 민비 일당의 치밀한 계획이었다. 개화파가 청의 속국에서 독립하

---

[22] 한국 이름은 목인덕穆麟德. 독일 출신으로 청국 주재 독일영사관에서 근무하던 중 이홍장의 추천으로 조선의 통리아문 참의參議와 협판協辦을 역임하면서 외교와 세관 업무를 맡았다.

기 위해 일본의 힘을 빌리려 한다는 사실을 안 민비 일당은 권력이 개화파에게 넘어가는 것을 막기 위해 청나라를 끌어들인 것이다. 우유부단한 고종은 양다리를 걸친 채 김옥균의 개화파와 민비 일당의 친청파를 저울 위에 올려놓고 갈팡질팡하고 있었다. 옥균이 돌아오니 조선의 상황이 크게 달라져 있었다. 옥균은 고종을 찾아 엎드려 말했다.

"전하. 일본에서는 전하의 위임장만 있으면 차관을 제공하겠다고 외무대신과 약속했습니다. 지금 조선이 청으로부터 독립하지 않으면 조선은 국제사회의 일원이 될 수 없습니다. 태조께서 이 나라를 세우신 이래 우리 조선은 자주독립 국가였습니다. 우리가 형식적으로 조공을 하고 책봉을 받았지만, 조선 개국 이래 타국이 우리 정치에 개입한 적은 한 번도 없었습니다. 조공은 일종의 국제무역이었고 책봉은 형식적인 절차에 불과했습니다. 그런데 지금 청은 외교 고문인 서양인을 우리 조선에 두고 외교권을 장악해서 조선을 식민지화하려고 하고 있습니다."

고종은 옥균의 말을 듣고 마음이 또 흔들렸다. 그러나 고종은 태연하게 말했다.

"그대는 우리가 청나라의 도움 없이 홀로 설 수 있다고 생각하는가?"

옥균은 고개를 들고 큰소리로 고종을 압도하듯이 말했다.

"전하, 이웃 나라 일본을 보십시오. 일본은 우리보다 문화와 기술이 항상 뒤져있었습니다. 그들은 사무라이들이 칼로 지배하는 야만인들이었습니다. 그런 일본이 지금 청과 어깨를 겨루고 서양과 동등한 입장에선 것은 일본이 일찍이 서양에 문호를 개방하고 서양의 문화와 기술을 받아들였기 때문입니다. 우리 조선도 늦지 않았습니다. 전하께서 결단만 내려주시면 조선은 일본과 어깨를 나란히 할 수 있습니다. 청은 이미 늙은 호랑이입니다."

고종은 혼란스러웠다.

"짐은 오백 년 사직을 지키는 것이 중요하다. 청나라는 조선의 사직을 지켜줄 것이다."

"전하, 이미 청은 천하의 중심이 아닙니다. 청이 두 번의 아편전쟁으로 무너지는 것을 지켜보시지 않았습니까? 우리 조선이 하루빨리 청으로부터 독립해야 사직을 보존할 수 있습니다."

고종은 원세개의 횡포에 불만이 많았다. 원세개가 고종의 머리 꼭대기에서 거들먹거리는 꼴이 아니꼬울 뿐 아니라 묄렌도르프가 조선의 외교권을 장악해 고종의 권력 기반이 흔들리고 있었기 때문이다. 그러나 고종은 청나라의 압력에 따를 수밖에 없었다. 고종은 옥균을 물리치며 말했다.

"내가 알아서 결정할 것이니 그대는 나서지 마라. 그리고 오늘은 피곤하니 물러가도록 하라."

옥균은 답답한 마음에 저절로 한숨이 나왔다. 계단을 내려오는 그의 다리가 휘청거렸다. 옥균은 스스로 마음을 다잡았다.

'조선의 왕이 저렇게 유약해서 흔들리면 조선은 살아남을 수가 없

다. 하루빨리 개혁해서 조선을 구해야 한다.'

옥균이 돌아간 후 옆방에서 모든 대화를 엿들은 민비가 침소에 들면서
말했다.

"전하. 고균의 말을 믿지 마시옵소서. 그는 자신이 권력을 차지하기
위해 농간을 부리는 간교한 자이옵니다."

고종은 민비의 옆에 누우며 피곤한 듯 말했다.

"그래도 고균은 조선을 사랑하는 사람이오. 짐은 내 위에서 군림하
려고 하는 원세개가 미울 뿐이오."

민비는 고종의 가슴에 얼굴을 파묻고 말했다.

"조선을 지키기 위해서는 분하더라도 참고 청을 믿을 수밖에 없습니
다. 청은 반드시 조선을 지켜줄 것입니다."

고종은 천장을 쳐다보며 한숨을 쉬고 말했다.

"청의 식민지가 되어 허수아비 왕이 되면 조상을 어떻게 볼 수 있겠
소? 그래서 조선의 독립을 주장하는 고균을 믿을 수밖에 없지 않겠소?"

민비는 고종의 말에 발끈하며 고개를 쳐들고 말했다.

"아니 되옵니다. 전하. 고균의 간교한 계교에 넘어가면 아니 되옵니
다. 고균은 일본식 개화를 하려고 합니다. 일본은 개화를 이루어 근대화를
달성했지만, 서양의 제도를 들여와 왕의 권력을 무력화했습니다. 지금 일
본 왕은 허수아비이고 모든 권력은 총리대신 이하 유신 세력들이 다 쥐고

있습니다. 고균이 일본식 근대화를 하려는 이유가 거기에 있습니다. 나라는 강하고 독립을 이룰 수 있을지 모르나 전하의 권력은 모두 사라질 것입니다. 권력이 없는 왕은 이미 왕이 아니옵니다. 저는 그것을 걱정하는 것이옵니다. 조선이 부강하고 독립된 나라가 되더라도 왕이 허수아비가 된다면 나라를 팔아넘기는 것이 오히려 나을 수 있습니다. 저는 전하를 위해 목숨을 바칠 각오가 되어있습니다. 저를 믿어주시옵소서."

잠자리에서 우는 모습을 보고 고종은 민비를 껴안으며 말했다.

"누가 중전을 못 믿는다고 합니까? 짐도 중전 없이는 살 수가 없습니다."

민비는 더욱 소리 내어 울면서 고종의 가슴을 파고들었다. 민비의 눈물이 고종의 살갗을 파고들었다. 고종은 이미 민비의 꼭두각시가 되어있었다. 고종은 항상 잠자리 들 때와 잠자리에서 깰 때의 생각이 달랐다.

고종이 차관 도입이냐 당오전 발행이냐를 결정하지 못하고 있을 때 묄렌도르프는 청의 입장에서 일본차관 도입을 반대했다. 하루빨리 개화를 이루려 하는 옥균이 조급해졌다. 그러나 묄렌도르프의 생각은 달랐다. 애초에 묄렌도르프는 김옥균이 명석하고 세계의 흐름을 잘 간파하고 있기에 그와 손을 잡으려고 했다. 그러나 옥균은 묄렌도르프를 이홍장이 심어놓은 청나라 첩자라고 여기고 마음을 열지 않았다. 어느 날 묄렌도르프가 옥균을 초대했다.

"김 공은 어떻게 해야 조선을 지킬 수 있다고 생각하십니까?"

"속히 나라를 개화시켜야 합니다."

"개화에는 시기가 필요합니다. 하루아침에 될 수가 없습니다. 일본은 이미 20여 년 전에 개화를 시작해 서양과 어깨를 나란히 할 정도가 되었고, 늦긴 했지만 청도 양무운동과 해외파를 통해 근대화를 시작해 많은 군함을 가지고 있습니다. 그런데 지금 조선은 군함은커녕 동력을 가진 배 한 척도 없습니다. 어떻게 외세에 대항하시겠습니까?"

"당신은 우리 민족을 몰라서 하는 소리요. 우리는 일본이나 청보다 빨리 개화할 수 있는 머리를 가졌소."

"머리만 있다고 될 일이 아닙니다. 자본과 기술이 뒤따라야 합니다."

"그래서 개화를 서두르는 것 아니오"

묄렌도르프는 옥균의 생각을 바꿀 수 없다고 생각했다.

"시간을 버는 것이 중요합니다. 그리고 조선을 노리는 모든 외세의 균형을 맞추는 것이 중요합니다."

옥균은 약간 비꼬듯이 말했다.

"외세 가운데 그대가 받드는 청이 가장 문제가 많다고 생각합니다. 우리가 청으로부터 독립을 먼저 하지 않으면 진정한 독립은 어렵습니다."

묄렌도르프는 옥균의 말에 발끈하며 말했다.

"그래서 공은 일본과 손을 잡으시려는 것입니까? 제가 보기에는 일본은 언제든지 조선을 삼키려고 호시탐탐 노리는 승냥이와 같다고 봅니다."

"저도 일본을 믿지 않습니다. 일본을 이용하려는 것입니다. 먼저 청나라로부터 독립하면 그다음은 세력을 키워 일본과도 맞붙을 생각입니다."

"그게 그리 쉽게 공의 뜻대로 되겠습니까? 약삭빠른 일본이 공의 뜻대로 조선이 커지는 것을 그냥 놓아두겠습니까?"

"일본의 자유민권운동가들과 힘을 합치면 됩니다. 그들은 작금의 메이지 정부에 불만이 매우 많습니다. 그들과 손잡고 조선을 진정한 의회 민주주의 국가로 만들고 싶습니다."

"모든 것은 억지로 되지 않습니다. 때가 있는 법입니다."

"그대는 청의 이홍장이 보낸 사람 아닙니까? 나는 그대를 믿을 수가 없소."

"어떻게 하면 내 마음을 보일 수가 있을까요?"

"민씨들 틈에 끼어서 온갖 호강을 누리고 있는 그대를 어떻게 믿을 수 있겠소?"

"언젠가는 저의 마음을 아실 날이 올 것입니다."

뮐렌도르프는 헛웃음을 지으며 먼 산을 내다보았다. 조선의 산하가 눈부시게 아름다웠다. 뮐렌도르프는 김옥균을 껴안을 수 없다는 것을 알고 적으로 간주했다. 적은 제거해야 할 대상이었다. 김옥균과 뮐렌도르프의 만남 이후 둘의 사이는 돌이킬 수 없을 정도로 멀어지게 되었다.

300만 엔 차관을 교섭하기 위한 김옥균의 세 번째 일본 방문이 예정되어 있었지만, 민비의 농간과 묄렌도르프의 방해로 김옥균은 1883년 4월 동남제도개척사겸관포경사東南諸島開拓使兼管捕鯨事로, 한성판윤으로 있던 박영효는 광주유수廣州留守로 임명되었다. 민비 일당이 개화파를 견제하기 위해 김옥균과 박영효를 지방으로 좌천시킨 것이었다. 김옥균은 좌천되면서 스스로 포경사, 즉 고래잡이를 자처했다. 당시 일본에서는 고래잡이가 성행했는데 개항 이후에는 고래가 많이 출몰하는 조선 해안으로의 진출을 노리고 있었다. 이러한 실정을 파악한 김옥균은 외국인의 투자로 포경업을 개발하는 것과 동시에, 그것을 담보로 하면 거액의 외채도 마련할 수 있을 것으로 믿었다. 그래서 그는 일본 측이 차관을 제공할 때 필시 담보를 요구할 것으로 내다보았고 이때를 대비해서 담보물로 울릉도의 삼림 채벌권이나 포경권을 염두에 두고 있었다. 김옥균은 좌천을 기회로 만들기로 다짐했다.

김옥균이 민씨 세력에 밀려서 동남제도개척사겸관포경사로 떠나기 전날 송별회가 열렸다. 이 자리에 예고도 없이 민태호 대감이 찾아왔다. 민태호는 민비와 결탁해 딸을 세자빈으로 만들고 민비의 하수인이 되어 모든 악역을 도맡아 하고 있었다. 그의 아들 민영익과 묄렌도르프가 민태호의 뒤를 따라 들어왔다. 그들이 들어서자 장내의 공기는 봄바람에 서리가 내리듯 냉랭해졌다. 분위기를 의식했는지 민태호가 일부러 크게 웃으며 김옥균에게 말했다.

"내가 고균의 송별식이 열린다기에 영전을 축하하기 위해 이렇게 좋은 술과 음식을 가지고 찾아온 것이오."

김옥균은 자신을 요직에서 몰아내고 지방으로 보낸 장본인이 이렇게 뻔뻔한 모습으로 나타난 게 구역질이 났지만, 꾹 참고 인사했다.

"대감께서 이 누추한 자리에 오실 줄은 저도 몰랐습니다."

민태호는 젊은 개화파들이 김옥균의 송별식을 한다는 소식을 듣고 그들의 면면을 살피고 또 그들 중에 일부를 자신의 편으로 만들 수 있는지 탐색하려는, 더러운 속셈으로 찾아온 것이었다. 그리고 묄렌도르프도 데려옴으로써 자신도 서양인과 친하다는 것을 은연중에 알리고 싶은 것이었다.

옥균은 고래를 잡아서 그 수익금으로 신식군대에 무기를 제공하려고 했지만, 민씨 일당의 방해 공작은 집요했다. 고래사냥을 위해 왕이 김옥균에게 허락한 발동선을 민태호는 일부러 다른 곳으로 빼돌려 고래를 잡지 못하도록 공작했다.

한편 궁녀 경화는 김옥균이 지방으로 좌천되었다는 소식을 듣고 조대비에게 그 사실을 알렸다. 경화와 조대비 덕으로 김옥균은 3개월 만에 참판으로 한양에 돌아오게 되었다. 김옥균은 관포경사에서 이조참판으로 발령받은 후 먼저 광주 남한산성 특별훈련소를 찾았다. 광주유수로 광주에서 신식군대를 양성하고 있던 박영효는 김옥균을 반갑게 맞이했다. 신식군대의 훈련대장은 박규수 문하에서 개화파로 활동했던 막내 서재필이었다. 서재필은 김옥균의 권유로 일본 도야마육군학교戶山陸軍 學校에서 정식으로 근대식 군사훈련을 받았다. 서재필은 김옥균에게 말했다.

"신식 군사훈련을 받는 군사들의 사기가 높습니다."

옆에서 박영효가 거들었다.

"서재필 대장이 신식무기가 부족해서 힘들어합니다. 제가 힘껏 돕고 있지만, 군사들 먹고 재우는 비용도 충당하기 힘들 정도입니다."

김옥균은 박영효의 말을 듣고 자신들의 신식군대를 믿지 못하고 끝까지 방해하는 민비 일당이 다시 떠올랐다. 옥균의 불편한 표정을 보고 서재필이 말했다.

"제가 일본에서 가져온 신식무기가 있어서 그것으로 모든 군인이 돌려가며 총기를 분리 해체하는 작업과 사격 연습을 하고 있습니다. 비록 구식무기를 가지고 신식 훈련을 받지만, 군사들의 사기는 하늘을 찌릅니다. 저번에 별기군은 훈련대장이 일본인이라서 반감이 컸습니다. 이제는 조선인인 제가 가르치니 모두 하나가 되어 훈련에 임하고 있습니다."

옥균은 서재필의 말을 듣고 더욱 가슴이 아팠다. 서재필은 머뭇거리다가 옥균에게 말했다.

"호조에서 돈이 없다는 이유로 쥐꼬리만 한 훈련보조금도 반으로 줄이겠다고 합니다. 우리가 자력으로 이 신식 부대를 양성해서 강병의 군대를 만들어야 합니다. 저도 목숨을 바쳐 공의 뜻을 따르겠습니다."

"군사훈련 못지않게 정신교육도 중요합니다. 훈련 도중에 개화 교육도 같이하고 있습니까?"

옆에 있던 박영효가 말을 거들었다.

"군사들에게 항상 개화의 필요성을 강조하고 있습니다. 세상이 어떻게 바뀌고 있다는 것을 아는 것이 무엇보다 중요하다고 생각하고 제가 직접 교육을 담당하고 있습니다. 세계 역사와 영국의 산업혁명 그리고 제국주의 등 급변하는 세계정세를 빠짐없이 가르치고 있습니다."

"금릉위, 고맙습니다. 개화된 세상에 눈을 떠야 신식무기도 활용할 줄 아는 법입니다. 백성들의 생각이 바뀌어야 나라가 생존합니다."

옥균은 박영효와 함께 광주 특별훈련소의 병사들을 둘러보고 그들의 눈에서 조선을 개화시켜 독립할 수 있다는 자신감을 읽을 수 있었다. 서재필과 신식군인들의 함성이 남한산성을 울렸다. 저 멀리 남한산성에서 붉은 노을이 불덩이처럼 마지막 힘을 뿌리듯 꿈틀거리고 있었다.

## 차관요청서를 가슴에 품다

나라의 재정이 어려워지자 민태호와 민영익은 묄렌도르프를 부추겨서 당오전을 발행하려고 했다. 이 소식을 듣고 김옥균은 가만히 있을 수가 없었다. 나라의 재정은 실물 경제가 받쳐줘야 하는데 돈을 찍어내 곳간을 채운다는 것은 장마에 물을 쏟아붓는 것과 다름없기 때문이었다. 돈의 가치가 떨어져 물가가 폭등하고 가뜩이나 힘든 백성의 삶은 더욱 궁지로 몰리고 있었다. 대원군이 경복궁 재건을 위해 당백전을 발행해서 백성들의 원성을 샀던 기억을 애써 지우고 있는 것이다. 김옥균은 고종을 친히 알현했다.

"전하, 지금 당오전을 발행하는 것은 굶어 죽어가는 백성들에게 한 줌 남은 쌀마저 뺏는 것과 같습니다."

고종은 물끄러미 옥균을 쳐다보며 말했다.

"지금 국가의 재정이 비어 아무것도 할 수 없는데 그대는 뾰족한 대안이라도 있는 것이오?"

"나라의 경제를 먼저 살려야 합니다. 나라의 살림을 살리기 위해 일본으로부터 차관을 도입해 군함을 구입해 국방을 강화하고 포경선과 화약을 사서 포경업과 광산업을 진흥시켜 금과 구리, 그리고 고래기름으로 외채를 갚으면 외국과의 경쟁에서 뒤지지 않을 것입니다."

"그대가 일본의 차관을 받아올 자신이 있는가?"

"일본에서 국왕 전하의 요청서만 있으면 그리하겠다고 약속했습니다."

"그러면 내가 차관요청서를 직접 쓰겠소. 그대가 책임지고 받아오길 바라오."

고종은 힘없이 말했다. 고종은 옥균에게는 차관요청서를 발행하면서 당오전 발행도 추진하리라 마음먹고 있었다. 과감한 결단을 내리지 못하고 항상 양다리를 걸치다 결국에는 모든 책임을 신하에게 미루는 유약한 군주가 나라를 벼랑으로 내몰고 있었다. 옥균은 차관요청서를 쓰고 있는 고종을 측은한 눈길로 바라보며 생각했다.

'대원군에게서 어떻게 저런 유약한 아들이 나왔을까? 모든 것을 혼자 결정하지 못하고 중전의 치마폭에서 놀아나는 모습이 외세로 하여금 조선을 얼마나 얕잡아 보게 만들고 있느냔 말인가? 군주가 오로지 자신만 바라보고 있으니 어느 백성이 군주를 바라보겠는가?'

고종이 차관요청서를 쓰고 있을 때 어디서 소문을 들었는지 민비가 들어왔다. 민비는 김옥균을 흘끔 보고는 차가운 목소리로 말했다.

"그대는 또 무슨 요사한 계획으로 주상전하를 현혹하고 있는 것인가?"

김옥균은 고개를 숙인 채 아무 응대도 하지 않았다. 고종이 민비를 보고 말했다.

"중전은 왜 개화파를 그렇게 못마땅하게 여기는가?"

"저들은 왕정제를 타파하고 서구의 공화제를 조선에 도입하고자 하는 역적들입니다. 전하는 저들의 농간에 속지 마시길 바랍니다."

"나도 눈이 있고 귀가 있는 사람이오. 내가 판단해서 처리할 것이오."

김옥균이 보는 앞에서 왕의 체통을 세우기 위해 애쓰는 고종의 모습이 옥균에게는 안타깝게 보였다. 고종은 차관요청서를 완성해 김옥균에게 건네며 말했다.

"이 문서를 가지고 조속히 실행하도록 하라."

민비가 고종을 노려보며 말했다.

"무슨 문서이옵니까?"

"차관발행요청서요."

"일본에 차관을 요청하는 것은 그들의 계략에 말려드는 것입니다. 차관발행은 일본에 빚만 지는 것입니다. 일본의 손아귀에 우리 조선이 걸려드는 것입니다."

"이번 일은 과인의 결정에 따라주시오."

김옥균은 엉거주춤하게 서 있다가 서류를 건네받고 뒷걸음질로 물러 나왔다. 민비는 물러나는 김옥균에게 비수를 날리듯 한마디 던졌다.

"내가 그대들의 행동을 끝까지 지켜볼 것이야. 그 끝이 무엇이 될지 그대가 생각해보라."


옥균은 궁궐을 빠져나오면서 마음이 착잡했다. 자신의 처지를 생각하면서 깜깜한 밤하늘을 쳐다보았다. 일찍 떠오른 별 하나가 외로운 듯 옥균을 내려 보고 있었다. 옥균은 그 별을 보고 궁궐 속에 갇혀 지내고 있는 경화를 떠올렸다. 하늘을 훨훨 날아야 할 경화를 새장에 가둔 것이 자신이라는 자책이 밀려왔다. 옥균은 집으로 돌아가지 못하고 경화의 그림자라도 보고 싶어 궁궐 주변을 배회했다. 그런데 기적처럼 경화가 옥균

앞에 나타났다. 경화는 그날 저녁 옥균이 고종을 만난다는 사실을 내전 궁녀에게 전해 듣고 내전 심부름 간다는 핑계로 옥균을 기다리고 있었다. 옥균은 경화를 보자 말문이 닫히고 호흡이 가빠졌다. 죄책감과 복받치는 사랑의 감정이 번갈아 가며 그의 가슴을 때렸다. 경화가 차분하게 말했다.

"제가 당신을 기다리고 있었습니다. 저의 무례함을 용서해주시기 바랍니다."

옥균은 남이 볼세라 빨리 경화를 나무 뒤로 숨기며 얼굴만 붉히고 있었다. 경화가 다시 말했다.

"다시 일본으로 들어간다고 들었습니다. 중전의 방해가 심할 것입니다. 그것이 걱정되었습니다."

옥균은 경화의 말에 가슴이 먹먹해졌다.

'이 여인은 아직도 나를 가슴에 품고 있구나.'

옥균은 경화에 대한 죄책감으로 견딜 수가 없었다. 경화가 옥균의 마음을 아는지 옥균이 말하기 전에 먼저 입을 열었다.

"다음에도 궁궐에 들어오면 항상 이 장소에 들러주세요. 그리고 혹시 만나지 못하면 편지라도 여기에 넣어주세요. 제가 뵙지 못하면 답장이라도 하겠습니다."

궁궐에서 가장 은밀한 장소로 사람이 자주 오지 않는 후미진 곳이었다. 왈칵 눈물이 솟았다. 옥균의 눈물을 보자 경화는 궁궐에서의 모든 외로움이 씻겨 내려가는 것만 같았다. 궁녀가 외간 남자와 밀회하는 것은 목숨을 건 도박과도 같았으나, 옥균은 자신의 목숨보다 소중했기에 경화는 주저함이 없었다. 경화는 궁궐을 벗어나 저 큰 세상으로 나가고 싶었고, 그것을 알고 있는 옥균은 속히 조선의 개화를 이루어내 그 세상으로 보내주겠노라 약속했다. 그것이 경화가 갑신정변에 적극 가담하는 계기가 되었다.

김옥균이 고종의 차관요청서를 가슴에 품고 다시 일본으로 건너갔다. 김옥균은 1883년 6월에 한양을 떠나 약 10개월간 동경에 머물렀다. 옥균은 일본으로 갈 때 수행원 백춘배와 탁정식, 그리고 일본인 가이 군지甲斐軍治와 함께했다. 가이 군지는 첫 일본 방문 때 김옥균의 사진을 찍었다. 그게 인연이 되어 김옥균은 그를 조선으로 데려와 남산 일본인 거주지에 사진관을 개업하게 했다. 그는 국적은 다르지만, 김옥균의 인품에 매료되어 평생 김옥균과 함께했다. 300만 엔의 차관 도입을 옥균은 꼭 성공시켜야만 했다. 그 돈을 끌어들인다면 개화파는 고종으로부터 확고한 신임을 얻을 것이고, 개화 정책을 추진하는 데 필요한 자금도 마련되기 때문이었다. 옥균은 메이지유신이 유럽으로부터 도입한 차관의 뒷받침으로 성공할 수 있었다는 것을 알았다. 모든 개혁은 돈이 없으면 이룰수가 없었다. 그런데 수구파들은 외국에 구속된다는 이유로 차관을 허용하지 않고 조선에서 새로운 돈을 찍자는 것이다. 돈만 많이 풀리면 물가가 폭등해 서민들만 죽을 것이고 경제가 살아남을 수가 없다는 것을 누구보다도 잘 아는 묄렌도르프마저 새로운 화폐를 발행하자고 주장했다. 청은 조선이 경제적으로 독립하는 것을 결코 원하지 않았기 때문이었다.

고종의 친서만 가져오면 반드시 차관을 주겠다고 약속했던 일본 외무성이 조선 공사 다케조에 신이치로竹添進一郎[23]의 간계에 휘말려 돌연 태도를 바꾸었다. 무슨 수를 써서라도 차관을 막고 당오전을 찍어야만 했던 민비 일당이 다케조에 공사를 구워삶았고, 다케조에가 일본 외무성에 농간을 부렸기 때문이었다. 민비의 사주를 받은 민태호는 다케조에 공사에게 뇌물을 먹이며, 고종의 친필 서한이 가짜라 일본이 차관을 제공해도 조선은 변제 의무가 없어 갚지 않을 것이라고 했다. 조선과 일본의 관계 또한 얼음장처럼 차가워질 것이라고 덧붙였다. 다케조에 공사는 본국 외무성에 급보를 올려 김옥균의 고종 친서가 가짜이고 차관을 주면 조선과 일본은 영원히 틀어질 것이라고 경고했다. 이노우에 가오루井上馨 외무대신은 일본이 조선과 껄끄러워지는 것이 부담스러웠으므로 친서의 진위를 확인할 수 없다는 핑계를 대고 차관을 줄 수 없다고 잘라 말했다. 민비 일당의 집요한 방해 공작으로 일본 외무성이 최종 결

---

23    하나부사 요시모토에 이어 제2대 공사로 부임했다. 개화파를 지지했으나 갑신정변 이후 개화파로부터 배신자라는 낙인을 받았다.

정을 보류하자, 김옥균은 일본주재 미국, 프랑스공사관과 차관 교섭을 진행했다. 그러나 이번에는 일본의 끈질긴 방해 공작으로 뜻을 이룰 수 없었다. 일본은 미국과 프랑스가 조선에 차관을 제공하면 자신들의 입김이 줄어들까 우려하면서 온갖 방법을 동원해 막았다. 김옥균은 일본의 이중성에 분노가 치밀었다. 개화파에게 접근해서 이용만 하려는 일본 외무성에 김옥균은 막말에 가까운 폭언을 퍼부었다. 김옥균은 마음 속으로 다짐했다.

'조선이 강해져야 이런 수모를 겪지 않을 것이다.'

김옥균은 일본 정부가 진심으로 조선을 도우려는 것이 아니라, 개화파를 이용해 조선에서 자신의 세력을 키우려는 것임을 간파하고 이것을 역이용해 조선의 힘을 키워야겠다는 각오를 거듭 다짐했다.

김옥균이 세 번째 일본 방문을 마치고 1884년 5월 2일 제물포에 도착해 다음 날 입경했다. 일본차관 도입 실패로 정치적 입지가 좁혀진 김옥균은 고종 앞에서 큰소리쳤던 자신이 부끄럽고 후회스러웠다. 뒤에서 쏟아붓던 민비의 악담이 이렇게까지 집요하게 자신을 옭아맬 줄은 몰랐다. 민비는 고종 주위에 민씨 일당을 심어놓음으로써 우유부단한 고종을 격리하고 모든 인사를 자신의 측근을 통해 전횡하고 있었다. 민비는 청나라가 절대 무너지지 않을 것이라 여기고 청에 의존해 왕실의 권력을 유지했으며, 그 권력을 내세워 백성의 고혈을 짜내고 있었다. 민비는 프랑스 민중들에 의해 혁명이 성공한 후에 루이 16세 왕과 마리 앙투아네트 왕비가 단두대에서 처형당했다는 소식을 전해 듣고 더욱더 악귀 같은 생존 본능과 권력 집착을 불태우고 있었다.

정사 민영익과 부사 홍영식 그리고 유길준과 서광범 일행은 미국 공사의 권유로 일본 이와쿠라 사절단처럼 미국과 유럽의 선진 문물을 배우기 위해 보빙사라는 명목으로 1883년 미국으로 떠났다. 당시 민영익은 민비의 사람이었고, 공식적으로 미국을 방문하는 첫 조선인이었다. 박규수 문하에 있을 때 민영익은 조선을 개화시켜야 한다는 사명감에 불탔다. 그는 조선 최초로 일본과 미국, 유럽을 다니면서 개화된 세상을 똑똑이 보았음에도 민비의 앞잡이가 된 이후엔 조선의 눈을 가리는 역할까지 맡았다. 일본의 이와쿠라 사절단이 선진 문물을 배우기 위해 과학, 기술, 법률, 교육 등 분야를 나누고 세밀하게 준비한 것에 비해, 조선의 민영익 일행은 아무 생각 없이 구경만 하고 온 꼴이었다. 이것이 조선과 일본 근대화의 가장 큰 차이점이었다. 민영익은 민비의 추천으로 미국에 갔기 때문에 민비의 권력 유지에 유리한 방향에서 모든 것을 보아야 했다. 그러나 수행원으로 따라간 서광범과 유길준 등은 미국의 정치와 문화, 기술을 보고 입을 다물 수가 없었다. 정사 민영익과 부사인 영의정의 아들 홍영식은 이러한 이유로 크게 싸웠다. 홍영식이 민비에게 보낼 선물에만 정신이 팔려있는 민영익에게 말했다.

"천지가 개벽할 이런 문물을 보고서도 어찌하여 정사께서는 조선을 개화시킬 명분을 찾지 아니하고 놀러 온 사람처럼 느긋하게 즐기기만 하십니까?"

홍영식의 말에 발끈하며 민영익이 말했다.

"그대의 눈에는 이 나라의 정치가 마음에 든다는 말이오? 왕도 백성이 마음대로 바꿀 수 있는 이러한 나라가 좋다는 말이오? 그런 생각을 가졌다면 역모를 품었다고밖에 할 수 없소."

"나는 정치가 아니라 기술을 하루빨리 우리 조선에 도입하자는 것이오."

"우리는 전하에 대한 충성을 잊어서는 아니 되오. 모든 기술이 앞선다고 하더라도 우리의 문화와 정신이 더 중요하다고 생각하오. 기술이 정신을 이길 수는 없소."

"우리가 여기에 온 이유가 무엇입니까? 선진 기술을 눈으로 보고 그것을 조선에 실현하기 위함이 아닙니까? 정사께서 미국의 놀라운 기술과 문명을 일부러 외면하고 유학 책을 놓지 않는 이유가 대관절 무엇입니까?"

민영익은 미국에 온 이후 유교 관련 책을 끼고 다녔으며 미국 주재 청나라 공사를 만나서도 유교 토론만 했다. 홍영식은 미국의 교통시설과 항만, 통신, 도로 등 여러 선진 기술을 시찰하고 싶었지만, 민영익의 반대로 번번이 무산되자 두 사람이 미국인들 앞에서 크게 싸우는 일이 발생하게 되었다. 이에 민영익은 상관인 자신에게 대들었다는 이유로 조선 조정에 보고해 홍영식을 조기에 귀국시켰다. 민비는 기회를 놓치지 않고 홍영식에게 책임을 물어 함경도로 내쫓았다. 이후 민영익은 미국에서 유럽을 돌아서 1884년 5월 31일 조선으로 돌아왔다. 민영익이 들어오자 약속이라도 한 것처럼 김옥균이 3차 일본 방문을 마치고 귀국했다. 민씨 일파는 무너져가는 조선은 안중에도 없었고 오로지 자신들의 권력 유지에만 혈안이 되어있었다. 민영익은 민비의 하수인이 되어 개화파에 등을 돌리고 있었다. 김옥균은 민영익을 찾아갔다. 무겁게 가라앉은 분위기 속에서 술상이 들어왔다. 둘은 말없이 연거푸 몇 잔의 술을 마셨다. 굳이 말하지 않아도 서로의 마음을 알기에 분위기는 더욱 가라앉고 있었다. 침묵을 깨고 김옥균이 먼저 입을 열었다.

"나라를 바로 세우겠다는 그 결연한 의지는 어디로 간 것입니까? 전 세계를 다니고서도 조선을 개혁하지 않는다면 역사의 큰 죄인이 될 것입니다."

민영익은 술을 마시면서 묵묵히 듣고만 있었다.

"미국과 구라파를 국비로 다닌 것은 여행하러 간 것이 아니지 않습니까? 미국과 구라파의 선진 문물을 받아들여 조선의 문명을 개화시키려 함이 아니겠습니까? 우리보다 이십 년 앞선 일본의 이와쿠라 사절단은 미국과 구라파를 다녀온 후 일본의 모든 것을 바꾸었습니다. 그것이 지금의 일본이 서구와 힘을 겨룰 수 있는 이유입니다."

침묵을 깨고 민영익이 말했다.

"나도 잘 알고 있소. 그러나 효를 어기면서까지 그대와 같이하지는 못하겠소. 공자님 말씀도 효가 으뜸이라고 하지 않았소?"

"공자님을 죽여야 조선이 삽니다. 이미 중국마저 양명학이 퍼져 실용주의 유학이 대세를 이루고 있는데 어찌 조선에서만 삼천 년 전의 고리타분한 유학을 아직도 고집하십니까? 우리가 청으로부터 독립하지 않으면 전 세계 사람이 우리를 우습게 볼 것입니다."

"나는 청을 통해서 개혁을 이루고자 합니다."

"청은 조선의 개혁을 방해함은 물론 속국으로 영원히 자신들의 영향력 아래 두려고 할 것입니다."

"그대가 믿는 일본도 똑같은 것이 아니겠습니까?"

"나는 일본도 믿지 않습니다. 조선의 자주독립에 힘을 보태고자 할 뿐입니다."

"나에게는 우리 민씨 가문을 지켜야 할 의무가 있다는 것을 명심해 주시기 바랍니다."

옥균은 민씨 가문 이야기를 듣고 참았던 감정이 쏟아져 나왔다.

"국가가 없으면 민씨 가문도 없습니다. 권력과 부를 위해 정의와 도리를 저버린다면 후에는 반드시 역사의 심판을 받을 것입니다. 사람들은 모두 죽습니다. 조금 일찍 죽으나 조금 후에 죽으나 길어야 백 년입니다. 그러나 역사의 평가는 영원히 이어질 것입니다. 순간의 이익을 탐해 의를 저버린 사람은 죽어서도 오욕이 이어질 것입니다. 역사를 보십시오. 역사를 보면 세상을 어떻게 살아야 하는지 그 답이 들어있습니다. 권력에 탐닉해 도와 의를 저버리고 고작 몇십 년 더 구차한 생을 이어간 사람들을 역사는 분명히 기억하고 있습니다. 길지 않은 생을 살더라도 대의와 명분을 지키다 죽은 사람을 역사가 영원히 기억할 것입니다."

옥균이 피를 토하는 심정으로 말을 이어가는 가운데 민영익은 먼 하늘을 쳐다보며 애꿎은 술만 들이켜고 있었다. 말을 마치고 옥균은 방문을 박차고 일어났다. 밤공기가 그의 가슴을 서늘하게 채우고 있었다.


옥균은 민영익을 만난 후, 정상적인 방법으로는 조선의 개화와 개혁이 힘들다는 것을 알고 고종을 만나 차관 도입 실패의 책임을 지고 사직의 뜻을 밝혔다.

"전하. 소신이 부덕한 탓에 차관 도입에 실패하였사옵니다. 소신 책임을 지고 사직을 하고자 합니다. 윤허하여 주시옵소서."

고종의 옆에서 민비는 냉소를 감추지 않고 비꼬듯이 말했다.

"전하의 위신을 떨어뜨린 죄는 클 것이오. 사직으로 끝날 문제가 아니오."

옥균은 민비의 간계로 고종의 위임장이 가짜라는 소문을 일본에 퍼뜨린 사실을 애써 가슴에 묻으며 말했다.

"소인의 죄를 물어주시옵소서."

고종은 그 내막을 소상히 알고 있음에도 애써 모른 체하며 말했다.

"당분간 고향에 내려가 근신하시오."

옥균이 고개 숙여 왕과 왕비에게 절을 하는데 분한 눈물이 마루에 떨어졌다. 옥균이 밖으로 나오니 궁궐은 이미 어둠에 잠겨있었다. 옥균의 발길이 자신도 모르게 경화를 만났던 장소로 향하고 있었다. 둘만의 비밀장소에 들어서니 그림자가 달빛에 어른거렸다. 경화가 부끄러운 듯 먼저 인사했다.

"오늘 궁궐에 들어오신다는 소식을 듣고 줄곧 기다렸습니다."

옥균은 경화의 마음을 알기에 더욱 미안한 마음이 앞섰다.

"못난 내가 그대에게 아픔만 안겨주는구려. 나를 용서하시기 바랍니다."

"그런 말씀은 하시지 않기로 하지 않았습니까?"

옥균은 경화의 얼굴을 쳐다보며 말했다.

"오늘 사직하기로 했습니다. 고향에 내려가 근신하기로 했으니 앞으로 궁궐 출입은 어려울 것 같습니다. 그 말씀을 전하기 위해서 여기 왔습니다."

경화는 울먹이며 말했다.

"당신을 기다리는 게 감옥 같은 궁궐 생활의 유일한 낙이었는데 이제 어찌하면 좋을지 소녀의 마음이 찢어지는 듯합니다."

경화의 눈에 방울 같은 눈물이 맺혔다.

"미안하오. 보잘것없는 내가 그대에게 평생 아픔만 안겨주는구려."

경화는 옥균을 쳐다보며 입술을 깨물고 말했다.

"우리의 사랑이 미완으로 남아 더욱 아름다운 것이라 생각하옵니다. 제게 참다운 사랑을 일깨워주신 그대에게 저는 항상 감사한 마음을 간직하고 있습니다."

옥균은 경화의 손을 잡았다. 경화의 손은 가느다랗게 떨리고 있었다. 더 이상 오래 있을 수 없어 작별을 고하는데 옥균의 눈에 눈물이 고였다. 그 눈물이 달빛에 반사되어 경화의 눈망울에 맺혔다. 궁궐의 소나무에 앉은 까치가 둘의 이별을 서러워하듯 울고 있었다.

옥균과 헤어진 경화는 조대비를 찾았다. 조대비는 세상 돌아가는 이야기를 항상 경화에게 묻고 있었다. 경화가 조대비의 다리를 주무르며 말했다.

"대왕대비 마마. 고균 김옥균이 오늘 사직했다고 하옵니다."

조대비는 깜짝 놀라며 말했다.

"무슨 이유로 사직했다는 말이냐?"

경화는 민비의 방해로 차관 도입이 실패한 이야기의 자초지종을 조대비에게 모두 말했다. 조대비는 혀를 차며 말했다.

"중전이 나라를 말아먹을 것이야. 내가 주상을 만나 꼭 이야기할 것이야."

경화는 조심스럽게 말했다.

"오늘 사직을 했으니 바로 말씀하시지 말고 시간을 두고 기회가 있을 때 하시는 것이 좋을 것이옵니다. 그리고 대왕대비 마마께서 전하를 찾아뵙는 것보다 전하가 문안 인사를 오실 때 말씀하시는 것이 좋을 듯하옵니다."

조대비는 혼자 한숨을 지으며 말했다.

"옛날에는 주상이 매일 문안 인사를 오시더니만 요즘에는 바쁘다는 핑계로 한 달에 한 번꼴로 문안 인사를 오고 있어. 간교한 중전이 우리 사이를 가로막고 있는 것이야."

조대비는 민비와 민비 외척이 권력을 잡고 고종의 눈을 흐리게 하고 있다고 생각했다.

## 혁명의 불씨

차관 도입이 실패하고 그동안 써오던 화폐인 상평통보보다 다섯 배의 가치를 지닌 당오전이 발행되자 물가는 치솟았고 조선 상인들의 재산이 한순간에 오 분의 일로 줄어들었다. 상평통보로 거래하던 조선의 상인은 견디지 못하고 파산이 속출했다. 일본과 청나라 상인들은 이 기회를 이용해 상권을 흡수했다. 또한 청나라와 일본과 체결한 불평등조약으로 조선 상인들의 불만은 극에 다다랐다. 청나라와 일본 상인들은 제

집 드나들듯 조선에 들어와 제나라의 상품을 팔고 조선의 물건을 사 본국에 가져가 팔아서 막대한 수익을 올리고 있었다. 반면에 조선 상인들은 조선 내에서만 장사할 수 있고 외국과의 거래를 막아 이를 어기면 중형으로 다스렸다. 조선 상인은 손발이 묶인 채 일본과 청나라 상인들과 대결하는 것과 마찬가지였다. 조선의 상인들 가운데 밀무역을 하다 적발돼 사형에 처해지는 사람이 속출했다. 조선의 모든 수출입은 민비 일당을 통해서만 이루어졌기 때문이었다. 민비 일당은 무역을 독점함으로써 수익을 챙기고 있었다. 김옥균은 무역 거래를 모든 상인들에게 열어야 한다고 주장하다가 민비의 미움을 더 사게 되었다. 그리고 조선에서 나오는 금과 구리, 철 등은 모두 조정에서 관리하기 때문에 외국과의 거래가 철저히 금지되어 있었다. 이 또한 민비 일가의 주 수입원이 되었다. 광산을 개발할 때 외국처럼 화약을 사용하면 채굴량이 몇 배가 뛰어오르지만, 광산에서는 화약 사용이 금지되어 있었다. 광산에서 화약을 사용하려면 민비 일당에게 뇌물을 먹여야 했고 수익을 절반 가까이나 떼어주어야 했다. 그뿐만이 아니었다. 썩은 음식에 꼬이는 똥파리처럼 지방 관리들이 들러붙어 온갖 구실을 붙여 뜯어갔다. 광산에서는 아예 채굴을 포기하거나 옛날처럼 곡괭이에 의지해 겨우 입에 풀칠이나 하며 살아갔다. 광산에서 나오는 금이나 구리, 철 등도 외국과의 거래가 일절 허용되지 않았다. 김옥균은 이것이 안타까웠다. 상인들과 광산업자들의 거래를 자유화해서 여기서 나오는 막대한 세금으로 나라를 부강하게 할 수 있는데 이를 민비 일당의 곳간 채우는 데만 이용하고 있었다. 나라와 백성이 갈수록 궁핍해져 가고 희망마저 사라지는 것이 옥균에게는 그저 안타까울 뿐이었다. 옥균은 이 거대한 부패의 고리를 제거하지 않으면 조선은 가망이 없다고 생각하고 그때부터 나라를 뒤집을 거대한 개혁을 준비하고 있었다.

청나라는 아편전쟁 이후 영국에게 홍콩 등의 땅을 빼앗긴 앙갚음을 힘 없는 조선에 돌리고 있었다. 임오군란의 책임을 물어 원세개로 하여금 대원군을 납치해 톈진으로 압송하게 했을 뿐만 아니라, 고종의 권한을 대폭 줄였고, 원세개가 조선의 실권자처럼 설쳐대도록 방조했다. 이것을 본 김옥균은 피가 거꾸로 솟아오르는 심정이었다. 옥균은 박영효에게 말했다.

"우리가 이렇게 수모를 당하고 있는데도 아무도 말을 못 하고 있습니다. 이대로 가다가는 우리 조선은 청나라 땅이 될 것은 불을 보듯 뻔한 일입니다."

박영효도 옥균의 말에 동의할 수밖에 없었다. 바로 이 지점에서 갑신정변 혁명의 불씨가 살아나기 시작했다. 옥균이 박영효에게 말했다.

"사람은 익숙함에서 벗어나고 싶어 하지 않습니다. 익숙함이 편하기 때문입니다. 익숙함에 길들여진 사람은 변화를 싫어합니다. 변화는 불편하고, 어렵고 고통스러운 것입니다. 인간들이 변화하지 못하는 이유는 익숙함을 떨쳐버리는 게 죽음을 택하는 것만큼 두렵기 때문입니다. 혁신은 변화보다 더 고통스럽습니다. 나라의 혁신을 추구하려면 나부터 먼저 목숨을 걸어야 한다고 생각합니다."

옥균의 말에 박영효는 가슴속에서 무언가가 불끈 솟아오르고 있는 걸 느꼈다. 자신은 조선의 부마로서 모든 기득권을 누리고 있었지만, 옥균의 말대로 그것에 익숙해지면 나라에 불충하고 자신에게도 부끄러운 짓이라 생각하고 있었다. 박영효는 속으로 생각했다.

'이 사람과 손을 잡으면 반드시 조선을 개혁할 수 있겠다. 이 사람과는 목숨을 걸고 일을 할 수 있겠다.'

혁명의 씨앗은 이 두 사람으로부터 자라고 있었다.


관직에서 물러난 김옥균은 고향으로 내려와 앞으로 나라를 위해 무엇을 해야 할지 생각을 정리하고 있었다. 산책을 하며 김옥균은 그동안의 일들을 되짚어 보았다. 곱씹을수록 민비 일당의 거대한 부패 세력을 청산하지 않고는 조선의 개화를 이룰 수 없다는 생각이 그의 머릿속을 채우고 있었다. 그런데 그에게 청나라와 프랑스가 베트남을 두고 전쟁을 준비하고 있다는 소식이 들려왔다. 옥균은 깊은 장고에 들어간 후 다음과 같이 결론을 내렸다.

'청과 불란서가 전쟁하게 되면 청은 조선에 주둔하고 있는 군사들을 안남으로 돌릴 수밖에 없을 것이다. 청을 견제하는 일본은 불란서에 붙어서 청을 압박하게 될 것이다. 만약에 청이 조선의 군대를 안남으로 돌리면 청에 의존하고 있는 민비 일당은 힘을 쓸 수 없을 것이니 이 기회를 이용하면 민비 일당을 제거할 수 있을 것이다.'

그러나 한 가지 변수가 있었다. 고종의 마음을 움직이지 않으면 역적으로 몰릴 수 있으며 민심을 얻기 힘들 것이다. 옥균은 또 생각했다.

'우유부단한 전하의 마음을 어떻게 잡을 수 있을 것인가? 청의 군사가 안남으로 가서 공백이 생길 때 박영효가 운용하는 광주감영의 특별 군대가 창덕궁을 점령하면 전하도 겁이 나서 허락할 것이다.'

김옥균의 생각이 거기에까지 미치자 이번에는 일본과의 관계를 어떻게 해야 할지가 고민되었다. 일본인들은 믿을 수는 없지만, 이용할 수는 있으리라는 것이 김옥균의 생각이었다. 음흉하고 표리부동한 다케조에 공사가 얄밉고 신뢰할 수 없지만, 본국의 외무대신을 통해서 압력을 넣으면 그도 도와줄 수밖에 없을 거라 확신하게 되었다.

그때 미국에서 민영익과 싸우고 조선으로 돌아온 후 함경도로 쫓겨났던 홍영식이 한양으로 돌아와 관직에서 물러나 있는 김옥균을 찾았다. 두 사람은 만나자마자 껴안으며 서로의 정을 확인했다. 김옥균보다 네 살 어린 홍영식은 김옥균을 따르며 형으로 깍듯이 모셨다.

"형님 오랜만입니다. 저나 형님이나 참으로 모진 세월을 버텨내고 있습니다."

"자네는 왜 미국에까지 가서 민영익과 싸웠는가?"

"저도 처음에는 친하게 지냈습니다. 그러나 개인적 친분과 국가의 미래는 다르다고 생각해서 그의 의견에 반대했던 것입니다. 민영익은 중전을 등에 업고 미국에 광산 채굴권을 내놓으며 돈을 요구했습니다. 그 돈은 국가의 재정이 아니라 중전의 궁궐 자금으로 들어가는 것입니다. 제가 참을 수가 없어 미국 차관보와 민영익이 조약을 체결하려는 순간 붓을 빼앗아 조약서에 먹칠을 했습니다. 따라갔던 서광범과 유길준도 저와 같은 생각이었지만 민영익의 권세에 눌려 말을 하지 못하고 있었습니다. 저는 이 사실을 전하에게 알려야겠다는 생각으로 조선으로 돌아간다고 말했습니다."

"그대의 기개는 죽지 않았구먼, 그러나 때를 기다려야 하는 법이야."

"저라고 왜 그걸 모르겠습니까? 중전을 등에 업고 칼자루를 휘두르는 민영익을 정말로 가만히 두고 볼 수 없었습니다. 제가 민영익과 싸운 후, 민영익의 악담은 저주에 가까웠습니다. 과연 조선에 도착해서 전하를 알현하니 그 옆에 중전이 서슬 퍼렇게 앉아 있었습니다. 국왕 전하가 가만히 있는데 중전은 전하 앞에서 저에게 민영익이 퍼부었던 것보다 훨씬 더 심한 악담을 해댔습니다. 저는 이때까지 살아오면서 여자에게서 그런 심한 욕을 처음 들었습니다. 그 자리에서 죽고 싶었습니다. 중전은 저를 죽이려고 전하에게도 악담을 퍼부었습니다. 저는 한마디도 못 하고 물러 나와 함경도로 유배 아닌 유배길을 나서게 되었습니다. 함경도에서 너무나 억울해 저는 전하에게 사건의 전말을 알리는 상소문을 쓰기 시작했습니다. 전하께서 저의 상소문을 읽고 저를 다시 한양으로 불러서 이렇게 형님을 뵙게 되었습니다."

"우리의 처지가 비슷하네그려."

"형님의 차관 도입도 민씨 일당의 계략에 의해 저지되었다고 들었습니다."

홍영식은 갑자기 목소리를 낮춰서 말했다.

"형님, 민씨 일당이 있는 한 우리가 추진하는 개혁은 실현되기 어렵습니다. 우리 개화파는 이때까지 민씨 일당을 어떻게든 설득해서 함께 하려고 했지만 이제 결단을 내려야 할 때가 온 것 같습니다. 민씨 일당을 처단하지 않고는 우물 속에 갇힌 부패한 양반들의 세상을 바꿀 수가 없습니다."

옥균은 홍영식의 생각이 자신과 똑같은 것에 마음속으로 놀랐다. 그러나 과격한 홍영식을 억누를 필요성을 먼저 느끼고 옥균은 차분하게 말했다.

"조심하고 또 조심하게. 역모를 일으키자는 것인가?"

"우리가 이렇게 당할 수만은 없지 않습니까?"

홍영식은 억울한 듯 옥균에게 말했다.

"이럴 때일수록 자중해야 하네. 내가 자네의 뜻을 알았으니 오늘은 술이나 진탕 마시세."

그러나 두 사람의 참담한 마음을 술이 위로해줄 수 없었다. 술이 들어갈수록 부패한 권력에 대한 증오심도 커져만 갔다. 초가을의 보름달도 울분에 지친 듯 빛을 감추며 여명에 스러져갔다.

1789년에 시작된 프랑스 대혁명으로 루이 16세와 왕비 마리 앙투아네트가 처형된 후 프랑스는 절대왕정을 폐지하고 시민이 투표로 결정하는 공화제를 채택했다. 처음으로 시행해보는 공화정의 어수선한 틈을 타서 강력한 군대를 이끌고 나폴레옹이 다시 황제에 올랐다. 나폴레옹은 정치적 혼란을 해외 정복으로 돌리며 유럽정복에 나섰다가 실패한 후, 세인트헬레나섬에 유배되고 그의 조카가 나폴레옹 3세로 등극한다. 나폴레옹 3세가 죽고 다시 공화정으로 돌아온 프랑스는 영국이 식민지를 넓히는 동안에도 국내 정치의 소용돌이로 인해 식민지 개척에 힘을 쏟을 여유가 없었다. 그러다 1870년 3공화정이 들어서고 어느 정도 안정되자 아시아 식민지 개발에 뛰어들었다. 그 첫 번째가 동남아시아였다. 베트남을 차지하기 위한 청불전쟁은 이렇게 시작되었다. 인도가 영국의 식민지로 넘어가자 동남아시아로 눈을 돌린 프랑스는 1884년 8월 베트남을 침공했다. 베트남의 요청에 따라 청나라는 속국을 보호한다는 명분으로 군대를 파견하며 전쟁이 시작되었다. 이에 임오군란으로 조선에 파병된 삼천 명 청나라 군사 가운데 절반인 천오백 명이 베트남으로 옮겨갔다. 이때가 김옥균이 석 달 동안의 낙향 생활을 끝내고 관직에 복귀한 시기였다. 민씨 세력이 청나라와 손잡고 왕권을 견제하는 것에 불만을 느낀 고종이 개화파를 이용하기 위해 김옥균을 복직시키게 된 것이었다. 청불전쟁으로 천오백 명의 청나라 군사가 안남으로 갔다는 소식을 전해 들은 옥균은 하늘을 향해 울부짖었다.

"천지신명이시여 감사하옵니다. 이것은 하늘이 우리에게 준 기회이다. 이 기회를 놓쳐서는 안 된다."

옥균은 가슴에서 끓어오르는 열정을 잠재울 수 없었다. 청불전쟁이 진행되고 있는 가운데 일본의 정치는 급변하고 있었다. 1년 넘게 자리를 비운 다케조에 신이치로 공사가 급하게 조선으로 돌아왔다. 김옥균은 차관 도입 실패의 원흉이 다케조에라고 생각하고 그를 만나려고 하지 않았다. 그러나 다케조에의 행보는 조선으로 돌아오자마자 완전히 달라졌다. 그는 고종을 만난 자리에서 임오군란의 배상금 사십만 엔을 탕감해주면서 고종의 환심을 샀다. 옥균은 다케조에의 변신에서 일본의 입장이 바뀌었다는 것을 알았다. 일본은 그만큼 믿을 수 없는 존재였다. 옥균도 처음에는 일본의 힘을 빌리지 않고 독자적으로 정변을 일으키려고 생각했다. 그런데 다케조에의 입장이 바뀐 것을 확인하고 청나라 군사가 개입할 경우를 대비해서 일본의 도움을 받기로 한 것이다. 다케조에는 김옥균을 만나서 이렇게 말했다.

"이번에 우리 정부가 청국을 공격할 계획을 이미 결정지었다."[24]

다케조에가 옥균에게 은근히 기밀을 누설하는 것은 당신들에게는 지금이 좋은 기회라는 것을 암시하면서 혁명을 부추기는 것이었다.

민비는 여전히 청나라에 모든 것을 맡기고 있었다. 고종은 개화파를 지지하는 척했지만, 그때마다 민비의 훼방으로 무산되는 일이 반복되고 있었다. 김옥균이 추진하던 한글 신문의 발행이 그랬고 박영효가 한성판윤에서 광주유수로 밀려난 것도 그랬다. 김옥균은 조선의 구식군대만으로는 조선을 지킬 수 없다고 생각해 일본의 사관학교를 졸업한 유학생을 중심으로 신식군대를 양성해야 한다고 고종에게 건의해 광주감영의 신식군대 양성을 허락받았다. 그러나 민씨 일파는 호조의 지원을 중단시키고 광주감영 스스로 처리하도록 계략을 꾸몄다. 청나라 군대를 등에 업은 민씨 일파는 절반 정도의 청나라 군사가 철수하자 안전에 불안을 느낀 나머지 광주감영의 신식군대를 민씨 일족이 관리하는 친군사영親軍四營[25]에 강제 편입시키고 김옥균이 손을 떼도록 했다.

김옥균의 광주감영 신식군대가 민씨 일당의 친군사영에 합류되자 김옥균은 탄식했다.

　'어찌 신식군대 없이 거사를 도모할 수 있겠는가?'

---

24　此度我政府 攻擊支那之計已決. 『갑신일록』, 1884년 10월 31일.

25　고종高宗 때 서울에 설치한 친군영親軍營 중 좌영左營·우영右營·전영前營·후영後營의 네 군영을 사영四營이라 칭했다.

미리 선수를 치지 못한 자신이 원망스러웠다. 광주감사 박영효와 홍영식은 민씨 일파의 계략에 울분을 토했다. 민씨 일파가 장악하고 있는 친군사영에 들어간 김옥균의 신식군대는 구식군대의 횡포에 견디지 못하고 와해했다. 김옥균이 주장한 부국강병의 꿈이 물거품처럼 사라지자 김옥균은 더 이상 참을 수가 없었다. 마침 청불전쟁에서 청나라가 패배를 거듭하면서 조선에 주둔하던 나머지 청나라 군사도 곧 청불전쟁에 투입될 것이라는 소식이 들려왔다. 김옥균은 이때를 놓치면 안 된다고 판단했다. 그는 먼저 뜻이 맞는 동지들을 규합해야 했다. 그는 일찍이 상공업의 종사자들이 양반들의 착취에 분노하고 있는 것을 알고 개화 교육에 정성을 들인 결과 그들을 개화파로 영입할 수 있었다. 그중에서도 조선팔도에서 대를 이어 광업을 하는 사람들을 포섭했다. 그들은 광산업이 일본의 손아귀에 들어가는 것을 온몸으로 막고 있었다. 그들은 화약을 구입하기 위해 김옥균과 접촉했으며 김옥균의 개화 사업에 자금줄 역할도 하고 있었다. 민씨 일파에 의해 임명된 지방 관리들은 일본 업자들의 돈에 매수되어 조선의 광산을 일본에 팔아넘기는 앞잡이가 되어있었다. 창원의 금광은 조선의 광부가 대를 이어가고 있었는데 일본 업자들이 그 금광에 눈독을 들이고 있었다. 일본인들은 조선의 관리를 매수해 그 인근의 땅을 모두 매입하고 일본에서 들여온 화약으로 대규모 금광 채굴에 나섰다. 조선의 광산업자는 금광을 일본에 넘기라는 관리들의 말을 듣지 않고 꿋꿋하게 버티고 있었다. 김옥균이 조정에 광산을 개발해서 국력을 키워야 한다고 수백 번 말했지만, 민비 일당은 광산을 팔아먹기에 바빴다. 민비 일당은 말을 듣지 않는 창원 광산주에게 죄를 덮어씌우고 관아에 불러 곤장을 쳐 사경을 헤매게 했다. 김옥균의 눈에는 피눈물이 쏟아졌다. 그 광부의 아들이 김옥균을 찾아와서 소리치며 말했다.

"나라를 뒤집어야 합니다. 저번에 나리께서 귀천이 없고 평등한 세상에서 상공업을 우선시해 나라를 발전시키는 것이 개화라고 했습니다. 그 개화는 어디로 갔습니까? 개화는 이론으로 되지 않습니다. 힘으로 저 부패한 세력을 없애지 않고는 조선의 개화는 불가능합니다."

김옥균은 자신이 그 광부의 아들보다 못하다고 생각했다.

'이론이 중요한 것이 아니라 힘으로 개화를 이룩해야 한다.'

옥균은 전국 금광의 노동자들과 천대받던 상인들을 규합했다. 그들은 가진 것을 모두 내놓으며 옥균의 개혁에 목숨을 바칠 것을 결의했다. 옥균은 드디어 때가 무르익었으며, 자신이 생각했던 것을 즉시 행동으로 옮겨야 한다고 다짐했다. 그는 일본에 유학 보냈던 개화파들을 지방으로 내려보내 일반 백성들의 개화사상 교육에 투입했다. 그리고 뜻을 같이할 사람들을 모으라는 지시를 내렸다. 지금이 바로 적기라는 판단이 섰을 때, 김옥균은 전국에 내려가 있던 개화파들을 한양으로 올라오게 했다. 남산 뒤 깊숙한 곳에 500여 명의 동지가 모여들었다. 그 자리에서 김옥균은 평소 그가 추진하던 개혁을 실행하자고 목소리를 높였다.

"우리는 때를 기다렸습니다. 우리보다 미개했던 일본이 메이지유신으로 개화를 이루어 서양의 선진 문물을 받아들였으며, 지금은 서양 세력과 힘을 겨룰 정도로 강대해졌습니다. 그런 일본이 우리를 미개인 취급하면서 무시하고 있고, 청은 아직도 개화에 눈뜨지 못하고 우리를 속방 취급하면서 독립국으로 인정하려 하지 않고 있습니다. 오천 년을 자랑하는 우리 민족이 이렇게 무시당하고 미개인 취급받았던 때는 역사 이래 없었습니다. 지금 청과 일본의 군대가 우리 강산을 유린하고 있습니다. 당과 싸워 이긴 고구려의 기상은 어디로 갔습니까? 고구려를 이어받은 고려는 당당히 황제를 자칭하고 중국과 어깨를 겨루었습니다. 그리고 일본을 속국으로 삼고 해양을 주름잡던 백제의 기상은 어디로 사라졌습니까? 삼국을 통일한 신라도 마지막 독립을 위해 당과 싸워 독립을 이룩했습니다. 힘이 없으면 독립을 이룩할 수가 없습니다. 우리 오천 년 역사 이래로 이렇게 우리나라가 무력하게 외세에 짓밟혀도 아무런 대항조차 못 하고 무너진 적은 없었습니다. 지금이라도 늦지 않습니다. 우리 백성들은 그 어느 민족보다도 똑똑하고 머리가 좋습니다. 저 섬나라 왜놈들이 이룬 것을 왜 우리 조선이 이루지 못하겠습니까? 하루빨리 선진 문물을 받아들이고 신분 차별을 없애고 상공업을 육성해서 나라의 경제를 살리고 그 경제력을 바탕으로 신식무기를 도입해서 나라를 지킬 수 있는 신식군대를 양성해야 합니다. 일본은 이미 군함을 자체적으로 제조하고 있습니다. 그러나 우리나라는 발동선 하나 제대로 만들 수가 없습니다. 우리의 뛰어난 문화와 기술은 어디로 사라졌다는 말입니까? 지금 민씨 일당의 부패를 척결하고 부패로 쌓아올린 그들의 자금만 회수해도 군함 한 척을 살 돈이 될 것입니다. 나라와 백성은 굶어죽어가고 있는데 민씨 일당 부패 세력은 자신들의 배를 채우기 위해 개화파를 숙청하고 나라를 지옥으로 몰아가고 있습니다. 이제 우리가 일어나야 합니다."

옥균의 피 끓는 목소리는 남산의 숲속을 감동의 물결로 뒤덮었다.


윤치호는 아버지 윤웅렬의 영향으로 일찍이 개화에 눈을 뜨고 있었다. 서재필은 윤치호보다 두 살 많았으나 친구처럼 지냈다. 옥균은 서재필과 윤치호에게 특별한 관심을 가졌다. 1881년 윤치호는 김옥균을 처음만나 그에게 매료되었다. 김옥균은 일본으로 떠나는 윤치호에게 앞으로영어가 중요하니 꼭 영어를 배울 것을 조언했다. 윤치호는 김옥균의 말을 듣고 일본에서 영어 공부를 시작했다. 그리고 일본에 와있던 미국인푸트가 조선의 초대공사로 임명되자 윤치호는 푸트의 통역관이 되어 조선으로 돌아왔다. 이때부터 윤치호는 푸트 공사와 김옥균을 연결하면서푸트 공사에게 김옥균의 생각을 전달하는 역할을 했다.


당시 미국의 상황은 복잡했다. 1865년에 끝난 남북전쟁은 미국독립 이후 최대의 전쟁이었다. 4년 넘게 진행된 전쟁에서 링컨 대통령이 이끄는 북부군이 승리하면서 안정되는 듯했지만, 전쟁의 후유증이 미국 전역을 휩쓸고 있었다. 링컨이 암살되자 미국은 국민들의 시선을 해외로 돌리기 시작했다. 영국의 식민지였던 미국도 해외 식민지 개발에 뛰어든 것이다. 그러나 패배한 남부의 저항은 끈질겼다. 그러한 혼란 가운데 1884년 갑신정변이 일어나기 석 달 전에 치른 선거에서 민주당의 클리블랜드가 미국 22대 대통령에 당선되었다. 복잡한 국내 상황으로 인해 미국 공사 푸트는 조선에 깊숙이 개입할 수 없는 상황이었다. 옥균은 다케조에 공사를 만난 후, 푸트 공사를 집으로 초대했고, 푸트 공사는 통역관 윤치호와 옥균의 집을 방문했다. 옥균은 서양 손님을 맞기 위해 집 단장을 했고 탁자와 의자까지 준비했으며, 유씨 부인은 정성스럽게 음식을 준비했다. 이 자리에서 옥균이 속내를 내비치며 혁명의 의지를 드러내자, 푸트 공사는 차분하게 대답했다.

"지금은 때가 아닙니다. 김 공께서 미국이나 영국을 방문하고 1년 정도 서양의 지도자들을 만난 후에 그들을 김 공의 편으로 만들어야 합니다. 지금은 시기가 너무 이릅니다. 조선을 적극적으로 도와줄 서양 세력이 없습니다. 우리 미국도 마찬가지입니다. 저는 미국 중앙정부의 지시를 받아야 움직일 수 있습니다. 제가 소개장을 써드릴 테니 미국 정부의 유력인사를 만나서 그들과 친분을 쌓으셔야 합니다. 김 공의 신념과 학식으로 그들을 설득할 수 있을 것입니다. 미국을 다녀온 후 대서양을 건너 영국과 프랑스의 권력자들과도 친해져야 합니다."

옥균은 푸트 공사의 말을 듣고 일견 일리가 있다고 생각했으나, 이 시기를 놓치면 조선은 청나라의 식민지가 될 것이 자명했기 때문에 더 늦출 수가 없었다. 옥균은 푸트 공사에게 말했다.

"충고를 가슴 깊이 새기겠습니다. 그러나 지금 조선은 바람 앞의 등불입니다. 제가 한두 해 자리를 비우면 저와 뜻을 같이하는 사람들은 탄압받을 것이고 민씨 일족들이 조선을 청에 갖다 바칠 것입니다. 이때를 놓치면 다시는 기회가 없을 것입니다. 청이 불란서와 전쟁을 치르며 정신을 그곳에 팔고 있을 때 우리가 완전한 독립을 이뤄내야 합니다. 그러지 않고는 청으로부터 독립할 수 없을 것입니다. 저의 목표는 조선을 근대화시켜서 완전한 자주독립 국가를 만드는 것입니다. 일본을 보십시오. 일본도 한때는 조선과 같이 조공을 바치는 나라였습니다. 그런데 메이지유신의 성공으로 지금은 청과 대등한 위치에 올랐기에 청이 일본을 무시하지 못하는 것입니다."

푸트는 옥균의 말을 듣고 그를 진심으로 도와주고 싶었으나, 마음에 걸리는 것이 있었다.

"일본을 믿지 마십시오. 일본도 힘을 키우면 조선을 식민지화할 것입니다."

"저도 잘 알고 있습니다. 일본은 대륙진출을 위해 항상 조선을 탐냈습니다. 그러나 조선은 절대로 일본에 무릎을 꿇지 않았습니다. 우리 오천 년 역사가 이를 뒷받침하고 있습니다. 일본은 조선에 문화적 열등감을 가지고 있습니다. 일본에 문화를 전파한 게 우리 민족이었습니다. 우리가 일본의 식민지가 되는 일은 절대 일어나지 않을 것입니다."

옥균의 확신에 찬 목소리에서 푸트 공사는 안타까운 마음이 들었다. 옥균은 푸트 공사를 더 이상 설득할 수 없다는 것을 알고 마지막으로 그에게 말했다.

"반대는 하지 말아 주십시오. 도와줄 수 없는 상황이면 중립만 지켜주시길 바랍니다."

푸트 공사는 옥균의 단호한 표정을 보고 더는 옥균에게 말하지 않았다. 그러나 일본에서부터 그와 함께했던 통역관 윤치호가 걱정되었다.

공사관으로 돌아온 푸트 공사는 윤치호를 불러 말했다.

"아직 때가 무르익지 않았으니 김옥균에게 섣부른 행동은 삼가라고 전해주시오."

윤치호는 푸트 공사에게 말했다.

"공사님은 우리 개화파를 믿지 않으십니까?"

"나는 그대와 김옥균을 전적으로 믿고 있소. 개화만이 조선의 살길이오. 그런데 아직 때가 이르지 않았으니 경솔한 행동을 삼가라는 말이오. 조선에 나와 있는 여러 공사들이 힘을 합해야 조선을 진정한 독립국가로 만들 수 있을 것이오. 그런데 지금 각국의 입장이 서로 다르고 자신들만의 이권에만 목을 매고 있으니 지금 일을 일으켰다가는 외국 공사의 호응을 얻지 못할 것이오. 지금 시대가 개화파에 유리한 방향으로 흘러가고 있으니 조금만 더 기다리라고 김 공을 설득해 주시오."

"공사님의 말씀을 그대로 전하겠습니다."

윤치호도 세계정세를 누구보다도 잘 알고 있었으므로 푸트 공사의 말이 옳다고 생각했다. 그날 저녁 윤치호는 김옥균을 만나 미국의 입장을 그대로 전달했다. 김옥균은 윤치호의 말을 듣고 미국 공사를 자신의 편으로 끌어들이기 위해 윤치호를 보호해야 한다고 생각했다. 옥균은 윤치호에게 말했다.

"너는 이번 거사에서 빠져라. 그 대신 미국 공사가 우리를 반대하지 않도록 미국 공사의 옆을 한시도 떠나지 말고 그의 일거수일투족을 우리에게 보고하길 바란다."

윤치호는 고개를 들고 옥균에게 말했다.

"저도 혁명에 동참하고 싶습니다."

"너는 이미 혁명의 중요한 역할을 맡았다. 미국 공사의 마음을 얻는 것이다. 따라서 우리 혁명단체에서 너의 이름은 철저히 배제될 것이다. 그래야만 미국 공사가 너를 믿을 것이다. 명심해야 한다."

그러나 자신과 윤치호의 관계를 모르는 사람은 거의 없다는 사실이 옥균은 못내 걱정되었다.


김옥균의 집에 개화파 핵심 인사들이 모여들었다. 유대치와 박영효, 서광범, 홍영식, 서재필 그리고 내관 변수 등이 호롱불 아래 모였다. 김옥균이 먼저 자신이 준비하고 있던 계획을 말했다.

"우리가 공을 들였던 광주감영의 신식군대가 민씨들의 농간으로 친군사영에 편입되어 버렸습니다. 거사는 힘 없이는 절대 이루어질 수 없습니다."

신식군대를 훈련시켰던 서재필이 옥균의 말을 듣고 말했다.

"비록 광주감영 신식군대가 해체되어 친군사영에 편입되었지만 뜻있는 젊은 지휘관 이십 명은 저와 연락을 유지하고 있고 그중 절반 정도는 움직일 수 있을 겁니다. 지휘관 열 명이 각자 오십 명씩을 거느리고 있어 오백 명 정도는 언제든 거사에 동참할 수 있을 것입니다."

박영효가 서재필의 말을 받아서 말했다.

"이미 한양의 친군사영에 편입되어 민씨 일당의 감시를 받고 있는 상황에서 비밀을 유지할 수 있을까 심히 우려됩니다. 오백 명을 움직이려면 저들도 반드시 눈치를 채고 선수 칠 것입니다."

김옥균이 서재필에게 말했다.

"금릉위의 말이 맞아. 젊은 혈기에 너무 서두르지 말게."

막내인 서재필은 고개를 숙였다. 박영효가 말을 이었다.

"지금 청불전쟁에서 청이 연전연패하고 있으며, 조선에 남아있는 절반의 천오백 명 군사도 곧 안남으로 이동한다고 합니다. 그때를 노려야 합니다."

김옥균이 차분하게 말했다.

"맞는 말씀입니다. 이것은 하늘이 내린 기회라고 생각합니다. 여러분의 동의를 구하기 위해 나중에 말씀드리려고 했지만, 지금 저의 계획을 말씀드리겠습니다. 저는 조선에 나와 있는 각국의 공사와 영사를 만나서 넌지시 조선의 혁명 사업을 이야기했습니다. 모두들 자기 나라의 이해득실만 따질 뿐 큰 관심을 두지 않았습니다. 그래서 만약 개화파들이 거사를 일으키면 어떻게 하겠냐고 물어보니 하나같이 자신들의 안전만 보장된다면 나쁠 게 없다는 입장이었습니다. 농담으로 한 말이라고 웃어넘겼지만, 물론 그들의 속셈을 간파하려 던진 질문이었습니다. 따라서 조선의 이권을 노리는 열강들은 조선의 정변에는 아무런 관심이 없습니다. 그러나 그들은 다른 나라가 조선을 독점하는 것만은 결단코 용서하지 않을 것입니다. 서두가 길었습니다만 그래서 저는 이런 생각을 하기에 이르렀습니다. 일본을 역이용하자. 지금 상황에서 우리의 거사에 관심이 있는 나라는 그나마 일본밖에 없습니다."

모두들 웅성거렸다. 김옥균이 다시 입을 열었다.

"여러분의 생각을 알고 있습니다. 물론 일본은 믿을 수 없는 나라입니다. 저는 차관을 얻으려 국왕의 친서를 가지고 일본에 갔다가 직접 당한 당사자입니다. 교활하기 짝이 없고 언제든지 변할 수 있는 나라가 일본입니다. 그런 일본을 역이용하자고 하는 것입니다. 일본은 현재 조선에 있는 자국민을 보호한다는 명분으로 사백 명의 최정예부대를 한양에 주둔시키고 있습니다. 그리고 청불전쟁에서 불란서 편에 서서 지원하기

171

시작했습니다. 그 모든 게 청을 견제하기 위한 것이니, 역이용의 조건에 부합하는 것입니다."

이때 유대치가 말했다.

"청을 견제하는 것은 자신이 조선을 점령하기 위함이오. 임진왜란을 잊었습니까? 일본에는 아직도 정한론자들이 많습니다."

"저도 충분히 알고 있습니다. 그래서 제가 열강의 공사를 만난 이야기를 먼저 하지 않았습니까? 열강은 일본이 조선을 독식하는 것을 절대로 용납하지 않을 것입니다. 우리 개화파가 정권을 잡으면 일본의 메이지유신처럼 나라를 개화시켜 일본을 따라잡을 수 있습니다. 그때까지 일본을 활용하자는 것입니다."

그날 모인 사람 모두 옥균의 뜻에 따르기로 마음을 모으고 헤어졌다. 옥균은 박영효를 따로 불러 이야기했다. 박영효와 김옥균은 주역의 심오한 진리를 깊이 연구하고 있었다. 조선 최고의 실학자 정약용의 『주역사전周易四箋』을 함께 공부하면서 의논하기도 했다. 옥균이 박영효에게 말했다.

"제가 거사를 앞두고 하늘의 뜻을 묻기 위해 주역의 괘를 한번 보았습니다. 지금 조선은 주역 64괘 중에 산수몽山水蒙의 괘卦에 해당합니다. 조선은 아직 몽매함에서 깨어 나오지 못하고 있는 상황입니다. 몽蒙괘의 상효上爻는 '격몽'이라 했습니다. 몽을 깨부수어야 한단 말입니다. 율곡 선생님도 주역을 공부하신 후 어린이들을 깨우치기 위해 『격몽

172

요결』이라는 책을 썼습니다."

박영효가 말했다.

"공자님께서도 주역에서 가장 중요한 것이 '때'라고 하지 않았습니까? 수시변역隨時變易의 때를 따라 세상이 변화하고 바뀐다고 했습니다. 그때를 기다려야 합니다."

"저는 지금이 그때라고 생각합니다. 청과 불란서가 안남을 두고 전쟁을 벌이는 지금이야말로 가장 적합한 때가 아니겠습니까? 지금 이때를 놓치면 영영 조선은 혼몽에서 길을 잃고 사라질 것입니다."

박영효는 옥균의 말에 고개를 끄덕이며 생각했다.

'공자는 수시변역을 주역의 기본으로 삼고 있으니, 지금 그때가 온 것 같다.'

두 사람의 마음이 하나로 뭉쳐졌다.


더 이상 기다릴 수가 없었던 김옥균은 동지들의 뜻을 모았다. 민비에 의해 흩어진 광주감영 신식군대의 지휘관들을 규합하고 일본의 힘을 빌리기로 했다. 일본공사 다케조에는 김옥균이 일본의 차관을 받으러 갔을 때 고종의 직인이 가짜라고 본국에 보고한 사람이었다. 그는 조선의 외교 고문 묄렌도르프에게 잘 보이려고 그의 의도에 따라 김옥균의 일본 차관 도입을 실패로 만든 장본인이었다. 그런 그가 일본에서 돌아와서는 완전히 변해 있었다. 후쿠자와를 비롯한 일본의 자유민주 세력 사이에 조선을 개화시켜야 한다는 여론이 들끓자 일본 외무대신이 다케조에 공사에게 김옥균을 도우라는 훈령을 내렸기 때문이었다. 기회주의자 다케조에는 김옥균에게 연신 화해의 손길을 내밀었다. 다케조에의 표정을 살피며 김옥균은 일본이 청불전쟁을 이용해 조선에서 청국을 몰아내려 한다는 것을 간파했다. 그러나 김옥균은 다케조에를 믿을 수가 없었기 때문에 담판을 짓기 위해 독대를 요청했다. 단둘이 있게 되자 옥균은 굳은 표정으로 다케조에에게 말했다.

"공사의 입장이 갑자기 바뀐 이유를 알고 싶소."

다케조에는 음흉한 미소를 지으면서 말했다.

"지난번 차관 문제는 미안하게 됐습니다. 이 자리에서 정식으로 사과하고 싶습니다."

다케조에가 갑자기 저자세로 나오자 김옥균은 더욱 그의 속내가 의심스러웠다. 김옥균의 눈치를 살피며 다케조에가 말했다.

"김 공이나 저나 나라를 위해서 일하는 마음은 같다고 생각합니다. 일본의 대청 정책이 바뀌었습니다. 지금 청은 프랑스와의 전쟁에서 밀리고 있으니, 이것은 하늘이 일본과 조선에 내린 천재일우의 기회입니다. 일본의 목표는 조선의 근대화를 돕고 조선을 청으로부터 독립시키는 것입니다. 이것이 김 공이 그토록 애타게 갈망하는 것 아닙니까? 우리 일본은 조선의 독립과 근대화를 도울 준비가 되어있습니다. 이제는 김 공의 차례입니다."

그토록 김옥균을 방해하던 다케조에가 다른 사람이 되어있는 것에 김옥균은 할 말을 다 하지 못하고 인사만 나눈 채 자리에서 일어섰다. 그리고 박영효에게 다케조에를 자주 만나서 그의 동태를 살피고 속내를 파악하라고 지시했다. 박영효의 집이 일본공사관과 지척이었으므로 박영효는 공사관 사람들과 허물없이 지내고 있었다. 다케조에는 박영효에게 은밀하게 말했다.

"우리 일본은 항상 개화파의 편입니다. 우리를 믿어주십시오."

박영효와 김옥균은 일단 일본공사의 말을 믿기로 했다. 그러나 상황이 불리해지면 언제든 변할 수 있다는 것을 염두에 두고 거사를 준비하기로 두 사람은 합의했다.

## 마지막 약속

동지들과 거사에 합의한 후, 가장 중요한 것은 고종의 동의를 구하는 일이었다. 고종이 옥균의 개혁에 함께하면 그들은 왕명으로 혁명을 완성할 수 있다. 개화파의 목표는 나라를 전복시키는 것이 아니라 수구파를 몰아내고 조선의 개혁과 개화를 이루는 것이었다. 한편 청나라 원세개는 종종 무장한 채로 고종 앞에서 언성을 높이는 무례함으로 고종의 화를 돋우었으며, 민씨를 따르는 세력은 고종의 말보다 원세개의 말을 더따르는 일이 벌어지고 있었다. 군권을 장악한 민영익은 원세개 옆에 바짝 달라붙어 고종의 허락도 받지 않고 조선 군영의 군사를 청불전쟁에 투입하는 것까지 독단적으로 진행하고 있었다. 이러한 상황에서 고종은 김옥균의 제안이 솔깃하게 들렸다. 잃었던 왕권을 되찾을 수만 있다면 개화파와 손잡는 것도 나쁘지 않은 일이라 여겨졌다. 그날 밤 김옥균은 민비가 자리를 비운 틈을 타 고종을 몰래 찾아왔다. 김옥균은 드디어 때가 되었다고 생각하고 고종에게 간언했다.

"전하 개혁을 먼저 이루어야 개화를 달성할 수 있습니다. 개혁에 저항하는 수구파를 척결하지 않고는 진정한 독립을 이룰 수 없습니다."

"그대가 완성하려는 개혁과 개화 사업은 성공할 수 있겠는가? 그리고 성공하면 왕권을 회복하고 강화할 수 있겠는가?"

옥균은 고종이 드디어 넘어왔다고 생각하고 마음속으로 쾌재를 불렀다.

"전하. 지금 조선을 농락하고 있는 원세개와 그에 빌붙어 전하의 심기를 불편하게 하는 사대주의자들을 하루빨리 몰아내고 조선이 독립국임을 대내외에 선포해야 합니다. 그리고 세계열강과 어깨를 나란히 하는 부국강병을 이루어야 합니다. 지금 청불전쟁으로 청군이 철수하는 틈을 노려야 합니다. 하늘이 준 기회를 부디 놓치지 마시기를 바랍니다."

"개화를 이루면 왕은 허수아비가 되는 게 아닌가?"

고종은 무엇보다 권력에 집착했다. 그는 권력 유지를 위해선 개화파건 수구파건 가차 없이 내몰고 잔인하게 죽이기까지 했다. 옥균은 이 우

유부단하고 용렬한 고종을 끌어들이지 않으면 혁명이 성공할 수 없다는
것을 알기에 고종의 비위를 맞춰줄 수밖에 없었다.

"신이 어찌 감히 전하의 권력을 넘보겠습니까? 전하의 권위를 더욱
공고히 하려는 것일 뿐입니다. 지금 외세는 우리 조선을 가벼이 여기고
심지어 전하마저도 힘없는 군주라고 업신여기고 있사옵니다. 나라가 강
해져야 저들이 우리를 우습게 보지 않을 것입니다. 소신이 개혁과 개화
를 이루려는 것도 전하의 권위를 만방에 떨치려는 것이옵니다."

"중전의 말에 의하면 서방세계의 왕은 허수아비이고 백성의 대표가
나라의 일을 결정한다고 하는데 그것은 사실인가?"

"그것은 나라마다 다르지만, 영국 같은 경우는 백성의 대표와 왕실
의 합의로 이루어지고 러시아는 아직 황제가 전권을 가지고 있습니다.
소신은 일본의 메이지유신을 근간으로 하고 싶사옵니다. 일본은 외세에
굴복했지만 메이지 천황을 중심으로 유신을 이루어 오늘날 서양과 어깨
를 겨루는 강한 나라가 되었습니다. 전하께서 힘을 보태주시면 소신은
십 년 안에 우리 조선을 일본보다도 강하게 만들겠습니다. 소신을 믿어
주시옵소서."

"짐에게 약조하게. 그대의 개화와 개혁 사업이 이루어지더라도 오백
년 왕권은 반드시 지킬 것이라고 약조하도록 하게."

"신은 목숨을 걸고 전하께 약조 드리겠습니다. 세계 어느 나라라 해
도 조선의 왕을 우러러볼 수 있는 나라를 만들겠습니다. 신의 목숨을 걸

고 약속드리겠습니다."

고종은 원세개에 대한 불만을 처음으로 털어놓았다.

"원세개가 짐과 조선을 무시하는 것을 짐은 참을 수 없느니라. 일찍이 이러한 일은 한 번도 일어나지 않았던 일이라 짐이 심히 불쾌하도다."

김옥균은 이 기회를 놓치지 않고 청나라로부터 독립을 주장할 절호의 기회로 여기고 고종에게 말했다.

"우리 조선은 태조께서 나라를 개국할 때부터 독립국이었습니다. 비록 상국으로 모시긴 했지만, 중국이 우리의 내정에 간섭한 적은 한 번도 없었습니다. 그런데 작금의 이홍장과 원세개는 마치 우리 조선이 식민지인 것처럼 안하무인으로 대하고 있습니다. 이를 지켜볼 수가 없습니다. 서양 각국은 우리 조선을 독립국으로 보고 조약을 체결하고 있는데 청이 사사건건 간섭한다면 어찌 조선이 독립국이라 할 수 있겠습니까?"

"경은 청으로부터 독립하는 비책이 있는가?"

"일단은 일본을 이용해야 합니다. 일본은 이미 청과 힘을 겨루고 있습니다. 어찌 조선이 일본만 못하겠습니까? 우리가 서양의 기술과 문화를 빨리 받아들여서 힘을 키우는 것이 중요합니다. 그 과정에서 먼저 근대화를 이룬 일본의 힘을 빌리자는 것입니다."

"경은 일본을 믿을 수 있다고 생각하는가?"

"일본을 믿는 것은 절대 아닙니다. 청과 패권을 겨루고 있는 일본을 그저 이용하자는 것입니다. 청과 일본이 서로를 견제하는 사이에 우리가 힘을 키워야 합니다. 제가 일본에 머물면서 여러 사람을 만나봤습니다. 일본의 자유민권운동가들은 우리 조선을 청으로부터 독립시켜서 일본과의 동맹을 유지하려고 합니다. 그 세력과 연대해야 합니다."

"일본은 임진왜란 이래 우리 백성의 원한이 깊은 나라요. 그들은 호시탐탐 우리 조선을 노리고 있지 않소?"

"물론 그것을 잊어선 안 됩니다. 일본에는 조선을 정벌해야 한다고 주장하는 자들이 있습니다. 그러나 그것은 일부 세력입니다. 일본의 근대화과정을 따라가면 10년 이내에 강력한 나라를 만들 수 있습니다. 그동안만 일본을 이용하자는 것입니다."

고종은 늘 잘못된 일의 책임을 아랫사람에게 돌리고 모호한 태도를 유지했지만, 옥균은 오늘만큼은 고종의 확답을 받아야만 했다. 옥균의 결의에 찬 태도를 보고 드디어 고종이 말했다.

"경이 품고 있는 마음을 잘 알겠다. 나라의 대계에 관계되는 일인 만큼 위급할 때 경에게 일임할 것이니 경은 다시 의심하지 말라."

옥균은 고종의 말을 믿을 수 없었다. 불리하면 말을 뒤집는 건 일본이나 고종이나 매한가지였다. 옥균은 고개를 숙이고 큰 소리로 말했다.

"원하옵건대 전하께서 밀칙을 내려주시면 항상 몸에 지니고 다니겠습니다."

『갑신일록』에는 그날의 상황을 다음과 같이 전하고 있다.

"상은 기꺼이 글을 쓰고 옥새를 찍어주었으며 나는 절하고 삼가 받았다."[26]

고종은 서약서를 옥균에게 전하며 말했다.

"경의 뜻대로 하거라. 그대가 뜻하는 대로 개혁과 개화를 이루도록 내가 적극 지원하겠노라."

옥균은 목에 힘을 주며 말했다.

"소신은 전하의 뜻을 받들어 이른 시일 안에 개혁과 개화를 행동으로 추진하겠습니다."

옥균의 그 말에 고종은 머뭇거리다가 말했다.

"피 흘리지 않고 개혁과 개화를 이루는 방법을 찾아주길 바라오."

유약한 고종이 언제든지 빠져나갈 구멍을 만들고 있다는 것을 옥균도 알고 있었다. 그러나 고종의 재가를 얻었다는 것만으로도 이미 천군만마를 얻은 것 같았다.

김옥균의 집에 박영효, 홍영식, 서광범, 서재필 등 핵심 인사들이 모여 거사 계획을 짜고 있었다. 촛불이 창틈을 비집고 들어온 바람에 가냘프게 흔들리고 있었다. 김옥균이 말했다.

---

26 『갑신일록』, 1884년 10월 12일.

"전하의 윤허를 얻었습니다. 문서로 우리 개화파를 밀어주겠다고 약속하셨습니다. 이제 우리가 이루려고 하는 것은 나라를 뒤집는 것이 아니라 조선을 개화해 자주독립 국가를 만드는 것입니다."

홍영식이 조용히 입을 열었다.

"전하의 우유부단한 성품을 봐서 언제 또 입장이 바뀔지 모릅니다."

"저도 알고 있습니다. 그렇지만 전하의 동의를 구해놓지 않으면 명분이 약해지기 때문에 전하를 이 거사에 끌어들인 것입니다. 우리의 거사는 군사를 동원한 폭동이 아닙니다. 정치를 바로 세우자는 것입니다."

서광범이 말했다.

"그래도 거사에 힘이 없으면 성공하기 힘듭니다. 군사들 동원 계획은 문제가 없습니까?"

서재필이 서광범의 질문에 자신 있게 말했다.

"일단 광주군영의 신식군대 지휘관들은 우리 편입니다. 그들이 비록 민씨 일당의 군영에 속해 있지만 오백 명 정도는 우리가 거사를 일으킬 때 함께 돕기로 했습니다."

박영효가 조심스럽게 말했다.

"아직도 청의 군사 천오백 명이 조선에 남아있습니다. 만약 원세개가 눈치채면 가만히 있지 않을 것입니다."

김옥균이 그 말을 받아서 말했다.

"청의 나머지 군사도 안남으로 이동시킬 것이라 들었습니다. 거사일까지 이동하지 않으면 부득이 일본의 사백 명 정예군대의 도움을 받을 수밖에 없습니다. 그것에 대해선 이미 일본공사 다케조에와 밀약을 했습니다."

"그놈들은 믿을 수가 없습니다."

"저도 알고 있습니다. 속전속결로 처리해서 우리가 정권을 잡아야 하는 이유가 거기에 있는 것입니다. 그래서 거사를 사흘 후 우정국 낙성식이 있는 날 일으키려고 합니다. 우정국 낙성식에 민씨 일당의 고위 관료가 모두 참석하고 외국 공영사들이 모두 참석합니다. 이날이 절호의 기회라고 생각합니다. 낙성식이 거행되는 동안 별궁에 불을 지르면 궁을 지키는 군사들이 모두 그쪽으로 이동할 것입니다. 이때를 이용하여 우리 군사들이 궁궐을 점령해서 전하와 함께 개혁을 단행하는 것입니다. 무엇보다 속전속결이 중요한 이유가 여기에 있습니다. 그리고 수구 세력의 원흉 몇 사람은 그 자리에서 처단해야 합니다."

박영효가 물었다.

"그 처단의 대상은 누구입니까?"

"우두머리 몇 명만 처단하면 나머지 사대주의 수구파는 무너질 것입니다. 먼저 수구의 원흉 민태호와 민비를 등에 업고 날뛰는 민영익 그리고 민영목 등 민씨 일파들만 죽이면 그를 따르는 무리들은 흩어질 것입니다."

홍영식이 무겁게 입을 열었다.

"그들을 꼭 죽여야만 하겠습니까? 멀리 귀양 보내는 방법도 있지 않습니까?"

민영익과 정치적인 이견으로 싸움까지 벌였지만, 어릴 때 함께 자랐던 인연으로 홍영식은 민영익의 목숨만은 살리고 싶었다. 김옥균은 홍영식의 그런 사정을 알고 일부러 더욱 단호하게 말했다.

"우리의 거사에 사사로운 감정은 모두 거두어야 합니다. 그들을 죽이지 않으면 우리가 죽습니다. 홍 공의 마음을 알지만, 거사에 개인적인 감정은 버려야 합니다."

홍영식은 바로 사죄를 표했다.

"저의 어리석음을 용서해주시기 바랍니다."

"아닙니다. 홍 공의 마음을 충분히 알고 있기에 제가 강하게 나갔습니다. 저의 무례를 용서해주시기 바랍니다."

서광범이 끼어들었다.

"조심스러운 말씀이나 우두머리를 죽이지 않으면 우리가 죽는다고 하셨는데 왜 가장 우두머리의 이야기는 없습니까?"

모두들 누구를 이야기하는지 알고 있었다. 김옥균이 말했다.

"우리가 이 자리에서 무엇을 숨기겠습니다. 민비를 이야기하는 것을 모두가 알지만 차마 민비의 이야기는 입 밖에 내지 못하고 있습니다."

박영효가 말했다.

"민비를 살려두면 거사가 성공해도 큰 화근을 남겨두는 것입니다.

임오군란 때도 도망간 민비가 청의 군사를 끌어들여 다시 정권을 잡지 않았습니까? 민비는 권력 유지를 위해서라면 자식도 팔아넘길 그런 여인입니다."

김옥균이 말했다.

"저인들 왜 민비를 살려두고 싶겠습니까? 조선을 망하게 한 여인입니다. 그러나 우리의 거사가 성공하면 조선은 영국이나 일본처럼 입헌군주제를 표방할 것입니다. 왕의 권력은 상징으로만 남게 되고 백성에게 권력을 돌려주는 것입니다. 그때는 민비도 힘을 쓰지 못할 것입니다. 그리고 민비를 살해하면 우리와 뜻을 같이한 전하의 마음도 돌아설 것입니다. 거사가 성공한 후에 저에게도 복안이 있습니다."

모두들 민비를 죽이는 것에 뜻을 같이했지만, 김옥균의 말을 듣고 민비는 살려두기로 했다. 김옥균이 결의에 차서 말했다.

"민심을 얻지 못하면 개혁은 성공하지 못합니다. 민심은 명분과 이익입니다. 명분과 이익은 상반되는 것이지만 민심도 두 얼굴을 가지고 있습니다. 아무리 명분이 좋아도 결국 백성에게 이익이 돌아가지 않으면 민심은 돌아섭니다. 처음에는 명분에 열광해도 자신들의 이익에 침해되면 반발하기 마련입니다. 결국은 백성의 이익으로 돌아가야만 합니다. 역사가 이를 뒷받침하고 있습니다. 개혁에 저항이 따르는 것은 악착같이 기득권을 놓지 않으려는 세력 때문입니다. 민심이 처음에는 기득권의 세력에 대항해서 싸우지만, 기득권이 무너지고 나면 새로 올라선 기득권을 차지하기 위해 또 싸우는 것이 민심입니다. 우리가 왜 이런 개혁과 혁명을 해야 하는지 우리 자신부터 돌아봐야 합니다."

모두가 옥균의 말에 고개를 끄덕였다. 옥균은 다시 말을 이었다.

"옛말에 아군이 백 명이면 적군도 백 명이라는 말이 있습니다. 어떤 일에도 적군의 수는 아군만큼 많다는 이야기입니다. 개혁을 성공시키는 데 있어 같은 숫자의 적을 이기려면 우리가 목숨을 걸어야만 합니다."

모두가 목숨을 걸고 조선을 살리겠다는 결의에 분위기는 후끈 달아올랐다. 김옥균과 박영효가 잔을 들고 마지막 함성을 외쳤다. 그 함성이 남산을 돌아서 인왕산에 메아리쳤다.

거사가 결정된 후, 궁궐 내부의 조력자가 필요하다는 의견에 옥균은 경화가 먼저 떠올랐다. 그러나 이런 위험한 일에 경화를 끌어들인다는 것이 인간적으로 용납되지 않았다. 옥균이 고민하는 사이 오경화는 궁궐의 개화파로부터 은밀하게 김옥균이 거사를 준비하고 있노라는 소식을 듣고 김옥균에게 일을 돕겠노라는 전갈을 보냈다. 그러나 옥균은 받아들일 수 없었다. 경화의 인생을 망가트린 죄책감과 사랑에 대한 부채 심리가 그를 억눌렀다. 옥균은 자신이 직접 화약을 설치하기로 마음먹었다. 옥균이 통명전에 화약을 숨기기 위해 몰래 이동하고 있는데 어둠 속에서 경화가 다가왔다. 옥균이 화들짝 놀랐으나 경화는 차분하게 말했다.

"드디어 거사를 일으킨다고 들었습니다. 저에게도 힘을 보탤 수 있도록 임무를 맡겨주시기 바랍니다."

"그대를 이 위험한 일에 끌어들일 수는 없소. 나는 그대에게 평생 씻을 수 없는 죄를 지은 사람이오."

"무슨 말씀이십니까? 저는 김 공이 계셔주어 목숨이나마 부지할 힘이 남아있는 것입니다. 김 공을 위해서 무엇인가 하고 싶습니다. 저의 청을 허락해 주시옵소서. 이 혁명에 대왕대비의 지지가 필요합니다. 저에게 그 임무를 맡겨주시길 바랍니다."

"내가 무슨 면목으로 그대에게 부탁할 수 있겠습니까?"

"우리의 사랑이 아름다운 것은 김 공께서 꿈꾸는 세상이 있기 때문입니다. 그것이 아버님께서 바라던 세상이기도 합니다."

옥균은 경화의 말에 심장이 무너져 내렸다. 옥균은 가슴이 타들어가는 목소리로 말했다.

"그렇게 말씀하시니 제가 염치불고하고 도움을 청하겠습니다."

경화는 자신에게도 사랑하는 옥균을 도울 수 있는 일이 있다는 것에 가슴이 뛰었다.

"무엇이든지 말씀하십시오. 제가 목숨을 걸고 완수하도록 하겠습니다."

김옥균은 경화의 얼굴을 물끄러미 쳐다보며 말했다.

"그대는 내가 밉고 원망스럽지 않습니까?"

"저는 김 공을 원망한 적이 한 번도 없었습니다. 구중궁궐에 갇혀 외로움에 지칠 때 김 공이 같은 하늘 아래에 계신다는 생각으로 아직 목숨을 지탱할 수 있었습니다."

옥균은 무너지는 가슴을 쓸어올리며 말했다.

"이 일이 성공하면 제가 그대를 옛날의 경화로 만들어드리겠습니다."

"옛날의 경화는 죽었습니다."

옥균은 경화의 손을 잡았다. 경화의 손은 떨리고 있었다. 그녀는 이제 옥균의 연인에서 혁명의 동반자로 다시 삶의 활력을 되찾고 있었다. 무엇이든 돕게 해 달라는 경화의 말에 옥균도 궁궐에 믿을 사람이 필요했기에 경화에게 임무를 맡기기로 마음먹었다. 동지들에게도 알릴 수 없는 둘만의 비밀이었다. 경화는 키도 크고 힘도 세고 똑똑해서 궁궐 안에서 고대수라는 별명으로 불리었다. 옥균이 왕과 왕비를 호위해 넓은 창덕궁에서 작고 방어가 쉬운 경우궁으로 옮기려면 창덕궁에 위험 요소가 필요했다. 몰래 창덕궁에 화약을 설치하는 것은 위험천만한 일이었다. 그것은 궁궐에 사는 궁인이 아니면 할 수 없는 일이었다. 옥균은 경화에게 비장한 어조로 말했다.

"내일 저녁 우정국 근처에서 불이 나고 군사들이 궁궐로 들어오면 지체 없이 통명전에서 이 화약에 불을 붙여 전하의 처소에 폭발음이 들리게 해야 합니다. 하실 수 있겠습니까?"

조금 전까지만 해도 떨리던 경화의 목소리에는 어느새 힘이 실려있었다.

"걱정하지 마십시오. 제가 실수 없이 처리하겠습니다. 반드시 이 거사가 성공해서 김 공께서 꿈꾸는 조선을 만들어주시길 바랍니다."

"내일 우정국 낙성식에서 거사를 시작할 것입니다. 우리가 왕을 알현하고 있을 때 통명전에서 이 화약을 터뜨려 주시기 바랍니다. 왕과 왕비가 위급한 상황이라는 것을 알아야 우리와 함께 행동을 취할 것입니다."

옥균은 화약과 성냥을 건네고 자신도 모르게 경화를 안았다. 옥균의 심장과 경화의 심장은 화약이 폭발하듯 거세게 불타고 있었다. 그리고 옥균은 뒤도 돌아보지 않고 뛰어갔다. 경화의 얼굴을 차마 볼 수가 없었기 때문이었다. 옥균이 떠나간 후 경화는 멍하게 옥균을 쳐다보다가 옥균이 준 화약을 가슴에 안았다. 화약의 냄새가 경화의 코끝을 타고 흘렀다. 그 화약은 경화의 가슴에 불을 지르고 있었다. 화약과 함께 가슴이 폭발할 것 같았다.

'이제 새로운 세상이 펼쳐지는구나. 새로운 세상에서 이 새장을 벗으나 훨훨 날아가고 싶구나.'

화약 냄새가 어느 꽃보다 더 향기롭게 경화의 가슴을 찌르고 있었다.


집으로 들어온 옥균은 잠을 이룰 수가 없었다. 혹시나 남편의 심기가 불편해질까 조심하던 유씨 부인이 무겁게 입을 뗐다.

"무슨 걱정거리라도 계시온지요? 요 며칠 동안 식사도 잘 못하시고 잠도 못 이루시는 것을 보고 걱정이 되어 여쭙습니다. 아무리 아녀자의 몸이라도 부부의 연을 맺은 이상 기쁨도 고통도 함께 나누는 것이라 들었습니다."

옥균은 유씨 부인을 애처롭게 쳐다보았다.

'이 순박한 부인이 무슨 죄가 있단 말인가?'

자신에게 사랑도 받지 못하고 순종만 하는 부인이 불쌍하게 느껴졌다. 옥균은 아내에게 처음으로 살갑게 말했다.

"부인, 나를 용서하시오. 내가 부인과 혼인한 이후에도 다른 여인을 가슴에 품고 있었소."

"저도 서방님의 가슴 아픈 사랑을 알고 있습니다. 저는 서방님이 저에게 사랑을 주시지 않더라도 부부의 연을 맺은 이상 일편단심 서방님을 모시고 사랑할 것입니다."

옥균은 오늘이 마지막이 될 수 있다는 생각에 부인을 꼭 껴안았다. 옆에는 열흘 후면 첫돌을 맞는 예쁜 딸 순희가 새근새근 잠이 들어있었다. 옥균은 부인에게 말했다.

"열흘 후에 예쁜 우리 순희를 위해 돌잔치를 성대하게 합시다. 내가 준비를 잘하겠소."

옥균은 딸의 첫돌 기념으로 작은 목각인형을 준비하고 있었다. 혁명으로 신경이 곤두서거나 마음이 불안할 때 옥균은 아기 손바닥만 한 작은 목각인형을 만들며 마음을 다잡았다. 목각인형에 딸의 얼굴을 새기며 시간이 날 때마다 조각칼로 조금씩 다듬어 갔다. 그러나 혁명의 날이

189

다가오자 그 목각인형은 옥균의 주머니에서 조용히 숨죽이고 있었다. 혁명 전날 옥균은 잠자는 딸의 얼굴을 보며 주머니에서 목각인형을 꺼냈지만, 아직 완성하지 못한 죄책감으로 다시 주머니 속에 집어넣었다. 옥균은 부인과 딸에게 죄인이 된 것 같아 잠긴 목소리로 말했다.

"부인, 내가 나쁜 사람이오. 나를 꾸짖어 주오."

"저는 서방님을 한 번도 원망한 적이 없습니다. 서방님을 위해 부처님께 기도드릴 뿐이옵니다."

"부인, 오늘이 마지막 밤이 될 수도 있소. 그러나 이유는 묻지 마시오. 부인이 아시면 부인까지도 당할 수 있으니 부인은 모르는 게 낫소. 그러나 만약에 내가 잘못되면 부인은 아기를 데리고 나의 친부모님 댁으로 도망가셔야 합니다."

옥균의 말을 듣고 유씨 부인은 깜짝 놀라며 말했다.

"무슨 일이온지 저는 모르겠사오나 저는 서방님이 하시는 일은 무조건 옳다고 믿습니다. 옳은 일을 하시려면 가족을 생각지 말고 올곧게 밀고 나가시기 바랍니다."

항상 유순하고 순종하기만 한 부인의 입에서 저렇게 강인한 말이 나올 줄 옥균은 몰랐다. 옥균은 부인의 말을 듣고 미안하기만 한 마음에 부인의 손을 꼭 잡았다. 두 손은 떨리고 있었다. 자다가 깬 아기가 울고 있었다. 옥균은 어린 딸을 살포시 안았다. 울던 아기는 옥균의 품속에서 다시 잠이 들었다. 옥균은 잠이 든 딸의 얼굴을 기억하기 위해 한참을

190

쳐다보았다. 딸의 심장 박동이 옥균의 가슴에 그대로 전해졌다.

잠자리에 들었지만, 옥균은 잠이 오지 않았다. 그날따라 별들이 옥균의 방으로 쏟아져 들어왔다. 옥균은 그 별을 보며 생각했다.

'혁명은 희생 없이는 이루어지지 않는다. 그 희생은 반드시 피를 요구한다. 역사가 이를 증명한다. 그 피는 상대방의 피가 될 수도 있지만, 자신의 피가 될 수도 있다. 근본적인 개혁이 없으면 조선은 멸망의 늪으로 빠질 수밖에 없다. 한 다리가 점점 깊숙이 늪에 빠져 죽음에 이르기 전에 늪에 빠진 다리 하나를 잘라내는 게 목숨을 살리는 길이다.'

옥균의 눈에는 뜨거운 눈물이 흘러내렸다. 아름답던 추억과 사랑이 붓이 춤을 추며 그림을 그리듯 그의 머릿속에 펼쳐졌다. 어릴 때 가족과의 사랑, 경화와의 뜨거웠던 사랑 그리고 묵묵하게 자신을 지켜주던 부인의 듬직한 사랑, 그 모든 것이 하룻밤의 꿈인 양 동시에 펼쳐졌다. 옥균은 마음을 다잡았다. 혁명전야는 깊어만 가고 무심한 달과 별은 옥균의 심사를 아는지 모르는지 서서히 자취를 감추고 어렴풋이 여명이 드러나고 있었다.

## 주사위는 던져졌다

날이 밝아 우정국 낙성식 날이 마침내 찾아오고야 말았다. 옥균은 늦게 일어났다. 유씨 부인은 걱정스러운 마음으로 아침상을 가져왔다. 옥균은 말없이 아침을 먹었으나 밥이 목에 넘어가지 않았다. 유씨 부인은 옥균의 마음을 알기에 입을 다문 채 묵묵히 지켜보고만 있었다. 옥균은 집을 나서면서 유씨 부인을 쳐다보았다. 유씨 부인은 눈물을 보이지 않으려고 이를 꽉 깨물었다. 옥균이 집을 나서자 유씨 부인의 눈에는 눈물이 솟구쳐 올랐다. 그것이 부인이 본 옥균의 마지막 모습이었다. 옥균은 집밖을 나서면서 하늘을 쳐다보았다. 늘 그렇듯 하늘은 머리 위로 무심하게 펼쳐져 있었지만, 오늘따라 어떤 기운이 느껴졌다. 하늘의 태양은 천년만년 제 자리를 지키는 것에 변함이 없으나 인간은 욕심과 아집으로 세상을 더럽히고 있었다. 하늘에서 바라보면 미물에도 미치지 못하는 가여운 존재들이…. 옥균은 생각했다.

'나의 거사에도 사사로운 욕심과 아집은 없는 것일까? 신이 아닌 이상 그 누구도 무결할 수는 없을 테니 모를 일이다. 내게도 내가 인지하지 못하는 사욕이 깃들어 있는지는. 그러나 성인의 삶도 늘 욕심과 아집을 스스로 경계하는 것 말고는 범인과 다를 바 없지 않았던가. 내가 알지 못하면 그건 하늘만이 알 뿐 어쩔 수 없는 노릇이다. 아, 하늘이여….'

옥균은 목이 뻐근하도록 오래 하늘을 쳐다보았다. 옥균의 가슴 깊은 곳에 묵혀놓은 여러 감정이 뒤섞인 가운데 새로운 희망이 떠오르고 있었다.

'그래, 이미 주사위는 던져졌다.'

옥균이 우정국 낙성식을 혁명의 날과 장소로 잡은 이유는 우정국의 책임자가 홍영식이었기 때문이었다. 홍영식이 초청장을 보낸 후 오겠다는 답신을 받은 명단을 확보하고 김옥균은 낙성식 축하연의 자리 배치와 식순, 공연과 음식 등 세밀한 부분까지 신경을 썼다. 외국 사신이 모인 가운데 우정국에서 가까운 별궁에 불을 지르고, 그것을 신호로 민씨 일당을 제거한 후 고종을 경우궁으로 피신시켜 신병을 확보한 다음 정권을 잡기로 한 것이다. 별궁 화재로 혼란에 빠지면 낙성식에 참가한 수구당 일당을 일사불란하게 처리하고 궁궐로 들어가 고종의 재가를 받고 경우궁으로 피신시키는 치밀한 계획을 옥균은 수도 없이 복기했다. 그러나 막상 우정국 낙성식에 사람들이 몰려들자 옥균의 가슴이 떨려오기 시작했다. 연회는 저녁 6시에 시작되었다. 미국 공사 푸트와 영국 영사 애스턴, 청국 영사 진수당과 해관 총관 묄렌도르프도 참석했다. 조선인으로는 외무독판 김홍집, 전영사 한규직, 우영사 민영익, 좌영사 이조연이 참석하고 후영사 윤태준은 궁중 수비 관계로 참석하지 못했다. 음식이 나오고 분위기가 무르익어 가면서 김옥균은 초조함을 감출 수 없었다. 긴장한 표정으로 별궁의 방화 소식을 기다리고 있는데 갑자기 김옥균을 찾는 사람이 있어 문밖으로 나가니 행동대원 한 사람이 숨을 헐떡이고 있었다.

"별궁에 불을 놓았지만, 화약이 불만 붙고 터지지 않아 순찰병들이 진화하고 별궁 경계를 삼엄히 하고 있습니다."

그 소리를 듣는 순간 옥균의 머릿속이 하얘지는 가운데 불길한 예감이 스쳐 지났다. 옥균은 애써 머리를 흔들어 불길한 기운을 털어내며 행동 대원에게 말했다.

"별궁 방화가 안 되면 여기서 가까운 아무 장소라도 찾아서 크게 불을 질러야지. 이렇게 나를 찾아오면 어떻게 하자는 겐가?"

옥균은 행동대원을 돌려보내고 식장 안으로 들어왔는데 표정 조절이 쉽지 않았다. 그런데 반대편 의자에서 옥균을 유심히 살피는 사람이 있었으니, 그가 민영익이었다. 그리고 30분이 흘렀다. 옥균은 억지로 태연한 척했지만, 등골을 타고 식은땀이 흐르고 있었다. 다른 사람에게 들키지 않으려 부러 물을 한잔 마시고 부엌으로 가서 심복인 유혁로를 찾았다. 유혁로도 별궁 방화가 실패했다는 소식을 듣고 옥균에게 말했다.

"지금 행동대원들을 연회석으로 불러들여 민씨 일당을 죽이는 것은 어떻겠습니까?"

"그건 위험천만한 생각이네. 지금 이 자리에 외국 공영사들이 다 있는데 여기에서 사람을 죽이면 우리의 혁명은 외국의 지지를 받지 못할 것이야. 이럴수록 침착해야 한다."

김옥균이 모두에게 차분하게 대처하라고 지시하고 다시 자리로 돌아왔다. 그때 별궁 근처에서 폭발음 함께 불길이 치솟으며 고함이 터져 나왔다. 축하연이 거의 끝날 무렵 근처에서 큰불이 나자 주위는 어수선해졌다. 김옥균의 모습에 의심의 눈초리를 거두지 않던 민영익은 불이야 하는 소리에 순식간에 밖으로 뛰쳐나갔다. 각국의 공사와 영사들은 불길이 우정국으로 넘어올 기세여서 대피할 준비를 하고 있었다. 이때 밖의 상황을 살피러 나갔던 민영익이 피투성이가 되어 우정국 안으로 들어오는 것을 보고 모두 상황이 심각하다는 것을 깨닫고 자리를 뜰 생각밖에 없었다. 저마다 살기 위해 도망치는 가운데 묄렌도르프와 푸트 공사는 민영익의 흐르는 피를 헝겊으로 감싸고 응급조치를 했다. 그의 생명은 꺼져가는 등불이었다. 민영익과 친한 묄렌도르프는 민영익의 숨이 아직 붙어있는 것을 확인하고 지혈한 후에 민영익을 그의 집으로 데려갔다. 그 순간 연회장은 아수라장이 되었다. 김옥균과 박영효는 이 틈을 타서 북쪽 창문을 뛰어넘어 우정국 밖으로 나왔다. 김옥균은 고종이 있는 창덕궁으로 가기 전에 일본공사관으로 먼저 뛰어갔다. 다케조에 공사를 믿을 수 없었기 때문이었다. 다케조에 공사가 몸이 편찮다는 핑계로 행사장에 나타나지 않은 것이었다. 옥균이 일본공사관에 들어서자 서기관 시마무라가 나와서 소리쳤다.

"이 위급한 상황에 대궐로 가지 않고 어떻게 여기를 왔습니까?"

"다케조에 공사를 믿을 수 없어서 한번 확인하러 왔습니다."

시마무라는 말했다.

"제가 목숨을 걸고 약속을 지킬 것입니다. 저를 믿고 거사를 성공시켜 주십시오."

시마무라의 말에 옥균은 진심이 느껴졌다. 다케조에는 믿을 수 없는 사람이지만 시마무라는 믿음이 가는 사람이었다.

"그러면 그대만 믿고 나는 대궐로 들어가겠네."


김옥균과 박영효 등은 민영익이 죽었다고 생각하고 재빨리 임금이 계신 창덕궁으로 뛰어갔다. 창덕궁 정문은 이미 서재필이 이끄는 개화파의 신식군대가 장악하고 있었다. 고종의 침실까지 간 김옥균은 환관 유재현의 제지에 막혔다. 유재현은 환관의 수장으로 민영익 일당이 심어놓은 철저한 민씨 가문의 사람이었다. 유재현은 한밤중에 고종을 깨울 수 없다고 완강히 거부했다.

"이렇게 의관도 갖추지 않고 야밤에 전하를 뵙는 것은 법도에 어긋나는 일입니다. 무슨 일이신지 저에게 먼저 말씀해주시기 바랍니다."

김옥균은 고종의 침실 앞에서 일부러 고종이 들으라는 듯 화가 나서 큰소리로 외쳤다.

"이렇게 위급한 상황에 중신이 너 같은 환관 놈에게 보고해야 한다는 말이냐? 어서 꾸물거리지 말고 상감마마께 알리지 못할까?"

김옥균의 고함이 밤하늘에 천둥이 치듯 고종의 침소를 들썩거리게 했다. 밖의 소란스러움에 잠을 깬 고종의 목소리가 들렸다.

"밖이 왜 이렇게 소란스러운 것이냐?"

그제야 유재현이 고종에게 아뢰었다.

"김옥균 이조참의가 한밤중에 갑자기 찾아왔습니다."

"이리 들라 하라."

유재현은 의심스러운 눈초리로 마지못해 김옥균을 왕의 침실로 안내했다. 고종의 침실로 들어가면서 옥균은 유재현을 죽이지 않고는 이 개혁이 성공할 수 없다는 것을 다시 한번 생각했다. 그러나 유재현은 고종이 가장 믿고 아끼는 환관이었다. 환관 유재현은 고종의 절대적인 신임을 얻어 환관 신분으로 국정을 농단하면서 민비의 앞잡이가 되어 개화파를 탄압하는 간신이었다. 이런저런 고민을 하면서 옥균은 고종의 침실로 들어갔다. 옥균이 침실 입구에 들어서자 고종의 목소리가 들렸다.

"밖에 무슨 일이 있기에 이리 소란스러우냐?"

옥균은 박영효와 함께 문을 열고 들어가 큰절을 하고 왕께 아뢰었다.

"전하, 지금 큰 변란이 일어났습니다. 정체 모를 군사들이 우정국 낙성식에 침입해 사람들을 죽이고 궁궐에 불을 지르고 그들이 이곳 왕실로 오고 있사옵니다. 전하 위급하옵니다. 빨리 이곳을 벗어나셔야 합니다."

겁이 많은 고종은 벌벌 떨고 있었다. 이때 옷을 갈아입은 민비가 옆방에서 문을 열고 들어오면서 말했다.

"지금 경들이 말하는 정체 모를 군사는 청 군사요? 일본 군사요?"

옥균은 민비의 송곳 같은 질문에 얼버무리며 말했다.

"아직도 누구의 군대인지 파악되지 않고 있습니다."

옥균의 대답이 끝나기 전에 민비는 차가운 목소리로 말했다.

"그러면 근위대장은 어디를 가고 김 참의가 여기로 오게 된 것이오?"

민비의 예리한 질문에 옥균은 즉답을 못 하고 당황하고 있는 순간 통명전에서 귀를 찢을 듯 엄청난 폭음이 들려왔다. 김옥균이 땀을 삐질 삐질 흘리던 차에 때마침 폭음이 들려온 것이다. 경화가 상황을 파악하고 적시에 화약을 터뜨린 것이다. 이 소리에 천하의 민비도 얼굴이 새파랗게 질렸다.

"전하 들으셨사옵니까? 한시를 지체하시면 위험하옵니다. 어서 따르시오소서."

고종과 민비는 혼비백산했다. 속옷 바람으로 뛰쳐나온 고종에게 환관 유재현이 겉옷을 입히고 그들은 옥균이 유도하는 대로 따라나섰다.

당시의 상황을 『갑신일록』에서 다음과 같이 밝히고 있다.

곤전 坤殿(왕비를 높여 이르는 말)이 다그쳐 묻기를, '이 변란이 청에서 왔습니까? 일본에서 왔습니까?' 내가 미처 대답을 못 하고 있을 때 동북쪽에서 홀연히 하늘을 울릴 듯한 포 소리가 들렸다. 이것은 궁녀 모 씨가 통명전에서 행사한 것이다.[27]

---

27  『갑신일록』, 1984년 10월 17일.

갑작스러운 변란 소식에 고종은 어리둥절 갈피를 못 잡고 있었으나, 때마침 들려온 폭음에 놀라 발걸음을 옮겼다. 경화는 결정적인 순간에 맞춰 화약을 폭발시킴으로써 임무를 훌륭히 완수했다. 옥균은 또 한 번 경화에게 빚을 졌다. 경화가 통명전에서 폭약을 터뜨리지 않았더라면 민비는 끝까지 버티면서 옥균을 따라나서지 않았을 것이다. 옥균이 위기에 처할 때마다 경화는 옥균을 구해냈다. 고종과 함께 창덕궁을 빠져나가면서 옥균은 경화에 대한 거듭되는 고마움으로 마음이 더욱 무거웠다. 옥균은 창덕궁이 넓어 방위가 어렵다는 것을 설명하고 몇백 미터 떨어진 경우궁으로 고종과 민비를 안내했다. 경우궁에 도착하자 옥균은 고종에게 말했다.

"전하, 상황이 위급하니 전하의 신변 보호를 위해 일본 공사에게 부탁해 경우궁의 수비를 일본군에게 맡기는 것이 안전할 듯합니다."

우선 살고 봐야겠다는 생각에 고종은 일본군의 경비를 허락했다. 고종의 허락이 떨어지자 옥균은 고종에게 말했다.

"일본 공사는 자신의 군대를 출동시키려면 전하의 칙명이 필요하다고 하옵니다."

옥균의 말이 떨어지기가 무섭게 박영효는 지필묵을 내밀었다. 고종은 다케조에에게 다음과 같이 썼다.

'일본 공사는 와서 짐을 호위하라.'[28]

이 글을 받아들고 박영효는 일본공사관으로 뛰어갔다. 고종은 갑신정변 이전에 옥균에게 국가가 위급해지면 일체를 김옥균의 모책에 따르겠노라는 각서를 쓴 바 있다. 이번에 일본 공사에게 군사를 동원해 자신을 호위하라는 밀칙까지 내렸으니, 이미 고종이 갑신정변에 깊숙이 개입했다는 결정적 증거였다. 그러나 훗날 갑신정변이 실패로 돌아가자 고종은 이 모든 것을 가짜라고 주장하며 살아남을 길을 찾는 데 여념이 없었다.

김옥균은 먼저 고종의 사촌형이자 대원군 형의 아들인 이재원을 포섭해 영의정으로 삼았다. 경우궁으로 피신한 고종과 민비는 처음에는 순순히 김옥균의 말을 따랐으나, 민비는 김옥균에게 의심의 눈초리를 거두지 않았다. 민비와 함께 계속 문제를 일으키는 것이 고종의 환관 유재현이었다. 경우궁으로 피난 간 고종과 민비 그리고 궁녀와 환관들은 좁은 공간에 섞여서 불만이 가득 찼다. 민비는 고종을 꼬드겨 무조건 창덕궁으로 환궁하라고 졸랐다. 그러나 김옥균은 경우궁의 모든 출입을 통제하고 있었다. 환관 유재현은 궁녀와 환관을 부추겨 소동을 일으켰다. 유재현이 민비의 사주를 받아 소동을 일으킨다고 판단하고 김옥균은 유재현을 죽이려 했지만, 고종이 이를 만류하고 나섰다.

"어릴 때부터 나와 함께 자란 친구 같은 사람이다. 비록 잘못이 있더라도 죽이지는 말아라."

고종은 갑신정변을 인정했음에도 민비의 꼬드김에 솔깃해서 우왕좌
왕하고 있었다. 김옥균은 고종의 부탁에도 불구하고 민비의 지시로 계
속 소란을 일으키는 환관 유재현을 본보기로 살해할 수밖에 없었다.

조대비는 오경화의 말을 듣고 김옥균이 일으킨 갑신정변을 마음속으로
지지했다. 조대비는 민비가 너무 정치에 깊숙이 관여하고 민씨 척족들
이 고종을 둘러싸고 전횡을 일삼고 있다고 고종에게 공개적으로 말한
적도 있었다. 조대비를 움직이는 사람은 오경화였다. 오경화는 틈만 나
면 조대비에게 조선이 살아남기 위해서는 개화와 부국강병을 이루어야
한다고 말하면서 서양의 소식을 빠짐없이 보고했다. 그러던 차에 심정
적으로 김옥균을 지지하던 조대비에게 엄청난 사건이 발생했다.

정변 이후 창덕궁에 있던 고종을 경우궁으로 옮긴 후 김옥균은 처단할
사람을 어명임을 명시해 경우궁에 들게 했다. 좌의정 민태호와 조대비
의 조카 조영하 판서가 경우궁으로 들어왔다. 경비를 맡은 개화파 일당
은 두 사람의 신원을 확인하고는 그 자리에서 칼로 베었다. 조영하는 조
대비 때문에 권력을 잡았지만, 조대비의 수렴청정이 끝난 후 민씨 일당
에 빌붙어 권력을 유지하고 있었다. 조대비는 그런 조카가 못마땅했
지만, 피붙이이니 그냥 모른 척하고 넘어갈 수밖에 없었다. 그런데 그 조

카가 김옥균 일파에게 무참하게 살해되었다는 소식을 듣고 조대비는 분노를 주체하지 못했다.

"천하의 배은망덕한 놈이로다. 천륜을 저버리는 놈이 무슨 나라를 다스린다는 말이야? 내 조카를 죽이면서까지 권력을 잡는다는 말인가? 인륜을 저버린 놈을 어찌 내가 옹호하고 있다는 말인가?"

조대비의 탄식을 듣고 경화는 초조했다.

'그렇게 어렵게 조대비의 마음을 우호적으로 돌려놓았는데 하루아침에 물거품이 되는구나.'

경화는 가슴이 터질 것 같았다. 경화는 옥균을 미리 만나서 조영하를 죽이면 안 된다는 이야기를 전하지 못한 것이 못내 안타까워 눈물이 쏟아졌다. 조대비가 고종에게 이 분노를 폭발시키면 정변은 이미 끝난 것이나 다름없었다.


평소에 조대비를 찾지 않던 민비가 조대비를 찾아왔다. 민비는 조영하의 죽음을 이용해 조대비를 자신의 편으로 끌어들이려고 온 것이다.

"대왕대비 마마. 이 어려운 시기에 문안 인사 올리옵니다."

조대비는 민비에게 쌀쌀맞게 말했다.

"중전이 웬일이오? 평소와 다르게 갑자기 찾아온 것엔 무슨 연유가 있을 것 아니오?"

조대비에게 가장 후회스러운 것은 민비를 중전으로 앉힌 것이었다.

대원군 처가의 사람으로 대원군이 추천하니 조대비는 수락할 수밖에 없었다. 그러나 민비를 처음 보았을 때 얼굴에 욕심이 가득해 보이는 것이 항상 마음에 걸렸다. 처음에는 그렇게 고분고분하던 민비가 조대비의 수렴청정이 끝나고 고종의 왕권이 회복되자마자 숨겨두었던 발톱을 드러내기 시작했다. 자신의 먼 친척까지 동원해서 세력을 키워가는 동안 조대비의 사람들은 하나둘 소리 없이 사라지고 있었다. 급기야 조대비가 고종에게 특별히 부탁했던 조영하만 빼고 모두 사라졌다. 조영하도 살아남기 위해 민씨 편에 서지 않을 수 없었을 것이다. 조대비는 고종까지도 휘어잡고 있는 민비가 나라를 망칠까 두려워 어느 날 그녀를 불러 따끔하게 경고했다. 그런데 민비는 옛날에 시집올 때의 소녀가 아니었다. 권력의 마약에 중독된 사람 같았다. 민비는 그 후로 조대비를 멀리했고 안방마님으로 가두어버렸다. 조대비는 그런 민비를 이를 악물고 참고 있던 것이었다. 민비가 말했다.

"대왕대비 마마. 조영하 대감이 개화파의 칼에 무참히 살해되었습니다. 이 어찌 두고 볼 수 있는 일이겠습니까? 조영하 대감은 마마의 조카가 아니겠습니까?"

조대비는 속이 뒤집어 오르는 것 같았다. 조카의 죽음에 분노하던 조대비가 민비의 이야기를 듣고 복수의 화살이 민비에게로 향했다.

"이 모든 재앙이 그대에게서 나오지 않았겠습니까? 중전은 그걸 모르고 하는 말씀입니까?"

"마마, 어찌 그런 섭섭하신 말씀을 하시옵니까? 아무리 며느리가 밉다 해도 저에게 그런 말씀을 하실 수가 없습니다. 김옥균이 저리 날뛰는 것도 대왕대비 마마가 두둔해서 그렇다는 소문까지 나돌고 있습니다."

민비는 조대비가 그렇게 나오자 역공을 시작했다. 조대비도 지지 않고 평소에 품었던 감정을 쏟아냈다.

"어디 그리 무엄하게 말하는가? 그대는 하늘이 무섭지 않은가? 온 백성이 굶주려 죽어 가는데 매일 사당패를 불러들여 잔치를 벌이고 남은 음식이 청계천에 쌓여 개들이 들끓고 있다는데 그대는 나라의 국모로서 부끄럽지 않은가?"

조대비의 말에 민비는 얼굴이 붉어지며 호흡이 가빠졌다. 그녀의 얼굴에 표독스러운 표정이 여렸다. 민비는 인사도 없이 일어서서 나가버렸다. 조대비는 눈물을 흘리며 탄식했다.

"모든 것이 나의 원죄로다."

경화는 밖에서 눈물을 흘리며 듣고 있었다. 경화의 가슴은 촛불의 마지막 심지가 흔들리듯 타들어 갔다. 경화는 급히 옥균에게 사람을 보냈다. 민비가 무슨 일을 벌일 것만 같았기 때문이다.

옥균은 경화의 전갈을 받고 조대비에게 조영하 살해의 경위를 설명하기 위해 조대비를 찾았다. 옥균은 조대비 앞에서 기다리고 있던 경화를 보자 온갖 감정이 솟구쳐 올라 괴로웠다. 경화의 눈은 이슬처럼 젖어있었다. 옥균은 조대비의 방으로 들어갔다. 조대비는 김옥균을 보자 민비에 대한 반감과 조카를 죽인 원망의 감정이 뒤섞였지만, 전날 밤 경화의 말을 듣고 여러 고민을 하고 있었다. 옥균의 인사를 받은 조대비는 카랑카랑한 목소리로 말했다.

"개혁과 개화가 중요하다 해도 천륜을 저버리면 일은 실패합니다."

김옥균은 다시 머리를 조아리며 조대비에게 사죄했다.

"소신도 대비마마의 조카이신 조영하 대감을 살리려고 했습니다. 그런데 조 대감이 민영익을 두둔하면서 우리 군사들에게 포악한 말을 퍼부었다고 합니다. 격분한 군사들이 함께 칼을 내리쳤다고 합니다. 소신이 그 자리에 있었다면 말릴 수 있었겠지만, 모두가 소신의 책임이옵니다. 소신에게 벌을 내려주시옵소서. 대왕대비 마마의 은총을 하해와 같이 받았사오나 그 은총의 천분의 일도 갚지 못하고 이런 불충한 일을 저지르게 되었습니다."

"지금 한시가 바쁜 사람이 그런 일로 나를 찾아왔다면 빨리 돌아가서 나머지 일이 차질 없이 진행되도록 빈틈없이 처리하시오. 이 늙은이는 이미 삶과 죽음을 초월했습니다. 내 조카의 죽음이 헛되지 않도록 반드시 조선을 바른 나라로 이끌어 주시오."

옥균의 눈에는 눈물이 흘러내렸다. 그 옆에서 지켜보는 경화의 눈에도 그 눈물이 겹쳐졌다. 조대비의 분노를 사전에 가라앉힌 것도 경화라는 사실을 옥균은 알고 있었다. 경화에 대한 죄의식이 노도처럼 밀려왔다. 옥균은 어떤 일이 있어도 경화를 궁녀 직에서 해방시켜 떳떳하게 살게 해주고 싶었다. 조대비의 방에서 나온 후 옥균과 마주하자 경화의 호흡이 가빠지고 얼굴이 붉어졌다. 옥균이 입을 열었다.

"세월이 흘러 강산은 변했지만, 그대를 향한 내 마음은 변하지 않습니다."

"저를 아직도 마음에 품고 계시나요?"

"내 마음을 나도 조절할 수가 없소. 자꾸만 그대가 보고 싶은 것을 나도 어찌할 수가 없단 말이오."

"이번에 일으키신 이 거사가 성공하면 저를 불러주소서. 저는 먼발치에서 당신을 지켜볼 수만 있다면 행복할 것입니다."

"내 반드시 그대를 지킬 것이오."

"시간이 없으니 빨리 돌아가십시오. 민비가 또 어떤 흉계를 꾸밀 줄 모르니 조심하시기 바랍니다. 중전의 시중을 드는 궁녀가 저에게 알려준 정보에 의하면 중전은 청의 군사를 부르기 위해 내시 중 한 명을 골라 원세개에게 보내려 한다고 합니다. 그것만은 막아야 합니다. 청의 군사가 또 궁궐에 들어와서 일본군과 전쟁을 하면 다치는 것은 우리 백성들밖에 없습니다. 제발 막아주시길 바랍니다."

옥균은 경화의 손을 잡았다. 경화의 손은 떨리고 있었다.

"내 반드시 그런 일은 막을 것입니다. 궁궐의 수비를 더욱 강화하겠습니다. 염려 놓으시길 바랍니다."

찬바람에 경화의 머리카락이 날려 옥균의 입술에 닿았다. 옥균은 마취라도 된 양 온몸이 마비되었다.

## 적들의 반격

김옥균은 일본군 사백 명으로 넓은 창덕궁 수비는 불가능하다고 판단하고 조선의 신식군대가 자리 잡힐 때까지 경우궁에 머물러야 혁명이 성공할 수 있다고 생각했다. 혁명을 위해 준비했던 광주감영 신식군대가 민비의 모함으로 친군사영에 편입된 이후 조직을 재건하는 데 시간이 필요했다. 김옥균은 시간을 벌기 위해 수비가 용이한 경우궁에서 일주일만 버티면 혁명은 성공하리라고 생각했다. 그러나 민영익은 조선의 신식무기를 청나라 원세개에게 모두 빌려주었다. 청나라는 불란서와의 전쟁에서 밀리고 있었으므로 조선의 신식무기와 신식군대까지 동원하고 있었다. 민영익이 자신의 나라를 지킬 무기마저 청나라에 내주는 바람에 조선에는 구식무기만 남아있었다. 김옥균은 아직 눈치를 보고 있는 친군사영의 지휘권을 확보하지 못했기 때문에 마음이 조급했다. 서재필을 중심으로 일본 무관학교에서 공부한 젊은 신식군인들이 민비 일당의 친군사영 수장을 죽이고 뿔뿔이 흩어진 광주감영의 군사들을 모으고 있었다. 그런 와중에 민비는 청나라 군사를 끌어들일 기회를 호시탐탐 노리고 있었다. 그때 경기감사 심상훈이 고종과 민비를 배알하고 싶다고 하자 박영효는 격렬히 반대했다.

"그자는 첩자이니 절대 왕을 만나게 할 수 없다."

박영효의 반대에 심상훈은 어릴 때부터 친하게 지냈던 김옥균을 찾아갔다. 그는 옥균에게 말했다.

"고균은 나를 알고 있지 않은가? 나는 어느 한쪽에 치우친 사람이 아니네. 나를 믿어주게. 주상께서 나를 불러서 왔네."

옥균은 혁명가의 기본을 지키지 못했다. 친분에 끌리면 혁명은 성공할 수 없다는 것이 동서고금의 진리였다. 그러나 옥균은 박영효의 반대에도 불구하고 심상훈에게 고종 알현을 허락했다. 이것이 옥균의 가장 큰 실수였다. 혁명의 실패 이후 박영효가 김옥균을 책망할 때 항상 심상훈 이야기가 나오는 이유도 여기에 있다. 심상훈은 개화파의 정보를 빼내기 위해 부러 김옥균에게 접근했는데 개화파를 가장한 경기감사 심상훈이 민비와 청군의 첩자인 줄은 아무도 몰랐다. 후에 개화파들이 민비와 심상훈을 죽이지 못한 것이 갑신정변의 가장 큰 실책이라고 말할 정도였다.

수세에 몰리고 있던 민비는 경우궁에 들어온 경기감사 심상훈을 통해 갑신정변의 전모를 알게 되고 자신의 세력들이 모두 죽어간다는 소식에 치를 떨며 복수의 칼을 갈았다. 심상훈이 민비에게 말했다.

"마마, 지금 가장 중요한 것은 이 좁은 경우궁을 빠져나가는 것입니다. 대비마마와 궁궐의 모든 궁녀와 내시들을 움직여 이 좁은 곳에 더는 못 있겠으니 궁궐로 돌아가겠다고 말씀하십시오. 창덕궁으로 돌아가면 저들의 병력으로는 궁궐을 수비할 수 없을 것입니다."

심상훈의 말을 듣고 민비는 고종을 찾아갔지만, 고종의 곁에는 김옥균이 항상 붙어있었다. 옥균은 민비의 접근을 차단했으며, 고종 또한 경우궁을 떠나지 않겠노라고 몇 번이나 옥균에게 다짐했다. 민비는 작전을 달리하기로 했다. 민비는 일본 공사 다케조에가 고종을 알현하고 돌아갈 때 잠시 면담을 청했다. 다케조에 공사는 왕비의 청을 거절할 수 없었다. 민비가 애써 다정한 표정으로 차를 따르며 말했다.

"공사께서 이렇게 군사를 동원해 우리를 보호해주시니 감사한 마음뿐입니다."

민비의 말에 다케조에는 혼란스러웠다. 다케조에의 표정을 살피며 민비는 말을 이었다.

"공사께서 우리를 지켜주는데 무엇이 두렵겠습니까만, 한 가지 청이 있습니다."

다케조에는 황송스럽게 말했다.

"분부하시면 받들겠습니다."

민비는 이 기회를 놓치지 않고 재빨리 말했다.

"이 좁은 경우궁에서 대비마마와 세자빈께서 너무 힘들어하십니다. 세자빈은 아직 어리고 아기까지 있는데 보시다시피 이곳이 협소해 움직일 수가 없습니다. 이제 안정이 되었으니 환궁하게 해주십시오."

"그것은 제가 결정할 수 없는 일이옵니다."

"그러면 누가 그것을 결정합니까? 주상께서도 환궁하고 싶다고 말씀하시는데 누가 주상의 명을 거절한다는 말입니까?"

민비가 차갑게 말했다.

"공사께서는 이 자리에서 분명하게 말씀해주시기 바랍니다. 우리가 환궁하는 것에 반대하진 않는다고요."

민비의 말에 유약한 다케조에는 얼버무리며 말했다.

"제가 어떻게 반대를 하겠습니까?"

"그러면 공사께서는 환궁을 찬성하시는 것으로 알겠습니다."

다케조에는 이마에 땀을 흘리며 빠져나왔다. 민비는 계획대로 하나하나씩 일을 진행해 나가고 있었다. 그녀는 그날 밤 심상훈을 몰래 불렀다. 민비는 심상훈을 데리고 고종에게 가서 말했다.

"전하, 경기감사 심상훈이 전하께 긴히 드릴 말씀이 있다고 하옵니다. 주위를 물리쳐 주시기 바랍니다."

고종의 옆에 있던 김옥균이 말했다.

"그냥 편하게 말씀하시지요."

이 말을 듣고 민비는 참았던 감정을 쏟아내었다.

"무엄하도다. 그대가 조선의 왕이라도 된다는 말인가? 어서 물러가라."

민비의 고함에 고종은 움찔하며 옥균에게 잠시 자리를 비우라고 명했다. 옥균은 심상훈을 믿고 자리를 비켜주었다. 옥균이 자리를 비우자마자 심상훈은 고종에게 개화파에 의해 죽어 나간 사람들의 이름을 하나하나 호명하며 말했다.

"저들은 역도이옵니다. 전하께서도 여기에 계시면 위험하옵니다."

겁이 많은 고종은 자신이 아끼는 중신들과 민씨 척족이 죽음을 맞이한 사실을 듣고 사시나무 떨듯 몸을 떨기 시작했다. 이 기회를 노려 민비가 말했다.

"전하 저를 믿어주십시오. 전하를 지킬 사람은 저밖에 없습니다. 저들은 권력을 위하여 전하마저도 죽일 수 있는 놈들입니다. 다행히 원세개가 이끄는 천오백 명의 군사가 아직 한양에 남아있습니다. 전하께서 밀지만 주시면 여기 있는 경기감사가 몰래 빠져나가 원세개를 만나서 도움을 청할 것이옵니다."

고종은 손을 떨면서 원세개에게 창덕궁으로 와서 자신을 보호해달라는 친서를 쓰기 시작했다. 민비는 고종이 편지를 마치자마자 낚아채서 그 편지를 심상훈에게 주며 말했다.

"그대는 오늘 밤 궁궐을 빠져나가 김윤식과 원세개를 찾아가 이 편지를 전달하고 왕과 왕비를 구하러 오라고 전하라. 만약에 발각되면 너와 나는 죽은 목숨이 될 것이다."

심상훈은 어수선한 틈을 타서 옷을 갈아입고 궁궐을 빠져나갔다. 궁궐을 빠져나간 심상훈은 가장 먼저 김윤식을 찾았다. 김윤식은 급진적인 개화파에 동조하지 않고 청나라와의 관계 속에서 개화를 추진했다. 김옥균은 김윤식을 갑신정변의 예조판서에 올려놓았다. 그러나 김윤식은 사람을 죽이는 혁명을 원치 않았다. 그리고 민비가 자신에게 심상훈과 같이 원세개를 찾아가라고 했다는 명을 따르지 않을 수 없었다. 심상훈과 김윤식은 원세개를 찾았다. 원세개는 그러지 않아도 궁궐 소식이 궁금하던 차에 심상훈이 고종과 민비의 밀명을 받고 왔다는 소식에 신발도 신지 않고 두 사람을 맞이했다.

"어떻게 되었습니까?"

심상훈과 김윤식은 자초지종을 설명하고 민비의 간곡한 뜻을 원세개에게 전달했다. 원세개는 회심의 미소를 짓고 말했다.

"걱정하지 마시오. 원래 속방이 위험에 처했을 때 그 속방을 구해주는 것이 대국의 도리 아니겠소? 우리 황제 폐하의 은덕을 조선의 왕과 백성에게 내리는 것을 그대들은 두 눈으로 확인하길 바라오."

고종의 친서가 없었으면 청나라의 원세개는 군사를 움직일 수 없었다. 본국의 이홍장으로부터 섣불리 군사를 움직이지 말라는 지시가 내려졌기 때문이었다. 그러나 원세개는 심상훈으로부터 고종의 친서를 받자마자 군사 천여 명을 이끌고 움직이기 시작했다.

원세개는 청나라의 일개 무역 상관이었지만 이홍장의 신임으로 이미 조선에서 무소불위의 거만함을 드러내고 있었다. 민비는 원세개에게 밀서를 보낸 후, 과감하게 고종을 이끌고 강제로 경우궁에서 창덕궁으로 이동하고 있었다. 고종이 민비의 꼬임에 빠져 창덕궁으로 돌아가겠노라 명을 내린 다음이라 옥균은 거부할 아무런 명분이 없었다. 김옥균은 어쩔 수 없이 창덕궁으로 옮기고 창덕궁 외곽은 조선군 사영이, 중간지대의 방위는 일본군이 맡고 왕을 중심으로 하는 핵심 경비는 최측근 군사들이 맡게 했다. 창덕궁으로 돌아온 김옥균과 박영효는 개혁 정부의 강령을 발표했다. 그 핵심은 청나라에 대한 조공 폐지 등 독립국 선포와 더불어 신음하는 백성을 구제하기 위한 토지 조세법 공표였다. 그리고 근대식 군사제도 도입으로 스스로 나라를 지킨다는 의지를 천명하고 왕실재정과 국가재정을 호조로 단일화시키는 것이었다. 그들의 최종 목표는 영국과 일본을 모델로 하는 입헌군주제로 백성이 주인이 되는 세상을 열고자 함이었다. 민비와 고종이 창덕궁으로 들어간 사실을 알고 청군은 민비의 요청대로 군사를 일으킨다. 좁은 경우궁을 지키기에는 혁명군의 숫자가 충분했지만, 넓은 창덕궁을 지키는 데는 군사가 턱없이 부족했다. 민비와 청군은 그것을 노린 것이었다.

창덕궁으로 돌아온 민비는 궁궐의 궁녀 중에 개화파의 첩자가 있다는 보고를 받고 대비전을 의심했다. 민비는 며느리인 세자빈을 불렀다. 민태호의 딸 세자빈은 아버지를 죽인 개화파를 극도로 저주했으며, 민비는 그런 세자빈을 이용했다.

"저 극악무도한 개화파 놈들이 너의 아버지를 무참히 살해했다. 너는 아버지의 복수를 위해 개화파를 처단하는 데 앞장서야 한다."

조대비는 사악한 민비를 싫어했지만 어린 세자빈은 아끼고 좋아했다. 민비가 세자빈에게 말했다.

"너는 대왕대비의 처소에 자주 문안 인사 가서 그곳의 동태를 살펴야 한다. 대왕대비가 개화파를 움직여 주상의 마음을 돌렸다고 나는 생각한다. 대왕대비와 개화파를 연결하는 사람이 누구인지 반드시 알아내야 한다."

경기감사 심상훈과 민비의 말을 듣고 마음이 흔들리기 시작한 고종에게 또 하나의 사건이 발생했다. 경우궁에서 창덕궁으로 옮기는 과정에서 고종은 환관 유재현을 죽이지 말라 수십 번 외쳤건만[29] 김옥균 일파가 처단하는 것을 보고 자신도 죽을지 모른다는 생각에 겁이 났다. 이미 많은 정승이 죽어 나갔다는 소식에 마음이 바뀌기 시작했는데, 갑신정변의 정강과 인사를 자신과 의논도 하지 않고 일방적으로 발표하는 것을 보고 고종은 속으로 화가 치밀었다. 갑신정변의 정강을 읽어본 고종은 김옥균에게 격하게 화를 내며 말했다.

"이 임금을 허수아비로 만들려고 이런 정변을 일으켰다는 말인가?"

---

29  『고종실록』.

고종은 마지막까지 권력의 끈을 놓고 싶지 않았다. 고종이 개화에 동조했던 이유도 원세개에 의해서 자신의 권력이 무너지고 있는 것을 막기 위해 개화파를 이용하려고 한 것이다. 고종은 갑신정변이 일어났을 때 처음에는 옥균을 적극적으로 옹호했다. 그리고 모든 외국사절도 갑신 개혁을 인정하는 분위기였다. 그런데 민비의 요청을 받은 청나라 원세개는 고종과 다케조에 공사를 협박하기 시작했다. 또 하나 김옥균에게 불리했던 점은 러시아와 미국의 중재로 예상보다 빨리 청불전쟁이 끝났다는 것이다. 프랑스 정부 내에서 주전파의 페리 정부가 실각하고 새 정부가 들어선 이후, 전쟁을 빨리 끝내라는 민중의 요구가 빗발쳤다. 청나라에서도 패전을 거듭하는 가운데 협상을 모색하려는 온건주의자 세력이 득세했다. 이 두 세력의 의견이 맞아떨어져 청나라는 베트남을 포기하고 정전협정을 맺은 것이다. 청불전쟁에서의 패배는 청나라 멸망의 서막이 되었다. 프랑스는 베트남에 식민지의 발판을 마련했고 청나라는 속방의 하나인 베트남을 잃고 조선에 더욱 집착하게 되었다. 이 상황에 제일 당황한 것은 일본 정부였다. 처음부터 프랑스의 편에 붙어서 청나라를 제압하려 했던 계획이 물거품처럼 사라질 위기에 당면한 것이다. 김옥균의 갑신정변을 도운 것도 청나라에 대항하기 위해서였다. 그러나 약삭빠른 일본은 혼자의 힘으로 청나라를 상대하는 게 시기상조란 것을 알고 있었다. 위기를 직감한 일본은 조선 공사 다케조에게 신의를 저버리는 결정을 통보했다.

'조선에서 청나라와의 충돌을 피하고 창덕궁을 지키는 일본 군사를 철수하라.'

이 통보를 받은 다케조에는 처음부터 김옥균에게 의리를 지킬 위인이 아니었다. 간교한 다케조에는 일본군을 창덕궁에서 철수할 명분을 찾고 있었다. 마침 그때 민비가 청나라 군대를 요청했다는 소식을 듣고 다케조에는 본국의 지령을 거론하며 일본군을 철수할 수밖에 없노라고 했다. 이에 격분한 김옥균은 책상을 내리치고 화병을 집어던지며 말했다.

"당신 같은 간신배들 때문에 일본이 욕을 먹는 것이오. 남자가 한번 뱉은 약속은 목에 칼이 들어와도 지켜야 하는 법이오. 이 상황에서 당신만 빠진다면 우리는 모두 죽으라는 말이오?"

다케조에는 비굴한 웃음을 지으며 말했다.

"지금 우리 군사 사백 명으로 천오백 명의 청군을 대적할 수는 없습니다."

이때 옆에 있던 일본군 중대장 무라카미가 다케조에의 말을 자르며 말했다.

"우리 정예병 사백 명이면 충분히 적을 막을 수 있습니다. 공사께서는 우리의 명예를 더럽히지 말아 주십시오."

무라카미의 말에 힘을 얻은 옥균은 말했다.

"우리 조선 군사도 사백 명이 넘습니다. 우리가 힘을 합해 국왕을 지키면 우리가 이길 수 있습니다."

다케조에는 옥균의 말은 들은 체도 하지 않고 무라카미에게 소리치며 말했다.

"그대는 본국의 명령을 어길 것인가? 여기의 책임자는 나야. 그대를 명령 불복종으로 이 자리에서 총살할 수도 있다는 것을 명심하라."

무라카미는 화가 치밀어 올랐지만 더 이상 다케조에에게 대들지 않았다. 그는 화를 참을 수가 없어 총을 허공에 쏘고 자리를 떴다. 다케조에는 미안한 듯 옥균에게 말했다.

"여기에서 지체하면 더 위험한 상황이 닥칠 것입니다. 공의 신변은 제가 책임지겠습니다."

옥균은 화가 치밀어 올랐지만, 총소리가 가까워지고 있어 피할 수밖에 없었다. 천재일우의 기회라고 여겼던 청불전쟁이 오히려 혁명의 걸림돌이 될 줄 옥균은 꿈에도 생각하지 못했다. 원세개는 천여 명의 청군을 동원해 창경궁과 돈화문에서 전투를 개시했다. 전투가 시작되자 개화파는 당황하기 시작했다. 고종을 후원으로 피신시키고 일본군과 함께 항전했지만, 본국에서 후퇴하라는 명령을 받은 다케조에 공사는 눈치만 보고 적극적으로 싸우려 하지 않았다.

다케조에는 청나라 군사들이 창덕궁으로 쳐들어왔을 때 일본군에게 싸우는 척만 하고 뒤로 빠지라는 지시를 내렸다. 광주특별군영에서 훈련받았던 군사들만 목숨 걸고 싸웠다. 그러나 그들에게는 신식무기가 없고 장전이 느린 구식 총포가 대부분이었다. 그나마 녹이 슬어 사용할 수 없는 것이 많았다. 신식무기와 독일 대포는 민영익에 의해 청불전쟁에 보내지고 없었다. 김옥균의 개화 세력이 밀리기 시작하자 고종은 이들과의 단절을 시도하면서 왕권을 없애려는 김옥균 일파를 민비와 짜고 역적으로 규정했다. 이때부터 살아남기 위한 고종의 처절한 몸부림이 시작되었다.

## 마지막 만남

일본군이 철수하고 개화파들이 도망간다는 소식을 들은 경화는 옥균에게 달려가고 싶었지만, 발만 동동 구르고 있었다. 상황이 급박해지자 조대비도 창덕궁에서 벌어지는 전투를 피하려 피난 행렬에 합류했다. 민비는 미리 도망쳐서 원세개의 진영으로 들어갔으며 고종에게도 거기로 피난하라는 쪽지를 보냈다. 살기 위해 창덕궁을 빠져나오는 고종의 어가를 경화가 수행하는 조대비의 가마가 뒤따르고 있었다. 그런데 경화 앞에 옥균이 운명처럼 나타났다. 피난 가는 어가 행렬을 옥균이 눈물로 막아선 것이다.

"전하, 조금만 더 기다려 주시옵소서. 저희가 목숨을 걸고 전하를 지킬 것이옵니다."

고종은 부끄러운 듯 말했다.

"짐은 도망가는 것이 아니오. 총알을 피해 옥류천에서 그대를 기다릴 것이오."

"전하께서 저희와 함께 버텨주시면 저들도 함부로 사람을 죽이지 못할 것입니다. 저희와 함께한 뜻을 굽히지 마옵소서."

"내가 그대와 함께할 테니 어서 길을 비켜주시오."

고종은 위기를 모면하기에 바빴다. 고종은 어떻게 해서든 이 궁궐을 빠져나가 살고 싶은 마음뿐이었다. 경화는 멀찍이서 옥균의 울분에 찬 모습을 지켜보고 있었다. 고종의 어가가 옥균을 밀치고 앞으로 나아가자 뒤따르던 조대비 어가가 서서히 걸음을 늦추었다. 그리고 조대비 어가 옆에 있던 경화는 옥균과 눈이 마주쳤다. 경화는 절망하는 옥균에게 조그만 힘이라도 되어주고만 싶었다. 옥균은 주위의 눈도 의식하지 않고 경화에게 뛰어갔다. 모든 사람이 도망치기에 바쁜 어수선한 틈을 이용해서 옥균은 경화를 조용한 뒷담으로 데려가서 말했다.

"내 곁에 남아 주세요. 내가 그대를 끝까지 지킬 것입니다. 그대는 조선에 남아있으면 반드시 민비의 보복에 무사하지 못할 것입니다."

"대비께서 저를 지켜주실 것입니다."

"역모에 엮이면 대비께서도 도울 수가 없습니다. 저 때문에 허무하게 죽게 내버려 둘 수 없습니다."

경화는 마음이 흔들렸다. 사랑하는 사람과 함께 죽을 수 있다면 무엇이든지 하고 싶었다. 옥균이 경화의 손을 잡고 다그쳤다.

219

"시간이 없습니다. 빨리 저와 함께 이 성을 빠져나가야 합니다."

다급한 순간들이 지나고 있었다. 경화는 밤하늘의 별을 쳐다보고는 결심한 듯 말했다.

"다시 그 시절로 돌아간다면 저는 당신을 놓지 않을 것입니다. 개화도 혁명도 뭐가 중요하겠습니까? 결국, 사랑만이 남습니다. 사랑하는 사람과 함께할 수 없다면 세상 모든 것을 줘도 소용이 없다는 것을 깨달았습니다."

옥균은 지그시 경화를 쳐다보았다. 경화의 눈에는 뜨거운 눈물이 흐르고 있었다. 옥균은 경화의 눈물을 닦아주며 말했다.

"그대의 말이 옳습니다. 그때 우리가 아무도 모르는 곳으로 도망갔다면 우리가 더 행복했을까요? 우리가 이루지 못한 개화와 혁명을 아쉬워하다가 사랑의 열기가 식어 가면 그 속에 원망이 싹틀 수도 있었을 것입니다."

경화는 옥균을 똑바로 보며 말했다.

"모든 것을 포용할 때 진정한 사랑을 완성할 수 있습니다. 저는 당신을 위해 목숨을 바칠 각오가 되어있기에 사랑을 이룰 수 있다고 생각했습니다. 그러나 저의 사랑으로 덮기에는 당신의 이상이 너무 크다는 것을 알았습니다. 그래서 저는 당신을 놓아주고 이 새장 속에 스스로 들어온 것입니다."

"이제라도 저와 함께 이 새장을 벗어나 저 넓은 하늘을 훨훨 날아야

지요."

"이미 늦었습니다. 혁명은 실패로 끝났고 김 공께서도 피신하셔야
할 몸이신데 저까지 짐이 되고 싶진 않습니다. 그 대신 저에게 꼭 약조
해주십시오."

"무엇이든 들어드리리다."

"죽지 말고 꼭 사셔야 합니다. 김 공께서 살아계셔야 저의 희생이 억
울하지 않을 것입니다. 저를 위해서라도 꼭 사셔야 합니다."

"내 반드시 살아서 뒷일을 도모하리다. 그대를 더 이상 희생시키지
않을 것이오."

"시간이 없습니다. 마지막으로 저를 한 번만 안아주십시오."

옥균은 경화를 꼭 껴안았다. 경화는 중얼거리듯 말했다.

"죽어도 누군가 기억해준다면 나는 그 기억 속에 함께 사는 것입니
다."

머뭇거리는 옥균에게 경화는 마지막으로 말했다.

"저를 위해 살아주세요. 살아서 못다 이룬 개화의 꿈을 꼭 이루어 주
세요. 그것이 제 아버님의 소원이고 저의 소원입니다. 우리의 사랑이 영
원할 수 있게 만들어주세요."

옥균을 안은 경화의 손에 힘이 들어갔다. 두 사람의 영혼이 하나가
된 것처럼 불같이 타올랐다. 그 사랑의 불길은 궁궐의 불길 속으로 사라
져갔다. 옥균은 경화와 헤어진 후 성의 북쪽으로 내달렸다. 경화는 물끄

러미 옥균의 뒷모습을 뚫어질 듯 바라보며 움직이지 않았다. 그 두 사람을 매서운 눈으로 지켜보는 궁녀가 있었는데 그녀는 세자빈이 대비전의 첩자가 누군지 찾아내라고 보낸 세작이었다. 그녀는 급히 세자빈에게 달려갔다.

경화와 헤어진 후 옥균에게 서재필이 급히 다가와서 말했다.

"전하께서 약속을 어기고 우리 호위병을 빼돌리고 지금 궁을 빠져나가 청국 진영으로 도망치고 있습니다. 임금을 놓치면 우리의 혁명은 여기서 끝이 납니다. 빨리 서두르셔야 합니다."

고종이 청나라 진영으로 도망간다는 말에 옥균은 고종의 밑바닥을 알았다. 한심한 위인인 줄은 알고 있었으나 그 정도일 줄은 몰랐다. 이런 사람을 믿고 혁명을 일으킨 자신이 후회스러웠다. 창덕궁을 빠져나온 고종은 내관의 등에 업혀 창덕궁 북쪽 후원으로 도망하다가 창덕궁 후원에 있는 옥류천[30]에 이르러 잠깐 휴식을 취하고 있었다. 김옥균 일행은 고종을 쫓기 시작했다. 고종이 빠진 개혁은 명분이 없는 개혁이었고 반역이었다. 원세개의 청군은 이미 창덕궁에 진입한 듯했고, 궐내를 지키던 일본군과 교전이 시작되었는지 콩 볶는 듯한 총소리가 궁성을

---

30 창덕궁 후원 북쪽 골짜기에 있다. 소요암이라는 널찍한 바위에 작은 폭포처럼 물이 떨어지도록 만들었으며, 옥류천玉流川이라는 인조의 글씨가 새겨져 있다.

뒤덮고 있었다. 김옥균 일행은 다케조에 공사와 고종이 쉬고 있는 옥류천으로 숨 가쁘게 달려갔다. 이미 대세가 기울어지자 고종은 완전히 마음을 바꾸고 청나라 군대가 장악하고 있는 북묘로 이동하던 중이었다. 이 소식을 들은 옥균은 옥류천에서 피를 토하는 심정으로 말했다.

"전하, 지금 청국 진영으로 가시면 천년의 개혁이 물거품으로 사라지게 됩니다. 통촉하여 주시옵소서."

고종은 옥균에게 말했다.

"길을 비켜라. 짐이 곧 조선이다. 짐이 살아야 조선이 살아남는다."

"전하께서 목숨을 걸고 싸우려는 의지가 있어야 조선이 살아남습니다. 전하께서 도망치시는데 누가 목숨을 걸고 싸우겠습니까?"

"나는 도망치는 것이 아니다."

"전하께서 우리의 개혁을 허락하셨기에 소신들은 목숨을 걸고 싸우고 있습니다. 이제 전하께서 궁을 떠나시면 저희는 누구를 위해 목숨을 바치라는 말씀입니까?"

겁이 많은 고종은 끝내 자신의 목숨을 보존하기 위해 개화파를 버릴 결심을 했다. 고종의 표정에서 희망을 잃은 김옥균 일행은 구석에 모여서 앞으로의 행동에 관해 의논했다. 그사이에 다케조에 공사는 공사관에 걸려있는 일본 천황의 위패를 가져와야 한다면서 김옥균 일행에게 말했다.

"이제 각자 살길을 찾아야 합니다."

"공사께서도 우리를 버릴 생각이십니까? 어디로 가실 생각입니까?"

"저는 우선 공사관에 둘러서 중요한 문서들을 챙기고 인천항으로 갈 생각입니다. 내일 우편선 지토세마루千歲丸가 도착하니 그 배를 타야 합니다. 부디 목숨을 보전하시기 바랍니다."

다케조에는 뒤도 돌아보지 않고 호위병을 이끌고 북문을 빠져나갔다. 다케조에와 일본의 병사가 떠나는 모습을 보고 고종도 호위병에게 떠나자고 명령했다. 급한 마음에 어가를 내팽개치고 내시가 고종을 업고 북문을 빠져나갔다. 이때 홍영식과 박영효의 형 박영교는 고종을 따라나서며 말했다.

"저희들은 민영익 일파와도 친하고 청나라 원세개와도 친분이 있으니 죽이지는 않을 것입니다. 우리가 전하의 곁에서 지키며 개혁의 실마리를 놓치지 않을 것입니다. 각자 살아남아서 후일을 도모하시기 바랍니다."

옥균은 떠나는 그들의 손을 잡으며 말했다.

"그들이 대감들을 가만히 두지 않을 것입니다. 저희와 함께 피하셔야 합니다."

홍영식이 결연한 의지로 말했다.

"내가 여기 남아서 우리의 혁명이 모반이나 폭도가 아니라 하늘에 부끄러움이 없는 애국이었다는 사실을 밝혀야 합니다. 나는 이미 죽기를 각오한 몸, 나를 걱정하지 말고 어서 살아서 뒷일을 도모하시기 바랍니다."

우정국 총판이었던 홍영식은 자신이 마땅히 남아서 고종을 끝까지 호위하고 역적이 아니라는 사실을 죽음으로 항변하고자 한 것이다. 홍영식과 박영교는 사람이 좋아서 민씨 가문과도 잘 지내고 있었던 것이 그들의 고집을 꺾지 못한 이유 중 하나였다. 창덕궁을 도망쳐 나온 고종에게 밤 11시쯤 원세개가 보낸 청나라 군사들이 다가왔다. 고종을 끝까지 따라가서 호위하던 홍영식과 박영교는 고종이 보는 앞에서 청군에 의해 무참히 사살되었다. 고종은 자신을 위해 목숨을 걸고 따라온 홍영식과 박영교의 죽음에 한마디도 하지 못하고 겁에 질려 원세개가 머무는 청국 진영에 몸을 숨기고 나오지 않았다.

김옥균 일행이 창덕궁을 빠져나와 인천으로 향하는 와중에 민비의 군사와 청나라 군대가 이들을 뒤쫓고 있었다. 민비와 원세개는 김옥균 체포에 모든 병력을 동원했다. 김옥균 일행은 하는 수 없이 일본공사관으로 도망갈 수밖에 없었다. 김옥균 일행이 일본공사관으로 피신하는 사이에 밖에서 백성들이 일본공사관에 돌을 던지며 온갖 욕설을 퍼붓고 있었다. 옥균은 백성들의 야유와 원망을 들으며 자신이 목숨 걸고 이루려 했던 개혁이 무엇이었는지 자괴감이 들었다. 그때 옆에 있던 나이 어린 서재필이 화가 나서 말했다.

"우리는 백성을 위해서 목숨을 걸었는데 백성은 왜 우리를 몰라주고 죽이려 하는 것입니까?"

옥균이 서재필을 달래며 말했다.

"모두가 백성을 위한다고 말하지만, 백성이 원하는 것은 하나가 될 수 없어. 백성들이 일본을 뿌리 깊게 싫어한다는 것을 우리는 간과한 거야. 옳은 일을 하면 우리를 이해해 줄 것이라는 자만이었어. 모두 민심을 거론하지만, 민심은 실체가 없어. 아전인수 격으로 자신이 편한 곳으로 끌어 쓰는 것이 민심이야. 중요한 것은 백성 한 사람 한 사람의 마음을 우리가 얻지 못했다는 것이네. 아무리 목표와 이상이 좋아도 백성의 마음이 돌아서는 것은 한순간이야."

서재필은 분하다는 듯 일본공사관 벽을 내려쳤다. 그의 주먹에는 시뻘건 피가 맺히고 있었다. 다케조에 공사는 일본공사관으로 피난 온 김옥균 일행을 달가워하지 않았다. 일본공사관에는 피난 온 일본 상인들이 몰려오고 있었다. 김옥균 일행이 몰래 일본공사관으로 들어왔으나, 조선 조정에서는 일본과의 전쟁을 피하고 싶었고 원세개도 도망치는 일본군을 공격해 전면전으로 확대되는 것을 원하지 않았다. 그들은 단지 김옥균 일행을 잡기만 하면 일본군은 그냥 도망가게 내버려 둘 생각이었다. 다케조에 공사는 김옥균 일행을 어떻게 처리해야 할지 결정을 내리지 못하고 있었다. 이때 부관이 말했다.

"김옥균 일행에게 일본군 복장을 하게 하고 군인들 사이에 묻으면 저들도 모를 것입니다."

"만약에 조선 정부가 알게 되면 우리에게 총알을 퍼부을 것인데 가능하겠느냐?"

"품 안에 들어온 참새도 보호하는 게 사람의 도리라고 들었습니다. 어둠 속에서 우리 일본 군대의 복장으로 행군하면 저들도 알아보지 못할 것입니다."

약삭빠른 다케조에는 달갑지 않았지만, 부관의 논리 정연한 주장에 어쩔 수 없이 김옥균 일행에게 일본 군복을 입히고 대열의 중앙에 서게 해 인천으로 행군을 시작했다. 성난 군중들은 일본 군대를 향해 돌을 던지기 시작했다. 일본군은 군중에게 직접 사격은 하지 못하고 허공으로 위협 사격을 시작했다. 총소리를 들은 군중들이 뿔뿔이 흩어지고 김옥균과 일본 군인들은 밤길을 쉬지 않고 행군을 이어갔다. 옥균은 자신의 집이 불탔다는 것을 알고 가슴이 내려앉는 것 같았다. 양반집에서 시집와 사랑받지 못했던 아내와 젖먹이 딸의 모습이 떠올라 발에 돌덩이가 매달린 것처럼 걸음이 무거웠다. 그저 자신이 원망스럽고 원망스러울 뿐이었다. 아내에게 따뜻한 말 한마디도 못 해주고 딸의 얼굴도 자주 보지 못한 것이 못내 한스러웠다. 인천에는 일본과 인천을 왕복하는 정기선 지토세마루가 정박하고 있었다. 밤이 이슥할 무렵 다케조에 공사 일행과 김옥균 일행은 지토세마루에 올랐다. 다음날 김옥균이 일본공사와 인천항에서 배를 탔다는 소식을 듣고 고종은 외아문 관료와 묄렌도르프를 보내 역적 김옥균을 인도하라고 요구했다. 날이 밝자 조선군 추격조가 지토세마루 앞에서 소리쳤다.

"조선의 역적들을 배 밖으로 내어놓아라. 내어놓지 않으면 우리가 배로 쳐들어갈 것이다."

겁을 먹은 다케조에 공사는 자신이 살 궁리만 했다. 일본 정부의 공식명령을 받지 않고 독자적으로 갑신정변에 개입한 다케조에는 자신이 김옥균 일행과 일본으로 돌아가면 처벌이 따를지도 모른다는 생각에 이르자 김옥균 일행에게 말했다.

"일본 정부의 공식명령도 받지 않고 독단적으로 정변을 도운 것은 나의 책임이오. 지금 조선 정부에서 여러분을 내어놓지 않으면 외교 문제가 커질 뿐만 아니라 우리의 목숨마저 위태로워집니다. 일본으로 가도 당신들이 갈 곳은 없습니다. 여기에서 하선해주시기 바랍니다."

김옥균은 화가 나서 말했다.

"우리를 죽이라고 사지에 내모는 것이오? 공사는 명예도 없다는 말이오?"

"저를 이해해주시기 바랍니다."

김옥균에게 호의적이던 서기관은 옥균에게 말했다.

"이 배에서는 선장이 모든 권한을 가지고 있습니다. 저 의리 없는 공사보다는 선장에게 제가 마지막으로 이야기해 보겠습니다."

서기관이 선장에게 간 사이, 김옥균은 굳은 표정으로 박영효와 일행에게 말했다.

"여기까지가 우리의 운명인 것 같습니다. 저는 체포되기 전에 스스로 목숨을 끊을 생각입니다. 끌려가서 모진 고문과 모욕을 당하느니 차라리 이곳에서 먼저 깨끗하게 죽겠습니다."

옥균은 품속에서 독약을 꺼냈다. 애초에 갑신 개혁이 실패하면 깨끗하게 죽으려고 준비한 것이었다. 서재필이 먼저 독약을 받으면서 말했다.

"옳은 일을 하다가 죽는 것이니 두렵지 않습니다. 가장 나이 어린 저부터 먼저 죽겠습니다."

서재필이 독약을 입에 넣으려는데 옆의 서광범이 그의 손을 치며 말했다.

"죽는 것이 뭐가 그리 급한가? 마지막으로 선장의 연락을 받고 그때 죽어도 늦지 않아."

박영효도 독약을 받으며 말했다.

"이렇게 우리의 뜻을 이루지 못하고 죽는 것이 아쉬울 뿐이오. 조선이 망하는 것을 보지 않고 죽는 것이 조금 위안은 되오. 여러분들 그동안 고생들 많이 하셨소. 미안하…."

박영효는 말을 끝맺지 못하고 끝내 눈물을 쏟았다. 박영효의 눈물에 모두들 참았던 눈물이 쏟아졌다. 옥균이 눈물을 제지하며 말했다.

"그래도 뜻을 같이했던 동지들과 죽음도 같이할 수 있다는 것이 행복하오."

아홉 명의 동지들은 서로를 끌어안았다. 뜨거운 형제애가 서로에게 전해졌다. 죽음을 앞둔 진정하고 끈끈한 사랑이었다. 모두가 포기하고 죽음을 기다리는 순간 기적 같은 일이 발생했다. 하급 무사 출신인 지토세마루 선장, 쓰지카쿠 사부로蓵勝三郎[31]는 평소에도 김옥균을 존경해왔으며 비겁한 다케조에 공사를 경멸하고 있었다. 그는 단호한 어조로 다케조에 공사에게 말했다.

"이 배에 탄 이상 책임자는 선장인 접니다. 저는 이 배의 승객을 죽음으로 내몰 수 없습니다."

이 말을 전해 들은 옥균과 일행은 구세주를 만난 듯 하늘이 여전히 혁명을 돕고 있다고 생각했다. 그리고 선장은 다케조에의 대답도 기다리지 않고 김옥균 일행을 배 밑에 숨기고 강제로 배를 출발시켰다. 선착장에 있던 조선 병사가 묄렌도르프의 지시로 지토세마루 배에 위협 사격을 했지만, 김옥균 일행을 실은 배는 이미 부두를 떠나 일본을 향하고 있었다. 이것이 김옥균에게는 조선에서의 마지막 이별이 되었으며, 지토세마루호 선장과의 인연은 그 후에도 계속 이어졌다.

옥균은 잠을 이루지 못했다. 갑신 개혁의 실패 원인을 몇 번이나 되씹어 보았다. 가장 큰 원인은 일본의 배신이었지만, 그보다 더 큰 원인은 민심을 얻지 못한 것이었다. 창덕궁을 나와서 인천으로 향할 때 백성들이

---

31    지토세마루 선장의 권한으로 다케조에의 명령을 거부하고 김옥균 일행을 일본으로 데리고 갔다. 후에 김옥균과의 우정이 이어져서 기록으로 남아있다.

돌을 던지며 일본의 앞잡이라고 욕하는 모습에서 옥균은 더 큰 충격을 받았다. 조선의 백성을 살리기 위해 목숨 걸고 정변을 일으켰지만, 백성의 마음을 얻지 못한 개혁은 공허한 메아리에 지나지 않았다. 옥균은 개혁을 이룬 후에 백성들을 가르치려고 생각했는데 그것이 잘못이었다. 백성에게 먼저 개화의 뜻을 가르치고 그들의 마음을 얻은 후에 정변을 일으켰다면 일본이 배신한다 해도 백성들과 힘을 합쳐 청나라의 천오백 명의 군사쯤은 너끈히 물리쳤을 것이다. 옥균은 그것이 가슴이 아팠다. 배 안에서 가슴을 치고 통곡해도 옥균의 가슴은 풀리지 않았다.

한편 아이러니하게도 갑신정변으로 사경을 헤매던 민영익을 치료한 알렌 덕분에 조선에 개신교가 자리 잡게 되었고, 그 개신교가 백성들에게 개화의 꿈을 실어주었다. 묄렌도르프는 개화파의 칼에 죽음의 위기를 맞은 민영익을 지혈하고 미국 공사 푸트에게 부탁했다. 미국 공사는 자신과 함께 미국에서 온 의사 알렌에게 민영익을 데려갔다. 알렌은 몇 번의 수술 끝에 민영익을 살려냈다. 민영익은 생명의 은인인 알렌에게 무엇이든지 해주고 싶었고, 이 소식을 듣고 민비도 알렌이 원하는 것을 들어주라고 명령했다. 알렌은 미국의 청교도 집안으로 조선에서 병으로 죽어가는 사람들을 구하기 위해 병원을 설립하고자 했다. 민비와 민영익의 도움으로 알렌이 원하던 우리나라 최초의 병원이 설립되었다. 그것이 광혜원이었다. 광혜원은 최초의 근대식 병원이라는 의미도 있지만, 미국 선교사 활동의 시발점이 되었다는 것에서 또 다른 의미를 지닌다. 광혜원은 현재 세브란스 병원의 모태가 되었다. 알렌이 조선 정부의 공식적인 허가를 받아 병원을 설립했다는 소식을 듣고 미국의 장로교와 감리교는 언더우드와 아펜젤러 목사, 스크랜튼 박사 등을 선교사로 파견했다. 조선은 제사를 거부하는 가톨릭을 사교로 단정하고 많은 사람을 죽였지만. 민영익은 미국 보빙사로 갔을 때 도움을 받았던 미국 감리교에 대해 매우 우호적이었다. 민비는 서양의 개신교를 민영익 때문에 적당히 눈감아 주었다. 이것이 조선 최초의 개신교 등장이었다. 조선의 가톨릭은 수많은 순교자의 피로 만들어졌지만, 개신교는 이렇게 갑신정변의 부록처럼 딸려왔다. 그리고 민영익을 살린 알렌 덕분에 교세를 급속히 확장하기 시작했다. 감리교와 장로교는 조선의 의료사업을 바탕으로 백성들에게 종교와 함께 서양의 문화를 전파했다. 그들은 당시에 조선의 조정과 관료들에게 천대받았던 언문을 보급해 백성들의 문맹률을 낮추었다. 지금의 한글이 세계적으로 인정받은 것은 초기 서양 선교사들의 노력이 없었다면 불가능한 일이었을 것이다. 갑신정변이 위에서부터의 혁명이었다면 개신교의 선교 활동은 아래에서부터의 혁명이었다.

갑신정변의 정치적 패배자는 김옥균이었고, 승자는 그 누구도 아닌 원세개였다. 원세개는 이홍장의 지시를 무시하고 병력을 동원해 갑신정변을 막았다. 정변 진압 후 원세개는 공공연히 고종을 무시하며 조선 국왕의 위에서 절대 권력을 행사했다. 실질적인 조선의 총독이 되어 조선을 식민지처럼 유린하기 시작한 것이었다. 왕 위에 군림하는 권력을 휘두르는 원세개는 조선 사람들의 반감을 불러일으켰다.

갑신정변은 청나라 군대의 개입으로 '삼일천하'로 막을 내리고 민비의 잔혹한 보복이 시작되었다. 김옥균을 비롯해 주동자 몇 사람은 일본으로 망명했지만, 남은 사람과 그의 가족들은 역적의 올가미를 쓰고 형벌을 받았다. 경화도 예외는 아니었다. 세자빈이 심어놓은 첩자에게 옥균과 내통하고 있다는 사실이 발각된 후에 경화를 취조하기 위해 중전 쪽에서 사람이 나왔다. 경화는 이미 죽음을 각오한 듯이 조대비에게 작별 인사를 했다.

"마마. 제가 죽을죄를 지었습니다. 저를 용서해주시옵소서."

경화는 목이 메어 더는 목소리가 나오지 않았다. 조대비는 이미 경화가 마음속으로 사랑한 사람을 위해 한 일이라는 것을 알고 있었다. 조대비는 평소에 경화를 평생 궁녀로 썩히기에 아깝다고 생각하고 언젠가 날개를 달아주고 싶었다. 그러나 대비전의 궁녀가 역적과 내통했다고 몰아치는 민비의 공격에 조대비는 수세적인 입장에 몰릴 수밖에 없었다. 조대비가 평소에 김옥균과 가까이했다는 소문이 민비의 귀에도 들어가 있었다. 조대비는 취조를 받으러 가는 경화를 도울 수 없는 자신의 처지가 안타까웠다. 조대비는 눈물을 흘리며 말했다.

"너는 대비전에서 용감하고 힘도 세서 고대수라는 별명까지 가졌다. 모진 고문이 오더라도 당당하게 맞서야 한다. 나도 이 모진 세월 더 살고 싶은 생각이 없다. 저렇게 독한 년이 나라를 망치고 있는 것을 그냥 힘없이 지켜보아야 하는 나 자신이 원망스럽구나."

큰절하고 돌아서는 경화의 손을 조대비는 꼭 잡았다. 어떻게 보면 딸보다도 더 가까운 경화가 죽으러 간다고 생각하니 경화의 손을 잡은 조대비의 손이 심한 경련을 일으켰다. 그리고는 자리에 털썩 주저앉았다. 경화는 조대비를 자리에 누이고는 밖으로 나갔다. 바깥에는 세자빈과 민비가 앉아 있었다.

세자빈은 아버지의 복수를 하듯이 경화를 고문했다. 민비는 그 뒤에서 이러한 잔인한 광경을 즐기고 있었다. 경화의 취조를 대비전 앞에서 시행하는 이유도 민비의 각본에 따른 것이었다. 민비는 이 기회에 조대비의 기세를 완전히 끊기 위해 며느리 세자빈의 복수심을 이용하고 있었다. 민치호의 딸인 세자빈은 개화파에 의해 아버지가 무참하게 살해된 것에 대한 복수심에서 경화에게 온갖 분풀이를 하고 있었다. 조대비는 경화의 비명이 귓전을 때릴 때마다 심장에서 피가 역류하듯 얼굴이 붉게 달아올랐다. 주리를 틀고 인두로 허벅지를 지져도 경화는 비명만 지를 뿐 민비가 원하는 대답을 하지 않았다. 민비는 경화의 입에서 조대비가 옥균과 함께 모의했다는 말이 나오길 바랐다. 그러나 이미 죽음을 각오한 경화는 몇 번이나 혼절을 거듭하면서도 끝내 입을 다물었다.

아무리 고문해도 경화가 입을 열지 않자 민비는 다음날 사형을 집행하기로 했다. 경화의 사형집행을 보기 위해 왕십리 한강 변으로 사람들이 모여들기 시작했다. 경화는 마지막 죽음을 앞두고 푸른 하늘을 쳐다보았다. 사랑하는 사람을 위해 기꺼이 죽을 수 있는 자신이 고마웠다. 옥균이 무사히 조선을 빠져나가 일본으로 갔다는 소식을 듣고 경화는 기쁜 마음으로 죽을 수 있었다. 자신을 유일하게 여자로서 사랑해주고 인정해준 사람이 옥균이었다. 궁녀로서 한 많은 세월을 살아가면서 몇 번이고 스스로 목숨을 끊을 생각을 했지만, 그럴 때마다 그녀를 지켜준 것이 옥균의 존재였다. 경화 눈에 푸른 하늘이 가득했다. 그리고 그 하늘에 옥균의 모습이 아른거렸다. 옥균의 모습이 이내 눈물에 흐려졌다. 마지막으로 옥균을 보고 싶은 마음에 경화의 마음은 떨렸다. 갑신정변과 연루된 사람들을 모조리 처단하자니 참수를 진행할 망나니가 부족했던 탓에 소 잡는 백정이 칼을 들고 어설프게 춤을 추고 있었다. 백정이 칼을 쳐들 때 경화는 칼에 반사되는 강렬한 햇빛을 보았다. 그 빛이 옥균처럼 느껴졌다. 옥균을 생각하니 칼이 두렵지 않았다. 경화의 얼굴에 작은 미소가 번졌다. 그 모습에 백정은 순간 오금이 저렸다. 두려운 건 오히려 백정 쪽이었다. 백정의 손목에서 힘이 빠져나가서였는지 칼이 무뎌서였는지 경화의 목은 단번에 잘리지 않았다. 두 번째 칼을 휘두르려는 찰나 백정은 경화의 얼굴에서 미소가 거두어지지 않은 것을 알고 기가 질렸다. 경화의 목에서 피가 솟구쳐 백정의 얼굴을 덮쳤다. 백정은 그 자리에 무릎을 꿇고 말았다.

고종의 지밀상궁으로서 남달리 총명했던 조하서는 경화의 마지막을
이렇게 기록했다.

어느 추운 겨울날, 고대수는 대역죄인이라 쓰인 명패를 목에 걸고
서울 육모전 거리[32]를 지나 형장으로 끌려갔다. 성난 군중들이 달려
들어 쥐어뜯고 할퀴어 옷이 갈기갈기 찢어졌다. 수구문을 지날 때는
머리에서 피가 흐르고 앞을 가릴 수 없을 정도로 치마폭이 떨어져
나갔으며, 왕십리 청무밭쯤에 이르렀을 때 군중들이 빗발치듯 돌멩
이를 던지자 머리가 깨지고 살이 찢겨 선혈이 낭자하더니 마침내 쓰
러져 숨을 거두고 말았다.[33]

개화파를 돕기 위해 10년 동안 궁중의 정보를 제공해 온 혁명 동지 경화
는 그렇게 비참하게 세상을 떠났다. 일본 군대의 도움을 받아 혁명을 일
으킨 개화파는 임진왜란 이후 백성들에게 뿌리박힌 반일감정을 이해하
지 못했다.

일본에서 오경화에 대한 소식을 전해 들은 옥균은 죄책감이 뼛속까

---

32    지금의 종로.
33    조하서 상궁의 일기.

지 파고들었다. 옥균은 이불을 뒤집어쓰고 목에 피가 나올 때까지 오열
했다. 울다가 지치면 정신줄을 놓은 사람처럼 멍하게 하늘만 쳐다보다
또 울었다. 경화의 처참한 죽음을 생각하면 분노가 치밀어 올라 며칠을
먹지도 자지도 못했다. 그녀의 마지막 고통이 그대로 전해져서 마음은
피눈물로 얼룩지고 육신은 타들어 가는 듯했다. 그러나 혁명 동지들의
가족들 모두 죽음을 맞이한 마당에 옥균은 겉으로 내색 한번 하지 못하
고 고통 속에서 신음만 내지르고 있었다. 그러나 옥균의 마음을 아는지
모르는지 세월은 무심하게 흘러갔다.

『갑신일록』에서 옥균은 자신의 첫사랑이자 혁명 동지였던 오경화를
높이 평가하고 역사가 그녀를 외면하지 않도록 기록으로 남겼다.

고대수라고 불리는 궁녀는 대비의 총애를 받아 가까이 모시는데 10년
전부터 우리 개화당에 들어와 때때로 비밀을 통보해온 여인이다. 2년
전 내가 일본 유람할 때 탁정식을 시켜 서양 사람에게 부탁해서 구
입한 화약을 대통에 조금씩 넣어 가지고 있다가 외간에서 불이 일어
남을 신호 삼아 통명전에서 불을 붙이기로 했다.

『갑신일록』에 오경화라는 실명을 쓰지 않고 고대수라는 별명으로 표기
한 것은 옥균과 그녀의 사랑을 오직 두 사람만이 간직하고 싶은 마음에
서였다. 개인적인 감정을 드러내지 않고 오직 혁명의 동지로서 기록하

는 것이 그녀를 드높이고 그녀의 죽음을 헛되이 하지 않는 것이라고 옥
균은 생각했다.

二 부

혁명은 끝나지 않았다

## 회화나무는 말이 없다

경식은 종로구 견지동 조계사 옆에 있는 우정총국 건물을 찾았다. 남아 있는 우정총국 건물은 국가지정문화재 사적 213호로 지정되어 고층 건물에 둘러싸인 채 우정기념관으로 사용되고 있었다. 그곳을 둘러본 경식은 갑신 개혁 당시의 김옥균과 박영효의 절박했던 심정을 그대로 전해 받는 것 같았다. 우정총국 앞마당에 있는 400년 묵은 고목 회화나무는 갑신정변의 그날에도 그 자리에 있었다. 경식은 그 회화나무 아래에 앉았다. 회화나무는 갑신정변의 밤, 그 역사적인 현장을 목격하고 말없이 그대로 있었다. 경식은 답답한 마음에 김대식에게 전화를 걸었다. 김대식은 경식의 대학 선배로 제도권 밖의 재야사학자이자 경식의 술친구이기도 했다. 선배는 경식이 옛 우정총국 앞에 있다는 것을 알고 한달음에 달려왔다. 두 사람은 인사동의 막걸릿집으로 들어갔다. 대식의 단골집이라 그런지 주인아주머니는 손님들로 북적거리는 와중에도 대식과 경식을 반갑게 맞이했다. 대식은 경식의 잔을 채우며 말했다.

"집념이 참 대단하네."

"선배, 내가 그 끈기 하나로 이때까지 버텨왔지 않습니까? 잘났다는 놈들도 제가 이 끈기로 모두 이겨내었습니다."

"맞다 맞아. 내가 졌다. 네가 갑신정변 현장에 있다는 소식을 듣고 아직도 갑신정변에 대한 미스터리가 풀리지 않았나 보다 생각하고 달려온 거야."

경식은 늘 자신의 마음을 헤아려 주는 선배가 있다는 것이 새삼 든든했다.

"선배, 나는 김옥균이라는 사람을 연구하면 할수록 빠져들어 가는 것 같습니다."

"한 인물에 깊이 빠져드는 것은 좋은데, 학자에겐 중립적이고 객관적인 자세가 무엇보다도 중요하지. 연구 대상인 인물에 매몰당하면 그 안에서 헤어 나올 수가 없거든."

"명심하겠습니다. 그런데 의문이 계속 제 머릿속을 맴돌고 있어요.

김옥균과 일본과의 관계입니다. 김옥균이 처음으로 일본을 방문한 것이 1882년 3월이었고 임오군란 와중에 혼란스럽게 귀국했으나 한 달 후에 바로 박영효와 함께 2차로 일본으로 갔는데, 1883년 3월에 잠깐 귀국하고 2개월간 조선에 머물다 또다시 고종의 명을 받고 차관 교섭 차 세 번째로 일본으로 가게 되었거든요. 조선의 격변기에 김옥균은 세 번의 방문으로 거의 2년을 일본에 머물렀어요. 그리고 1884년 5월에 귀국한 그가 5개월 후에 갑신정변을 일으킵니다. 저는 김옥균이 일본에 머물던 2년간의 기록을 일본 구석구석을 누비며 찾았습니다. 김옥균이 일본의 도움 없이 이렇게 허술하게 혁명을 일으킬 사람이 아니라는 것을 저는 잘 알고 있습니다."

"맞아. 일본이 김옥균을 배신한 거야. 당시 일본의 정치 상황이 아주 복잡했어. 김옥균을 지지하는 자유민권운동가들이 주축인 자유당이 의회민주주의를 만들기 위해 반란을 일으켜 1884년 일본 정계는 혼란의 도가니였어. 결국, 자유당은 해체되고 모두 감옥으로 가게 되었지. 김옥균이 믿었던 후쿠자와 유키치의 제자들이 이끄는 자유당이 궤멸하고, 정치에서 밀려난 후쿠자와는 교육사업과 언론을 통해 국민 계몽에 앞장서 일본의 정신을 바꾸게 되었지."

"선배님, 후쿠자와 유키치는 일본에서 어떻게 평가하고 있습니까?"

대식은 지갑에서 만 엔짜리 지폐를 보여주면서 말했다.

"이 얼굴이 후쿠자와 유키치야. 게이오대학의 설립자이며 일본에서 가장 존경받는 인물로 선정된 적도 있어."

경식은 지폐 속의 후쿠자와 유키치를 보면서 말했다.

"김옥균과 후쿠자와 유키치의 우정이 부럽습니다."

"김옥균은 시대의 불운아였지만, 조선이 낳은 최고의 혁명가였고, 최후의 혁명가였어."

술이 거나해진 경식은 술집을 나와 우정기념관으로 걸어가면서 대식에게 말했다.

"선배님과 옛 우정총국을 함께 거닐어보고 싶네요."

"문을 닫았을 시간인데 괜찮겠어?"

"우정기념관 내부 말고 마당에 있는 회화나무만 보면 돼요. 우정총국은 변했지만, 회화나무는 갑신정변 그날 그 모습 그대로 있으니까요."

"역사학도가 너무 센티멘털한 거 아냐?"

대식이 놀리듯 말했다. 경식은 회화나무 밑에 이르자 대식에게 말했다.

"선배님, 이 회화나무 수령이 4백 년이 넘었습니다. 이 나무가 갑신정변의 진실을 모두 알고 있지 않을까요? 김옥균이 혁명을 일으킨 날, 이 회화나무 아래에서 어떤 맹세를 했을까요? 제가 감상적인 게 아니라 인생이 허무해서 드리는 말씀입니다. 조선을 살리고자 목숨 걸고 일으킨 혁명이 왜곡되고 폄훼되는 게 그저 안타까울 뿐입니다. 그래서 역사의 현장을 묵묵히 지켜보았던 이 회화나무에 하소연하는 것입니다."

대식은 경식의 말에 대꾸도 하지 않고 400년을 버텨낸 고목을 한참 쳐다보았다. 우정총국의 지붕을 덮고 있는 회화나무는 세월의 무게를 견디지 못해 팬 자리를 콘크리트로 때우고 있었다. 경식은 도심 복판에서 상처 입은 채 홀로 버티고 있는 고목을 보고 김옥균이 떠올랐다. 콘크리트로 속을 채우고 지지대에 의지해 힘겹게 버티고 있는 모습이 경식의 마음을 아련하게 했다. 경식은 고개를 숙인 채 갑신정변의 희생자들을 떠올려가며 석상처럼 한참 서 있었다. 대식은 회화나무 위로 떠오른 달을 바라보며 중얼거리듯 말했다.

"저 달은 어김없이 우리를 찾아오는데 왜 떠난 사람은 말이 없을까? 저 달은 처음부터 말이 없었고 사람은 너무 말이 많았어. 회화나무도 마찬가지고."

우정박물관 바로 옆 조계사의 범종이 울리고 있었다. 종소리가 고층 빌딩에 둘러싸인 우정박물관에 내려앉으며 달빛에 잦아들었다.

## 상투를 자르다

갑신정변의 실패로 일본으로 온 망명객 아홉은 지토세마루를 타고 나가사키에 도착했다. 일본에 도착하자마자 김옥균은 조상에 사죄하며, 개혁 의지를 보여주기 위해 먼저 자신의 상투를 잘랐다. 틀어 올린 상투를 칼이 가를 때 흡사 자신의 목이 베어져 나가는 심정이었다. 그 모습을 지켜보던 서광범과 서재필도 상투를 잘랐다. 그러나 박영효는 부마라는 신분 때문에 쉽게 자르지 못하고 망설였다. 옥균이 박영효에게 말했다.

"우리 조선의 마지막 상징으로 부마께서는 상투를 유지해주시기 바랍니다."

망설이던 박영효는 자신의 마음을 헤아려 먼저 이야기해주는 옥균이 고마웠다. 갑신정변의 주모자들은 그 자리에서 결의를 다지듯, 박영효를 제외한 모두가 상투를 잘랐다. 일본에 도착하고 두 달간은 신변 문제로 후쿠자와 유키치가 김옥균 일행을 자신의 집에 머무르게 했다. 조선에서 집요하게 요구하는 김옥균 일행의 소환을 후쿠자와는 막고 있었으며, 조선과의 관계 정상화를 요구하는 일본 정계에서 언제든 옥균을 넘겨줄 수 있다고 판단하고 경계를 늦추지 않았다. 1885년 2월 조선의 정식 사절단이 일본에 도착했다. 그들의 첫 번째 요구조건이 김옥균 일행의 송환이었다. 만약의 사태에 대비해 후쿠자와 유키치가 김옥균 일행을 몰래 혼간지로 옮긴 다음이었다. 일본 정부가 후쿠자와 유키치의 집을 수색할 수 있다는 정보를 받고 사찰로 도피시킨 것이었다. 조선의 사절단이 돌아갔다는 소식을 듣고서야 후쿠자와는 김옥균 일행을 요코하마의 외국인 거류지로 옮겨서 항구적인 안전을 도모했다. 요코하마의 외국인 거류지는 일본의 공권력이 함부로 할 수 없는 치외법권 지역이어서 안심할 수 있었다. 요코하마에 자리 잡은 김옥균은 일본 외무경 이노우에 가오루에게 몇 번이나 면담 신청을 했으나 번번이 거절당했다.

이노우에는 김옥균이 갑신정변 이전, 차관 도입을 추진하기 위해 왔을 때 자주 만났던 사람이었기에 김옥균은 배신감을 느꼈다. 김옥균은 이노우에를 협박하기 위해 갑신정변의 전말을 기록한 『갑신일록』을 작성하고 이노우에가 계속 만나주지 않으면 이를 전 세계 외교관에게 폭로하겠노라는 전갈을 보냈다. 이노우에는 마지못해 김옥균을 만났으나 시종 냉정한 태도를 유지했다.

"나는 개인 이노우에가 아니오. 나는 일본의 외무상이오. 나도 개인적으로는 김 공을 돕고 싶지만, 조선과의 외교 관계상 더 도와줄 수 있는 일이 없소."

이노우에의 단호한 말에 옥균은 이노우에를 쏘아보며 말했다.

"내가 무슨 걸인이오. 나는 앞으로의 일을 의논하러 왔지, 당신의 도움을 바라고 여기에 온 것은 아니오. 이렇게 신의가 없는 일본을 믿어온 내 불찰이 크지만, 언젠가 당신도 후회할 날이 올 것이오."

옥균은 이노우에의 면전에 쏘아붙이고 문을 박차고 나왔지만, 그의 마음에는 굴욕감과 수치심에 부글부글 끓어올랐다. 그는 속으로 외쳤다.

'앞으로 일본 정부를 절대로 믿지 말자. 차라리 일본의 양심 있는 지식인들에게 호소하자.'

그날로 옥균은 후쿠자와 유키치를 찾아가서 말했다.

"선생님이 계시기에 제가 일본을 미워할 수가 없습니다. 저는 이제 어떻게 하면 좋겠습니까?"

옥균은 후쿠자와 앞에서 어린애처럼 눈물을 쏟았다. 후쿠자와는 옥균의 등을 두드리며 말했다.

"그래도 일본을 버리지는 말게. 조선의 독립을 위해서일세. 머리가 좋은 조선인들은 빨리 따라잡을 수 있을 것이야. 일본이 40년 만에 이룬 근대화를 4년 안에 이룬다는 생각으로 여기에서 차근차근 후일을 도모하게. 내가 끝까지 자네를 돕겠네."

옥균은 후쿠자와를 끌어안았다. 후쿠자와의 얼굴에 조선의 스승 박규수가 겹쳐졌고 오경석과 유대치의 모습이 어른거렸다. 후쿠자와 앞에서 실컷 눈물을 흘린 옥균은 이곳 일본에서 못다 한 조선의 독립과 근대화를 위해 목숨을 바칠 것을 스스로 결심했다.

갑신정변 후, 조선의 개혁가들은 모두 죽임을 당하고 다시 청에 의존적인 수구 세력들이 권력을 쥐게 되었다. 갑신정변으로 일본공사관이 불타고 수십 명에 달하는 일본인들이 죽어서, 일본의 강경파들은 청나라와 전쟁도 불사하겠다는 결의를 다지고 있었다. 그러나 일본과 청나라 모두 확전만은 피하고 싶었다. 일본의 이토 히로부미와 청나라의 이홍장은 1885년 4월 텐진조약을 맺으며 갑신정변의 사후를 수습했다. 텐진조약으로 일본과 청나라는 조선에 파견된 모든 군사를 철수할 것을 약조했다. 이홍장은 텐진조약 체결 후 대원군을 석방해 조선이 청의 속국임을 더욱 명확하게 했다. 1885년 10월 3일 갑신정변을 진압한 원세개는 이홍장의 부름을 받고 중국으로 갔다가 며칠 후에 대원군을 데리고 개선장군처럼 조선으로 돌아왔다. 김옥균의 개화파가 사라진 이후 원세개를 제어할 사람은 조선에 단 한 사람도 남지 않았다. 원세개는 1894년 청나라가 청일전쟁에서 패배할 때까지 10년간 조선에서 절대 권력을 휘두르며 조선 조정을 농락했다. 고종과 대신들은 원세개의 허수아비가 되어 조선은 속절없이 무너져내리고 있었다.

김옥균 일행은 일본에서 초대받지 못한 손님이었다. 일본은 망명객들을 냉랭하게 대했다. 더 이상의 이용 가치가 없다고 생각한 일본은 갑신정변의 주역들을 계륵처럼 생각했다. 이들 망명객 때문에 조선과의 관계가 소원해져 조선이 청나라에 더욱 의존하게 되면 일본은 조선에서 설 자리를 잃게 되는 것이다. 일본 정계에서도 김옥균 일행을 어떻게 처리할지에 대해 의견이 분분했다. 갑신정변 후 일본 외무대신 이노우에 가오루와 조선의 전권 대신 김홍집 간에 협상이 진행되었다. 민비는 김홍집에게 김옥균을 반드시 조선으로 송환해야 한다고 강하게 주장했다. 그러나 이노우에는 정치범을 송환하는 일은 만국공법에 어긋난다는 이유를 들어 거절했다. 민비 측은 포기하지 않고 그 이듬해 3월에 묄렌도르프와 서상우를 일본으로 보내서 김옥균의 조선 송환을 강력하게 요구했지만, 일본은 조선과 범죄인인도조약이 체결되지 않았다는 이유로 이 또한 거절했다. 이때부터 민비와 고종은 김옥균과 그 일행의 암살을 결정하고 자객을 보내기 시작했다.

일본 정부의 냉대와 암살의 위협 속에서 김옥균 일행은 서광범과 서재필을 나가사키에 남겨두고 후쿠자와가 있는 도쿄에 도착했다. 후쿠자와 유키치는 김옥균 일행을 자신이 운영하는 학교에 묵게 해주었지만, 무작정 후쿠자와에게 신세만 질 수는 없었다. 일본 자유민권운동가들의 도움으로 거처를 요코하마의 야마테山手 서양관으로 정하고 나가사키에 머물고 있던 서재필과 서광범을 불러들였다. 조선에서는 암살자를 보내면서 동시에 일본 정부에 송환을 계속 요구하고 있는 가운데 일본 정부가 언제든 배신할 수 있다는 위기감 속에 망명객 개화파들의 의견도 갈리기 시작했다. 아홉 명의 망명객 가운데 양반 출신인 김옥균, 박영효, 서광범, 서재필 네 사람은 일본 사람들도 최소한의 예의로 대하고 방도 따로 사용했으나 나머지 다섯 사람은 좁은 공간에서 불만이 쌓여만 갔다. 그중에서 이규완이 가장 강력하게 불만을 토로했고 김옥균은 그들을 달랠 수밖에 없었다. 박영효, 서광범, 서재필이 미국인 선교사 언더우드와 아펜젤러를 만난 것이 바로 이때였다. 먼저 서광범이 일본을 떠날 결심을 하고 서재필과 박영효도 동참했다. 그들은 미국에 망명해 거기서 조선 독립을 위한 재기를 노리자고 결의한 다음 옥균을 찾았다. 먼저 박영효가 말했다.

"일본의 행태를 보면 우리를 도와줄 생각이 전혀 없는 것 같습니다.

그래서 우리는 미국으로 망명할 것을 결심했습니다. 마침 미국 선교사의 도움으로 추천장을 받았는데 김 공도 함께하기를 바랍니다."

옥균과 함께 미국으로 가고 싶어 하는 박영효와 서재필에게 말했다.

"금릉위 말씀은 옳습니다. 저도 함께하고 싶은 마음은 간절하나, 우리가 목숨을 걸고 거사를 한 이유가 무엇입니까? 조선을 개화시켜서 서양이나 일본과 같은 근대국가를 만들기 위해서였습니다. 저는 목숨이 붙어있는 한 그 개혁을 완수하려 합니다. 우리가 모두 미국으로 떠나버리면 조선에서의 변화와 소식에서 멀어집니다. 조선과 가까운 이곳 일본에서 조선의 정세를 파악하고 이곳에서 우리를 돕는 자유민권운동가들과 함께 조선을 바꿔야 합니다. 저는 혼자서라도 남아서 이 일을 해야만 합니다. 그렇더라도 여러분께선 더 넓은 세상으로 나가 조선의 개혁과 독립을 위해 힘써주십시오. 그것이 우리의 힘을 극대화할 것입니다."

옆에 있던 무관학교 출신 서재필이 말했다.

"선생님. 이곳은 신변이 위험합니다. 조선에서는 선생님의 송환 요구가 강해지고 있고, 선생님의 목숨을 노리는 자객들을 계속 보낼 것입니다. 그리고 일본에서도 선생님을 눈엣가시로 여기고 방관하고 있습니다. 명분도 의리도 없는 일본 정부는 자신의 이익을 위해서라면 언제든지 선생님을 버릴 것입니다."

"그럴수록 나는 일본에 있어야 하네. 후쿠자와 선생을 비롯해 뜻이 있는 일본인들이 가만히 있지는 않을 것이야. 나는 그들의 뜻을 모아서 조선의 근대화를 이끌어야 하네. 갑신 개혁 실패 후에 우리는 모두 죽은 목숨이었어. 하늘이 우리를 살린 것은 분명 뜻이 있을 것이야. 우리가 이렇게 한곳에 뭉쳐있는 것보다 더 넓은 세상으로 흩어져서 반드시 조선의 근대화를 이루고 독립을 이루어야 할 것이야. 나는 이곳에 남아 일본인들의 생각과 모든 것을 바꾸고자 하네. 자네는 미국에 가서 세상이 어떻게 돌아가는지 보고 나중에 그 안목과 역량으로 조선을 위해 일해주게."

유혁로는 김옥균을 보호하기 위해 남기로 하고 나머지 일곱 사람은 미국으로 떠나기로 했다. 그들을 보내면서 김옥균의 심정은 착잡했다. 이제 헤어지면 영원히 볼 수 없다고 생각하니 눈물이 쏟아졌다. 그들이 미국으로 떠나기 전 일본으로 망명한 갑신정변의 주역 아홉 명이 모두 모였다. 오랜만에 술자리가 벌어졌다. 후쿠자와는 이 송별회를 위해 술과 음식을 보냈다. 유혁로는 어설픈 김치까지 준비했다. 잔을 부딪치며 옥균이 말했다.

"부디 몸조심하시기 바랍니다. 우리의 목숨은 우리 것이 아닙니다."

아홉 명의 동지는 서로 꼭 끌어안았다. 서로의 마음이 하나로 전해지고 있었다.


정난교, 이규완, 신응희, 임은명 등 행동대장들은 박영효와 서재필, 서광범을 따라서 1885년 언더우드의 주선으로 요코하마에서 미국행 배를 타고 샌프란시스코에 도착했다. 김옥균은 마지막 돈을 털어 떠나는 동지에게 전해주었다. 미국에 도착한 이들은 말도 통하지 않는 낯선 땅에서 막노동으로 견뎌야만 했다. 서광범은 언더우드의 형이 살고 있는 뉴욕으로 떠나고 그들은 미국 전역으로 뿔뿔이 흩어졌다.

혁명 동지들이 미국으로 떠나고 홀로 일본에 남은 옥균은 조선에서 들려오는 정세에 귀 기울이고 있었다. 어느 날, 후쿠자와가 운영하는《시사신보》의 기자가 급하게 옥균을 찾아왔다.

"선생님, 지금 조선에서 영국이 거문도를 점령하는 사건이 발생했습니다."

그 소리를 듣는 순간 옥균은 몸이 굳어지는 것 같았다. 조선을 서양세력이 고깃덩이를 가지고 다투는 늑대들처럼 서로 찢어서 점령할지 모른다는 우려가 현실이 되고 있었다. 그것이 우리 역사에 기록된 '거문도 사건'이었다. 1885년 3월 영국이 남하하는 러시아를 견제하기 위해 조선의 거문도를 점령한 것이다. 조선 땅이 패권 전쟁의 한 중심에 서는 사건이 발생한 것이다. 거문도 사건은 영국과 러시아 간의 '그레이트 게임The Great Game' [34]의 연장선에서 발생했다.

---

34  94년간 이어진 대영제국과 러시아 제국 사이의 전략적 경쟁. 러시아는 중앙아시아로 남하해
    인도양의 부동항을 확보하는 것이 목적이었으며, 영국은 그것을 저지하는 것이 목적이었다.

1800년대 초만 하더라도 유럽은 나폴레옹 황제에 대항하기 위해 다른 곳에 신경 쓸 수가 없었다. 그러나 1812년 겨울 프랑스의 나폴레옹 군대가 러시아 원정에서 혹독한 동장군에게 굴복함으로써 나폴레옹은 엘바섬으로 유배를 떠난다. 나폴레옹은 1년 만에 탈출해 다시 군대를 일으켰지만, 1815년 워털루 전쟁에서 패한 후 두 번째 유배지인 세인트헬레나섬에서 죽음을 맞이한다. 나폴레옹이 죽은 후 영국과 러시아는 공공의 적이 사라지자 본격적인 패권 경쟁에 돌입했다. 영국은 해양을 통해서 전 세계에 식민지 건설을 노렸고 바닷길이 막힌 러시아는 대륙 정벌을 통해 동유럽에서 극동에 이르는 거대한 제국을 건설했다. 러시아의 최대목표는 바다로 진출할 수 있는 항구의 개발이었다. 러시아는 흑해함대를 보유하고 있었지만, 대서양 진출을 위해서는 오스만투르크 제국의 땅인 보스포러스해협을 지나야만 했는데, 그 길목을 영국이 지키고 있었다. 해양을 통해 식민지를 개척하는 영국과 아시아의 육지로 뻗어가는 러시아의 대결 구도가 이어졌다. 영국은 식민지 인도를 발판 삼아 아시아에 진출하려 했는데, 중앙아시아를 점령한 러시아가 힌두쿠시산맥을 넘어 메르브를 점령했다. 메르브는 북쪽에서 인도로 들어오는 관문이었다. 메르브를 점령한 러시아는 1885년 3월 영국의 보호령인 아프가니스탄에 진입했다. 이에 대응하기 위해 영국은 거문도를 점령하고 러시아의 극동함대가 인도로 향하는 길목에서 러시아와의 대결을 준비했다.

이것은 영국과 청나라의 합의에 의해 이루어졌다. 청나라도 러시아의 극동 진출에 위기를 느끼고 있었으므로, 영국과 공동전선을 이루어 러시아에 대응하려 한 것이었다. 러시아의 극동함대가 본격적으로 움직이자 영국은 러시아의 태평양 바닷길을 막기 위해서라도 극동 지역의 바닷길을 지켜야 했다. 그 첫 번째 조치가 거문도 점령으로, 러시아 극동함대의 길목을 차단하기 위해서는 이곳이 절실했던 것이다. 영국의 거문도 점령은 영국의 작가 키플링이 이야기한 그레이트 게임의 종착지인 것이다.

김옥균은 조선에서 날아든 비보에 잠을 이루지 못했다. 열강의 틈바구니에서 조선이 찢겨나가는 것을 그냥 지켜볼 수밖에 없는 자신이 너무 처량했다. 옥균은 그래도 자신이 할 수 있는 일을 해야만 한다고 생각했다. 갑신 개혁을 추진했던 모든 사람을 처참하게 죽인 고종이 밉지만 그래도 조선을 살리기 위해서는 고종을 움직일 수밖에 없다는 생각에 비장한 마음으로 고종에게 다음과 같이 상소를 올렸다.

　　이제 우리나라의 인구가 2천만에 이르고 우리의 물품이 일본과 청국에 비해 우수한 것이 많사온데 하늘이 내린 우리의 재원을 타국에 위탁하고자 함은 신이 슬픔을 금치 못하는 바로소이다. 신이 다년간 견문에 의하여 전하께 주상한 바가 있사온데 전하는 이를 기억

하시나이까? (중략) 이제 영국이 러시아와 교전할 일이 있음을 두려
워하여 하나의 항구를 점령하면 러시아도 또한 영국과 교전할 일이
있음을 두려워하여 하나의 항구를 점령할 것은 불을 보는 것보다 분
명하옵니다.[35]

영국이 거문도를 점거하면서 조선은 청나라와 영국, 러시아, 일본의 각
축장이 되고 있었다. 이에 김옥균은 후쿠자와 유키치가 주도하는 자유
민권주의 세력과 회합하면서 조선에 개입하게 되었다. 김옥균의 입장
으로는 이대로 두면 조선은 이리저리 찢겨 강대국들에게 먹힐 게 명약
관화해 가만히 지켜볼 수가 없었다. 먼저 김옥균과 함께 후쿠자와 유키
치는 갑신정변의 실패로 일본이 청나라와 맺은 치욕적인 톈진조약과 이
계약을 체결한 이토 히로부미를 강력히 비난하는 기사를 후쿠자와 유키
치가 운영하는《시사신보》에 실었다. 김옥균은 후쿠자와 유키치의 제자
오이 겐타로, 고바야시 구스오 등과 접촉하면서 조선의 독립운동을 전
개했다. 후쿠자와 유키치는 암묵적으로 이 활동을 지지했으나 전면에
나서지는 않았고 오이 겐타로에게 지원을 일임했다. 김옥균은 오이 겐
타로와 비밀리에 만나 말했다.

35  "거문도 사건에 대한 김옥균의 상소",《신동아》1966년 1월호 부록. 신용하, 『초기개화사상과
    갑신정변 연구』, 104쪽에서 재인용.

"지금 조선에는 청군이 천여 명만 남아있습니다. 일본의 자유시민당이 군사를 모집해 청의 군대를 기습 공격하면 조선을 독립시킬 수 있을 것입니다."

"우리가 신식무기로 무장한 군사 삼천 명만 동원하면 저들을 물리칠 수 있겠습니까?"

"삼천이면 충분합니다. 청 군사는 싸우지도 않고 도망칠 것입니다."

"우리와 뜻을 같이하는 동지들만 모여도 삼천은 넘을 것입니다. 그리고 전국에서 우리를 지지하는 분들의 모금도 많이 쌓여서 신식무기는 쉽게 구할 수 있을 것입니다."

"그렇게만 해주신다면 제가 앞장서겠습니다. 지금 조선 조정에서도 청의 횡포에 질려 목숨을 걸고 싸우겠다는 동지들이 많이 있습니다. 갑신 개혁의 실패는 다케조에 공사의 미지근한 대응 때문이었습니다."

"다케조에 공사의 책임만은 아닙니다. 청나라와 대결을 싫어하는 이토 히로부미 내각의 실패입니다. 우리가 이를 바로잡아야 합니다. 조선의 독립이 없으면 우리 일본도 위험해집니다. 영국의 식민지였던 미국이 독립전쟁을 할 때 프랑스가 미국을 도왔습니다. 미국이 영국의 식민지가 되면 프랑스가 영국을 상대하기 힘들어지기 때문이었습니다. 지금 조선의 상황도 마찬가지입니다. 조선을 둘러싸고 있는 나라들이 조선을 식민지로 만들려 하고 있습니다. 일본이 이를 방치하면 조선을 집어삼킨 나라가 일본을 넘보기 시작할 것입니다. 조선이 다른 나라에 넘어가는 것을 그냥 두고 볼 수 없는 이유가 여기에 있는 것입니다."

옥균은 그 말을 듣고 눈물이 흘러내렸다. 이제 그가 꿈꾸던 조선의 독립을 이룰 수 있을 것이라는 생각에 집으로 돌아와서도 잠을 이룰 수가 없었다. 옥균이 일본으로 망명한 이후에 얼마나 일본 정부로부터 냉대와 멸시를 받았는지 생각하면 옥균은 일본 천황 앞에서 할복을 해서라도 원통함과 억울함을 풀고 싶었다. 일본의 냉대 속에서 조선의 망명객들을 모두 일본을 떠나 미국으로 갔다. 옥균은 동료들의 권유를 뿌리치고 일본에 남아 조선의 독립을 이뤄야겠다는 일념으로 버텼다. 이제 그 결실이 보이기 시작한 것이다.


김옥균은 갑신정변 때 암묵적으로 자신과 뜻을 같이한 대원군의 손자 이재원에게 편지를 썼다. 옥균이 강화유수인 이재원을 포섭해 군사를 이끌고 조선으로 들어가면 겁이 많은 고종은 목숨이 아까워 굴복할 것이고 청의 병력도 도망갈 것이라는 내용이었다. 이 편지에서 그는 임진란 때 일본에 끌려온 조선인 후손 천여 명도 함께 할 것이라고 했다. 김옥균은 심복 백춘배에게 비밀리에 이 편지를 이재원에게 전달하라고 지시를 내렸지만, 백춘배는 조선에 도착하자마자 체포되었다. 백춘배가 품고 있던 편지의 내용이 조정에 알려지자 조정은 발칵 뒤집혔다. 고종은 어찌할 바를 몰라 발만 동동 구르고 있었고 민비는 이 사실을 원세개에게 알려 이홍장의 도움을 요청하는 한편 일본 측에 강력한 항의와 함께 김옥균을 조선으로 송환하고 일본인 관련자를 처벌할 것을 요구했다. 이에 일본은 관련자 수색에 나섰고, 자유민권운동가들이 오사카에서 동지들을 규합하기 위해 격문을 돌리다가 발각되어 오이 겐타로 등이 경찰에 체포되었다. 그리고 경찰은 오사카와 나가사키 지역에서 뜻을 같이한 동지 150여 명을 추가로 체포했다. 이것이 오사카 사건大阪事件[36]이다. 이 사건의 주모자로 김옥균이 지목되면서 일본 내에서 김옥균의 입지는 좁아지게 되었다. 일본 정부는 국제관례상 망명객을 감옥에 보낼 수 없었으므로 김옥균을 요주의로 지목해 감시가 더욱 심해지게 되었다.

**완성하지 못한 목각인형**

옥균이 오사카 사건 이후 가택 연금 상태에서 홀로 있는 시간이 늘어갈수록 외로움이 커져만 갔다. 옥균이 머무는 집에는 어린 여자아이 한 명이 있었는데 옥균은 그 아이를 볼 때마다 조선에 두고 온 어린 딸이 생각났다. 죽었는지 살아있는지도 모른다는 사실에 딸과 아내에 대한 죄책감이 물밀듯 밀려왔다. 혁명을 밀고 갈 때는 그저 미안할 뿐이었으나, 망명 생활에서 덮쳐오는 그리움은 어찌할 수가 없었다. 옥균은 딸이

---

36  자유당 내 좌파였던 오이 겐타로 등이 동지들을 이끌고 조선으로 건너가 민씨 정권을 무너뜨리고 김옥균을 재집권시키려던 계획이 발각되어 일어난 사건이다.

보고 싶을 때마다 딸의 첫돌 선물로 준비하다 완성하지 못한 목각인형을 쳐다보았다. 옥균은 딸을 생각하며 목각인형의 얼굴을 완성하려 몇 번 시도했으나 딸의 얼굴이 떠오르지 않았다. 옥균은 애써 기억을 떠올리며 조각칼을 들었지만, 자꾸만 눈물이 목각인형에 떨어져 완성할 수가 없었다. 딸에 대한 그리움을 떨쳐내기 위해 더 바쁘게 살아야 했는지도 몰랐다. 갑신정변으로 연루된 가족들이 역적의 자식으로 몰려 죽었다는 소식이 들릴 때마다 옥균은 견디기가 힘들었다. 그럴 때마다 술에 의지했다. 옥균이 술을 마시던 중 벚꽃이 날리어 술잔에 떨어졌다. 함께 마셨다. 꽃잎이 목에 걸리어 향취를 뿜어내고 있었다. 눈물이 술이 되고 술이 눈물이 되어 옥균의 가슴을 적셨다. 고개를 들어 하늘을 보니 보름달이 떠올라 있었다. 옥균은 생각했다.

'딸이 살아있다면, 지금 내가 보고 있는 저 보름달을 내 딸도 조선에서 보고 있을 것이다. 이제 다섯 살이 되었을 것이다. 같은 하늘 아래 같은 시간을 보내고 같은 달을 보고 있지만 만날 수 없는 이 아픔은 누가 달래줄 수 있단 말인가?'

정말 살아있을까. 생각이 자신 때문에 죽어간 사람들로 옮겨가자 수많은 영혼이 눈앞에 어른거렸다. 옥균은 미친 사람처럼 마당으로 뛰어나갔다. 그리고 머릿속에 어른거리는 환상을 지우기 위해 소리쳤다. 가슴 속의 모든 찌꺼기를 뱉어내듯이 목에서 피가 나올 때까지 소리쳤다. 아무도 그를 말리는 사람은 없었다.

옥균은 죽음이 두렵지 않은 듯 살아왔지만, 갑신정변 실패 후 인천항에서 다케조에 공사가 배에서 내리라고 했을 때 죽음을 생각하지 않을 수 없었다. 그러나 두려움에 떨고 있는 동료들 앞에서 약한 모습을 보일 수가 없었다. 다행히 선장의 도움으로 목숨을 구할 수 있었지만, 이것 또한 운명이었다. 옥균이 용감해서 선장이 구해준 것이 아니라 하늘이 내린 운명인 것이었다. 자신만 살아남았다는 죄책감이 그의 마음을 더욱 무겁게 했다. 어느덧 겨울이었다. 살을 에는 칼바람이 옥균의 가슴을 예리하게 파고들었다. 동짓날 하얀 눈이 내렸다. 팥죽을 끓이던 유씨 부인의 모습이 떠올랐다. 동짓날이 유씨 부인의 생일이었기 때문에 옥균은 혼자서 조촐한 생일상을 차리고 유씨 부인을 생각했다. 유씨 부인과 혼인한 이후 한 번도 생일상을 차려준 적이 없었다는 걸 깨닫고 옥균은 유씨 부인이 더욱 그리워졌다. 혁명한답시고 가정을 내버린 나쁜 남편이자 아버지였다. 생일상을 차리면서 평소 유씨 부인이 무엇을 좋아했는지도 모르는 자신이 더욱 미워졌다. 옥균은 유씨 부인의 생사도 모르는 판에 이 생일상이 제사상일 수도 있겠다는 생각에 미역국이 목에 걸려 넘어가지 않았다. 옥균은 아내에게 속죄하는 마음으로 일기장을 들었다.

'부인 죄 많은 나를 용서하시오. 부인에게 사랑도 베풀지 못하고 역적으로 몰려 쫓기는 신세가 된 나를 용서하시오. 당신이 죽었는지 살았는지 모른 채 이역에서 헐거운 생일상을 차리는 못난 남편을 용서하시오. 마음속에 당신이 아닌 경화를 품고 살았던 나를 당신은 용서해주고 모든 것을 받아주었소. 나는 그대와 딸, 가족 모두에게 씻지 못할 큰 죄를 지었소. 다음 생애에 당신을 만나거든 당신에게 못 다해준 사랑을 모두 갚아주겠소. 참회하는 심정으로 이 속죄의 글을 쓰고 있소. 부인 고맙고 미안하고 사랑하오.'

옥균은 일기를 끝내고 멍하게 하늘을 쳐다보았다. 별빛이 옥균에게 손짓하듯이 반짝거리고 있었다. 그 별빛을 시샘하듯 초롱불이 옥균의 마음처럼 흔들리고 있었다.


혁명 동지들이 모두 미국으로 떠나고 홀로 있던 옥균에게 유길준이 찾아왔다. 미국에서 유학 중이던 유길준이 조선으로 가기 전에 일본에 들러 위험을 무릅쓰고 옥균을 찾아온 것이다. 유길준과의 만남은 좌절과 고독에 시달리던 옥균에게는 사막에서 만난 오아시스처럼 생기를 돋구어 주었다. 유길준은 14살에 외조부 이경직의 소개로 박규수 문하에 들어오면서 김옥균과 인연을 맺었다. 유길준은 김옥균이 건네준 『해국도지』와 신학문 서적을 탐독하며 개화파의 일원이 되었다. 옥균은 다섯 살 어린 유길준을 친동생처럼 아끼고 좋아했다. 유길준은 유씨 부인의 먼 친척이기도 했다. 사대부 출신의 유길준은 민영익과도 친하게 지냈는데 민영익을 김옥균에게 소개한 일도 있었다. 당시만 해도 김옥균은 민영익을 개혁의 동지로 생각했다. 그러나 민영익은 민비의 품 안에 있는 아버지 민태호를 거역하지 못했고 이후 김옥균의 최대 정적이 되었다. 그러나 온건파 유길준은 민영익과의 관계를 유지했다. 민영익은 유길준을 자신의 편으로 끌어들이기 위해 1883년 2월 외교와 통상사무를 총괄하는 통리교섭통상사무아문統理交涉通商事務衙門[37] 주사로 임명했다. 유길준은 한성판윤 박영효와 우리나라 최초의 신문《한성순보》발간작업을 추진했으나, 민비의 농간으로 박영효가 광주유수로 좌천되면서《한성순보》발간작업은 중단되었고, 유길준은 항의의 표시로 통상사무 주사직을 사임했다. 그러나 민영익은 유길준을 자기편으로 끌어들이기 위해 꾸준하게 공을 들였다.

1883년 6월 민영익이 미국 보빙사로 가게 되었을 때 수행원으로 유길준을 추천해서 유길준은 민영익과 동행하게 되었다. 유길준은 민영익과 함께 1883년 9월 중순 워싱턴에 도착해 미국 21대 대통령 체스터 A. 아서에게 국서를 전달했다. 보스턴과 뉴욕을 시찰하면서 도시의 화려한 모습에 청년 유길준은 입을 다물 수가 없었다. 유길준이 미국 문화를 좀 더 배워 조선에 전하고 싶다는 뜻을 전하자 민영익은 흔쾌히 수락했다. 유길준은 하버드대학교 예비학교인 덤머 아카데미 3학년에 편입함으로써 유길준은 조선인 최초로 일본 유학생에 이어 미국 유학생이 되었다.

---

37  구한말에 외교와 통상사무를 맡아보던 관청. 고종 19년(1882)에 통리아문을 고친 것인데, 고종 22년(1885)에 그 기능을 의정부로 옮겼다.

유길준이 예비학교를 졸업하고 하버드에 입학하려 할 때 조선에서 갑신정변이 일어났다는 소식이 들려왔다. 유길준은 김옥균과 했던 약속을 떠올리며 귀국하려 했지만, 뒤이어 자신을 후원해주었던 민영익이 개화파의 칼에 맞아 사경을 헤매고 있다는 소식을 듣고 충격을 받았다. 갑신정변이 실패로 끝났으며 개화파를 숙청한다는 소식에 유길준은 자신은 갑신정변과 무관함을 조선 조정에 밝혔다. 조선에 남아있는 부친과 가문을 지켜야 했기 때문이었다. 조선 조정은 유길준에게 즉시 귀국하라는 명령을 내렸다. 민영익이 죽지 않았고, 자신이 갑신정변과 연관된 직접적인 증거도 없었으므로 유길준은 귀국하기로 했다. 또한, 조선으로 돌아오라고 한 사람이 김홍집이었다는 사실에 마음이 놓이기도 했다. 유길준은 바로 태평양을 건너지 않고 대서양을 통해서 유럽의 여러 나라를 둘러보고 홍콩을 거쳐 일본의 요코하마로 들어왔다. 일본에 도착한 유길준은 몰래 김옥균을 만났다. 유길준이 김옥균을 만난 사실이 조선에 알려지면 목숨이 위태로울 수 있었지만, 의리를 지키기 위해 위험을 감수한 것이었다.

오랜만에 만난 두 사람은 깊은 포옹으로 그동안의 아픔을 서로 감쌌다. 옥균이 먼저 입을 열었다.

"어려운 걸음을 해주었네. 나를 만났다는 사실은 비밀로 하게. 조선에 돌아가면 자네 신상에 좋지 않은 일이 생길 수 있을 것이야. 조선의 관리들은 나를 죽이지 못해서 모두 안달이지."

"저는 형님과 약속한 갑신 개혁에 참여하지 못해 죄스러운 마음이었습니다. 다행히 제가 정변에 깊숙이 개입된 정황이 없고 조선에 미국 통역관이 필요한 시점에 김홍집 대감이 귀국을 종용해 돌아가게 되었습니다."

"목숨을 걸고 나를 만나러 와준 것만 해도 고맙네."

"형님, 신문을 통해서 박영효 대감과 서재필, 서광범 등이 미국으로 왔다는 소식을 들었습니다만, 학생의 신분이라 그분들과 접촉할 수 없었습니다. 미국이라는 나라가 커 그분들 계신 곳이 너무 멀고 연락할 길도 마땅찮았습니다. 형님 혼자 일본에 남으셨다니 고통을 혼자 짊어지셨습니다."

"괜찮네. 나는 일본에서 해야 할 일이 있어서 남았네."

"형님도 위험한 이곳을 떠나 미국에서 후일을 도모하는 게 어떠시겠습니까? 제가 형님을 초대할 수 있도록 주선하도록 하겠습니다."

"자네의 마음은 고맙네만, 나는 여기에서 해야 할 일이 너무 많아. 일본의 뜻있는 사람들과 힘을 모아서 무너져가는 조선을 다시 살려야 하네. 이대로 두면 조선이 열강의 식민지로 전락할 것이 불 보듯 뻔해 보여. 자네가 조선으로 돌아가면 큰 역할을 해주어야 하네. 다행히 민영익이 자네를 믿고 있으니 나와 긴밀히 연락을 취해 우리가 못다 이룬 개혁을 다시 이루어야 할 것이야."

"형님, 명심하겠습니다."

두 사람은 오랜만에 막걸리로 회포를 풀었다. 김옥균의 눈에는 새로운 희망의 불꽃이 살아나고 있었다.

1885년 12월 유길준이 제물포를 거쳐 한성에 도착했으나 즉시 체포되었다. 그가 일본에서 김옥균을 만난 것을 조정이 이미 파악하고 있었기 때문이다. 이때도 그를 구해준 건 민영익과 김홍집이었다. 갑신정변과 자신은 아무런 관련이 없고, 자신의 숙소로 찾아온 김옥균과 인사를 나눈 게 전부라고 변명하자 이를 받아들여 근신 처분으로 사건이 마무리되었다. 1년의 근신이 끝난 후 외교 통상 주사로 발탁되면서 유길준은 뒤에서 조용히 일을 처리했다. 주위의 감시가 심해 유길준은 김옥균과 연락할 방도가 마땅치 않았다. 업무를 핑계로 일본으로 건너가 은밀히 김옥균과 접촉하는 것은 민영익과 김홍집에 의해 애초에 그 가능성이 차단되었다.

## 자객의 그림자

고종과 민비는 김옥균을 오사카 사건의 배후로 지목하고 일본 정부에 강력하게 항의하는 한편, 김옥균을 살려둘 수 없다고 판단해 두 번째 암살단의 파견을 결정했다. 고종은 한때 개화파의 일원이었으며 김옥균과 친분이 있는 지운영을 궁궐로 불렀다.

"그대가 김옥균과 친하다는 소리를 들었다. 사실인가?"

지운영이 겁에 질려 읊조렸다.

"전하. 한때는 제가 혼미하여 그들의 꼬임에 빠져 함께 어울렸사오나 지금은 그들에게 속았던 것이 분해 죽이고만 싶은 심정입니다."

"그대의 뜻을 잘 알겠다. 내가 그대에게 명하니 지금 일본으로 건너가서 반드시 김옥균을 죽이고 돌아오도록 하라."

지운영은 깜짝 놀랐다.

김옥균과는 최대한 거리를 두어야겠다는 생각에서 죽이고 싶다고 말한 것뿐인데 진짜 죽이라니 말문이 막혔다. 잠시 머뭇거리는 사이에 고종이 침묵을 깨고 말했다.

"겁이 나느냐?"

지운영은 고개를 가로저으며 말했다.

"아니옵니다. 전하. 저에게 그런 기회를 주셔서 감읍할 따름이옵니다."

고종은 권총 한 자루와 돈을 내어놓으며 말했다.

"내일 당장 일본으로 떠나거라."

지운영이 거친 숨을 바로잡으며 말했다.

"김옥균 주위에는 그를 지키는 사람이 많이 있다고 들었습니다. 김옥균에게 접근하려면 일본의 동지를 포섭해야 하는데 그들은 저를 믿지 않을 것입니다. 전하께서 신표를 써주시면 반드시 김옥균을 처단하고 오겠습니다."

고종은 그 자리에서 친필로 신표를 써주었다. 고종은 하루라도 빨리 김옥균을 제거하고 싶었다.

1886년 3월 지운영이 일본에 도착했다. 지운영은 종두법을 조선에 보급한 지석영의 형으로 일찍이 개화에 눈을 떠 김옥균 수하에서 일하기도 했다. 지운영은 일본으로 건너가 제일 먼저 동생 지석영을 만났다. 일본에서 의학을 공부하고 있던 지석영은 형이 계획을 말하자 놀라서 만류했다.

"형님, 김옥균을 죽이면 나중에 역사의 죄인이 될 것입니다. 그냥 시늉만 하시고 일본에서 공부한 다음 조국에 도움이 되는 일을 하십시오."

지운영은 동생에게 말했다.

"내가 김옥균을 죽이지 않으면 어명을 거역하는 것이고, 어명을 거역하면 우리 집안은 몰락할 것이야. 집안을 일으킬 수 있다면 나 하나쯤 희생된다 한들 그게 무슨 대수겠느냐. 어렵게 생활하고 네게도 형으로서 아무런 도움도 주지 못하는 것이 안타깝기만 하다. 너는 공부를 계속해서 조선에 꼭 도움이 되는 사람이 되어라."

지운영은 고종에게서 받은 돈의 절반을 내놓고 사라졌다.

지운영은 김옥균의 주위를 맴돌던 중 한양 김옥균의 집에서 만난 적이 있는 유혁로를 만나게 되었다. 김옥균의 암살을 막기 위해 신경을 곤두세우고 있던 유혁로는 며칠간이나 집 주변을 어슬렁거리는 지운영을 의심스럽게 지켜보고 있었다. 그러다가 우연을 가장해 그에게 다가섰다. 지운영이 먼저 반갑게 인사를 건넸다.

"아이고 오랜만이오. 이렇게 우연히 만날 수도 있다니 정말 반갑소. 나를 알아보시겠소?"

유혁로는 시치미를 떼고 말했다.

"아이고 오랜만입니다. 여기 일본은 어인 일이십니까?"

"내가 인삼을 일본인과 직접 거래하기 위해 이렇게 건너오지 않았겠소? 그래 김옥균 대감은 안녕하신가요?"

지운영의 입에서 김옥균의 이야기가 나오자 유혁로는 옳거니 하고 지운영을 술집으로 데려갔다. 술이 거나해지자 유혁로는 대뜸 김옥균을 욕하기 시작했다

"이건 그대에게만 하는 이야기이지만, 나는 이제 김옥균 대감에게 만정이 떨어졌소. 아직도 나를 종 부리듯 하지 않겠소. 김 대감은 일본인들과 호가호위하고 나는 거기서 떨어지는 부스러기나 받아먹고 있소. 사람은 오래 같이 있어 봐야 속마음을 안다고 했는데 이젠 정말 진절머리가 나오. 나도 김 대감 곁을 떠나 장사로 돈을 벌어 독립할 생각이오. 그대가 하는 인삼 사업에 나도 좀 끼워주시구려."

지운영은 처음에는 약간 미심쩍어하는 눈치였다. 유혁로는 김옥균과 미리 말을 맞추고 지운영을 김옥균에게 인사시켰다. 김옥균은 지운영 앞에서 일부러 유혁로를 종 부리듯 하며 짜증을 냈다. 유혁로는 지운영 앞에서 화가 치미는 표정으로 씩씩거렸다. 한 달 가까이 지내보니 지운영은 유혁로를 신뢰할 만했다. 유혁로를 포섭하면 김옥균 죽이는 것은 식은 죽 먹기라고 생각이 들어 지운영은 유혁로에게 모든 것을 털어놓았다.

"나는 김옥균을 죽이기 위해서 전하의 명을 받고 조선에서 왔소. 그대가 도움을 주면 전하께서도 큰 상을 내리실 것이요."

유혁로는 짐짓 속는 척하면서 말했다.

"전하께서 큰 상을 준다는 말을 내가 어떻게 믿겠소. 전하께서 그대에게 내리신 증표라도 있으면 내가 믿겠소."

유혁로의 말에 지운영은 품 안에 있던 고종의 친필 신표를 보여주었다. 그것을 본 유혁로는 고개를 끄덕이며 말했다.

"좋소. 그러면 나도 동참하겠소. 그런 의미에서 오늘은 실컷 술이나 마십시다."

지운영은 그날 기분이 좋아 진탕 술을 마셨다. 지운영이 술에 취해 잠들었을 때 유혁로는 지운영의 품에서 고종의 친필 신표를 꺼내 유유히 사라졌다.


유혁로가 낚아챈 고종의 밀서가 일본의 언론을 통해 만천하에 드러나게 되었다. 김옥균은 고종에게 보낸 상소문에서 고종의 친필로 되어있는 암살 밀서가 정말 고종께서 준 거냐고 따져 물었다. 그게 사실이라면 그야말로 경거輕擧라고 비난하면서 지운영사건 규탄상소문池運永事件糾彈上疏文을 다음과 같이 올렸다.

소신을 암살하라는 폐하의 위임장을 보고 소신은 목이 막혀 숨을 쉴 수가 없사옵니다. 신을 역적이라고 함은 대체 무슨 까닭이십니까? 민씨라면 가리지 않고 등용하였사오나 그들 가운데 나라를 부강하게 할 묘책을 세운 자가 누가 있사옵니까? 그들은 탐관오리로 백성의 고혈을 짜며 폐하보다는 청나라에 아부하며 지내는 비열한 자들임은 온 백성이 알고 있는 사실이옵니다. 지금 영국이 조선의 땅 거문도를 점령하고 있는데 조선의 신하 가운데 세계정세를 판단하여 어떻게 대처해야 하는지를 아는 자가 아무도 없사옵니다. 우리 조선으로서는 구미 여러 나라와 신의로서 외교 관계를 수립하고 안으로는 정치를 개혁하고 근대화를 이루어야 하며, 우매한 백성들을 교육해 민의를 높이고 상업을 진흥하여 국가 재정을 확보하고 군대를 양성하여 외국 군대에 의존하지 않는 진정한 의미의 독립을 이루어야 합니다. 이를 위한 전제 조건이 문벌을 폐지하고 양반과 천민의 신분 차별을 없애서 두루 인재를 활용해야 하는 것이옵니다. 그리고 필요하다면 외국의 종교도 받아들여서 조선을 세계화의 물결에 뒤처지지 않도록 하시는 것이 좋으리라 생각하옵니다.

상소문을 읽은 고종은 화가 머리끝까지 치밀어 올랐다. 민비와 고종은 모든 외교 통로를 동원해서라도 김옥균을 제거하려 했으며, 일본을 압박하기 시작했다.

이홍장 추천으로 조선에 와서 청나라 앞잡이 역할을 한 묄렌도르프는 고종의 권위가 땅에 떨어지자 돌연 조선의 편에 섰으며, 고종의 밀명으로 러시아 군사고문 초빙을 추진하다가 발각되었다. 애초에 그는 김옥균과 대척점에 서서 이홍장의 대변인 역할을 했지만, 조선에 오래 머물면서 조선을 좋아하게 되었다. 조선옷을 입고 다니는 그를 조선 사람들은 목인덕穆麟德 참판이라 불렀다. 청나라의 대변인 역할을 할 때는 속국인 조선의 외교를 통제했지만, 조선의 역사를 깊이 알게 되고 조선인들의 친밀함에 감화되면서 자신도 모르게 조선에 빠진 것이다. 함께 온 부인마저도 조선의 양반 부인들에게 서양 문화를 전하기 시작했다. 고종은 김옥균에게 그랬던 것처럼 청의 간섭에서 벗어나기 위해 묄렌도르프를 이용하기 시작했다. 갑신정변 이후 원세개는 외국의 공사들에게 조선과의 외교 관계를 청나라를 통해 수립하라는 지시를 내렸다. 원세개는 조선 총독 행세를 하면서 조선을 자신의 손아귀에 두려고 했다. 청나라의 간섭이 더욱 거세어지자 고종은 러시아를 이용해 청나라를 견제하고자 했다. 묄렌도르프의 조언에 따른 것이기도 했다. 묄렌도르프가 러시아를 조선에 끌어들이려고 한다는 보고를 받은 이홍장은 격노했으며 묄렌도르프를 소환했다. 조선의 외교 고문을 고종과 상의도 없이 소환한 것이다. 1885년 12월 청나라와 결탁한 민씨 일가가 묄렌도르프를 강제 출국시키면서 그는 조선의 역사에서 사라지게 되었다. 유약한 고종은 김옥균을 버렸듯이 이번에도 항의 한번 못하고 묄렌도르프를 버렸다. 묄렌도르프는 처음 조선에 와서 청나라로부터 독립하려는 김옥균과 사사건건 부딪쳤지만, 조선을 떠날 무렵 송구한 마음으로 김옥균에게 다음과 같은 편지를 보냈다.

김 공, 나를 용서해주시오. 저렇게 무능한 왕을 위해 목숨 바치며 나라의 독립을 위해 노력한 그대에게 나는 몹쓸 짓을 한 사람이오. 조선이 그대를 잃은 것은 큰 기둥을 잃은 것이며 그 기둥이 무너지면서 조선은 곧 역사에서 사라질 것이오. 마지막까지 일본에서 조선의 독립을 위해 노력하는 그대가 진정한 영웅이오. 그 영웅을 몰라본 나를 용서해주시오. 조선을 떠나면서 그대에게 용서를 구하고 조선에 애도를 표하오.

묄렌도르프가 소환된 후 청나라의 간섭이 더 심해졌으며, 조선은 외국과의 정상적인 외교 관계를 수립하지 못하고 눈치를 살펴야 하는 처지에 놓이게 되었다. 김홍집은 항의의 표시로 청나라에 통보도 하지 않고 독자적으로 일본과 미국 공사를 임명했다. 원세개가 고종을 찾아와 신하 부리듯 호통쳤다. 이 모습을 지켜본 김홍집은 조선은 독립국이며 자주적으로 외교 관계를 설립할 수 있다는 고종의 밀서를 비밀리에 외교가에 전달했다. 김홍집은 비밀문서를 조선 주재 외국 공사에게 돌렸는데 일본 공사에게 전달된 외교 밀서가 《시사신보》 기자에 의해 김옥균에게 전달되었다. 김옥균은 이 밀서가 고종이 청나라로부터 독립을 선포했다는 증명임을 전제로 일본에 나와 있는 전 세계의 외교공관에 뿌렸다. 청나라의 이홍장은 분노로 부들부들 떨고 있었다. 이홍장과 원세개는 이 외교 밀서 사건으로 고종을 폐위시킬 계획을 꾸미고 있었다. 그 대안이 대원군이었다. 청나라가 자신을 폐위시킬 수도 있다고 생각한 고종은 이 비밀문서를 일본에서 공개한 사람이 김옥균이라는 사실을 알고 치욕적이었던 지운영사건 규탄상소문에 이은 김옥균의 보복이라고 생각하고 이를 부득부득 갈았다. 고종은 김옥균을 제거하기 위해 1886년 7월 통리아문을 통해 일본주재 외국 공사관에 뿌려졌던 밀서가 위조된 것이라고 공표했다. 이 사건으로 김옥균은 외교문서 조작범으로 몰렸으며, 일본에서도 김옥균의 처리 문제로 다시 한번 여론이 들끓게 되었다.

오사카 사건 등 일본의 재야 세력들이 과격해지고, 김옥균을 죽이기 위해 암살범까지 드나들면서 조선 조정의 압력이 더욱 거세어지자, 일본 정부는 김옥균을 쫓아낼 궁리에 몰두했다. 먼저 외부와의 접촉을 차단하고자 요코하마 그랜드호텔에 머물던 김옥균을 미쓰이 별장에 강제 억류했다. 김옥균이 계속 일본에 있는 한, 청나라와 조선과의 외교 마찰을 피할 수 없으므로 그를 내버려 둘 수 없었다. 오사카 사건 이후 골칫덩어리로 여기던 차에 외교 밀서 사건으로 조선의 항의가 더욱 거세어지자 일본은 눈엣가시 같았던 옥균에게 추방 명령을 내렸다. 1886년 7월 일본은 내무대신 야마가타 아리토모 명의의 명령서가 전달됐다. 내용은 15일 이내로 일본 영토에서 떠나야 한다는 것이었다. 국외 추방령이 내려지자 옥균은 미련 없이 일본을 떠날 결심을 했다.

김옥균은 서재필에게 연락을 취해 미국행을 준비했다. 어쩔 수 없는 노릇이었다. 옥균은 미국으로 먼저 떠난 혁명 동지들에게 편지를 보내고 못다 한 혁명의 꿈을 미국에서 이루기로 마음먹고 유혁로를 불렀다.

"자네와 함께 가지는 못할 것이야. 자네는 이곳에 남아서 현황을 파악해 미국으로 전해주어야 하네. 미국과 일본의 다리 역할을 해주길 바라네."

유혁로는 김옥균과 헤어지는 것이 못내 아쉬웠다.

"형님이 시키는 대로 하겠습니다. 이곳에 남아 혁명 사업을 위해 목숨 걸고 임무를 수행하겠습니다."

"자네에게 항상 어려운 일만 시켜서 미안하네."

옥균은 유혁로의 손을 잡았다. 뜨거운 동지애와 우정이 손을 타고 흘렀다. 후쿠자와 유키치는 옥균에게 미국 달러와 함께 샌프란시스코에 임시거처를 마련해 주었다. 옥균은 미국 공사관으로부터 망명과 관련한 서류를 전달받고 미국행 배를 예약했다. 이미 그의 머릿속에는 미국을 통해서 조선의 독립을 이루어야겠다는 다짐이 확고했다. 그러자 일본 정부의 태도가 갑자기 돌변했다. 옥균이 미국에서 반일 활동이라도 벌이면 국제사회로부터 비난이 폭주할 게 뻔했기 때문이다. 이때부터 이노우에 외무상을 중심으로 옥균의 미국행을 저지하고 일본의 외딴섬으로 유배 보내려는 공작이 비밀리에 진행되었다.

## 절해고도와 혹한의 땅

일본 언론에 김옥균이 미국행을 준비하고 있다는 기사가 터지자, 1886년 7월 일본 경찰은 요코하마 이세산伊勢山에 있는 미쓰이 별장을 급습해 김옥균을 체포했다. 김옥균과 유혁로가 격렬하게 몸싸움을 벌였지만, 일본 경찰은 강제로 김옥균을 부둣가로 끌고 가 선박에 태웠다. 야마가타 내무대신이 가나가와 현지 실무자에게 명령을 내려 김옥균을 오가사와라小笠原 제도[38]의 지치지마父島에 유배한 것이다. 이에 격분한 김옥균은 일본에 있는 외국 공사에게 편지를 보내 일본 정부의 부당성을 폭로했다.

"나는 일본인이 아닙니다. 일본의 조선 망명객입니다. 일본 정부가 자국민이 아닌 망명객을 유배 보내는 것은 국제법에 부합하지 않으며, 세계적으로도 유례를 찾아보기 힘든 일입니다. 일본의 이런 만행을 국제사회에 고발하는 바입니다."

그러나 옥균의 몸부림은 달걀로 바위 치기나 다름없었다. 각국은 옥균의 입장을 충분히 이해하면서도 일본 정부의 결정에 간섭하고 싶지 않아 했다. 옥균은 약소국 백성의 신분이 이렇게 초라해질 수 있다는 생각에 이를 꽉 깨물었다. 옥균은 배 위에서 유배의 심정을 시로 남겼다.


울울히 이세산에 갇혀있던 몸
속박을 떨쳐내고 밖으로 나왔네
하늘이 괜히 좋아 동풍을 보내주면
오가사와라 천리 길도 하루면 돌아오리[39]


일본 정부는 신변을 보호한다는 명분으로 비밀리에 김옥균을 태평양의 외딴 군도 오가사와라에 억류했다. 김옥균을 따라가려던 유혁로를 일본 경찰이 가로막았다.

---

38  도쿄에서 남동쪽으로 1,000km 떨어진 태평양에 있는 제도이며, 30여 개의 섬으로 이루어져 있다.
39  鬱鬱拘囚伊勢山 不妨推縛出闔闔 天空好與東風便 千里笠原一日還

"나는 죽을 때까지 형님을 따라가야 한다. 나를 왜 막는 것이냐?"

"김옥균 혼자 보내라는 상부의 명령입니다."

김옥균은 범죄인처럼 눈을 가린 채 극비리에 배에 실렸다. 일본인들조차 그가 어디로 가는지를 모르고 있었다. 김옥균의 행방을 알지 못하는 조선은 이 시기에만 자객을 보내지 못했다. 오가사와라는 서태평양 상에 여러 개의 섬으로 이루어진 제도로 지치지마와 하하지마母島를 제외하면 모두 무인도였다. 사람이 오가기도 힘든 외딴 섬에 고립된 옥균은 잠을 이룰 수가 없었고 한 달 가까이 집 밖을 나오지 않았다. 옆집 어부가 차려주는 소금에 절인 주먹밥이 모래알 같았지만, 살아남기 위해 눈물과 함께 밥을 삼켰다. 불시에 납치되었으므로 책 한 권 챙겨올 수가 없었다. 겨우 마음을 추스른 옥균이 처음 집 밖을 나왔다. 지치지마는 아열대 기후의 아름다운 섬이었다. 몇십 년 전만 해도 이 섬은 일본의 땅이 아닌 무인도였으나 몇 가구를 강제 이주시켜 일본 영토로 편입한 곳이었다. 해변으로 나서니 바다 색깔이 조선과 일본에서 보던 것과는 완전히 달랐다. 에메랄드빛 바다를 보면서 옥균은 호흡을 가다듬으며 되뇌었다.

'나는 여기에서 살아남아야 한다. 일본 놈들이 나에게 무슨 짓을 하더라도 끝까지 살아남아야 한다.'


그때 고기를 잡으러 온 한 소년을 만났다. 소년은 늘 바닷가에 나와 하염없이 먼 곳을 바라보고 있는 김옥균을 호기심 가득한 눈으로 쳐다보고 있었다. 옥균이 다가가자 소년은 겁이 나서 달아났다. 그는 태어나서 처음으로 외지인을 본 것이다. 며칠 후 소년은 부끄러운 듯 옥균에게 다가와 참외 하나를 건네주고는 또 달아났다. 그 후 그 어린 소년은 옥균의 유일한 친구가 되었다. 옥균은 학교에서 집으로 돌아가는 그 소년에게 글을 가르치기 시작했다. 그 소년은 점점 옥균에게 정을 느끼게 되었다. 소년의 이름은 와다 엔지로和田延次郎였다. 섬에서 옥균의 외로움을 달래주는 유일한 사람이 와다 엔지로였다. 와다 엔지로는 옥균이 수박을 좋아한다는 걸 알고 종종 집에서 농사지은 수박을 옥균에게 가져왔다. 어린 와다 엔지로를 보면서 딸 생각에 목각인형을 어루만지고 있는 옥균에게 엔지로가 물었다.

"그 인형에 새겨진 얼굴이 누구예요?"

"조선에 두고 온 내 딸의 얼굴이다."

어린 와다 엔지로는 옥균의 마음을 다 안다는 듯이 애처로운 눈길로 옥균을 바라보았다. 그 후 옥균은 딸에게 주지 못했던 부정을 와다 엔지로에게 쏟아부었다. 와다 엔지로도 옥균을 아버지처럼 대했다.


옥균이 섬 생활에 익숙해질 무렵 후쿠자와 유키치에게 자신이 이 먼 곳 오가사와라에 유배되어 있다는 사실을 알리고 싶었다. 몇 개월에 한 번 동경으로 가는 촌장에게 옥균은 《시사신보》의 주소로 편지를 부탁했다. 옥균이 사라진 후 후쿠자와 유키치는 옥균의 행방을 수소문했지만 아무도 아는 사람이 없었다. 유혁로마저도 어디로 끌려갔는지 모르고 있었다. 후쿠자와 유키치는 친한 정치인을 통해서도 알아봤지만, 극비 사항이라 알 만한 사람이 없다고 했다. 이노우에 외무상을 찾아가 물었을 때는 잘 지내고 있으니 안심하라는 말만 듣고 돌아서야 했다. 그런 후쿠자와에게서 옥균이 유배된 지 6개월 만에 편지가 왔다. 후쿠자와는《시사신보》를 통해 이를 고발하고 싶었지만, 옥균의 소재가 알려지면 조선에서 또 자객을 보낼 수 있었기에 옥균의 유배가 부당하다는 것을 알리는 데만 집중했다. 후쿠자와는 김옥균과 아주 친한 몇 사람에게만 옥균의 행방을 알렸다. 당시 일본 사람 대부분이 오가사와라가 어디에 있는지조차 모르고 있었다. 후쿠자와 유키치의 이야기를 듣고 제일 먼저 김옥균을 찾아가겠다는 사람이 있었다. 그는 일본 바둑계의 최고 본인방本因坊의 슈에이 秀榮였다. 슈에이는 옥균의 망명 생활 중 바둑으로 친구가 된 사람이었다. 일본 바둑계의 거물 슈에이는 김옥균과 바둑을 두면서 그의 인품에 매료됐다. 두 사람의 우정은 깊었으며, 속내를 허물없이 드러내고 나누는 관계로 발전하게 되었다. 옥균은 슈에이가 찾아온 감상을 이렇게 표현했다.

슈에이는 나의 스승이요 벗이다. 바둑의 스승일 뿐 아니라 의義에서도 벗이다. 병술년(1886) 가을 남해 오가사와라 섬에 버려져, 절해고도의 생활이 비할 수 없이 괴롭다는 것은 세상 사람이 다 아는 바다. 이듬해 정해년 봄에 군君이 홀연히 이곳에 왔다. 홀로 궁벽한 섬에 있음을 염려한 탓이리라. 그 남다른 의기를 어찌 나만이 느끼겠는가. 3개월을 머물렀다. 기거하는 곳이 산속이라 종일 사람을 볼 수 없었다. 날마다 흙을 옮기고 풀을 베어 아담한 정원을 하나 만들었으니 군과 나의 소일거리였다. 초여름에 배가 들어와 군이 도쿄로 돌아가려 하니, 글을 써주어 다음에 손잡고 웃을 일 하나를 만들어 남긴다.[40]

김옥균이 외부인들과 연락하면서 유배의 부당함을 계속 청원하자 일본 정부는 김옥균의 이송을 결정했다. 김옥균을 고문이라도 하듯, 열대 지방 오가사와라 섬에서 가장 추운 곳인 홋카이도로 옥균을 옮기기로 한 것이다. 김옥균이 오가사와라 섬에서 동경으로 돌아왔지만 얼마 지나지 않아 일본 경찰은 옥균을 기차에 태워서 홋카이도로 추방했다.

오가사와라에서 풍토병에 걸린 김옥균이 도쿄에서 치료를 받고 몸이 회복되자 일본 정부는 김옥균을 북해도北海道로 이송해 유배 상태를 이어

---

40    本因坊秀榮君我師也我友也非獨碁道之師焉以義而友焉, 余于丙戌秋被逐南海小笠原島其羈寄孤絶幾無與比世人亦共知也, 其翌年丁亥春君忽至焉爲念我孤寄窮島也, 其出人氣義豈獨在我而有感而已哉爲留三個月, 余之所寓在于亂山中於日無人見每日只事搬土鋤草小築一庭園卽君與吾消笑法, 夏初船至君將歸京爲書以贈留作異日輕手一笑之資.

갔다. 당시 홋카이도는 오가사와라 섬과는 달리 개발이 한창 진행 중이었다. 오가사와라의 열대기후에서 살다가 옮겨온 옥균은 홋카이도의 매서운 추위가 견디기 힘들었다. 그의 생활은 피폐해질 대로 피폐해졌고 마음도 황폐화되어가고 있었다. 게다가 갑작스러운 기후 변화에 적응하지 못해 심한 관절염에 앓고 있었다. 이때 홋카이도 지역신문 기자가 옥균을 찾아와서 말했다.

"관절염 치료에는 여기서 가까운 하코다테 온천이 최고입니다. 제가 경비를 모두 부담할 테니 사양하지 마시고 먼저 병부터 치료하셨으면 합니다."

온몸이 쑤시고 관절이 붓는가 하면 손발을 움직이기도 힘들었던 옥균은 그의 제안을 받아들여 하코다테로 가기로 했다.

어느 추운 겨울날 옥균은 온천물에 몸을 담그고 멍하게 산처럼 쌓인 눈을 쳐다보고 있었다. 겹겹으로 쌓인 눈을 보고 앞뒤가 꽉 막힌 자신의 처지가 처량해 온천물에 눈물을 떨구고 있었다. 그때 옥균을 유심히 쳐다보는 여인이 있었다. 그녀는 하코다테 온천여관의 주인 스기타니 다마杉谷玉[41]였다. 그녀는 이십 중반의 아름다운 여인이었다. 스기타니는

---

41    재일 사학자 금병동은 그의 저서 『김옥균과 일본』(2001년 판)에서 "당시 두 사람 관계는 당시 하코다테에서 모를 사람이 없을 정도로 유명했다"라고 소개했다.

열다섯에 게이샤로 들어가 인기가 많았지만, 성욕만 남은 짐승 같은 남자들에게 진저리를 쳤다. 10년 정도 돈을 모아 그곳을 빠져나와 홋카이도 하코다테로 와서 온천여관을 운영하며 살고 있었다. 그런 그녀가 쌓인 눈을 바라보며 하염없이 눈물을 흘리는 옥균에게 연민이 일었다. 그녀는 따뜻한 차 한 잔을 들고 옥균에게 다가갔다. 스기타니가 다가오자 옥균은 도둑질하다가 들킨 사람처럼 얼른 고개를 돌리고 얼굴을 훔쳤다.

"눈물 흘리는 모습을 훔쳐본 무례함을 용서해주시기 바랍니다."

옥균은 아무 말도 하지 않았다. 옥균의 젖은 눈을 바라본 스기타니는 호흡이 멎는 것만 같았다. 수많은 남자를 보아왔지만 이런 감정은 처음이었다. 스기타니의 가슴이 요동치기 시작하였다. 짧은 순간이었지만 여러 감정이 한꺼번에 쏟아지는 느낌이었다. 스기타니가 차를 내밀며 말했다.

"따뜻한 차를 가져왔습니다. 이 차를 드시면 피로가 한결 풀리실 겁니다."

옥균이 애써 표정을 감추며 말했다.

"차 잘 마시겠습니다."

그리고 옥균은 고개를 돌려 다시 산처럼 쌓인 눈만 바라보았다.


스기타니는 매일 온천을 찾는 옥균에게 정성껏 술과 음식을 대접하고 돈 대신 옥균의 글을 받았다. 그녀는 이따금 옥균이 써주는 글을 내용도 모른 채 소중하게 보관했다. 한 달여가 지난 후 스기타니는 옥균에게 정식으로 자신을 소개했다.

"저는 이 온천의 주인 스기타니 다마라고 합니다."

스물 남짓한 여자가 주인이라고 하니 옥균이 의아스러운 듯 물었다.

"아직 온천 주인으로는 나이가 어리신 것 같은데 부모님께 물려받으신 건가요?"

옥균에 대해 아는 게 아무것도 없었지만 스기타니는 모든 것을 솔직하게 말하고 싶었다.

"저는 도쿄에서 제법 알려진 게이샤였습니다. 부모님은 전쟁 중에 모두 돌아가시고 어려서부터 게이샤 교육을 받고 자랐습니다. 열다섯에 시작해 악착같이 돈을 모아서 아무도 모르는 이곳에 온천여관을 열 수 있었습니다."

옥균은 스기타니를 쳐다보았다. 키도 크고 피부도 고왔지만, 무엇보다 우수에 젖은 얼굴이었다. 슬픔이 밴 듯한 그 얼굴에서 옥균은 동정심을 느꼈다.

"나는 조선의 망명객이오."

"조선에서 오셨다는 것을 알고 있었습니다."

스기타니는 같이 온 사람을 통해 옥균이 조선에서 왔다는 것을 알았다. 조선이라는 나라에 대한 호기심보다는 하염없이 흘리는 눈물에서 끌리듯 옥균에게 다가간 것이었다.

스기타니 다마는 옥균이 들를 때마다 지극정성으로 옥균을 모셨다. 그러면서 옥균의 병든 몸과 마음을 이해하게 되었다. 옥균도 그녀의 마음을 모르지 않았지만, 마음을 열지는 않았다. 어느 날 옥균이 온천에 들렀을 때 스기타니는 주안상을 차려놓고 옥균을 기다리고 있었다. 옥균에게 술을 한 잔 따른 후에 그녀가 말했다.

"저는 선생님을 존경합니다. 지금 그 존경의 마음으로 선생님을 모시고 싶습니다. 저는 어떻게 하면 좋겠습니까?"

옥균은 남자로서 솟아오르는 감정을 누르고 말했다.

"나의 마음은 얼음장보다도 차가워서 아무 여인도 받아들일 수가 없소. 조선에 있는 부인의 생사도 모르거니와 혁명의 와중에 사랑하던 여인마저 참혹하게 죽었소. 그 죄의식으로 인해 아직도 쉽게 잠을 이룰 수가 없소."

"당신의 마음을 너무나 잘 알고 있습니다. 저를 사랑해달라는 이야기는 절대 아닙니다. 저를 사랑하지 않아도 좋습니다. 다만 제가 선생님을 마음으로 품고 싶다는 것을 거부하지 않는 것으로 소녀는 만족하겠습니다. 소녀도 어느 남자에게도 마음을 열지 않겠다고 다짐했던 여자입니다. 김 선생님께서도 제가 게이샤 출신이라는 사실을 알고 계실 것입니다. 저는 어릴 때부터 수많은 남자를 상대하며 거짓 웃음과 사랑으로 돈을 벌었습니다. 남자가 몸서리쳐지도록 싫어서 남모르게 이 먼 곳까지 오게 된 것입니다. 그런 제가 사랑의 감정을 느낄 수 있으리라고는 한 번도 생각해본 적이 없습니다. 선생님의 아픔을 제가 너무나 잘 알기에 그 아픔을 함께 공유하려는 것입니다."

옥균은 말없이 술만 마시고 있었다.


옥균은 이따금 경화가 울부짖는 모습과 가족들이 죽어가면서 자신을 원망하는 악몽에서 깨어났다. 자신 때문에 수많은 사람이 죄 없이 죽어갔는데, 한가롭게 온천에서 몸을 식히는 자신의 몸뚱어리가 저주스러웠다. 온천 휴게실에서 식은땀을 흘리며 잠에서 깨곤 하는 옥균을 스기타니는 애처롭게 지켜볼 수밖에 없었다. 꿈에서 깨어난 옥균은 정신이 나간 사람처럼 멍하게 천장을 쳐다보곤 했다. 옥균의 상처를 치료할 수 없다는 것을 알기에 그녀의 마음은 더 타들어갔다. 옥균의 고통이 깊어질수록 옥균에 대한 그녀의 사랑도 깊어져만 갔다. 옥균은 스기타니에게 솔직해지고 싶었다. 어느 날 술을 한잔하며 그녀에게 말했다.

"내겐 사랑했던 여인이 두 명 있었습니다. 한 사람은 나에게 처음으로 사랑이란 것을 알게 해준 여인이고 또 한 사람은 묵묵하게 나를 지켜준 여인입니다. 나의 첫사랑은 조선의 엄격한 신분 차별로 인해 저를 포기하고 사랑을 지키기 위해 궁녀로 들어갔습니다. 그리고 나를 도와 혁명에 가담해 역적의 죄를 지고 참혹하게 죽었습니다. 나를 지켰던 부인 또한 생사조차 알 수가 없습니다. 나를 진심으로 사랑했던 두 여인이 이렇게 되었는데 어찌 제가 다른 여인과 사랑을 나눌 수가 있겠습니까?

그대의 마음을 받아들이지 못하는 나를 용서하길 바랍니다."

옥균은 스기타니의 순정한 마음을 모르는 바 아니었지만, 그녀를 받아들이기에는 그의 상처가 너무 컸다. 옥균은 조용히 술을 따르는 그녀에게 말했다.

"세월이 상처를 아물게 한다고 하지만, 세월이 지날수록 상처가 깊어지는 것을 저도 어쩔 수가 없습니다."

"저는 그저 선생님의 상처를 어루만지고 싶을 뿐입니다. 저의 상처가 있기에 선생님의 상처를 어루만질 수 있다고 생각합니다. 제게 그런 기회를 주시기 바랍니다. 세월이 상처를 아물게 하기 전에 제 상처로 선생님의 상처를 아물게 하고 싶습니다. 영원할 것 같은 것도 한순간에 지나가 버리고 또 한순간이 영원으로 이어지는 게 인생이라고 했습니다. 한순간이라도 그냥 선생님을 바라보며 살고 싶은 마음뿐입니다."

옥균은 자신의 인생도 찰나 같은 순간들이 이어져 지금까지 연결되고 있는 것 같았다. 갑자기 스기타니의 얼굴에서 오경화와 부인의 모습이 겹쳐졌다.


스기타니의 지극한 마음에 옥균의 마음도 조금씩 흔들리기 시작했다. 일본에 온 지 7년 동안 옥균은 한 번도 마음에 여자를 담아본 적이 없었다. 그러나 이 여자만은 달랐다. 옥균은 술을 연거푸 들이켰다. 그리고 술기운을 빌어 모든 것을 잊고 싶었다. 그녀는 옥균의 곁에서 그렇한 눈길로 바라보고만 있었다. 그녀의 눈에 이슬처럼 맺힌 눈물을 보는 순간 옥균은 자신도 모르게 그녀를 안았다. 그녀의 눈물이 옥균의 상처로 스며들었다. 옥균은 안갯속을 헤매는 것 같았다. 그녀의 젖가슴이 생의 모든 상처를 품어 버릴 것처럼 부풀어 올랐다. 실제와 꿈이 만나는 어떤 지점처럼 모든 게 아득하게만 느껴졌다.

그날 밤 이후로 옥균은 스기타니의 집에서 함께 지냈다. 스기타니의 사랑을 옥균은 거부할 수 없었다. 그 사랑이 깊어질수록 자신 때문에 죽어간 경화의 혼령이 옥균의 무의식을 짓누르는 것 같아 견딜 수가 없었다. 스기타니는 옥균의 상처를 표나지 않게 조금씩, 눈치채지 않을 만큼 부드럽게 다스리고 있었다. 한편 주변 사람들도 두 사람의 관계를 인정하며 축하해주었다. 두 사람의 아름다운 사랑 이야기는 하코다테에서 모르는 사람이 없을 정도로 퍼져나갔다.


경식은 한 달 일정으로 일본행 비행기에 몸을 실었다. 경식은 일본에서 김옥균의 흔적을 몸으로 느끼고 싶었다. 제일 먼저 가고 싶은 곳이 김옥균과 유길준이 유배되었던 한 외딴 섬 오가사와라의 지치지마였다. 그곳으로 가는 교통수단은 오가사와라 제도에 있는 자위대 해병들을 위한 운송 수단인 오가사와라마루小笠原丸 정기선뿐이었다. 오가사와라마루는 도쿄만의 다케시바 항에서 출발해 날씨가 좋을 때는 약 25시간 반 후에 지치지마에 도착하며, 일주일에 한 번 운행하고 있었다. 경식은 도쿄 전철 유리카모메를 타고 다케시바 역竹芝驛에서 내려 부두에 정박해 있는 오가사와라마루에 올랐다. 배는 생각보다 규모가 컸다. 24시간 이상 배를 타면서 약간의 멀미도 있었지만, 140년 전 김옥균이 작은 배를 타고 이 먼 곳으로 유배되었으리라 생각하니 멀미마저 호사로 느껴졌다. 여전히 오가사와라 제도에서는 두 개의 큰 섬, 지치지마와 하하지마에만 사람이 살 뿐 다른 섬들은 무인도였다. 섬들은 참으로 아름다웠다. 해안은 새하얀 산호 조각들로 덮여있었고, 물빛은 옥색, 비취색, 쪽빛이어서 어디를 가도 풍덩 뛰어들고 싶었다.

원래 오가사와라는 일본 땅이 아니었다. 그러나 원주민 몇 명이 살고 있는 이 섬을 1861년 일본이 자신의 영토로 강제 편입시켰으며 영국과 미국이 승인해 1876년 정식으로 일본 영토가 되었다. 제2차 세계대전 후 미국 통치하에 있다가 1968년 6월 다시 일본에 귀속되어 도쿄도東京都에 편입되었다. 경식이 만난 그곳 주민들은 김옥균을 아직도 한국의 훌륭한 애국자로 알고 있었다. 김옥균이 자기네 섬에 와서 2년간이나 불행한 시간을 보냈다는 걸 초등학교와 중학교에서 부교재로 배우고 있었다. 당시 섬의 주민들이 한결같이 그를 떠받들었으며, 이웃에서 좋은 음식을 하면 다투어 바쳤다고 한다. 학교 교장이 김옥균이 살던 곳이라고 추정되는 곳으로 안내했지만, 그곳에서 김옥균의 흔적은 찾을 수 없었다. 김옥균이 살던 곳들은 모두 빈터로 남아 잡초만 무성하거나 정글의 열대림 속에 묻혔다. 김옥균의 슬픔을 아는지 모르는지 한국에서 온 몇몇 스쿠버 다이버들이 젊음을 만끽하고 있었다. 경식은 이 먼 곳까지 옥균을 찾아왔던 일본의 바둑 명인 슈에이를 생각했다. 슈에이가 이곳에서 옥균과 함께 석 달이나 머물렀다는 것은 국경을 뛰어넘는 순수한 우정이었다. 본인방은 일본 3대 바둑대회의 하나이며 조치훈이 본인방에서 우승함으로써 우리에게 알려졌다. 그 본인방의 대표 격인 슈에이가 김옥균을 그렇게 좋아했다는 사실이 믿기지 않았다. 김옥균의 유배 이후 유길준도 이곳에 유배되어 김옥균과 같은 처지가 되기도 했다. 경식은 지치지마를 떠나면서 한국에서 가져온 소주를 김옥균의 집터에 뿌리고는 절을 올렸다.

경식은 오가사와라 방문을 마치고 도쿄로 돌아온 후, 곧바로 비행기를 타고 홋카이도로 향했다. 홋카이도의 하코다테는 옥균과 스기타니 다마의 가슴 아픈 사랑의 흔적을 간직하고 있었다. 하코다테에는 한국인 관광객이 북적이고 있었다. 스기타니 다마의 원래 이름은 오타마小玉였다. 하코다테 도서관에는 '봉래정예기옥녀蓬萊町藝妓玉女'라는 기록과 스기타니 다마의 사진이 소장되어 있었다. 도서관 관장은 자료를 찾으면서 자신도 할아버지에게서 조선의 김옥균 이야기를 들은 적이 있다고 말했다.

"그 당시에 하코다테에서 김옥균과 스기타니는 유명한 커플이었습니다. 그리고 김옥균의 글을 받기 위해 스기타니의 온천에 사람들이 줄을 섰다고 합니다."

"김옥균이 어떻게 하코다테에 오게 되었습니까?"

도서관장은 책을 뒤적이며 말했다.

"김옥균은 1888년 8월에서 1890년 4월까지 홋카이도에 연금당했습니다. 삿포로에 살던 김옥균이 지병인 류머티스 관절염을 치료하기 위해 종종 이곳 온천여관에 들렀는데, 그 온천여관의 주인이 스기타니였습니다. 세월과 함께 잊혀졌던 그들의 사랑 이야기가 김옥균의 후원자였던 미야자키 도텐宮崎滔天의 저서 『33년의 꿈』을 통해 다시금 일본 전역에 알려지게 되었지요. 그래서 우리 하코다테에서도 그녀에 관한 자료를 모으기 시작했습니다."

"한국에도 알려지지 않은 김옥균의 사랑 이야기가 이곳에 전해지고 있다는 것이 놀랍습니다."

경식의 말에 도서관장은 잠깐 머뭇거리다가 말을 이었다.

"이곳 일본에서 김옥균을 폄훼하는 사람들은 김옥균이 난봉꾼으로 수많은 일본 여자들과 놀아났다는 거짓 소문을 퍼뜨려서 스기타니와 김옥균의 순수한 사랑을 왜곡하기도 했습니다. 그러나 우리 하코다테 사람들은 그 두 사람의 순수한 사랑을 알기에 그것을 지키려고 노력하고 있습니다."

경식은 도서관장의 말을 들으며 가슴이 뭉클해지는 것을 느꼈다. 경식은 감정을 다잡고 물었다.

"스기타니는 김옥균이 죽은 후에도 계속 이곳에서 살았습니까?"

"김옥균이 홋카이도 연금에서 풀리고 도쿄로 돌아갈 때 그녀도 함께 갔습니다. 도쿄에서 함께 살았다고 합니다."

경식은 궁금해서 다시 물었다.

"김옥균이 상하이로 갈 때까지 같이 있었다는 말씀입니까?"

"그것까지는 정확히 모르지만, 도쿄에서 치러진 김옥균의 장례식에 그녀가 참석했다고 합니다. 미야자키가 장례식장 한구석에서 슬피 우는 그녀에게 말을 건네자 다음과 같이 말했다고 합니다."

"나는 여인의 몸. 고인이 된 김옥균 선생의 사상은 모르지만, 그 사람을 존경하고 사랑합니다."[42]

## 헤어질 결심

김옥균이 홋카이도의 유배에서 풀려나기 전에 박영효는 미국에서 돌아와 도쿄에 머물고 있었다. 조선 국왕의 부마였던 박영효는 미국에서 생활고를 견디지 못해 일본으로 되돌아왔다. 일본으로 돌아오자마자 옥균을 찾았지만, 김옥균은 이미 유배를 떠난 이후였다. 조선 조정에서는 박

---

42   "조선 망명객 설움 달래준 日 게이샤의 순정야화", 《조선일보》, 2005년 11월 29일.

영효가 일본으로 돌아왔다는 소식을 듣고 자객을 보내기 시작했다. 박영효는 미국에서 받은 문화적인 충격으로 깊은 고민에 빠졌으며 미국인 선교사가 운영하는 학원에서 영어 공부를 하며 서양 철학과 기독교 사상을 탐구했다. 박영효는 1888년 고종에게 1만 3천 자에 이르는 장문의 건백서를 올려 자신의 무고함과 억울함을 토로했다.[43] 이글은 박영효가 이루고자 했던 독립개화파의 핵심 사상이 한 단계 진화된 것이었다.

김옥균이 홋카이도 유배에서 돌아온 지 몇 개월 후, 두 사람은 거의 7년 만에 상봉했다. 두 사람은 껴안고 감격해서 눈물만 흘렸으나, 박영효의 마음에는 김옥균에 대한 마뜩잖은 구석이 있었다. 옥균이 여자를 너무 밝혀서 게이샤와 같이 산다는 소문을 들었던 탓이다. 며칠 후 박영효는 그 소문의 진상을 확인하기 위해 김옥균의 집을 찾았는데 일본인 여성이 아내 노릇을 하며 박영효를 맞이하는 것이었다. 박영효의 눈썹이 떨리기 시작했다. 혁명 동지인 옥균이 일본인 현지처를 거느리고 있다는 것에 박영효는 할 말을 잃고 그 자리에서 돌아왔다. 박영효는 문밖으로 따라 나온 옥균에게 차가운 목소리로 말했다.

"우리는 목숨을 버리면서까지 조선의 독립과 근대화를 위해서 꿋꿋

---

43 「조선국 내정에 관한 박영효 건백서朝鮮國內政 朴泳孝建白書」, 1888년 2월 24일(일본 외무성, 『일본외교문서』 제21권, 1949).

하게 살아오고 있소. 그런데 듣자 하니 고균이 일본 여자들의 치마폭에 싸여있다는 소문이 자자하오. 고균은 동지들 보기에 부끄럽지 않소?"

"내가 술을 좋아하고 사람도 좋아하지만, 일본 여자에게 빠져 본분을 잃은 일은 없소. 나를 흠집 내려는 자들이 퍼뜨리는 소문은 나도 듣고 있소. 모두 나를 비방하기 위해 조선에서 온 첩자들이 만든 유언비어일 뿐이오."

김옥균의 말을 듣고 박영효는 꼬투리를 잡았다는 식으로 자신 있게 말했다.

"그러면 지금 고균과 같이 살고 있는 하코다테에서 데려온 그 게이샤 출신의 여자는 무엇이란 말이오?"

박영효가 스기타니에 대해서 이야기하자 옥균은 자신의 속마음을 이야기할 수밖에 없었다.

"금릉위가 말씀하시는 게이샤가 스기타니를 말씀하시는 모양인데, 그녀는 불쌍한 여자요. 그녀의 집요한 사랑을 나는 거절할 수 없었소. 그것으로 나를 책망한다면 열 번이라도 죗값을 치르겠소. 나라고 왜 거절하지 않았겠소. 그러나 사람의 힘으로 어찌할 수 없는 게 있다는 것을 알았소. 나는 그녀의 순수한 사랑을 뿌리칠 수 없었소. 나중에 조선에 돌아가더라도 그 벌은 달게 받겠소."

"그것은 구차한 변명에 불과합니다. 나는 지금 분노에 가득해서 하는 말이오. 우리 혁명 동지들에게 무슨 낯으로 얼굴을 들 수 있겠소? 우리가 목숨 걸고 이루려던 혁명이 고작 이런 것이었소?"

옥균은 마음에 있는 모든 말을 하고 싶었다. 박영효는 화를 가라앉히지 못하고 경련을 일으킬 정도였다. 옥균은 변명할 수가 없었다. 변명을 늘어놓을수록 자신이 초라하게 느껴지기 때문이었다. 옥균은 입을 다물고 허공만 쳐다보고 있었다. 박영효는 돌아서면서 결심한 듯 말했다.

"나는 그대에게 실망했소. 우리 때문에 죽어간 수많은 사람의 혼령이 하늘에서 우리를 지켜보고 있소. 나는 오늘부로 그대와 인연을 끊겠소. 그대는 그대의 길로 가고 나는 나의 길을 가겠소."

박영효의 절교 선언은 옥균의 가슴을 찔렀다. 말을 더 이어봐야 구차하게 보일 것 같아 옥균은 입을 다물었다. 박영효는 뒤도 돌아보지 않은 채 냉정하게 떠나갔다. 박영효의 떠나는 모습이 눈물에 가려 흐릿하게 보였다.


박영효가 떠난 후, 옥균은 술을 마셨다. 괴로운 마음이 안주가 되어 옥균은 소주를 병째로 들이켰다. 속 안의 것들이 술과 함께 쏟아져 나왔다. 토한 후에 또 술을 마셨다. 술에 취해서 비틀거리며 집으로 돌아온 옥균을 보고 스기타니는 상황을 짐작할 수 있었다. 스기타니는 옥균에게 아무 말도 하지 않고 목욕물을 데워주었다. 옥균의 머리는 엉클어지고 술 냄새에 찌들어있었다. 술에 젖은 얼굴을 비누로 닦아주면서 스기타니의 가슴은 무너져내렸다. 옥균은 아무 말이 없었다. 잠자리에 들면서 스기타니는 이미 헤어질 결심을 했다. 스기타니는 박영효가 자신 때문에 옥균을 비난해 왔다는 사실을 잘 알고 있었다. 자신 때문에 옥균이 박영효와 싸우고 결별했다는 소식에 스기타니는 마음을 굳힌 것이었다. 옥균과의 마지막 밤이라고 생각하니 만감이 교차했다. 자신으로 인해 옥균이 혁명 동지들에게 오해와 비난을 받고 있다는 사실에 스기타니는 견디기 힘들었다. 잠자리에 들면서 스기타니는 옥균의 손을 꼭 잡고 말했다.

"저 때문에 힘들어하시는 거 잘 알고 있습니다. 이제는 선생님을 놓아주어야 한다고 생각합니다. 제가 선생님이 하시는 일에 걸림돌이 되는 것은 죽기보다 싫은 일입니다. 저를 용서해주세요."

옥균은 스기타니를 와락 껴안았다.

"내가 잘못했소. 상처를 입은 그대에게 또 상처를 주고 말았소. 나를 용서하시오."

스기타니의 눈에 눈물이 일렁였다.

"선생님은 잘못이 없습니다. 선생님을 유혹한 것은 저였습니다."

"나도 그대에게 마음이 가지 않았다면 그것은 거짓말이오."

"저는 선생님의 그 마음을 평생 제 가슴속에 품고 살겠습니다. 인생의 희망을 잃고 살고 있던 저에게 선생님께서는 사랑이라는 것을 처음 느끼게 해주었습니다. 이렇게 사랑을 느끼게 해준 선생님께 감사드립니다. 사랑하는 사람을 위해서 죽는 것보다 더 큰 행복이 있겠습니까? 저는 선생님을 위해 제 목숨마저도 행복하게 내어놓을 수 있습니다. 선생님과 헤어지는 것이 죽기보다도 더 힘들지만 저는 선생님을 진심으로 사랑하기에 헤어지기로 마음먹었습니다."

말을 하는 순간에도 스기타니의 가슴은 옥균에 대한 사랑으로 타들어 가고 있었다. 그 불꽃 같은 가슴을 억누르니 참았던 눈물이 쏟아졌다. 그 눈물이 가슴의 불꽃을 진정시켰다. 옥균은 그녀의 눈물을 닦아주면서 가슴이 무너져 내렸다. 자신을 사랑한 여인 모두가 불행해진다는 사실에 세상이 싫었고 하늘이 원망스러웠다. 옥균의 눈에도 눈물이 고였다. 스기타니는 결심한 듯 말했다.

"저는 내일 이 집을 떠나겠습니다. 제가 선생님 곁을 떠나더라도 항상 제 마음은 선생님 곁에 있다는 것을 잊지 말아 주십시오. 그리고 선생님이 원하시는 조선의 독립을 이루시는 날 저를 불러주십시오."

스기타니는 장롱 속에 숨겨놓았던 돈 보자기를 옥균에게 건네며 말했다.

"선생님이 어디 가시든지 밥 굶지 말고 생활할 수 있는 돈이옵니다. 소녀의 마음이라 생각하고 받아주시옵소서."

옥균은 차마 그 돈을 받을 수가 없었다.

"내가 무슨 면목으로 그대가 그렇게 고생해서 번 돈을 받는다는 말이오."

"얼음장 같았던 제 가슴에 온기를 지펴주신 것에 대한 저의 보답입니다."

옥균은 스기타니가 준 돈의 반을 잘라서 그녀에게 주면서 말했다.

"그러면 이 돈의 반만 받겠소. 이것마저 거절하면 나는 한 푼도 받지 않을 것이오."

옥균의 고집을 알기에 스기타니는 순순히 받아들였다. 마지막 밤이 서글프게 길었다. 그날 밤 두 사람은 뜬눈으로 밤을 새웠다. 옥균이 새벽에 잠이 들었는데 깨어보니 스기타니는 사라지고 없었다. 스기타니가 차려준 마지막 아침상이 옥균을 기다리고 있었다. 그 아침상에 쪽지가 하나 놓여있었다.

"세상에 존재하는 모든 것은 왔다가 사라집니다. 그러나 그 속에 존재했던 사랑이 글이 되면 그 사랑은 이야기로 영원히 살아남습니다. 사랑합니다. 그리고 미안하고 고맙습니다."

옥균은 스기타니를 생각하며 밥을 먹으며 목이 메었다. 그 아침밥을 목에 꾸역꾸역 집어넣으며 생각했다.

'가냘픈 한 여인이 사랑하는 사람을 위해 목숨마저 내어놓겠다는데 하물며 사내대장부가 조국의 독립을 위해 목숨을 아까워해서야 되겠는가? 내 반드시 조국의 독립을 완수하리라.'


옥균은 스기타니와 헤어진 후, 며칠을 단식하며 몸과 마음을 비웠다. 그리고 조선에서 공부했던 『주역』을 펼쳤다. 목욕재계 후에 주역의 괘를 뽑았다. 그가 뽑은 괘는 64괘 중의 하나인 지뢰복地雷復이었다. 지뢰복

괘는 해가 가장 짧고 밤이 가장 긴 동지를 가리켰다. 앞이 보이지 않는 캄캄한 밤과 같은 현재 자신의 상황과 같았다. 그러나 지뢰복의 바닥에 있는 효爻가 칠흑 같은 어둠 속 바닥에서 빛이 회복되는 희망의 상징이었다. 앞길이 보이지 않는 옥균에게 작은 희망의 불씨를 안겨준 것이었다. 옥균은 다시 일어섰다. 그런데 마침 그때 동경에서 만국박람회가 열렸다. 옥균은 마지막 희망의 불씨를 살리는 심정으로 세계정세도 살필 겸 매일 빠지지 않고 만국박람회장을 찾았다. 어느 날 옥균이 동경 만국박람회 입구에서 인력거를 타고 가는데 낯이 익은 소년이 스쳐 지나가는 것을 보았다. 옥균은 인력거를 세우고 그 소년을 불렀다. 그 소년은 옥균이 오가사와라 섬에서 유배할 때 옥균에게 수박을 가져다주고 옥균에게 가르침을 받은 섬 소년 와다 엔지로였다. 옥균과 와다 엔지로가 4년 만에 만나게 된 것이다. 그사이 옥균이 와다 엔지로에게 연락을 했지만, 그의 부모가 동경으로 이사를 와 연락이 닿지 않은 것이었다. 4년 사이에 엔지로는 열여섯이 되었고 키도 훌쩍 커 있었다. 옥균을 아버지처럼 따랐던 엔지로는 옥균을 보자마자 반가워서 어쩔 줄을 몰랐다.

"제가 동경에 온 후로 선생님을 얼마나 찾아다녔는지 아십니까? 선생님께서 세계 소식에 밝으시니까 만국박람회에 나오실 줄 알고 그제부터 이 입구에서 계속 얼쩡거리고 있었습니다."

옥균은 와다 엔지로를 꼭 껴안았다.

"나도 너를 애타고 찾고 있었다. 오가사와라에서 이사한 줄도 모르

299

고 계속 편지를 보냈는데 답장이 없어서 걱정하고 있었어. 이렇게 만나다니 하늘이 우리 사이를 이어주는 것 같구나. 내일 너의 부모님을 만나뵙고 동경에서 나하고 같이 지낼 수 있도록 허락을 받을 생각이다."

엔지로는 옥균의 그 말에 너무 기뻐서 자신도 모르게 눈물이 움찔났다.

"선생님, 감사합니다. 부모님께서도 좋아하실 것입니다. 선생님 밑에서 공부해 좋은 대학에 들어가라고 말씀하셨습니다. 선생님께서 도와주시지 않으면 저는 대학은 꿈도 꾸지 못할 것입니다. 저도 선생님께서 가르쳐주신 학문을 저 혼자 복습하고 있었습니다."

와다 엔지로는 외딴 섬에서 자랐지만, 옥균을 만난 이후 세상에 대해서 궁금증이 많았다. 집안이 가난해서 공부할 입장은 아니었으나 옥균이 그의 가슴에 심어준 꿈은 한시도 그를 떠나지 않았다. 옥균을 다시 만난 엔지로는 다시 그 꿈을 불태울 희망에 들떠있었다.

옥균은 그 후 와다 엔지로 부모님의 허락을 받아 자신의 집에서 와다 엔지로와 함께 생활했다. 와다 엔지로는 김옥균의 비서처럼 일을 보좌하면서 틈틈이 학업을 병행했다. 똑똑하고 정직한 와다 엔지로는 옥균이 큰일을 맡길 수 있을 정도로 점차 성장해 가고 있었다. 두 사람은 사제관계 이상으로 서로를 의지하게 되었다. 스기타니의 빈자리를 와다 엔지로가 채워주고 있었다.

## 세 번째 자객

유배에서 풀려 행동이 자유로워진 옥균은 대원군을 이용해 조선의 근대
화를 이루려는 꿈을 키워나갔다. 대원군은 임오군란으로 톈진에 끌려갔
다가 1885년 10월 조선으로 귀국했지만 민비 세력에 막혀서 별다른 세
력을 구축하지 못하고 세월을 보내고 있었다. 그러던 차에 일본으로 망
명간 김옥균에게서 편지가 도착했다. 김옥균은 대원군에게 쓴 편지를
일본 친구인 고야시 가쓰다미에게 부탁했다. 가쓰다미는 1891년 2월
마산에 있는 광산을 시찰한다는 명분으로 일본 외무성으로부터 여행허
가증을 발급받아 대원군을 찾아갔다. 대원군이 머무는 운현궁은 철저하
게 통제되고 있었다. 뇌물을 주고 어렵게 대원군을 만난 가쓰다미는 옥
균의 편지를 전했다.[44]

개화 세력이 괴멸된 상태에서 김옥균은 '적의 적은 동지'라는 관점에서
대원군과 동맹하는 방식으로 정치적 재기를 노렸다. 김옥균이 조선의
개혁안에 대해서 편지를 올리자, 대원군 또한 민비 세력을 몰아내기 위
해 김옥균과 힘을 합치고 싶었다. 대원군은 개혁안을 보고 흡족해하며
이렇게 답장을 보냈다.

---

44  구스 겐타쿠, 『김옥균. 고바야시 가쓰다미 씨 회고』, 지식과 교양, 2022, 107쪽

"조선은 지금 위급한 상황에 처해 있는데 이를 구할 자는 자네뿐이다. 나 대원군은 이제 늙어서 여망이 없으므로 조선의 정치를 장차 자네에게 맡길 것이다."

이대로 두면 조선은 망하리란 걸 대원군 또한 알고 있었기에 김옥균에게 밀명을 내렸다.

"뜻있는 일본 사람들의 도움을 받아 정예 병사 2백 명을 인천항에 침투시켜 민씨 척족을 끌어내려야 한다."

마침 청나라의 이홍장도 조선의 모든 문제가 민비 일족에 의해 일어난 일임을 알고 대원군에게 민비 일족에 대한 경계를 부탁했다. 김옥균도 대원군의 제안에 귀가 솔깃했다. 즉시 행동에 옮기려고 했지만, 옥균의 스승 후쿠자와 유키치의 강력한 반대에 부딪혀 일을 성사시킬 수 없었다. 대원군이 청나라의 이홍장과 계속 접촉하고 있다는 사실을 확인한 옥균은 직접 이홍장을 만나서 조선의 문제를 풀고 싶어 했다.

김옥균이 정치 활동을 재개하면서 대원군과 접촉하고 있다는 사실을 안 고종은 다시 자객을 보내기 시작했다. 고종은 이일직의 소개로 홍종우를 만났다. 홍종우는 출세라면 목숨도 아깝지 않은 사람이었다. 수완이 좋아 장사로 돈을 모아 일본으로 밀항한 후, 프랑스 선교사를 통해서 여권을 위조해 프랑스로 건너갔으나 생활고에 2년을 채 버티지 못하고 일본으로 돌아왔다. 그는 조선으로 돌아온 후, 프랑스 유학생이라는 신분으로 이일직에게 접근해 김옥균 암살 사건에 개입하게 되었다. 의심이 많고 출세욕이 강한 홍종우는 이일직에게 말했다.

"당신이 임금의 명으로 김옥균을 죽인다고 했지만 나는 믿을 수가 없소. 나를 임금에게 데려가서 만나게 해주면 내가 반드시 김옥균을 처단할 것이오."

이일직은 홍종우의 배포에 신뢰가 갔다. 이번만큼은 실수하지 않을 것 같아 고종에게 그를 소개했다.

"전하, 홍종우는 프랑스 유학생으로서 김옥균에게 접근해도 의심을 사지 않을 것입니다. 일본에 거주한 경험도 있어 김옥균에게 쉽게 접근할 수 있을 것입니다."

고종은 홍종우를 훑어보며 말했다.

"내가 두 번이나 일본으로 자객을 보냈지만 모두 실패해서 나의 위신이 말이 아니었다. 그대는 실수 없이 처리할 자신이 있는가?"

홍종우는 머리를 조아리며 말했다.

"신 홍종우 나라를 위해 목숨을 걸고 성공시키겠나이다."

"네 목숨을 걸지 말고 김옥균의 모가지를 가져오라는 말이다. 내가 그놈의 죽음을 봐야 화가 풀릴 것이다."

"전하, 저에게 작은 소원이 하나 있나이다."

"김옥균을 죽이면 내가 너의 소원을 들어주겠다."

"감사하옵니다. 제가 반드시 김옥균의 목을 가지고 돌아오겠습니다.

전하께서 저의 프랑스 유학 경험을 살려 조선의 국정에 사용하게 하여
주시옵소서."

"내가 약조하마. 그대가 성공해서 돌아오면 내 그대에게 외교 벼슬
을 내릴 것을 약조하마."

"성은이 망극하옵니다."

홍종우와 이일직은 1892년 4월 민영소에게 암살 지령을 받고 일본으로
갔다. 이들은 앞선 두 번의 실패가 너무 서둘렀기 때문인 것을 알고 1년
이상 시간을 갖고 김옥균에게 접근하기로 했다. 이일직은 생활고에 찌
든 김옥균에게 접근했으며 일 년 동안 아무런 대가 없이 김옥균의 생활
비를 충당했다. 이일직은 장기전을 염두에 두고 오래 옥균에게 공을 들
인 것이다. 무역상으로 돈을 벌어서 해외 실정을 잘 알고 있으며 개화파
를 흠모해 왔다는 이일직의 말에 옥균은 차츰 의심을 풀고 귀를 기울이
게 되었다.

김옥균은 유배에서 풀려난 후《시사신보》에 글을 기고하면서《시사신
보》를 통해 국제정세를 파악하고 있었다. 그러던 어느 날《시사신보》가
조선의 동학운동이 전국적으로 확대되고 있는 가운데 청나라의 개입 가
능성을 전했다. 옥균이 우려했던 바였다. 동학교도들은 1894년 1월 전
봉준을 중심으로 전라도·충청도 일대 농민들을 규합해 고부 관아를 습

격하는 고부민란古阜民亂을 일으켰다. 관아를 점거한 전봉준은 정부에 조병갑의 횡포를 시정할 것과 외국 상인의 침투를 금지하라는 등의 요구사항을 제시했다. 조선에서 동학혁명의 소식을 들은 옥균은 마음이 급해졌다. 동학혁명이 발발할 당시 일본주재 청나라 공사가 이경방李經方이었다. 옥균은 이경방과 친하게 지내며 청나라의 상황을 예의주시하고 있었다. 이경방은 이홍장의 양아들로 이홍장의 뒤를 이을 실세였다. 이경방은 청나라와 일본이 제휴해 조선을 개혁하고 중립국으로 만들어 동양의 평화를 유지하자고 역설했다. 조선을 벨기에나 스위스와 같은 중립국으로 만들려는 것은 갑신정변 이래 김옥균의 일관된 대외전략이었다. 김옥균이 구상한 삼화주의三和主意의 실질적 의미는 청일이 보장하는 조선의 중립화였다. 먼저 만남을 청한 사람은 이경방이었다. 옥균은 망명객의 신세였지만 이경방 공사에게 당당하게 말했다.

"공사께서도 작금의 일본 상황을 봐서 아시겠지만, 일본은 이미 서양화되어 있습니다. 일본인의 본성을 잘 아시지 않습니까? 현재 일본이 서양에 눌려 가만히 있지만, 이들이 힘을 기르면 절대 가만히 있지 않을 것입니다."

"가만히 있지 않으면 일본이 청과 전쟁이라도 벌인단 말입니까?"

이경방은 자신이 우려하는 말이 김옥균에게서 나오지 않을까 조바심이 앞섰다.

"공사께서도 속으로 알고 계시지만 겉으로 표현하시지 않고 있을 뿐

305

입니다. 일본은 먼저 조선을 점령한 다음 반드시 청을 넘볼 것입니다. 임진왜란에서 보시지 않았습니까. 일본의 목표는 대륙진출입니다. 공사의 부친 이홍장 대신께서 북양함대를 거느리고 있지만, 일본을 무시하지는 못할 것입니다. 일본이 조선을 점령하기 전에 반드시 청을 굴복시킬 것입니다."

"말씀이 지나치십니다."

"청은 이미 만 명이 되지 않은 영국과 불란서 군대에 북경이 함락되지 않았습니까? 일본은 그것을 지켜보았습니다. 지금 일본은 서양으로부터 군함과 무기를 대량으로 구입하고 있습니다. 그 무기가 어디로 향하겠습니까?"

"저도 그것이 걱정입니다."

"걱정으로 해결되는 것은 아무것도 없습니다. 아버님께 말씀드려 미리 대비해야 합니다."

"어떻게 대비해야 한다는 말씀인가요?"

"순망치한이라는 말씀을 아시지요? 민비 세력으로 인해 조선이 무너지면 중국도 위험해집니다. 조선을 바로잡아야 청이 같이 삽니다."

"어떻게 해야 한다는 말씀입니까?"

"아버님께 말씀드려 조선을 개혁시켜야 합니다. 공사의 아버님께선 개혁을 준비하고 있습니다. 그 개혁이 성공하기 위해선 반드시 개혁 동반자가 필요합니다. 저를 아버님의 조선 개혁의 동반자로 추천해주시기 바랍니다."

"조선에서는 그대를 반역자로 알고 있습니다."

"민비 세력이 그렇게 만든 것입니다. 지금 조선은 민비 세력에 의해 스스로 무너지고 있습니다. 그것을 그냥 지켜보시겠습니까? 저를 공사님의 아버님과 만나게 해주십시오. 저는 공사의 아버님을 설득할 자신이 있습니다. 시간이 없습니다. 지금 조선에서는 동학교도들을 중심으로 농민 봉기가 일어났습니다. 《시사신보》에 따르면 전라도 고부에서 탐관오리 군수를 쫓아내기 위해 민란이 일어났습니다. 제가 보기에 이 농민 봉기가 심상치 않습니다. 청국에서도 태평천국太平天國의 난[45]이 있지 않았습니까? 지금 조선의 동학교도들도 태평천국 교도처럼 종교적인 믿음으로 뭉쳐있습니다. 종교적 신념은 목숨을 아까워하지 않습니다. 제 생각에는 지금 조선 정부에서 저 동학교도들을 이기지 못할 것입니다. 그러면 또 청과 일본의 힘을 빌려서 무력으로 진압하려고 할 것입니다. 그때는 청과 일본이 우리 조선에서 전쟁을 벌이는 일이 일어날 것입니다. 제2의 임진왜란이 일어나는 것입니다. 저는 그것을 막아야 합니다. 그래서 이홍장 대신을 만나야만 하는 것입니다."

옥균은 앞날을 내다보고 있었다. 그가 목숨을 걸고 청나라로 건너가

---

45  홍수전洪秀全(홍슈취안)이 개신교의 영향을 받아 세운 교단으로, 무장 봉기해 난징을 점령하며 세력을 확장했다. 청이 토벌군을 파견해 태평천국의 수도가 된 난징을 함락하자 홍수전은 자결하고 태평천국은 멸망했다.

야만 하는 이유가 거기에 있었다. 또다시 조선 땅을 죄 없는 백성이 죽어가는 전쟁터로 만들어서는 안 된다는 강한 신념이 이경방의 마음을 어느 정도 움직였다. 이경방의 머리는 복잡해졌다.

'조선에서 옥균을 죽이려고 나를 이용하고 있는 판국에 옥균 스스로 청국으로 들어가겠다니….'

이경방은 김옥균과 대화한 이후에 옥균에 대해 신뢰감이 느껴졌다. 그는 김옥균이 주장하는 삼화주의에 동조하고 있었다. 조선, 청나라, 일본, 이 세 나라가 힘을 합해 외세에 대항해야 한다는 삼화주의에 이경방은 외세에 유린당하고 있는 청나라의 현실을 직시하면서 격하게 공감하고 있었다. 이경방은 김옥균에게 말했다.

"김 공 같은 분이 조선에 계셔야만 조선이 무너지지 않을 것입니다. 우리 청의 입장에서도 조선이 걱정입니다."

"청이 조선을 협력의 대상으로 인정해주어야 합니다. 청이 조선을 계속 속국이라 주장한다면 답이 풀리지 않을 것입니다. 역사적으로 조공은 무역 관계였습니다. 역대로 명이나 청의 황제께서 조선의 내정에 간섭한 일이 한 번도 없었습니다. 그런데 지금 조선에 와 있는 원세개는 안하무인으로 조선을 식민지 취급하면서 총독 행세를 하고 있습니다. 그로 인해 조선은 청과 계속 멀어지고 있습니다. 대국인 청이 먼저 풀어주어야 합니다."

옥균의 말을 듣고 이경방은 고개를 끄덕였다. 그도 역시 원세개가

308

아버지 이홍장의 이름을 팔면서 조선에서 절대의 권력을 누리고 있다고 들고 있었다. 그가 아버지에게 몇 번이나 간언했지만, 이홍장은 지금 청나라의 내정이 불안해 조선에서 또 변란이 일어나면 청나라 또한 위험해질 수 있어 알면서도 그냥 두는 것이라고 말했다. 김옥균은 이경방을 통해서 이홍장에게 편지를 전달했다. 김옥균이 이홍장에게 보낸 편지는 조선을 중립국으로 선포하는 것을 청나라가 도와달라는 내용이었다.

> 각하는 어찌하여 대청국 황제 폐하를 천하의 맹주로 삼아 공론을 구미 각 대국에 공포하고 그들과 함께 조선을 중립국으로 세워 만전 무위의 처지를 만들지 않습니까?[46]

양아들 이경방으로부터 김옥균이 만나고 싶어 한다는 소식을 듣고 이홍장은 이 정보를 원세개를 통해서 조선에 흘려 조선에 대한 우월적 지위를 확보하고자 했다. 원세개의 연락을 받은 민비는 원세개에게 엄청난 뇌물을 주면서 옥균을 유인하기 위한 미끼로 이경방을 이용하기로 합의했다. 이 사실을 까맣게 모르고 있는 이경방은 김옥균을 아끼면서도 그를 암살하는데 일등 공신이 되는 역사의 아이러니를 낳고 만다.

민비는 다급하게 고종을 찾아가 말했다.

---

46  김옥균, 「여이홍장서與李鴻章書」.

"전하, 김옥균을 일본에 저렇게 그냥 두는 것은 화약을 품에 안고 사는 것과 같습니다. 우리가 두 번이나 일본에 자객을 보냈지만 모두 실패해 전하의 얼굴에 먹칠을 하고 말았습니다. 전하께서 지운영에게 써준 암살 지령이 일본의 온 신문에 대서특필되어 우리 조선의 모양이 말이 아니었습니다. 일본에서 또 한 번 암살이 진행되면 일본의 신문들이 전하께서 시킨 일이라고 떠들 것이고 일본 정부와도 곤란한 문제가 생길 것입니다."

고종은 답답한 듯 민비에게 물었다.

"그러면 중전은 좋은 묘수가 있다는 말입니까?"

민비는 고종에게 바짝 다가앉으며 말했다. "듣자 하니 이경방을 통해 김옥균이 북양대신을 만나고 싶다고 했답니다. 이 기회를 이용해야 합니다. 이것은 하늘이 준 기회입니다. 김옥균을 일본 밖으로 끌어내 죽이는 것입니다."

"청나라의 실권자인 북양대신을 어떻게 이용할 수가 있겠소?"

"제가 북양대신과 친한 사람을 통해서 선물과 함께 편지를 보냈습니다. 앞으로 조선은 모든 외교 문제를 북양대신에게 협의하겠다는 편지였습니다."

민비는 조선의 외교권을 팔아서라도 김옥균을 죽이고 싶었다. 김옥균을 죽이고 싶은 마음은 고종 또한 민비에 뒤지지 않았다. 서양에서 들여온 쓴 커피가 오늘따라 달게 느껴졌다.

이홍장은 민비로부터 엄청난 선물과 편지를 받고 얼굴에 회심의 미소가
가득했다. 이것이야말로 도랑 치고 가재 잡는 격이었다. 눈엣가시 같은
김옥균을 죽이고 조선의 외교권을 손아귀에 넣으면 이것보다 더 좋은
일이 어디 있겠냐는 듯 이홍장은 바로 승낙한다는 답장을 민비에게 보
냈다. 그리고 아들 이경방이 고지식해서 일을 그르칠까 염려되어 본국
외교부로 들어오라는 명령을 내리고 김옥균과 만날 뜻이 있음을 내비치
었다. 이경방이 일본에서 김옥균과 더 친해지면 일이 틀어질 수 있다는
생각에 본국으로 불러들인 것이다. 이경방은 아버지 이홍장의 편지를
받고 바로 김옥균을 만났다.

"아버지의 마음이 움직인 것 같습니다. 아버지께서 편지를 보내서
김 공에 관해 여러 질문을 하셨습니다. 저도 일본공사를 그만두고 본국
으로 가게 되었습니다."

김옥균은 이경방이 일본을 떠난다는 말에 오랜 친구를 잃는 느낌이
었다.

"조선, 중국, 일본이 삼화주의로 외세에 대항해야 한다는 대의명분
을 같이 한 것이 저에게는 천군만마를 얻은 것 같았습니다. 조금 더 여
기에 계셔서 그 뜻을 함께하지 못해 못내 아쉬운 마음뿐입니다."

이경방은 옥균의 말에 감화해 술을 권하며 말했다.

"조선에 김 공과 같은 큰 인물이 있다는 것에 저도 놀라울 따름입니

다. 제가 본국으로 돌아가면 김 공과 함께 청나라에서 삼화주의의 깃발을 올리겠습니다."

"본국으로 돌아가시면 아버님과 면담을 꼭 성사시켜 주시기 바랍니다. 아버님을 설득할 자신이 있습니다. 제가 듣기로 북양대신께서는 포부가 남다르다고 들었습니다."

"걱정하지 마십시오. 제가 본국으로 돌아가는 대로 아버님을 뵙고 김 공의 이야기를 전하겠습니다."

옥균은 일본에서 겪었던 모든 수모가 한순간에 날아가는 듯이 기뻤다. 오랜만에 둘이서 흠뻑 취할 정도로 술을 마셨다. 옥균은 술을 마실수록 정신이 맑아지며 가슴에서 우러나오는 뜨거운 눈물을 술잔에 떨어뜨렸다. 김옥균이 이경방의 초청에 응한 것도 그가 동아시아 구상에 공명했기 때문이다. 힘없는 조선이 독립을 지키기 위해서는 무엇이든 해야 했다. 김옥균은 갑신정변 이전에는 청나라의 속국에서 벗어나는 것이 독립이라고 생각했으나, 이제는 청나라의 힘을 빌려 조선을 중립국으로 만드는 게 모든 외세로부터 독립하는 시발점이라고 생각했다.

## 마지막 도전

이경방을 만난 후 김옥균은 측근 유혁로를 불렀다.

"드디어 내가 나서야 할 때가 온 것 같다. 청의 군대가 동학도를 진압하기 위해 군사를 동원하면 일본 또한 톈진조약에 따라 군대를 동원할 것이다. 그러면 조선은 청과 일본의 전쟁터가 되어 살아남을 수가 없을 것이다. 이것이 나에게 주어진 마지막 기회다."

유혁로는 궁금해서 물었다.

"마지막 기회라는 것이 무슨 말씀이십니까?"

"청으로 건너가서 이홍장과 담판을 지어야 한다는 이야기다."

유혁로는 옥균의 이야기를 듣고 깜짝 놀랐다.

"이홍장은 민비와 짜고 어른을 죽이려는 놈입니다. 어찌 그런 놈을 만나려 하시는지 소인은 모르겠습니다."

"옛말에 호랑이를 잡으려면 호랑이 굴에 들어가야 한다는 말이 있지 않은가? 일본도 믿을 수가 없는 나라인 건 마찬가지다. 나는 호랑이를 이용해서 여우를 잡고 그다음에 호랑이도 잡을 생각이다."

"위험한 생각이십니다."

"목숨을 걸지 않으면 아무 일도 이룰 수가 없다."


1894년 2월 김옥균은 상하이로 가서 이홍장을 만날 결심을 하고 후쿠자와 유키치가 묵고 있던 도쿄 인근 휴양지 하코네로 찾아갔다. 후쿠자와는 중국행을 상의하는 김옥균에게 위험하다며 만류했다. 옥균은 후쿠자와에게 말했다.

"지금 조선의 백성들이 들고일어났습니다. 조선 조정은 그 백성들을 죽이기 위해 다시 청나라의 군사를 끌어들일 것입니다. 그러면 일본이 가만히 있지 않을 것입니다."

"그대가 조선의 상황을 어찌 그리 잘 알고 있는가?"

"선생님께서 만드신《시사신보》를 통해 매일 조선의 사정을 읽고 있습니다. 조선의 전라도 고부에서 백성들이 참지 못하고 일어선 것입니다. 그들은 살기 위해 일어선 것이고 조선 조정은 그들을 죽이기 위해 어떤 짓이든 할 것입니다."

"그대가 할 수 있는 일이 무엇이 있겠나? 일본은 더 이상 그대를 도와주지 않을 것이야."

"선생님의 말씀대로 저 역시 일본을 믿지 않고 있습니다. 선생님께서 일본의 민심을 믿듯이 저 역시 조선의 민심을 믿고 있습니다. 권력이 백성의 마음을 이길 수는 없습니다."

후쿠자와는 옥균의 손을 잡았다.

"영웅은 때를 기다려야 한다. 그대가 목숨을 잃으면 조선에 더 이상 희망은 없을 것이야. 조금 기다리며 때가 오기를 기다려야 하네. 영웅은 시간이 만들어주는 것이야."

옥균은 후쿠자와를 쳐다보며 말했다.

"선생님, 저라고 목숨이 아깝지 않겠습니까? 저는 이미 갑신 개혁이 실패로 끝났을 때 죽은 목숨이었습니다. 목숨이 두려워서 해야 할 일을 하지 않으면 살아서 후회하게 될 것입니다. 사람은 언젠가는 모두 죽습

314

니다. 길어봐야 백 년인 인생 몇 년 일찍 죽는다고 아쉬운 것은 없습니다. 의미 없이 몇 년 더 사는 것보다 해야 할 일을 하고 당당하게 죽음을 맞이하는 게 낫지 않겠습니까? 선생님, 저는 부끄럽지 않게 죽고 싶습니다."

후쿠자와는 옥균의 이런 모습 때문에 더는 말릴 수가 없었다.

"자네는 자네 한 사람만의 목숨이 아니야. 자네가 조선을 위해서 해야 할 일이 너무 많기 때문이라네."

후쿠자와는 옥균이 메이지유신의 어느 영웅에 견주어도 뒤지지 않는 인물이라는 것을 일찍이 알고 있었다.


언제 어느 곳에서 일어날지 모르는 암살의 위험 속에서 김옥균이 이홍장을 만나기 위해 상하이로 출발할 결심을 굳혔다는 걸 알게 되자, 동지들은 하나같이 김옥균을 말렸다. 유혁로가 먼저 말했다.

"지금 청나라로 들어가는 것은 화약을 안고 불 속으로 뛰어드는 것보다 위험한 일입니다. 청은 위험한 곳입니다. 선생님의 목숨을 노리는 자가 많을 것입니다. 이곳 일본에서 좀 더 상황을 지켜본 후에 후일을 도모해야 합니다. 지금 조선은 형님이 절실히 필요한 때입니다. 함부로 목숨을 버리진 말아 주십시오."

김옥균은 유혁로에게 말했다.

"모든 것은 때가 있는 법이다. 지금 이때를 놓치면 조선은 일본이나 서양의 식민지가 되고 말 걸세."

"그렇다고 형님을 죽이려고 하는 청국으로 들어가신다는 말씀입니까?"

"청국의 힘을 빌려서 조선을 중립국으로 만들지 않으면 조선은 스스로 무너지게 되어있네."

"이홍장이 형님의 이야기를 들어줄 것 같습니까? 조선 조정과 한통속이 되어 조선을 말아먹고 있는 그들입니다. 그리고 청국도 이제 종이호랑이가 되어 자신도 지키기가 어려운 실정 아닙니까?"

"목숨이 아까워서 숨어 지낸다면 역사가 나를 뭐라고 평가하겠는가? 조선을 망치고 일본에 망명해서 일본 놈들과 한통속이 된 놈이라고 손가락질할 것이다. 나는 일본을 이용하려고 했지 일본과 한통속이 아니라는 것을 나 스스로 밝혀야 한다."


이일직과 홍종우가 1년 이상 김옥균의 신임을 얻기 위해 공을 들이고 있는 가운데 조선에서 연락이 왔다.

"김옥균이 이홍장을 만나러 상하이로 간다고 한다. 이는 하늘이 준 기회다. 김옥균을 일본 말고 청국에서 살해하라."

김옥균이 상해로 가려면 돈이 필요하다는 것을 알고 있는 이일직이 옥균을 찾아왔다.

"상하이에 가신다는 말씀을 들었습니다. 제가 중국과 일본을 왕래하면서 장사하는 사람인지라 마침 상하이 은행에 예치해놓은 돈이 있습니

316

다. 1만 엔 정도의 돈인데 만약을 대비해 명의를 달리해 놓은 것이 있습니다."

옥균의 눈치를 살피던 이일직이 봉투를 내놓으며 말했다.

"이 돈이면 상하이에서 일주일 쓸 돈은 될 것입니다. 그리고 북양대신을 만날 때 상하이 은행에 예치해둔 돈을 찾아 북양대신을 위해 사용하시면 좋으실 것입니다."

"내가 성공해서 돌아오면 몇 배로 그대의 돈을 갚을 것이오."

"감사합니다. 우리 장사하는 사람들은 사람을 보고 투자하는 법입니다."

"고맙소. 그대가 애국자입니다."

옥균의 말에 이일직은 마음속으로 쾌재를 부르고 있었다. 잠시 뜸을 들인 후 그가 말했다.

"선생님이 상하이에 가실 때 홍종우를 데려가면 많은 도움이 될 것입니다. 그는 불란서 유학생으로 외국어에 능통할 뿐만 아니라 상하이 은행 예치금이 그 홍종우의 이름으로 되어있습니다. 저와 오랫동안 동업을 했기 때문에 제가 보증하는 사람입니다."

옥균은 이일직의 소개로 홍종우를 몇 번 만난 적이 있었다. 조선 사람으로는 처음으로 불란서에 다녀왔다는 사실에 경계를 풀고 불란서와 구라파의 실정을 물어보곤 했다. 옥균은 불란서는 물론 청나라 말에도 능통한 홍종우와 동행하기로 했다. 이렇게 김옥균은 죽음의 여행을 준

317

비하고 있었다.


상하이로 떠나기 전날, 옥균의 거처 문 앞에 한 여인이 서성거리고 있었
다. 옥균은 그녀가 스기타니임을 알고 뛰어나갔다. 스기타니는 옥균이
다가오자 화급히 자리를 피하려 했다. 옥균은 그녀에게 소리쳤다.

"도망가지 말아요. 나도 그대에게 할 말이 있습니다."

옥균의 목소리를 듣고 스기타니는 돌아서며 말했다.

"저는 선생님을 말리려고 여기까지 온 것입니다."

옥균이 상하이로 떠난다는 소문을 듣고 스기타니가 한달음에 달려
온 것이었다.

"때를 더 기다리셔야 합니다. 선생님을 해치려는 자들의 술수에 넘
어가지 마십시오."

"나도 저들을 속속들이 잘 알고 있으니 내 걱정은 안 해도 괜찮소."

"선생님, 여자에겐 직감이라는 게 있습니다. 선생님이 상하이로 떠
나신다는 말을 듣고 순간 온몸에 소름이 돋았습니다. 아버님이 돌아가
실 때 느꼈던 그런 섬뜩함이었습니다. 미신이라 여기지 마시고 한 번만
더 재고해주실 수 없겠습니까?"

"당신의 염려는 고맙게 받아들이겠소. 그러나 이미 이홍장과 약속이
잡혀있고 조선의 독립에 중요한 일이기에 내가 가지 않으면 안 됩니다."

옥균을 바라보는 스기타니의 눈에 안타까움이 서려있었다.

그날 밤 스기타니는 조선식 음식으로 저녁 식사를 준비했다. 옥균은 김치와 된장국을 먹으며 눈길을 조선 땅 쪽으로 돌렸다. 죽었는지 살았는지 모를 조선의 아내가 떠올랐다. 옥균은 마지막 심정으로 아내에게 편지를 썼다. 그리고 떠나는 날 아침 스기타니에게 말했다.

"이 편지는 조선에 있는 아내에게 보내는 편지요. 아내가 죽었는지 살아있는지 나는 아직 모르오. 만약에 아내가 살아있다면 그대가 꼭 찾아서 전해주길 바라오."

옥균은 스기타니에게 편지를 전한 다음 주머니 깊은 곳에서 작은 목각인형을 꺼내어 그녀에게 주며 말했다.

"부인은 역적으로 몰려 죽었을지 모르나 아이까지 죽이지는 않았을 것입니다. 조선에 있는 제 딸을 찾아서 이 목각인형과 함께 첫돌 선물이 늦어져서 미안하다는 말도 꼭 전해주시길 바랍니다."

아기 손만 한 목각인형을 받으며 스기타니는 울컥했다.

"꼭 죽으러 가시는 분의 말씀처럼 들립니다. 다시 한번 생각해 주실 수 없습니까? 조선에 부인과 따님이 살아 계신다면 더욱 사셔야 하지 않겠습니까? 왜 군이 이렇게 위험을 무릅쓰고 가셔야만 합니까?"

"내가 몇 번을 말했소? 나는 꼭 이루어야 할 일이 있소. 훗날 조선의 딸과 부인을 위해서라도 나는 꼭 이 일을 해야만 하오. 나를 이해해 주시오."

"제가 선생님을 이해하지 못할 것이 무엇이 있겠습니까? 제 목숨보다 소중한 선생님의 안위가 걱정될 뿐입니다."

스기타니의 말을 듣고 옥균은 그녀를 안았다. 이렇게 아무런 대가도 없이 자신을 믿고 아끼는 스기타니가 그저 고맙기만 해서 옥균은 떨리는 목소리로 말했다.

"고맙소. 내 그대의 은혜는 죽어서도 잊지 못할 것이오."

"저한테 미안하다는 말씀은 하시지 마십시오. 제가 선생님을 사랑하기 때문에 하는 일이었습니다."

"나도 그대를 사랑하오. 누구를 마음에 담을 수 없는 처지라 차마 그대에게 사랑한다는 말을 할 수 없었소. 그대를 사랑하오."

옥균의 사랑한다는 말을 듣자, 스기타니 안에 그동안 쌓였던 모든 감정은 파도에 일렁이듯 떠내려갔다. 두 사람은 한참을 그대로 서 있었다.


1894년 3월 25일 나가사키 항구에는 검은 구름이 잔뜩 찌푸린 채 하늘을 가리고 있었다. 그 먹장구름 사이로 한줄기 햇빛이 틈을 뚫고 흘러나오다가, 다시 구름에 가려 사위어 들었다. 상해행 사이쿄마루 증기선이 검은 연기를 내뿜으며 하늘에 먹을 덧칠하고 있었다. 선착장에 도착한 옥균에게 일본인 두 사람의 모습이 보였다. 도야마 미쓰루와 고야마 에쓰노스케였다. 고야마 에쓰노스케는 후쿠자와 유키치의 신봉자로서, 후쿠자와가 설립한 게이오 의숙慶應義塾을 졸업하고《시사신보》기자이자 자유민권운동가로 활동하고 있었다. 도야마 미쓰루가 옥균의 중국행을 걱정스러운 얼굴로 상하이행의 이유를 묻자 옥균이 말했다.

"호랑이 굴에 들어가지 않고는 호랑이를 잡을 수 없습니다."

옥균의 단호한 태도에 도야마는 만류를 단념한 듯, 옥균에게 뭔가를 내밀었다.

"이홍장에게 이것을 선물로 주면 좋아할 것입니다."

도야마가 준비한 것은 최고의 일본도日本刀인 국보급 교토의 산조三條 칼 한 자루였다.

옥균은 마지막으로 가슴에 품었던 일기를《시사신보》기자인 고야마 에쓰노스케에게 전해주며 배 위로 올랐다. 그 책이 『갑신일록』이었다.

옥균은 배에 오르면서 하늘을 쳐다보았다. 그리고 언덕 위에서 줄곧 쳐다보고 있는 여인에게 눈길을 주었다. 눈앞이 흐려져 잘 보이지는 않았지만, 여인은 부끄러운 듯 멀리서 고개를 숙였다. 떠나는 옥균을 배웅하러 나온 스기타니였다. 나가사키의 봄바람은 사랑을 시샘하듯 세차게 불어와 스기타니의 눈물을 날리게 했다.

1894년 3월 27일 김옥균은 상하이에 도착했다. 그는 미리 상하이에 와 있던 윤치호에게 전보로 도착 날짜를 알렸기에, 윤치호는 상하이 부두에서 옥균을 기다리고 있었다.

갑신정변 당시 거사에 실패 후 가담자들을 역적으로 처단하면서 윤치호의 이름도 오르내렸으나, 미국 공사 푸트의 보호로 조정은 윤치호를 그대로 둘 수밖에 없었다. 윤치호의 아버지 윤웅렬만 전라남도 화순으로 귀양을 갔다. 푸트가 미국으로 돌아가자 신변의 위협을 느낀 윤치호는 푸트 공사의 주선으로 상하이 미국 조차지로 갔다가 미국으로 건너갔다. 그리고 1894년 김옥균의 편지를 받고 상하이로 다시 온 것이다.

윤치호는 상하이 미국 조계租界 지역에서 교편을 잡고 있었다. 윤치호는 김옥균보다 14살이나 어렸지만, 김옥균을 만나면서 자신의 인생이 바뀌었다고 일기에서 기술하고 있다. 그가 영어를 배운 것도 김옥균의 권유에 의해서였다. 윤치호의 일기는 김옥균을 만나는 시점부터 시작이 된다. 그만큼 윤치호는 김옥균을 따랐고 존경했다. 옥균이 상하이에서 무슨 일을 할지 윤치호는 대충 알고 있었으며 무모한 도전이라 여겨 말리고 싶었다. 김옥균이 배에서 내릴 때 윤치호는 그의 곁에 홍종우가 있는 것을 알고 깜짝 놀랐다. 부두에 내린 옥균은 10년 만에 만난 윤치호를 덥석 안았다. 혁명 실패 후, 10년 만의 상봉이었다. 옥균은 윤치호에게 주위 사람을 인사시켰다.

"여기는 와다 엔지로. 그리고 홍종우."

홍종우는 김옥균을 의식한 듯 과장된 말투로 윤치호를 아는 체했다.

"아이구 여기서 뵙는군요. 정말 오랜만입니다."

윤치호는 일본에 유학 중일 때 홍종우를 한 번 본 적이 있는데 인상이 좋지 않고 음흉하고 욕심이 많은 사람 같아서 가까이하지 않았다.

윤치호도 건성으로 인사했다. 옥균이 끼어들었다.

"두 사람이 이미 아는 사람이었구먼. 아주 잘 되었네."

주일본 공사 중국인 한 명이 옆에서 묵묵히 듣고 있었다. 와다 엔지로와 홍종우가 짐을 챙기고 마차를 부르는 사이에 윤치호는 홍종우를 가리키며 옥균에게 말했다.

"선생님. 저자를 조심하십시오. 아주 음흉한 자입니다."

"알고 있네. 하지만 속과 겉이 다른 게 사람이야. 또 알면서도 겉으로는 모르는 척 행동하는 게 사람이고 말이야. 살인이 나쁜 짓이라는 걸 몰라서 살인을 저지르는 사람이 있겠나. 정치도 마찬가지야. 권력을 잡으면 겸손해야 한다는 것을 속으로는 알아도 막상 권력을 잡으면 망나니처럼 권력을 휘두르지. 남의 말이 귀에 들어오지 않는 것이야. 일본에서 지내는 동안 나는 싫은 사람도 곁에 두어야만 한다는 사실을 깨달았네. 인생은 돌아보면 후회가 아닌 것이 없어. 모두가 마지막 순간에 진정한 회개를 하지."

"선생님. 마지막인 것처럼 말씀하시니 듣기가 거북합니다."

"마지막 목숨을 걸고 이곳에 왔다는 이야기야. 너무 걱정하지 말게. 그리고 숙소에 도착한 후에 자네에게 할 말이 있네."

"제가 숙소 옆 찻집에 자리를 잡고 있겠습니다."

"고맙네."

짐을 실은 마차가 옥균 일행과 함께 떠나고 있었다. 윤치호는 마차가 사라질 때까지 자리를 뜨지 못했다.

숙소에 짐을 풀고 저녁 식사를 마친 옥균이 윤치호가 기다리는 찻집으로 들어섰다. 옥균이 다방으로 들어서자 윤치호가 말했다.

"부두에서는 사람이 많아 한적한 이곳에서 선생님과 이야기를 나누고 싶었습니다."

"나도 자네에게 할 이야기가 많지만, 상하이에 오래 머물 예정이니 시간은 많네. 너무 조급하게 생각하지 말게."

윤치호는 옥균의 얼굴을 응시했다. 10년의 세월이 옥균의 몸과 마음을 갉아먹은 것 같아서 안타까웠다.

"얼굴이 수척하신 것을 보니 제 마음이 아픕니다."

옥균은 웃으면서 말했다.

"제 나라를 떠난 사람이 마음이 편할 리가 있겠는가? 그나저나 자네는 이제 미국 사람이 다 된 것 같네그려."

"모두가 선생님의 덕분입니다. 선생님의 가르침이 없었더라면 오늘의 제가 있을 수 없었습니다."

윤치호는 미국에서 편하게 살 수 있었겠지만, 상하이에서 영어 선생을 하면서 조선을 살리려 애쓰는 게 옥균이 보기에 대견스러웠다. 옥균은 자못 진지한 눈길로 윤치호를 바라보았다.

"자네가 이제 조선을 다시 살려야 하네."

윤치호는 갑신 개혁의 일이 떠올랐다. 정변이 시기가 이르다며 만류한 자신이 부끄러웠다. 윤치호가 조금만 더 기다리자고 몇 번이나 말했지만, 김옥균은 바로 그때가 아니면 기회는 다시 오지 않을 것이라고 했었다. 그 기회라는 것은 청과 프랑스가 월남을 두고 벌인 청불전쟁이었다. 그러나 윤치호는 미국 푸트 공사의 통역을 맡으면서 세계 정보에 더 열려있었다. 윤치호가 갑신 개혁이 때가 아니라고 보았던 것에는 푸트의 영향이 컸다. 윤치호는 그때의 감정이 올라와 울컥하며 말했다.

"제가 푸트 공사를 더 적극적으로 우리 편으로 만들었어야 했는데 그러지 못한 것이 아직도 마음에 걸립니다."

"내가 자네를 적극적으로 개혁에 가담시키지 않은 것은 훗날을 대비하기 위함이었어. 내가 보기에 미국이라는 나라는 앞으로 세계를 지배할 것이야. 나도 미국으로 가고 싶었지만 그럴 수가 없어 자네를 미국으로 보낸 것이야. 일본에서 유배하는 동안 정말 죽고 싶을 정도로 힘들어서 한동안 술에 의지한 적도 있었다네. 어느 날 아침 창문을 통해 들어온 햇빛이 내 머리 위로 비칠 때 그 빛에 가만히 햇빛에 내 몸을 맡겼어. 한참을 그러고 있으니 정신이 맑아지고 힘이 솟는 것 같더군. 식물도 마찬가지지만 인간도 결국 햇빛이 살리고 있다는 것을 그때 깨달았지. 그후로 힘들고 괴로울 때마다 고개를 들고 햇빛을 쳐다보았어. 그때마다 태양이 모든 에너지의 원천이라는 것을 몸소 느꼈어. 마치 제가 만물의 주인인 양 설쳐도 인간은 자연의 일부에 지나지 않는다는 것이야. 요즘 내가 주역에 집중하는 것도 그 이유야. 공자님이 왜 말년에 가죽끈이 세 번 끊어질 때까지 주역에 몰두했는지 그 이유를 알 것만 같네. 나는 이제 운명을 거스르고 거부하지 않을 것이야. 조선과 청국, 일본이 서로 화합하는 삼화주의로 이홍장을 설득해보려고 하네. 그것이 나에게 주어진 마지막 소임이라고 생각해."

윤치호는 김옥균의 말에 가슴이 미어졌다.

"선생님의 큰 뜻을 이해하지 못하는 조선의 조정이 원망스럽습니다."

"원망만 하고 있기에는 지금 조선의 상황이 너무 화급해. 사람들은 개혁을 이야기하면 무엇을 할 것인지에만 관심을 두고 누가 할 것인지는 관심이 없지. 정작 중요한 것은 사람이야. 무엇을 할 것인지보다는 누가 할 것인지가 더 중요해."

"선생님 말씀이 맞습니다. 모든 것은 사람이 하는 일입니다."

"나는 갑신년에 무엇을 할 것에만 정신이 팔려서 누가 할 것인가를 소홀히 했어. 개혁은 소수의 사람이 하는 것이 아니라 백성과 함께해야 한다는 것을 이제야 깨달았어. 우리 자신부터 개혁한 후에 반대 세력을 설득해야 했어. 마지막까지 그런 노력을 하지 않은 것이 후회스럽네. 개혁은 이론으로만은 이루어지지 않아. 그것이 현실이야."

윤치호는 김옥균의 말을 들으며 솔직한 마음을 이야기했다.

"우리는 과거 사람들이 생각한 미래를 지금 살고 있지만, 여전히 과

거의 길을 걸어가며 살고 있습니다. 어쩌면 지루한 인생을 모면하기 위해 혹은 누군가 이 길을 지나갔다는 이유로 그냥 걷고 있는지도 모른다고 생각합니다. 그러나 선생님께선 목숨을 걸고 새로운 길을 개척하고 계십니다."

옥균은 윤치호가 대견한 듯 말했다.

"자네, 생각이 많이 깊어졌구먼. 인간은 지루함을 극복하기 위해 항상 새로운 도전과 변화를 시도하지만, 시간이 지나면 새로웠던 것이 또 지루해져 버리지. 잃어버린 시간에 대한 조각을 맞추며 사는 동안 이 시간도 결국 과거가 되어 버린다는 진리를 알게 되겠지. 우리 역시 결국은 과거의 흔적으로만 남겠지. 과거와 미래는 나의 생각 속에서만 존재할 뿐이야. 내게 주어진 지금의 이 순간들 속에서 숨 쉬고 있다는 것에 감사하며 살아가야 한다는 것을 이제야 알게 되었네."

"선생님은 혁명가인 줄로만 알았는데, 시인이며 철학가라는 생각이 듭니다. 상해건 조선이건, 앞으로 어디에 머물건 간에 선생님 말씀 깊이 명심하겠습니다."

옥균은 허공을 쳐다보며 생각에 잠겨 말했다.

"시와 철학을 모르는 사람이 정치를 하면 안 된다고 생각하네…. 철학이 없으면 종내에는 이익만을 좇게 되고, 대의만 찾고 시상을 마음에 두지 않으면 결국 심성이 야박해지기 마련이니까. 꽃도 잡초도 우리나라 것들이 정겹고 내 마음을 잘 알더군. 10년을 외지에서 지내고 보니 고향의 꽃과 잡초가 그립구먼."

  윤치호는 김옥균을 자신의 인생 나침판으로 삼은 것이 자랑스러웠다. 거친 풍파에 방황하던 마음이 물결 하나 일지 않는 옥균의 품에서 평화를 찾았다. 윤치호는 그 잔잔한 바닷속으로 빠지고 싶었다. 상하이 앞바다의 검은 물결이 두 사람을 지켜보고 있었다. 두 사람에게는 마지막 대화이고 김옥균에게는 마지막 밤이 될지 몰랐다. 상하이 바다 위의 별들이 애처롭게 빛나고 있었다.

김옥균이 죽은 후, 윤치호는 옥균의 뜻을 이어가기 위해 조선으로 들어와 서재필과 함께 독립협회를 만들어 조선의 독립운동을 이어갔다.

**리볼버 총탄에 쓰러지다**

1894년 3월 28일 운명의 날은 평소와 다르지 않았다. 숙소인 동화양행 앞 강가에서 폭죽놀이가 벌어지고 있었다. 옥균은 홍종우에게 상하이 은행으로 가서 어음을 현금으로 바꿔오라고 지시했다. 홍종우가 상하이 은행으로 들고 간 어음은 가짜였다. 상하이 거리를 배회하면서 홍종우는 머리가 복잡해졌다. 상하이 은행 어음이 가짜라는 것이 탄로나기 전에 김옥균을 암살해야 하는데 쉽게 기회가 잡히지 않았다. 김옥균은 방에서 『자치통감』을 읽고 있었다. 이홍장을 만나 중국 역사를 들먹이면

대화가 쉽게 풀리고 경계심을 허물 수 있으리라 생각했다. 옥균은 이홍장을 만나 무슨 이야기를 해야 할지 다시 한번 머릿속으로 정리해보았다. 와다 엔지로는 김옥균의 곁을 떠나지 않았다. 상하이 은행으로 갔던 홍종우가 돌아와서 옥균에게 말했다.

"상하이 은행의 지배인이 출타 중이라 어음을 바꾸지 못했습니다. 오후 늦게 들어온다고 하니 그때 찾아오겠습니다."

"중요한 일이니 차질 없도록 하게."

"걱정하지 마십시오."

홍종우는 자기의 방으로 가지 않고 김옥균이 책을 읽고 있는 방에 눌러앉았다. 세 사람이 아무 말 없는 채 30여 분이 흘렀다. 초조해지는 홍종우의 모습을 와다 엔지로는 이상하게 여겼으나 김옥균이 책만 읽고 있었기 때문에 그냥 지켜만 보고 있었다. 그때 김옥균이 무슨 생각이 들었는지 와다 엔지로에게 말했다.

"아래층으로 내려가서 사이쿄마루 마쓰모토 사무장에게 같이 시내 구경을 가자고 전해라."

그리고는 옥균은 책을 덮고 잠깐 눈을 붙였다. 엔지로는 아래층으로 내려가면서 홍종우를 힐끗 쳐다보았다. 홍종우는 이 기회를 놓치면 안 된다고 생각해 옆방으로 가서 총을 챙겼다. 홍종우는 가슴이 떨렸다. 그는 이일직이 준 리볼버 권총을 들고 김옥균의 방으로 한 발짝 한 발짝 무겁게 움직였다. 권총을 쥔 그의 손이 땀으로 미끈거렸다. 홍종우는 급기야 자고 있는 옥균을 향해 권총 한 발을 발사했다. 그러나 땀에 젖은 손에 권총이 미끄러져 총알은 김옥균을 스쳐 지나갔다. 눈을 뜬 옥균이 홍종우를 쳐다보았다. 두 번째 총알이 옥균의 어깨를 관통했다. 옥균은 피를 쏟으면서 홍종우의 다리를 잡고 소리쳤다.

"나는 여기서 죽으면 안 된다. 내가 해야 할 일이 있기 때문이다. 나를 죽이더라도 이홍장을 만난 이후에 죽여라. 너는 역사가 두렵지 않으냐?"

겁이 난 홍종우는 세 번째 총알을 옥균의 심장에 쏘았다. 옥균은 두 눈을 버럭 뜬 채 그 자리에서 꼬꾸라졌다. 홍종우는 김옥균의 심장을 쏜 것이 아니라 조선의 심장을 쏜 것이었다. 홍종우는 옥균의 눈을 쳐다볼 수 없었다. 피범벅이 된 홍종우는 급하게 계단으로 뛰어 내려왔다. 건물 밖에 있던 와다 엔지로가 총소리를 듣고 계단을 뛰어 올라왔으나 총을 들고 뛰어 내려오던 홍종우가 와다 엔지로를 밀치고 도망쳤다. 엔지로는 공포에 질려 허겁지겁 방으로 뛰어 들어갔으나 이미 옥균의 숨은 멎어있었다. 엔지로는 피 묻은 옥균의 시신을 끌어안고 오열하며 울부짖었다.

"신이시여, 어찌 이분을 그냥 죽게 두었습니까? 조선의 혁명가를 어찌 버리셨습니까? 이분이야말로 조선을 구원할 마지막 희망이었습니다."

동화양행 밖에서는 새로운 배가 항구로 들어오는지 폭죽 소리가 요란했다. 폭죽 소리와 엔지로가 울부짖는 소리가 섞여 상하이의 항구를 어지럽게 맴돌고 있었다.

김옥균이 홍종우의 총탄에 살해된 후, 와다 엔지로에게는 김옥균의 옆을 지키지 못했다는 죄책감이 몰려왔다. 그는 적지 않은 금액으로 좋은 관을 마련해 옥균의 시신을 안치하고 시신이 부패하지 않도록 석회를 뿌렸다. 그리고 사이쿄마루 사무장을 찾아가 하루빨리 옥균의 관을 일본으로 옮겨야 한다고 이야기했다. 사이쿄마루 사무장은 눈물을 흘리며 관을 이곳 부둣가로 가져오라고 했다. 와다 엔지로가 동화양행으로 돌아오니 일본 영사가 나와 있었다. 그는 와다 엔지로에게 말했다.

"이 시신을 일본으로 옮기는 것을 잠시 보류해라. 국제적인 문제가 있으니 그것이 해결된 후에 해야만 한다."

와다 엔지로는 화가 나서 말했다.

"김옥균 선생의 관은 바로 일본으로 보내져야 합니다. 김옥균 선생을 암살한 조선에서 그 시신을 노리고 있습니다. 영사님은 본국의 지시를 받았습니까? 그렇다면 저는 지금 후쿠자와 선생님과 도야마 선생님께 전보를 쳐서 상황을 알리겠습니다."

어린 와다 엔지로가 눈물로 격분해서 항의하자 일본 영사는 발을 빼면서 말했다.

"본국에서 명령이 온 것은 아니다. 나를 믿고 조금만 기다려달라는 이야기다."

"저는 기다릴 수 없습니다. 지금 당장 부둣가로 가서 사이쿄마루 배에 싣겠습니다."

영사는 김옥균이 암살당했다는 엄청난 뉴스가 일본의 각 신문사에서 호외로 뿌려지는 상황이었기 때문에 본국의 지령을 받았지만 더 이상 말릴 수가 없는 입장이었다.

와다 엔지로는 부둣가에 옥균의 관을 이끌고 갔는데 경찰이라는 두 사람이 나와서 시신의 선적을 방해하고 있었다. 와다 엔지로는 또 화가 나서 사이쿄마루 사무장을 찾아가서 빨리 선적해 달라고 했다. 옥균을 좋아했던 사무장은 시신을 싣지 말라는 영사관의 명령을 무시하고 선적하려고 했다. 그러자 경찰 두 사람은 선적하려면 일본 영사의 도장을 찍어와야 한다고 말했다. 와다 엔지로는 또다시 일본 영사관으로 가서 실랑이를 벌였다. 일본 영사는 계속 보류해야만 한다는 말만 하고 시간을 끌고 있었다. 사이쿄마루의 출항 시간이 다가오자 와다 엔지로는 불길한 예감이 들어 급하게 시신이 있는 선착장으로 뛰어갔다. 그런데 옥균의 시신이 사라져버린 것이다. 그사이 김옥균의 관은 청나라 군함 웨이징호에 실려 1894년 4월 7일 상하이를 출발했다. 와다 엔지로는 김옥균의 관이 사라진 걸 알고 통곡을 하며 말했다.

"선생님의 관을 빼돌린 청나라도 밉지만 그를 도와준 나의 조국 일본이 부끄럽다."

그 시간에 홍종우는 청나라의 도움으로 옥균의 관을 군함에 싣고 톈진에서 조선으로 향하고 있었다. 와다 엔지로가 시신을 일본으로 모셔가려고 수속과 절차를 밟으며 이리저리 뛰어다니는 동안 홍종우가 김옥균의 시신을 빼돌려 청나라 군함 웨이징호로 옮긴 것이다. 김옥균의 소식을 듣고 윤치호는 한달음에 달려왔지만, 김옥균의 시신은 온데간데없이 사라지고 동화양행에 뿌려진 김옥균의 선명한 핏자국만이 윤치호의 가슴을 파고들었다. 윤치호는 외국 공사관을 통해서 김옥균의 시신을 강력하게 요구했지만, 청나라가 이미 시신을 빼돌린 이후였다. 윤치호가 중국 관리에게 항의했지만, 울분에 찬 목소리만 메아리처럼 항구를 떠돌 뿐이었다.

고종은 김옥균 암살에 병적으로 집착했으며, 암살에 성공한 후 고종이 얼마나 기뻐했는지는 『고종실록』에 나와 있다.

하늘이 나라를 도와주어 비로소 죄인이 죽었다. 온 나라에 대사령을 내리는 것을 어찌 주저하겠는가? 이달 27일까지 잡범으로서 사형수 이하는 모두 용서해주어라.[47]

홍종우가 상하이에서 김옥균을 암살하는 동안 이일직은 일본에서 박영

47  『고종실록』, 고종31년 4월 27일.

효를 암살하기 위한 행동에 돌입했다. 그러나 꼼꼼한 성격의 박영효는 경계를 늦추지 않았다. 이일직이 운라이칸 여관에서 만나자고 했을 때 박영효는 친린의숙에서 만나자고 되받았다. 이일직은 권총을 들고 친린의숙으로 향했다. 그러나 박영효를 수행하는 이규완과 정난교가 들어서서는 이일직을 생포해 권총을 빼앗았다. 이일직은 고문을 받자 모든 사실을 자백했다.

"상하이에서는 홍종우가 김옥균을, 자신은 박영효를 암살하기 위해 여기 왔다." 박영효는 이 사실을 확인하고 후쿠자와 유키치를 찾아가서 김옥균이 위험하다는 사실을 알렸다. 박영효는 김옥균과 관계가 틀어져 소원하기는 했지만, 그가 위험하다는 사실에 잠을 이룰 수가 없었다. 김옥균과 절교를 선언했던 자신이 원망스러웠다. 김옥균이 살아남길 간절히 기도했으나 이튿날 일본 언론으로부터 김옥균 암살 소식이 전해졌다. 박영효는 신문을 움켜쥐고 통곡했다.

"내가 김옥균을 죽였다. 속 좁은 내가 그를 죽였다. 그의 재주에 열등감을 느낀 내가 그를 죽였다."

자책감이 온몸을 때렸다. 그동안 생사고락을 함께했지만, 사적인 감정으로 김옥균을 비난하며 등졌던 일을 후쿠자와 유키치에게 울면서 고백했다.

"저는 김옥균을 정말로 좋아했습니다. 김옥균은 저보다 모든 면에서 뛰어난 천재였습니다. 뛰어난 글재주와 예리한 판단력은 물론이고 잡기도 뛰어났습니다. 바둑도 수준급이고 악기 다루는 재주도 훌륭했습니다. 여자들과 어울려 춤도 잘 추고 여자들도 그런 그를 좋아했습니다. 그러나 저는 한 가지밖에 잘하는 게 없었습니다. 저는 스스로 채찍질을 하며 오직 조선의 독립을 준비하는 데만 몰두했습니다. 그러나 외향적인 김옥균은 일본 게이샤와 동거하며 방탕한 생활을 했고 저는 그 일로 김옥균에게 절교 선언을 했습니다. 제가 마음속으로 그의 재주를 질투해왔는지도 모르겠습니다. 제가 못난 놈입니다."

후쿠자와는 물끄러미 박영효의 말만 듣고 있었다. 박영효는 가슴에 고인 말을 모두 뱉으니 속이 후련했다. 그러나 한편으로는 외로움이 그를 뒤덮었다. 그는 다시 후쿠자와에게 말했다.

"쓰러져가는 조선을 구할 마지막 사람이 죽었습니다. 이제 조선은 아무런 희망이 없습니다. 김옥균의 꿈은 열강들과 어깨를 나란히 하는 진정한 독립 국가의 건설이었습니다."

그제야 후쿠자와가 입을 열었다.

"자네가 김옥균의 뜻을 이어가면 되지 않겠나? 그것이 자네와 김옥균, 그리고 대장부로서의 우정을 이어가는 것이지 않겠는가. 자네는 마음속으로 김옥균을 좋아했어. 그래서 질투도 생겨난 것이지. 그게 사람의 본능이니 너무 자책하지는 말게. 자책을 그냥 슬픔으로 남겨두면 아무것도 이룰 수가 없네. 그 마음을 승화시키도록 하게. 그게 자네가 진정 흠모했던 친구의 뜻을 이어가는 것이야. 자네가 이제 김옥균을 대신해서 조선의 개화에 앞장서게."

후쿠자와의 말을 듣고 박영효는 가슴 속에서 뜨거운 것이 치밀어 오르는 것을 느꼈다. 후쿠자와와 헤어진 후 그는 김옥균과 머리를 맞대고 구상했던 조선의 개혁을 떠올렸다. 그리고 붓을 들고 글을 쓰기 시작했다. 미국에서 그가 보고 들었던 생각과 서양 책들을 읽으며 깨달았던 것들을 담았다. 김옥균이라면 서양의 변화를 통해 조선이 어떻게 바뀌어야 한다고 생각했을까, 라는 생각으로 글을 정리했다.

이일직은 김옥균에 대한 모살 교사와 박영효에 대한 모살 미수죄로 일본 검찰에 의해 사형을 구형받았지만, 일본은 조선과 청나라와의 외교 분쟁이 일어나는 것을 원치 않았기 때문에 1894년 이일직을 일본에서 추방했다. 조선에 도착한 이일직은 홍종우와 함께 고종의 환영을 받으며 승승장구했다.

**잔인한 계절**

김옥균의 시신은 1894년 4월 12일에 인천에 도착했고, 다음날 원세개가 그것을 조선에 넘겼다. 조선의 의금부는 고종의 명에 의해 김옥균의 시신에 능지처참의 형을 내렸다. 당시 승정원일기에는 김옥균을 반란수괴 이괄과 같은 천하의 역적으로 묘사하고 있다.

"역적 김옥균에게 모반대역부도율謀反大逆不道律을 적용하시고 이 괄李适과 신치운申致雲을 처벌했던 전례를 더 시행하도록 비지批旨로 윤허를 내리셨습니다. 대명률大明律의 모반대역 조에 '무릇 모반 및 대역을 공모한 자는 수범首犯과 종범從犯을 구분하지 않고 모두 능지처사한다.' 하였고, 사수복주대보死囚覆奏待報 조에 '십악十惡의 죄를 범하여 죽게 되는 자는 결코 집행 시기를 기다리지 않는다.' 하였습니다. 역적 김옥균은 모반대역부도율로 집행 시기를 기다리지 않고 능지처사하되, 이괄과 신치운에게 시행했던 전례를 더 시행하겠습니다. 감히 아룁니다." 하니, 알았다고 전교하였다.[48]

1894년 4월 14일 망나니가 형식적으로 칼춤을 추고 있었다. 이미 썩어서 냄새가 나는 김옥균의 시체 위에 칼춤을 추는 망나니는 멍하게 하늘을 쳐다보았다. 하늘도 무심한 듯 망나니의 칼끝에 빛조차 내리지 않았다. 망나니는 흥을 잃어버린 듯 겸연쩍게 몇 번 춤을 추더니 김옥균의 시체를 몇 조각으로 잘랐다. 김옥균의 시체는 여섯 조각으로 찢겨져 전

---

48  逆賊玉均, 以謀反大逆不道律, 加施以适·雲例事, 批旨允下矣.大明律謀反大逆條云, 凡謀反及大逆, 但共謀者, 不分首從, 皆凌遲處死, 同律死囚覆奏待報條云, 其犯十惡之罪應死者, 決不待時, 逆賊玉均段, 以謀反大逆不道律, 不待時凌遲處斬, 而加施以适·雲例之意, 敢啓. 傳曰, 知.『승정원일기』.

국에 대역부도옥균大逆不道玉均이라는 글과 함께 매달았다. 김옥균은
죽어서도 조선왕조의 마지막 능지처참의 희생자였다. 반근대적이며 잔
인한 능지처참의 형벌은 갑오개혁으로 폐지되었다. 그 후로 중죄에 대
해서는 교수형으로 바뀐 것이다.

우유부단한 고종에게 이렇게 잔인한 면모가 있을 줄 누가 알았겠는
가? 한때는 믿고 의지하던 신하를 고종은 왜 이토록 잔인하게 죽여야
했을까? 이것 역시 자신이 살기 위한 하나의 계책이었다. 능지처사에
처함으로써 자신이 갑신정변에 동조한 게 아니었다는 것을 증명해 보이
고 싶었던 것이다. 능지처사는 이미 죽은 자의 몸에 가학적 분노를 퍼붓
는 짐승과 같은 짓이었다. 이러한 시신 훼손 행위는 분노의 표출인 동시
에 언제든 김옥균과 같은 인물이 재등장할 수도 있다는 두려움의 표현
이기도 했다. 그것에 대한 경계와 경고를 공식적으로 드러내려는 의도
가 깔린 것이었다.《시사신보》는 당시의 참혹한 광경을 다음과 같이 보
도했다.

김의 시신을 관에서 끄집어내 땅 위에 놓고 절단하기 쉽게 목과
손, 발밑에 나무판자를 깔았다. 목을 자르고 난 다음에 오른쪽 손목 그
다음 왼쪽 팔을 잘랐다. 이어 양 발목을 자르고 몸통의 등 쪽에서 칼을
넣어 깊이 한 치 길이 여섯 치씩 열세 곳을 잘라 형벌을 마쳤다.[49]

김옥균의 첫 번째 묘는 도쿄 진조지真淨寺[50]에 있다. 가이 군지는 김옥균의 시신이 능지처사되어 조선팔도에 걸렸을 때 사람을 시켜 김옥균의 머리와 시신 일부를 수습해 일본으로 옮기고 제를 올려 혼령을 위로했다. 그리고 이를 진조지에 매장하고 비석을 세운 다음 자식들에게 다음과 같은 유언을 남겼다.

"내가 죽거든 김옥균 선생님의 무덤 옆에 묻어 주기 바란다."

두 사람의 우정과 신뢰는 주위에서 지켜보는 사람들의 가슴을 울렸다. 가이 군지는 1881년 한양에서 사진관을 운영할 때 김옥균의 인품에 감화되어 그를 따랐다. 그리고 일본으로 갈 때도 수행하며 김옥균의 신임을 받았다. 김옥균이 동남제도개척사로 있을 때는 울릉도 목재 무역을 돕기도 했다. 도쿄 진조지에 김옥균과 가이 군지의 묘가 나란히 있어 죽어서도 김옥균을 따르고자 했던 그의 마음을 읽을 수 있다.

김옥균의 두 번째 묘는 일본 도쿄에 아오야마青山 묘지의 외국인 묘역에 있다. 이누카이 쓰요시犬養毅는 1894년 아사쿠사 혼간지에서 김옥균의 머리카락과 의복을 넣고 장사를 지낸 후 묘비를 세웠다. 묘비명은 유길준이 짓고 대원군의 손자 이준용이 글씨를 썼다.

세 번째 묘는 충남 아산시 영인면 아산리 143번지에 있다. 이곳의

---

49  《시사신보》, 1894년 4월 28일.

50  일본 도쿄대 인근 구마고미조駒込町에 있다. 봉분도 없는 묘에는 '朝鮮國金玉均君之墓'라 쓴 비석이 서 있다.

묘는 김옥균의 양자 김영진이 1914년 도쿄 아오야마 묘지에서 허락을 받아 김옥균의 머리카락 일부를 가져와 무덤을 만들었는데, 1914년 9월 김옥균의 부인 유 씨가 사망하자 합장하고 봉분을 세웠다. 묘비에는 '고 균거사 안동김공 김옥균지묘, 배 정경부인 기계유씨 부좌'[51]라고 씌어 있다.

김옥균 사후 일본에서는 추모운동이 불같이 번졌다. 평소에 그를 따르던 사람과 후쿠자와 유키치 등 자유민권운동가들은 그의 업적을 높이 평가했다. 이를 두고 조선에서는 일본에 빌붙었던 매국노의 증표로 삼았다. 그러나 김옥균과 갑신정변을 함께하고 그를 누구보다도 잘 알던 독립운동가 서재필은 갑신정변에 대해 회고하며 김옥균을 이렇게 평가했다.

　"김옥균은 대단한 학자이면서 다재다예한 인물이었고 정적들에게 허다한 비방을 듣긴 했지만, 나는 그가 대인격자였고 처음부터 끝까지 진정한 애국자였음을 확신한다."[52]

경식은 한 달간의 일본답사 마지막 일정을 도쿄의 진조지와 아오야마 외국인 묘역을 찾았다. 동경대 정문에서 가까운 진조지에는 약간의 거

---

51　古筠居士安東金公玉均之墓, 配貞敬夫人杞溪俞氏祔左.

52　"서재필 갑신정변 회고",《동아일보》, 1935년 1월 1일.

리를 두고 김옥균과 가이 군지의 비석이 서 있었다. 세월의 풍파를 겪었지만, 두 사람의 비석이 경식의 마음을 뜨겁게 달구었다. 경식은 지하철 치요다선 千代田線을 타고 노기자카 乃木坂 역에 내려 아오야마 외국인 묘지를 향했다. 아오야마에 있는 김옥균의 묘비에는 유길준과 박영효가 지었다는 비문이 김옥균의 죽음을 애도하고 있었다.

경식은 한국으로 돌아와 아산시 영인면에 있는 김옥균의 묘를 찾았다. 자동차를 이용했는데 도로 표지판 어디에도 김옥균의 묘는 표기되어 있지 않았다. 길을 잃어 몇 번을 헤맨 끝에 좁은 골목에서 쓰러져가는 낡은 작은 표지판을 발견할 수 있었다. 좁은 길로 들어서자 김옥균과 유씨 부인의 합장묘가 외롭게 있었다. 생전에 사랑을 이루지 못한 유씨 부인은 죽어서야 김옥균 곁에 머물 수 있었다. 경식은 김옥균과 유씨 부인의 합장묘에 절을 한 다음 해가 지도록 앉아 있었다. 삽시간에 내려앉은 어둠이 그의 마음으로 번져 들었다. 서울로 올라온 경식은 답답한 마음에 대식에게 전화했다.

"일본 여행은 어땠어? 한 달쯤 됐나?"

"여행이라기보다는 김옥균의 망명 생활을 추적하는 순례였습니다."

감정이 격해져서인지 경식의 말이 중간중간 끊겼다.

"선배님은 아오야마에 있는 김옥균의 무덤이 아무도 관리하지 않아 무연고 처리될 뻔했던 사실을 알고 있습니까?"

"나도 뒤늦게 알게 되었어. 주일 한국대사관 직원이 이를 알고 관리비를 대납해 겨우 위기를 넘겼다는 신문 기사를 통해서 알게 되었지."

"저는 그것을 생각하면 분노가 치밀어 오릅니다. 우리 정부는 그동안 무엇을 했다는 말입니까?"

대식도 답답했는지 말을 잇지 못하고 술만 마셨다.

"선배님. 아산에 있는 김옥균 묘지를 둘러보고 오는 중이었어요. 아무도 찾지 않는 외진 곳에 방치된 것을 보니 가슴이 아프더군요."

대식은 경식의 마음을 안다는 듯이 고개를 끄덕이며 말했다.

"나도 마음이 아프다."

두 사람의 대화가 잠시 끊긴 사이 술집 구석 TV에서 국제뉴스가 호들갑스럽게 흘러나왔다. 러시아가 우크라이나를 침략한 지 3년이 훨씬 지났지만 끝날 기미가 보이지 않았다. 푸틴과 김정은이 만나서 북한의 파병과 무기 제공을 통해 동맹을 강화하고, 미국은 다시 트럼프가 재집권하면서 우리나라를 둘러싼 국제정세의 불확실성이 크게 증폭되었다. 흡사 조선말의 상황과도 유사하다는 생각이 들었다. 국외의 사정도 그러한데 국내의 정치마저 나락에 떨어져, 허우적거리며 갈등과 반목만 키워가는 모습이 조선이 망하기 직전의 모습과 데자뷔처럼 닮아있었다. 흘긋 뉴스를 보며 경식은 조선이 열강의 틈바구니에서 망해간 쓰라린 역사를 다시 떠올렸다. 역사는 반복되는 것일까? 지구상의 유일한 분단국 대한민국은 언제까지 미국, 중국, 일본, 러시아의 틈바구니에서 생존을 위한 몸부림을 이어가야만 한단 말인가?

"선배님, 지금의 우리나라 상황이 조선말과 달라 보이지 않습니다. 조선 말에는 나라가 힘이 없고 돈도 없어 식민지가 되었다지만, 지금은 모든 면에서 일본을 앞지르고 있고 세계의 문화강국으로 우뚝 섰는데도 정치가 그 모든 걸 한순간에 날려버리고 있는 것 같습니다."

"나는 요즘 뉴스를 보지 않는다. 정치 뉴스가 초등학생 보기가 부끄러울 정도로 난장판이야. 세상은 급변하고 있는데, 극단적인 대립 속에서 권력과 자신의 이익만을 좇는 꼴에 이젠 정말 진절머리가 난다. 말로만 국민을 위한다고 떠들지 실상은 나라가 어떻게 되든 제 집단과 저만 배부르면 그만이라는 식이야."

대식의 말을 듣고 지금의 우리 정치와 김옥균이 살고 있던 시대의 정치가 유사한 양상을 보이며 반복되는 역사의 평행이론이 경식은 두려웠다.

"지금 우리 정치인들은 국민들에게 정치 혐오증만 안겨주고 있는 것 같습니다. 우리나라가 어떻게 만든 나라인데, 지금 오천 년 역사를 통틀어 우리가 이렇게 잘살고 선진국 대열에서 위세를 떨친 경우가 처음입니다. 경제나 문화나 일본에 꿀릴 게 하나도 없습니다. 지난날 우리가 왜 일본의 침탈에 속수무책이었는지 역사적 실체를 파악하고 그 실수를 되풀이하지 않도록 하는 일이 중요하다고 생각합니다."

"그래, 네 말이 맞다. 너 같은 사람이 여의도로 가야 하는데…."

"선배님 정치보다 중요한 것이 역사 바로 세우기입니다. 반복의 고리를 끊기 위해서라도 우리는 더 처절하게 반성해야 하고 더 냉철하게 비판해야 합니다. 우리 할아버지, 아버지 세대에서 어떻게 만든 나라인데 썩은 정치인들이 아무리 개인적 권력욕 때문에 극한 대립으로 우리나라를 망치려고 해도 우리 국민은 거기에 넘어가지 않습니다."

"지금의 정치인들이 자신들의 이익을 위해 나라를 극한 대립의 끝으로 몰고 있는 것을 보면 물극필반物極必反이라는 말이 생각난다. 만물은 극에 도달하면 반드시 뒤집히게 되어있지. 극단의 대립이 무너지고 새로운 정치 지형이 싹트리라고 나는 확신해."

"선배님 말씀에 동의합니다. 역사적으로 나라가 위기에 처할 때마다 나라를 구해낸 것은 민초들이었지 정치인이나 관리들이 아니었습니다. 임진왜란과 병자호란 그리고 구한말의 혼란기에도 민초들은 일어섰습니다. 외적이 되었건 부패한 관리가 되었건 그들은 피로써 저항했고 세상을 바꾸려 했습니다. 그러나 그들이 목숨 걸고 바꾸고자 했던 세상이 오면 항상 뒤에서 숨어 지켜보던 기득권 세력들이 권력을 잡고 민초들을 탄압하며 지배하다가 또 무너졌습니다. 이것이 우리의 역사이고 세계의 역사입니다. 그러나 역사는 그 반복을 통해 조금씩 나아져 왔지요. 지금의 정치 상황이 더 곪는다면 결국 터지고야 말 겁니다."

말이 말을 부르고 술이 술을 불러 두 사람은 술집의 손님이 자신들밖에 없다는 것을 의식하고서야 자리에서 일어났다. 이슥한 시간의 종로 뒷골목은 한산했고 어둠은 깊었다. 둘은 한참을 손을 흔들다 더 깊은 어둠 속으로 사라져갔다.

동학혁명군이 한양으로 진격할 기미가 보이자 겁이 난 고종은 또다시 외세를 끌어들였다. 조선은 민란을 진압할 수 없을 정도로 무능했다. 낫과 곡괭이를 든 동학교도들이 전주를 점령하자 고종은 청나라에 파병을 요청했다. 고종의 요청으로 청군이 조선으로 들어오자 톈진조약에 따라 일본군도 조선에 상륙했다. 일본은 10년 전 갑신정변의 굴욕을 만회하기 위해 충분히 힘을 키웠고 이젠 청나라와 한판 붙어도 승산이 있다고 생각했다. 청나라는 서태후의 사치와 향락으로 민심이 떠나가고 있었다. 이홍장이 북양함대로 막아보려 하고 있었지만, 만주족의 청 황실은 이홍장이 한족이라는 이유로 그에게 전권을 주지 않았다. 심지어 음해하기까지 했다. 반면 일본은 야마가타 아리토모를 중심으로 군사력 확장에 집중하고 있었다. 조선 땅에서 일본과 청나라가 전쟁을 벌이려 하는데 고종은 아무것도 할 수 있는 게 없었다. 조선 왕실과 민씨 외척은 자신의 잇속 챙기기에 바빠 조선을 파탄의 궁지로 내몰고 있었다. 백성을 구할 힘이 없는 나라는 이미 나라라고 할 수 없다.

　아산과 천안에서 청나라와 일본의 피할 수 없는 싸움이 시작되었다. 풍도해전에서 일본군이 승리를 거뒀고, 아산전투에서도 청나라가 일본군에 밀리며 평양으로 퇴각했다. 일본이 청나라에 정식으로 선전포고함으로써 본격적인 청일전쟁이 시작되었다. 전쟁의 무대는 다름 아닌 조선 땅이었다. 왕은 자기 살 궁리만 하고 있는 가운데 조선의 백성은 스스로 자신의 목숨을 지켜야 했다. 일찍부터 전쟁을 준비한 일본은 충분한 보급로를 확보했고 돈으로 조선인 인력과 물품을 조달했다. 그러나 점령지에서 모든 물품을 조달하는 전근대적인 전쟁에 익숙한 청나라는 후퇴하면서 조선 백성을 약탈하기 시작했다. 청나라 군사가 지나간 자리에는 풀한 포기도 남지 않는다는 소리가 나올 정도로 조선의 피해가 막심했다. 청나라는 평양성을 사수하기 위해 2만여 군사를 집결시켰다. 힘든 일은 모두 조선 백성의 몫이었다. 자신의 명줄을 이어줄 식량도 부족한데 청나라 군사와 조선 관리에게 빼앗기기까지 하니 도망가는 사람이 늘어만 갔다. 평양성 주위의 조선 백성의 씨가 말랐다는 기록이 있을 정도였다.

일본은 북양함대를 격파하고 요동반도를 공략했다. 일본군이 산동반도의 웨이하이웨이를 점령하고 그 기세를 몰아 베이징까지 진격해올 기미가 보이자, 다급해진 청나라는 일본의 총리대신 이토 히로부미와 친하다는 이유로 파직됐던 이홍장을 급하게 일본으로 파견해 휴전 조약을 맺으려 했다. 일본도 청나라를 정복할 의도는 없었다. 일본이 청나라를 정벌하면 구미 열강 세력들이 가만있지 않으리라는 것을 일본은 잘 알고 있었다. 일본은 현재 점령하고 있는 요동반도와 산동반도를 자신의 영토로 만들면 대륙으로 진출하는 전진기지를 확보할 수 있다는 계산에서 휴전의 조건으로 막대한 전쟁 배상금과 더불어 요동반도와 산동반도의 땅을 내걸었다. 청나라의 입장에서는 도저히 받아들일 수 없는 조건이었다. 그러나 전쟁을 이어가면 승산이 없다는 것은 자명했다. 이홍장과 이토 히로부미가 팽팽한 신경전을 벌이고 숙소로 돌아가는 중에 이홍장의 피격사건이 터졌다. 일본의 극우주의자가 권총으로 이홍장을 쏜 것이었다. 첫 번째 총알이 이홍장의 눈 밑에 박히고 두 번째 총을 발사하려는 순간 범인은 경호병에 의해 총을 빼앗겼다. 이홍장은 급하게 병원으로 실려 갔으나 고령이었던 탓에 탄환을 제거하지 못했다. 노련한 이홍장은 이 사건을 국제적인 여론을 유리하게 하는 데 이용했다. 이홍장의 피격 소식은 전 세계 뉴스로 퍼져나갔으며 청나라에 동정적인 여론이 형성되기 시작했다. 일본이 요동반도와 산동반도를 차지하면 가장 불안해할 나라가 러시아라고 생각한 이홍장은 러시아에 일본의 협상안을 알려주며 도움을 요청했다. 일본은 협상을 철저히 비밀리에 추진하고 있었다. 이 소식을 들은 러시아는 발등에 불이 떨어진 것을 알고 가만히 있을 수가 없었다. 러시아는 만주를 통과하는 시베리아 횡단 열차와 극동의 부동항을 확보하는 게 최우선 과제였다. 그런데 일본의 협상안대로라면 러시아는 일본과 국경을 마주하며 대립할 수밖에 없었다. 러시아는 독일과 프랑스, 영국에 힘을 합쳐 이를 저지해야 한다는 밀서를 보냈다. 독일과 프랑스도 청에서의 이권이 일본 때문에 줄어들 수 있다는 생각에 러시아에 힘을 보태겠다는 합의에 이르렀고, 일본이 말을 듣지 않으면 무력으로 대항하겠다는 내용에 합의했다. 그러나 영국은 이미 청에서 홍콩을 조차지로 얻었고 사이가 원만한 일본을 적대국으로 만들고 싶지 않았다. 러시아는 독일과 프랑스만 힘을 합쳐준다면 일본이 그들의 요구조건을 들어줄 수밖에 없을 것이라 확신하고 일본에 최종 통보한다. 이것이 삼국간섭이었다. 이토 히로부미는 메이지 천황과 만주 땅을 돌려주는 것을 의논했는데, 일본 군부의 반발이 하늘을 찔렀다. 목숨 걸고 싸워 뺏은 땅을 왜 돌려줘야 하냐고 메이지 천황 앞에서 이토 히로부미를 맹비난했다.

"일본의 우유부단한 외교가 천황의 권위를 떨어뜨린 것이다. 우리는 승리한 국가이다. 이 기세를 몰아 베이징을 점령하고 중국을 완전히 멸망시키자. 도요토미 히데요시가 못했던 일을 우리가 이루고 있는데 여기에서 물러앉을 수는 없다."

이토 히로부미는 그들에게 말했다.

"그러면 러시아, 독일, 프랑스 연합군과 우리가 싸워서 이길 수 있다고 생각하십니까?"

"길고 짧은 것은 대봐야 아는 것이다. 우리는 이길 수 있다."

"청나라 북양함대와 싸우느라 우리의 피해도 만만치 않습니다. 그리고 그 세 나라의 해군력은 세계 최강입니다. 지금은 싸울 때가 아닙니다."

일본 군벌은 외교를 전혀 모르면서 힘으로 밀어붙이려고만 하고 있었다. 그것이 일본 군국주의의 시발점이 되었다. 청일전쟁 후 요동반도를 차지한 일본에 대해 러시아는 독일, 프랑스와 함께 요동을 청나라에 반환하도록 했다. 청나라가 무너지면 동아시아의 세력 균형이 깨어질 수 있기 때문이었다.

청일전쟁이 일본의 승리로 끝나자 원세개는 청나라로 돌아갔다. 원세개는 음모와 술수로 이홍장의 사후 청나라의 군권을 장악했다. 서태후의 꼭두각시였던 청나라 황제 광서제는 원세개와 함께 서태후를 몰아내려는 친위쿠데타인 무술정변을 일으켰으나 간사한 원세개가 그 사실을 서태후에게 밀고함으로써 무술정변은 실패로 돌아간다. 서태후는 광서제를 폐위시키고 살해하려고 했으나 외국의 반대로 죽이지 못하고 자금성에 유폐시켰다. 그 후 서태후의 신임으로 승승장구하던 원세개는 청나라를 멸망시키고 중화제국을 선포해 초대 황제에 올랐다. 권모술수에 능했던 그는 청과 조선을 몰락시키는 원흉이 되었다.

청일전쟁이 조선 반도에서 벌어지고 있었지만 정작 땅의 주인인 조선은 구경꾼처럼 지켜보고만 있었다. 청일전쟁에서 승리한 일본은 조선의 근대화 작업에 착수했다. 그것이 갑오경장이었다. 청일전쟁이 끝난 후 중국의 종주권이 사라지자 갑신정변의 주역들이 다시 조선으로 들어와 개혁을 주도했다. 일본의 1차 갑오경장은 대원군을 끌어들여 민씨 일파를 견제하고 조선의 근대화를 추진하려 했다. 그러나 대원군은 전국의 유생들을 이용해 일본을 조선에서 몰아내는 공작을 비밀리에 진행했다.

그것이 발각되자 일본은 대원군을 실각시켰다. 2차 갑오경장을 추진하면서 총리대신 이토 히로부미는 해외여론을 잠재우고 조선의 개혁을 밀어붙일 힘 있는 사람이 필요했다. 이에 이노우에 가오루가 전면에 등장했다. 이노우에 가오루는 조슈 5걸[53]의 한 사람으로서, 이토 히로부미와 함께 영국으로 밀항해 서양의 기술을 눈으로 확인하고 메이지유신을 성공시킨 핵심 세력의 일원이기도 했다. 그러나 외무대신을 지낸 이노우에에게 조선 공사는 격에 맞지 않았으므로 '독판변리대사'라는 특별지위를 만들어 보내려 했다. 그러나 이노우에는 특별지위로 조선으로 가면 서양 외교관들이 의심의 눈초리로 볼 것을 염려해 그냥 조선 공사로 가게 되었다. 그것이 2차 갑오경장이었다. 조선에 부임한 이노우에는 세 가지 목표에 우선순위를 정해 조선의 정책을 추진해나갔다.

첫째, 동학 반란의 완전한 진압.
둘째, 대원군과 민비의 정치 간섭 완전 차단.
셋째, 박영효를 중심으로 한 조선의 개화와 개혁.

이노우에 가오루가 조선 공사로 부임하면서 박영효가 조선의 개혁을 추

---

53  1863년 일본 조슈번에서 영국으로 밀항한 다섯 명의 20대 청년. 이들은 후에 메이지유신의
    주역이 되었다.

진하게 되었다. 1차 갑오경장이 대원군의 이름으로 추진된 것이었다면, 2차 갑오경장에서는 일본에 망명 중인 박영효를 조선으로 복귀시켜 개혁의 임무를 맡긴 것이다. 민비와 고종은 처음에는 반대했지만, 대원군을 실각시킨다는 이노우에의 말을 듣고 박영효에게 갑신정변의 모든 죄를 방면하고 부마의 지위를 인정해주었다. 이노우에가 외무대신에게 보낸 편지에 다음과 같은 기록이 있다.

박영효의 죄과는 이미 지난 8월 중 한국에 돌아온 후 머지않아 곧 사면될 단계에 이르렀습니다만, 이달 9일에 이르러 겨우 금릉위의 직첩을 돌려받는 동시에 박영효의 선친 박원양, 그리고 서광범의 선친 서상익 및 박영효 등과 일을 같이해 비명의 죽임을 당한 홍영식과 그의 선친 홍순목은 모두 관작이 회복되고 기타 이 사건에 관련된 여러 죄인도 하나같이 그 죄명이 취소되었습니다. 그날 박영효는 복작되었으므로 전례에 따라 저택을 하사받고 서광범은 전의 관직인 첨지중추원사僉知中樞院事를 다시 제수받았으며, 17일에 이르러 마침 박영효는 내무대신으로, 서광범은 법무대신으로 임명되었습니다.[54]

---

54 '朴泳孝 復爵과 甲申罪犯赦免 및 金玉均의 妻·女 發見의 件', 문서번호 發제130號. 발신일: 1894년 12월 21일. 발신자: 特命全權公使 伯爵 井上馨. 수신자: 外務大臣 子爵 陸奧宗光.

박영효의 귀국은 일본에 망명한 지 10년 만이었다. 배 안에서 그의 심정은 착잡했다. 갑신정변의 주역이었던 박영효와 서광범은 김옥균이 추구했던 갑신정변의 강령들을 부활시켰다. 2차 김홍집 내각이 구성되었다. 총리대신에 온건개화파 김홍집 그리고 개혁의 실무를 총지휘하는 자리인 내무대신에 박영효를 임명했다. 이들은 대외적으로 조선이 완전한 자주독립국임을 선포했다. 박영효는 김홍집 2차 내각의 실질적인 책임자로 갑신정변에서 못다 한 꿈을 이룰 기회를 잡은 것이다. 박영효는 김옥균과 함께 추진하던 갑신정변의 꿈을 이룰 수 있다는 생각에 여러 감회가 물밀듯 밀려왔다.

'이럴 때면 김옥균은 어떻게 하였을까?'

박영효는 김옥균을 생각하면서 2차 갑오경장을 추진했다. 그러나 그가 추진하고자 했던 꿈이 한꺼번에 쏟아져 나옴으로써 온건파인 김홍집과 사사건건 부딪쳤다. 급진적인 박영효와 점진적인 개혁을 추진하는 김홍집은 서로 맞지 않았다. 일본을 등에 업고 급하게 서두르는 박영효는 김홍집을 실각시키고 조선의 개혁을 강하게 밀어붙였다. 그러나 민비를 중심으로 하는 수구당의 반격도 만만치 않았다. 개혁이 하나하나 추진되면서 조선에 돈이 들어오자 민비의 욕심이 또다시 발동한 것이다. 고종과 민비는 나라보다는 자신들의 권력과 부만 생각했지 백성들은 안중에도 없었다. 특히 민비는 자신의 가족과 친척 외에는 아무도 믿지 않았다. 민비의 요청을 처음에는 박영효도 수용해 유배된 민씨 일족들을 풀어주고 관직으로 복귀시켰는데 민비의 요구가 날로 늘어났다. 그리고 고종을 부추겨 박영효의 권력을 제한하고 근대화를 가로막는 예전으로 복귀하는 형국이 되었다.

러시아를 중심으로 한 삼국간섭으로 일본이 러시아에 밀리자 이 틈을 타서 민비는 러시아 공사 베베르와 모의해 일종의 친위쿠데타를 시도했다. 이 사실을 보고받은 박영효는 갑신정변을 떠올렸다. 갑신정변 실패의 가장 큰 원인이 민비를 살려둔 것이었기 때문이었다. 박영효는 스기무라에게 제시한 5개조 개혁안에 민비의 폐서인을 포함시켰다. 그러나 일본은 외교 관계상 개입할 수 없다는 입장을 전했다. 이에 박영효는 민비가 살아있는 한 조선의 근대화는 이룰 수 없다는 판단에 민비 살해계획을 세운다. 그리고 박영효는 궁궐 호위를 담당하는 시위대를 조선의 국방을 강화하는 훈련대로 바꾸고자 했다. 고종은 자신을 지키는 궁궐의 시위대가 사라지는 것에 불안을 느끼고 있었으므로, 민비의 수구당은 이를 이용해 박영효를 역모 사건 주동자로 몰아갔다. 박영효가 시위대를 훈련대로 바꾸어 조정을 전복하려 한다는 문서를 조작해서 박영효를 역적으로 몰았다. 이 사건을 불궤음도不軌陰圖[55]라고 하는데 고종은 민비와 수구당의 말을 듣고 박영효 체포령을 내린다. 박영효는 일

---

55   1895년 7월 박영효의 민비 제거 음모.

본공사관으로 피신해서 도움을 요청한다. 민비와 고종은 갑신정변 때처럼 끈질기게 박영효를 내어놓으라고 했으나 인천으로 피신한 박영효는 후자카와마루를 타고 또다시 일본 망명길에 오른다. 그의 심정은 이루 말할 수 없이 착잡했다. 이 사건을 기회로 이토 히로부미는 이노우에에게 책임을 물어 박영효와 함께 귀국시켰다. 박영효와 서광범을 쫓아내고 그 자리에 친러파를 앉힘으로써 민비는 러시아의 힘을 빌려 일본의 간섭을 배제했다. 한편 일본에서는 조선에서 반일감정이 격화되자 이노우에 가오루 대신 군인 출신인 미우라 고로를 공사로 파견했다.

## 복수의 칼을 갈다

김옥균의 처 유씨 부인은 갑신정변 직후 체포되어 옥천 감옥에 갇혔다가 관비가 되었다. 유씨는 어린 딸 때문에 죽지 못하고 모진 세월을 이어가고 있었다. 남편 김옥균이 암살되고 능지처사되어 전국에 사지가 걸리는 것을 보고 유씨 부인은 홍종우를 죽이려 마음먹고 한양으로 올라가기 위해 돈을 모으고 있었다. 유씨 부인은 당시의 심정을 다음과 같이 토로했다.

그 쓰라림은 살을 찢고 뼈에 사무쳐 하늘을 우러러 울부짖고 땅에 엎드려 통곡한 게 하루에도 몇 번인지 모른다. 홍종우에게 원수를 갚고 해외 만리의 하늘에 표류된 망부의 원혼을 위로하며 받드는 것이 이 몸이 해야 할 첫 번째 소원이다.[56]

유씨 부인은 한양에 있는 홍종우를 죽이기 위해 옥천의 허름한 주막 부엌에서 일하며 기회를 노리고 있었으나 복수의 기회는 좀처럼 오지 않았다. 여자의 몸으로 홍종우를 암살하기에는 불가능한 것처럼 보였다. 그러나 유씨 부인의 집념은 대단했다. 신분을 속이고 주막 부엌데기로 들어가 귀동냥으로 홍종우의 소식을 전해 들으면서 가슴에 간직한 작은 칼 하나를 한시도 놓은 적이 없었다. 그런데 복수의 칼을 갈고 있는 유씨 부인에게 뜻밖의 손님이 찾아왔다.

청일전쟁이 끝나고 일본이 승리함으로 민씨 일파가 물러나고 다시 개화파가 정권을 잡을 때 박영효가 사면되어 조선으로 돌아왔다. 그때 박영효와 함께 조선으로 온 사람이 김옥균을 따르며 존경했던 이윤고였다. 그는 조선에 도착하자마자 김옥균의 고향인 옥천을 찾았다. 거기서 김옥균의 부인과 딸이 살아있다는 소식을 듣고 한걸음에 내달렸다. 김옥균 부인 유씨는 초라한 행색으로 주막의 설거지를 해가며 하루하루 어렵게 생활하고 있었다. 유씨 부인을 보자 이윤고는 눈물이 앞을 가려 똑

---

56  《시사신보》, 1895년 2월 16일.

바로 볼 수가 없었다. 천하의 김옥균 부인이 이렇게 다 떨어진 옷에 초췌한 몰골로 주막집 부엌에서 일하는 모습이 이윤고의 가슴을 아프게 했다. 이윤고는 유씨 부인을 알고 있었지만 유씨 부인은 이윤고를 기억하지 못했다. 이윤고가 유씨 부인에게 큰절을 올리며 말했다.

"저는 이윤고라고 하는 사람입니다. 고균 선생님의 제자로 선생님을 돕다가 마지막을 함께하지 못하고 이렇게 살아남아서 부인을 뵈니 면목이 없습니다. 저는 부인을 기억하고 있습니다. 김옥균 선생님과 집으로 찾아뵈었을 때 항상 따뜻한 밥과 술상을 내어주시던 모습이 아직도 눈에 선합니다. 그런 부인께서 이렇게 어렵게 살고 계시는 것을 보니 가슴이 무너집니다."

유씨 부인은 기억을 더듬어 보았지만, 기억이 떠오르지 않았다. 옛날 김옥균의 집에 손님이 끊이지 않아 손님을 일일이 기억할 수가 없었다. 유씨 부인은 울먹이는 이윤고에게 말했다.

"모진 목숨 이렇게 살고 있습니다."

이윤고는 고개를 숙이고 말했다.

"살아계셔 주셔서 고맙습니다. 이제 새로운 세상이 되었습니다. 김옥균 선생님이 그렇게 꿈꾸던 세상이 되었습니다."

유씨 부인은 그 소리를 듣자 참았던 눈물이 쏟아졌다.

"세월이 참 야속합니다. 남편이 조금만 더 참고 기다렸다면 그분이 꿈꾸던 세상을 직접 만들 수 있었을 텐데."

유씨 부인은 잠깐 망설이다가 결심한 듯 다시 입을 뗐다.

"제게 소원이 하나 있습니다."

"무엇이든지 말씀해주십시오. 제 목숨이라도 바치고 싶습니다."

이윤고의 말을 듣고 유씨 부인은 비장한 목소리로 말했다.

"남편의 원수를 갚아주십시오. 저는 여자의 몸으로 딸 때문에 죽지 못하고 이렇게 모진 생명을 이어가고 있었습니다. 남편이 언젠가는 살아서 돌아올 것이라는 희망 하나로 살아왔습니다. 그런데 남편의 육신이 찢겨 전국에 매달리는 것을 보고 저도 따라 죽으려고 했지만, 남편의 원수를 갚고 죽자는 생각으로 한양으로 올라가려고 준비하고 있습니다. 남편을 죽인 원수는 지금 한양에서 큰 벼슬을 하며 떵떵거리며 살고 있습니다. 저는 그 원수를 죽이기 전에는 죽어서 남편을 볼 수 없습니다."

이윤고는 유씨 부인에게서 김옥균의 강한 의지를 보았다. 그는 엎드려서 말했다.

"염려하지 마십시오. 제 손으로 반드시 선생님의 원수를 갚겠습니다. 저에게 맡겨주십시오. 그리고 지금 한양은 무법천지입니다. 그냥 여기에 계십시오. 제가 부인께서 살아 계신다는 소식을 일본에 알린 후 부인을 다시 찾아오겠습니다. 일본에서 김옥균 선생님의 스승이신 후쿠자와 선생님께서 애타게 부인과 따님을 찾고 계십니다."

"저에게 먼저 약조해주십시오. 반드시 남편의 원수를 갚아주시겠다고 약조해주십시오."

"부인의 말씀이 아니더라도 선생님의 원수는 제 손으로 처단하고 싶었습니다. 그리고 저는 지금 금릉위와 함께 있습니다. 그분께서 부인이 살아 계신다는 소식을 들으면 누구보다도 좋아하실 것입니다."

유씨 부인은 금릉위 박영효가 살아서 조선으로 돌아왔다는 소식에 더욱 가슴이 미어져 왔다. 내 남편도 저렇게 살아서 돌아오기를 기도했건만 동지 박영효만 살아서 돌아오고 남편은 사지가 찢겨 죽임을 당했으니 그 아픔이 몇 배로 유씨 부인에게 다가왔다. 이윤고는 울고 있는 유씨 부인에게 말했다.

"이제 고생은 끝나셨습니다. 제가 한양으로 올라가면 금릉위에게 부인의 말씀을 올리겠습니다."

유씨 부인은 이윤고의 말을 듣고 쥐 죽은 듯이 살면서 소식을 기다렸다.


박영효는 이윤고에게 김옥균의 부인이 살아있다는 이야기를 듣자 자신만 살아남았다는 죄책감에 가슴이 저렸다.

"다시 옥천으로 가서 유씨 부인을 한양으로 모셔 와야 한다. 위험할 수 있으니 은밀하게 처리해야 한다."

그리고 돈 삼백 원을 이윤고에게 주며 말했다.

"이 돈을 유씨 부인에게 전해주거라. 내가 김옥균에게 진 빚이라고 해라. 내가 한양에 유씨 부인이 살만한 안전한 집을 구할 것이다."

그러나 박영효는 민비 살해음모가 발각돼 다시 일본으로 망명해야만 하는 처지인지라 유씨 부인을 만날 수가 없었다.

유씨 부인이 김옥균의 복수를 다짐하는 사이에 홍종우는 청일전쟁에서 일본이 승리하고 주도권을 잡자 신변의 위협을 느껴 1895년 6월 중국으로 도망갔다. 그리고 민비 시해 사건 이후 고종이 아관파천으로 개화파를 몰아내고 정권을 잡자 홍종우는 다시 고종 곁으로 돌아온다. 암살범 홍종우는 권력에 기생하는 파렴치범이었다.

청일전쟁에서 패배한 이후 러시아가 주도한 삼국간섭으로 가까스로 살아난 청은 러시아에 감사의 표시로 뤼순을 조차시켜 주었다. 러시아는 시베리아 횡단열차를 뤼순까지 연장했고 고종은 러시아의 힘을 빌려 조선을 지키려 생각했다. 1895년 민비와 고종은 박영효를 내쫓고 친러파인 박정양을 내세워 일본과 거리를 두고 있었다. 불시에 민비에게 일격을 당한 일본은 반격에 나섰다. 이노우에 가오루가 박영효와 함께 물러나고 조선 공사로 새로 부임한 미우라 고로는 외교관이 아닌 군인 출신이었다. 미우라 고로는 이토 히로부미와 같은 고향으로 일본 군부 창설의 핵심 멤버였다. 외교에 문외한인 미우라 고로는 조선의 사정에 밝은 오카모토 류노스케岡本柳之助를 고문으로 삼아 함께 조선으로 들어왔다. 오카모토 류노스케는 김옥균을 존경해서 김옥균 암살 소식을 듣고 시신을 수습하기 위해 곧장 상하이로 달려갈 정도였다.

조선에 도착한 미우라 공사는 오카모토를 대원군에게 보내 도움을 청했다. 러시아에게 주도권을 빼앗기지 않으려는 일본, 그리고 러시아를 등에 업고 권력을 휘두르는 민비를 극도로 싫어하는 대원군은 힘을 합하기로 했다. 대원군과 오카모토가 머리를 맞대고 고민하던 중 조선 조정에서 일본 장교들이 훈련시킨 훈련대를 해산하고 친러파 우두머리이자 민비의 조카인 민영익을 궁내부대신으로 임명한다는 소식이 들려오자 오카모토와 대원군은 마음이 급해졌다. 이때 김옥균의 말이 오카모토의 뇌리를 스쳤다.

'갑신정변 때 민비를 죽이지 못한 것이 가장 큰 실패의 원인이었다. 임오군란 때도 민비를 죽이지 못해서 실패로 끝난 것이다.'

오카모토는 지난해 박영효마저 민비를 살해하려다 실패해서 일본으로 두 번이나 망명하는 수모를 겪었다는 것을 생각하고 민비가 살아있는 한 조선의 개화는 어렵다고 판단했다. 오카모토는 민영익이 민비와 손잡고 러시아에 조선을 팔아넘기리라 여기고 대원군에게 말했다.

"민비를 죽이지 않으면 우리 모두가 죽습니다. 결단을 내려주십시오. 태상께서 암묵적으로 동의해주시면 저희는 일본 낭인을 동원해 민비를 살해할 것입니다. 일본 군대는 경복궁 외곽 수비만 하고 절대 관여하지 않을 것입니다. 일본 낭인들의 행패로 규정하면 태공과 저희 공사관과는 무관한 일이 될 것입니다."

대원군은 아무 말도 하지 않았다.

"태공께서 아무 말씀도 하지 않으시면 암묵적으로 승인한다는 취지로 알고 소인은 돌아가겠습니다."

대원군은 입을 뗐다.

"왕과 세자에게는 해가 없도록 하시오."

"명심해서 받들겠습니다."

"거사가 끝날 무렵 태공께서 경복궁으로 들어오셔서 새로운 내각을 발표하시기 바랍니다."

오카모토는 운현궁을 나서면서 야릇한 미소를 지었다.


미우라 공사는 오카모토의 보고를 받고 일본 정부에 보고도 하지 않은 채 조선에 있는 일본 낭인들을 불러모아 민비 시해를 추진했다. 경복궁 외곽을 일본 군대가 장악하고 일본 낭인들이 경복궁에 침입해서 민비를 잔인하게 살해하고 시신을 불태웠다. 이른바 을미사변이 일어나자 온 조선 백성이 분노했다. 이것은 일본 정부에서도 원하던 바가 아니었다. 을미사변 이후 3차 갑오경장 즉 3차 김홍집 내각이 꾸려지는데, 2차 김홍집 내각을 박영효가 주도했다면, 3차 김홍집 내각은 유길준이 이끌었다. 고종은 일본의 압력에 굴복해 10월 10일 시해당한 자신의 부인 민비를 폐서인한다는 교지를 발표했다.

왕후 민씨가 자신과 가까운 무리들을 끌어들여 짐의 주위에 배치하고 짐의 총명을 가리고 백성을 착취하고 벼슬을 팔아 탐욕과 포악이 지방에 퍼지니 종묘사직이 위태로워졌다. 이에 짐이 왕후 민씨를 폐하여 서인으로 삼는다.[57]

그리고 고종은 민비가 죽은 지 열흘도 되지 않아 13세 이상의 여성 중에서 왕비를 뽑는다는 간택령을 내려 외국 공사들의 비웃음을 사기도 했다.

민비 시해 사건으로 여론이 불리하게 돌아가자 미우라는 해임되고 일본으로 강제 송환되어 일본 군법재판에 회부되지만 오카모토 류노스케와 미우라는 증거불충분으로 무죄판결을 받고 석방된다. 을미사변 후 들어선 3차 김홍집 내각이 단발령을 발표하자 불난 집에 기름을 붓듯 일본에 대한 분노가 화산처럼 분출했다. 1895년 12월 30일 단발령을 선포한 고종은 먼저 자신의 상투를 잘랐다. 조선 곳곳에서 상투를 자르려고 가위를 들고 덤비는 관리와 도망치는 백성이 벌이는 소동을 외국인들은 신기하게 바라보며 사진을 찍었다. 결국은 자살하는 사람까지 생겨났으며 '신체발부 수지부모身體髮膚受之父母'라는 공자의 이념을 지키기 위

---

57   『고종실록』, 고종 32년 8월 22일.

해 전국의 유림이 들고일어났다. 단발령에 대한 폭동은 전국적으로 확산되었다. 3차 김홍집 내각에서 갑오개혁의 완성을 위해 속도를 내던 중 결정적인 실수를 저지른 것이다. 미국에서 오래 공부한 유길준은 머리를 자르는 것이 이렇게 큰 반발을 불러일으킬 줄 몰랐다. 조선에서 일본을 몰아내자는 의병이 일어나기 시작했다. 이 기회에 친러파인 이범진이 신변 위협을 핑계로 고종을 꼬드겨 러시아공사관에 피신시키려는 계획을 세운다. 1896년 2월 을미사변 4개월 후 베베르 공사의 유혹으로 고종은 왕궁을 버리고 러시아공사관으로 피신한다. 이것이 아관파천이다. 왕이 자신의 궁을 버리고 외국 공사관으로 도망친 믿기 힘든 사건이 발생한 것이다. 러시아는 고종을 보호한다는 명분으로 200명의 해병을 인천에서 한양으로 이동시켰다. 아관파천 후 고종은 3차 김홍집 내각 전원을 파직하고 친러파 중심으로 내각을 구성했다. 고종은 러시아공사관에서 김홍집과 유길준 등에 사살 명령을 내렸다. 이에 김홍집, 어윤중 등은 군중에 의해 피살되고 유길준은 또다시 일본으로 망명하는 신세가 되었다. 정권을 잡은 러시아는 조선의 모든 이권을 차지하기 시작했다. 이때부터 조선의 모든 권력은 러시아공사관으로부터 나왔다. 한 나라의 왕이라는 사람이 자신의 왕궁을 버리고 다른 나라의 공사관에 숨어서 일 년을 지냈다는 것은 세계적으로 유례가 없는 창피스러운 일이었다.

## 명성황후의 진실

경식이 민비의 죽음에 관한 논문을 찾고 있는데 선배 김대식이 경식의 집을 찾아왔다. 선배는 경식에게 뮤지컬 티켓을 내밀며 말했다.

"이거 네가 관심 있어 할 것 같은데?"

선배가 준 티켓의 뮤지컬은 민비를 주제로 한 뮤지컬 〈명성황후〉였다. 경식은 선배에게 말했다.

"선배. 내가 김옥균을 연구하면서 제일 괴로운 부분이 뭔지 아세요? 민비 부분이었어요. 민비에 대한 역사적 해석이 많이 왜곡되어 있어서 속이 상합니다."

선배는 웃으며 말했다.

"나는 네가 너무 김옥균에게 치우친 나머지 다른 사람을 펌훼하고 있는 건 아닌지 걱정스럽다."

경식은 선배가 무슨 말을 하려는지 짐작하고 있었지만, 민비에 대한 경식의 생각은 확고했다. 민비가 명성황후라는 이름으로 추앙받고 있는 것은 일본 낭인들에게 무참히 살해되었기 때문이며, 반일감정이 민비의 모든 악행을 덮어버렸다. 단지 일본인에 의해 살해되었다는 것 하나로 조선의 국모로 되살아난 것이다. 을미사변 이전에 민비는 조선 백성에 의해서도 몇 번이나 살해될 뻔한 위기에 처했었다. 그 첫 번째가 임오군란으로 구식군인들이 월급도 받지 못하고 몇 개월 만에 받은 쌀에 모래와 겨가 섞여 나오자 울분을 참지 못해 일으킨 사건이었다. 그들이 죽이려고 한 사람이 민비였다. 민비는 궁녀와 옷을 바꿔 입고 궁궐을 탈출해 간신히 목숨을 구했다. 중전의 옷을 입은 궁녀를 살해한 조선 군인들은 민비가 죽은 줄 알았고, 장호원에 피신해 있던 민비는 청나라의 도움을 받아 조선의 백성을 무참히 살해했다. 두 번째는 갑신정변이었다. 그때도 민비를 죽이자는 의견이 많았지만, 민비를 죽이면 고종의 동의를 얻기 힘들다는 이유로 살려두었으며 후에 김옥균은 민비를 살려둔 것이 갑신정변의 가장 큰 실책이라고 두고두고 후회했다. 세 번째는 청일전쟁 후 조선으로 돌아온 박영효가 세웠던 민비 암살 계획이었다. 박영효는 민비가 있으면 절대로 조선을 개혁할 수 없다고 판단했으나, 이 계획이 발각돼 박영효는 또다시 일본으로 두 번째 망명길에 오르게 되었다. 조선에서 공식적으로 민비를 살해하려고 했던 것이 세 번이고 비공식적으로도 민비를 죽이려는 조선인이 많았다. 그렇게 고비마다 살아남은 민비가 일본 낭인들에 의해 죽은 것이 민비에 대한 평가를 왜곡하고 만 것이다. 조선 백성에겐 자신들이 죽이려고 했던 왕비가 일본인의 손에 죽은 것이 치욕스러웠던 것이었다.

"저는 조선을 망친 가장 큰 원인이 외척세력의 부패와 권력독점이라고 보는데, 그 가운데 최고의 정점을 찍은 사람이 민비였다고 생각합니다."

"나도 동감한다. 조선을 망친 사람이 민비였고 청나라를 망친 사람이 서태후였어. 두 사람은 평행이론처럼 닮아있어. 그 두 여인의 권력욕과 부패가 어떻게 그렇게 닮은꼴인지 나도 분간이 가지 않는다. 조선과 청나라를 파멸로 이끈 것은 그 두 여인의 끝없는 탐욕이라고 생각해. 청일전쟁이 한창 진행 중일 때 서태후의 환갑잔치 비용이 전쟁 비용만큼 들어갈 정도였어. 그녀의 사치는 극에 달했어. 매일 놀이패를 불러 잔치를 벌였으며 자금성보다 화려한 원명원을 자신의 환갑잔치를 위해 만들었으니, 그 비용으로 군함을 구입했다면 청나라는 일본과의 전쟁에서 패하지 않았을 거야."

경식은 선배의 말에 맞장구를 치며 말했다.

"민비도 서태후에 뒤지지 않았습니다. 매일 무당을 불러 굿판을 벌이고 백성이 굶어 죽어 나가는 데도 사치가 끝이 없었지요. 왕실 재정이 조선 정부의 재정을 넘어서서 조선이라는 나라 자체가 민비와 왕실의 부속품에 불과했습니다. 질투심 또한 하늘을 찔러 고종이 후궁과 만나는 것도 쉬운 일이 아니었습니다. 민비가 의친왕의 생모를 때리고 궐 밖으로 내쫓은 일은 조선왕조에서 있을 수 없는 일이었습니다. 민비를 명성황후로 칭송하고 있지만, 민비가 일본인에게 무참하게 살해되지 않았다면 어떻게 평가받았을까 궁금합니다."

## 살아남은 자의 비애

후쿠자와 유키치는 유씨 부인과 딸의 행방을 수소문하는 데 여념이 없었다. 그러나 숨어지내는 유씨 부인을 찾는 일이 쉽지 않았다. 그러던 중 청일전쟁 후 박영효를 따라 조선으로 들어갔던 이윤고가 유씨 부인을 만났다는 소식을 듣고 후쿠자와는 잠을 이룰 수가 없었다. 죽은 줄로만 알았던 김옥균의 부인과 딸을 찾았다는 보고서가 이윤고에 의해 이노우에 외무대신을 통해 후쿠자와에게 전달된 것이 외무성 기록으로 남아있다.

> 김옥균의 처와 딸에 대해서는 금년 봄 이래 누차 이들을 찾아내려 힘썼지만 혹은 생존해 있다고도 하고 혹은 살해되었다고도 해서 그 설이 한결같지 않았는데, 옥천 근방에서 수색하던 중 뜻밖에도 위의 모녀 2인을 찾아냈으므로 일본 군대에 소속되어있는 조선인 박윤영朴允榮으로 하여금 그 보호를 담당하게 하여 경성으로 호송, 현재 朴·徐 두 사람과 같이 살고 있습니다.[58]

후쿠자와 유키치는 김옥균의 딸을 일본으로 데려올 계획을 세웠다. 일

---

58  '朴泳孝 復爵과 甲申罪犯赦免 및 金玉均의 妻·女 發見의 件'

본에서 좋은 교육을 받게 하고 혼인시키는 것이 김옥균에게 진 마음의 빚을 조금이나마 갚는 일이라 생각했다. 후쿠자와 유키치는 조선에서 일본으로 귀국한 고가네이 곤자부로小金井權三郎를 불렀다. 고가네이는 후쿠자와가 아들처럼 생각하는 수제자로 김옥균을 존경하고 있었다. 후쿠자와는 김옥균의 딸을 고가네이와 혼인시켜 며느리처럼 돌봐주고 싶었다. 후쿠자와는 고가네이에게 말했다.

"자네도 김옥균을 깊이 존경하고 있지 않은가?"

"저야말로 김옥균 선생에게 입은 은혜를 어떻게 갚을 수 있을까 항상 마음에 걸렸습니다."

후쿠자와는 그 순간을 놓치지 않고 바로 말했다.

"내가 평소에 생각했던 것인데 자네가 김옥균의 딸을 아내로 맞이할 생각은 없는가?"

고가네이는 갑작스러운 후쿠자와의 말에 얼굴이 굳어졌다. 한 번도 생각해본 적이 없는 일이었기에 당황하는 기색이 역력했다. 그 모습을 보고 후쿠자와는 말했다.

"곧바로 결혼하라는 말은 아니고, 김옥균의 딸을 일본으로 데려와서 교육도 제대로 받게 하고 신부수업도 시킨 다음에, 무엇보다 김옥균의 딸이 자네를 좋아해야 한다는 조건이 먼저일세. 홀로 남은 부인 쪽은 내가 어떻게 해서든지 생활비를 지원할 테니 걱정할 건 전혀 없네."

고가네이는 솔직하게 말했다.

"제가 김옥균 선생님의 따님과 혼인하는 것은 영광입니다만, 서로 풍속, 습관이 다르고 소통도 안 되는데 김옥균 선생의 따님이 낯선 이곳에서 결혼생활을 꾸려갈 수 있을지 걱정과 두려움이 앞섭니다."

"자네의 마음을 이해하네. 자네도 나와 똑같은 심정일 것이야. 먼저 세상을 떠난 김옥균에게 무엇이라도 해주고 싶은 것이 내 마음이고 자네의 마음일 것이야."

"선생님의 말씀 감사합니다. 김옥균 선생님의 따님이 허락만 하신다면 저는 당장이라도 혼인식을 올리고 싶습니다."

후쿠자와는 흐뭇한 마음으로 고가네이를 지켜보다가 품속에서 돈뭉치를 꺼냈다.

"조선으로 돌아가면 이 봉투를 유씨 부인에게 드리며 나의 뜻을 꼭 전해주기 바라네. 유씨 부인과 딸이 꼭 일본으로 올 수 있도록 자네가 잘 설득해주었으면 하네."

"선생님의 뜻을 꼭 전하겠습니다."

고가네이는 조선에 도착한 다음날 통역관을 대동해 유씨 부인을 찾아갔다.

"후쿠자와 선생님은 김옥균 선생님에 대한 미안함으로 잠을 이루지 못하고 있습니다. 그분은 김옥균 선생님의 따님을 일본에 모셔서 김 선생님에 대한 은혜를 갚겠다는 말씀을 하십니다. 물론 부인께서도 함께 오시라는 뜻입니다. 지금 조선은 불안합니다. 그리고 김옥균 선생에게 반감을 품은 자가 많이 있습니다. 후쿠자와 선생님의 뜻을 받들어 일본으로 들어오십시오. 제가 모든 뒷일을 처리하겠습니다."

고가네이는 그 자리에서 자신이 따님과 결혼해서 행복하게 해주겠다는 말이 목구멍까지 넘어왔지만, 지금은 때가 아니라고 생각하고 참았다. 유씨 부인은 눈물을 글썽이며 말했다.

"조선 천지의 외톨이 모녀를 먼 일본에서 이렇게 챙겨주시니 무슨 말을 할 수 있겠습니까? 그저 고마운 마음뿐입니다. 그러나 저는 이곳 조선에서 남편이 못다 한 일을 이루어야 합니다. 그래야 남편이 저승에서 편안하게 눈을 감을 수 있을 것입니다. 그리고 제 딸이 일본으로 가는 문제는 딸과 상의해 결정하겠습니다. 사흘쯤 말미를 주시면 답장을 드리겠습니다."

고가네이는 후쿠자와 선생님의 돈과 선물을 건네고 물러 나왔다. 고가네이는 유씨 부인의 얼굴에서 김옥균의 의지를 다시 한번 느꼈다. 부창부수라 했다. 유씨 부인도 이미 나약한 여인이 아니었다. 그런데 사흘이 지나도록 유씨 부인으로부터 아무런 연락이 없었다. 일주일 후 후쿠자와 선생의 편지가 날아들었다.

"왜 이렇게 일을 느리게 처리하는가? 빨리 가부를 알려줘야만 여러 가지 준비를 하지 않겠느냐? 나도 살날이 얼마 남지 않아 마지막으로 하고 싶은 일인데 어찌 일을 더디게 처리한다는 말인가?"

후쿠자와 선생의 편지에서 독촉의 느낌이 전해졌다. 편지를 읽은 고가네이의 이마에서 식은땀이 흘렀다. 고가네이는 다시 유씨 부인을 찾아갔다. 유씨 부인은 미안하다는 듯이 얼굴을 붉히며 말했다.

"제 딸과 며칠 동안 이야기를 해보았지만, 딸의 고집이 아버지를 닮았는지 도저히 꺾을 수가 없었습니다. 후쿠자와 선생님이 이렇게도 신경을 쓰는데 그 은혜에 보답하지 못해 고개를 들 수가 없습니다."

고가네이는 앞이 캄캄해졌다. 순간 후쿠자와의 얼굴이 떠올라 고가네이는 어떻게든 설득하고 싶었다.

"부인의 뜻은 알겠습니다. 그러나 따님의 미래를 생각하셔야 합니다. 후쿠자와 선생님은 따님을 일본의 좋은 학교에 보내서 아버지가 못다 이룬 뜻을 이어가기를 원하고 있습니다. 제가 조선에서 큰 사업을 할 수 있었던 것도 모두 후쿠자와 선생님의 도움이 없었으면 불가능한 일이었을 것입니다. 저는 조선에서 번 돈을 모두 김옥균 선생님 따님을 위해 쓰겠노라 선생님께 다짐했습니다. 제발 한 번만 더 재고해주시기 바랍니다. 따님과 어머님을 같이 모시고 싶습니다."

고가네이의 간절한 당부에 유씨 부인도 믿음이 생겼다. 한참을 망설이던 유씨 부인이 어렵게 입을 뗐다.

"알겠습니다. 제가 딸을 설득해서 같이 일본으로 가겠습니다."

고가네이는 감격해서 유씨 부인에게 넙죽 큰절을 올렸다. 두 사람은 9월 7일 고가네이 집에서 만난 후 다음날 밤에 인천으로 떠나자는 약속을 하고 헤어졌다. 고가네이는 인천에서 일본으로 가는 배표를 예약하고 유씨 부인과 딸을 일본으로 데려갈 서류를 준비했다. 고가네이가 빈 틈없이 준비해 놓았는데 정작 약속한 날짜가 되자 어찌 된 노릇인지 유씨 부인이 감감무소식이었다. 이로써 김옥균 모녀의 일본행은 불발로 끝나고 말았다. 일본의 《시사신보》에 자세한 상황이 실렸다.

혹시라도 유씨 부인 모녀에게 돌발사고가 일어난 것이 아닐까 싶어 내 통역관을 급히 유씨 부인에게 보냈더니 유씨 부인의 말에 의하면 딸을 아무리 설득해도 무슨 이유인지 모르지만, 완강히 거절 한다는 것이었다. 모든 준비가 헛수고가 되고 말았다. 더 이상 유씨 부인을 설득한다는 것은 무익한 일이었다. 10월 초순 후쿠자와 선생이 보낸 답신이 도착했다.

'그동안 누차 보내주신 서찰은 잘 받아 보았소이다. 고 김옥균 유족 모녀에 대해서는 그 댁내에 여러 말 못 할 사정이 있는 듯 나로서는 더 이상 다른 방도가 없는 것 같습니다. 9월 27일 후쿠자와福澤'[59]

그리고 며칠 후 《시사신보》에 다음과 같은 유씨 부인에 관해 조선에서 온 답장이 실렸다.

---

59    "福澤선생과 김옥균 유족", 1910년 10월 9일.

오카모토 씨 편에 몇 자 적었습니다. 후쿠자와 선생님께서 받은 충격이 얼마나 크신지 저로서는 뭐라 위로의 말씀을 올릴 수가 없군요. 부디 용서해 주십시오. 짐작건대 유씨 부인 모녀는 굶주림과 추위에 고생하면서 삯바느질로 입에 풀칠하는 형편이었습니다. 제가 미력하나마 방 두어 칸을 마련하였지만, 유 부인 모녀가 후쿠자와 선생님의 호의를 거절한 것이 안타깝습니다. 후쿠자와 선생님의 실망으로 찌푸린 얼굴이 눈에 보이는 것 같았고 여전히 유 부인 모녀를 염려하고 연민의 정을 끊지 못하는 선생의 마음이 짐작되었습니다.[60]

유길준은 갑신정변 당시에 미국에 머물고 있었기 때문에 갑신정변의 여파는 피해갈 수 있었다. 그는 박규수 문하에서부터 김옥균을 친형처럼 따르며 좋아했다. 유길준은 갑신정변 때도 미국에 머물고 있어 함께하지 못했지만, 조선의 개혁에 동참하겠다는 뜻을 전달했다. 유길준은 갑신정변 이후 1885년 유럽을 거쳐 선진 문명을 둘러보고 일본을 거쳐 조선으로 돌아왔다. 돌아오는 길에 그는 위험을 무릅쓰고 앞으로 조선이 어떻게 독립하고 서양에 대처할 수 있는가를 의논하기 위해 일본에서 김옥균을 만난 것이다. 유길준은 김홍집으로부터 김옥균을 만나지 말라는 지시를 여러 차례 들었지만, 김옥균을 만나지 않을 수 없었다. 유길

---

60 "福澤선생과 김옥균 유족".

준은 조선에 도착하자마자 김옥균을 만났다는 이유로 체포되었다. 유길준은 7년의 구금 동안 미국과 유럽에서 보고 들었던 것을 알리기 위해 『서유견문록西遊見聞錄』을 집필하기 시작해 1889년에 탈고했다. 유길준은 『서유견문록』을 통해 서양의 근대문명을 한국에 본격적으로 소개하고 조선의 실정에 맞는 자주적 개화사상을 주장했으며, 갑오개혁의 이론적 배경을 제시했다.

청일전쟁 이후 박영효가 조선으로 돌아오자, 유길준은 박영효와 함께 조선의 개혁을 실천했다. 그러나 박영효가 민비 암살 모의사건으로 일본으로 망명하고 유길준이 주도한 3차 김홍집 내각의 단발령 사건으로 김홍집이 살해되면서 유길준 또한 일본으로 망명하게 되었다. 유길준은 1902년 재일 사관생도를 중심으로 혁명일심회를 조직해 무능한 고종을 폐위시키고 의친왕을 옹립하려는 쿠데타를 모의했지만, 이 또한 사전에 발각되어 고종은 일본 정부에 유길준을 강제 송환시키라고 요구한다. 일본은 러시아와 경쟁 관계에 있었기 때문에 조선의 의견을 무시할 수만은 없었다. 궁리 끝에 일본이 찾은 해법이 김옥균에게 그랬던 것처럼 유길준을 자국에 유배하는 것이었다. 1902년 유길준은 오가사와라 제도 하하지마로 유배를 당한다. 김옥균이 거쳤던 길을 똑같이 따라간 셈이었다.

오가사와라 유배 시절, 유길준은 김옥균이 유배 중 거처로 삼았던 지치지마의 작은 정자를 찾았다. 그곳에 김옥균이 심은 화초가 주인을 기다리듯 외롭게 버티고 있었다. 유길준은 옥균을 그리워하면서 시를 한 수 지었다.

바닷가 절벽 위에 정자터만 쓸쓸한데
십 년 전 지나간 일들이 돌이켜 생각나네
뜰에 심은 화초는 주인이 가버린 것도 모르고
푸른 향기만 옛날의 봄처럼 그대로이네.[61]

유길준은 유배에서 풀려난 후 도쿄 아오야마의 김옥균 묘지를 찾았다. 그날따라 눈이 내려 천지가 온통 하얗게 덮인 풍경이 유길준의 마음을 다독였다. 나무들이 하얀 옷을 입은 채 자태를 뽐내고 있었다. 이런 아름다운 세상을 즐기지 못하고 간 동지 김옥균이 더 그리워졌다. 순백의 세상을 보며 그는 생각했다.

'김옥균의 공백이 이렇게 크게 느껴질 줄 몰랐다. 김옥균은 시대를 잘못 만난 영웅이었다. 모든 사람이 저 때 묻지 않은 순백의 세상에서 김옥균이 꿈꾸던 행복을 누렸으면 좋겠다. 김옥균은 저 눈처럼 깨끗한 사랑을 이 세상에 남기고 떠났다.'

---

61   庭草不知人已去 靑靑猶似舊時春. 유길준, 「구당시초矩堂詩鈔」.

유길준이 상념에 잠겨있을 때 눈송이가 유길준의 눈가에 살포시 내려앉았다. 눈은 눈물이 되고 눈물은 눈이 되어 흘러내렸다. 유길준은 붓을 들어 비문을 지었다.

아! 슬프다. 비상한 재주를 갖고 비상한 시대에 태어났으나 끝내 비상한 공을 이루지 못하고 비상한 죽음을 맞이했으니.[62]

도쿄 아오야마 김옥균의 묘비석에는 유길준이 쓴 비문이 아직도 남아 있다.

유길준은 을미사변 후 김홍집 내각에서 중추적인 역할을 했으며 서재필과 함께 독립신문 발간을 주도했다. 그러나 단발령으로 성난 백성은 백주에 김홍집을 죽였고 유길준은 가까스로 일본에 망명했다. 유길준은 1907년 고종이 퇴위할 때까지 11년간 망명의 세월을 견뎌야 했다. 한일합방 이후 일본에서 유길준에게 남작 작위를 주었으나 거절하고 조국의 광복을 위해 교육과 계몽사업에 헌신했다. 유길준은 흥사단興士團을 발족해 활동했고 계산학교桂山學校를 설립했다. 그는 나라를 잃은 조선에서 조국의 주권을 회복하기 위해 마지막까지 분투했으나 그 꿈을 이루

---

62    嗚呼, 抱非常之才 遇非常之時 無非常之功 有非常之死

지 못하고 1914년 9월 59세를 일기로 사망했다. 하남 검단산에 유길준의 무덤이 한강을 뒤로 한 채 쓸쓸히 누워있다.

## 서재필의 독립협회

개화파의 막내 서재필은 갑신정변 실패 후 김옥균, 박영효 등과 함께 일본으로 망명했다가 1885년 미국으로 건너갔다. 서재필은 샌프란시스코에 도착해 주경야독하며 현지에 적응했다. 1889년 컬럼비아대학교 의과대학에 입학해 돈을 벌면서 야간부에 다녔다. 갑신정변으로 역적으로 몰려 부모님과 아내는 음독자살했고, 동생 재창載昌은 참형되었으며, 젖먹이 아들은 돌봄을 받지 못해 굶어 죽었다. 가슴에 한을 품은 서재필은 1890년 6월에 미국 시민권을 획득했으며, 1893년 6월 대학을 졸업하고 의사 면허를 취득했다. 조선에서는 갑오경장으로 개혁이 단행되었고 갑신정변 주도자들의 역적 누명도 벗겨졌다. 박영효가 제2차 김홍집 내각에 발탁되어 조선으로 들어가기 전 미국에 들러 조선의 개혁에 동참할 것을 권유했다. 그에 서재필은 11년 만에 고국의 땅을 밟게 되었다. 조선 땅에 발을 내딛는 순간 그의 눈에 눈물이 맺혔다. 부모님의 얼굴이 어른거렸고 죄 없이 죽어간 아내와 아들의 얼굴이 눈물 속에 맺혔다. 그리고 세상에 대해 눈을 뜨게 해준 김옥균의 얼굴이 겹쳐졌다.

조선으로 돌아온 서재필은 관직에 몸담지 않고 백성들의 의식을 깨우는 데 주력했다. 관직이 없었으므로 단발령 사건 때 화를 피할 수 있었다. 1896년 함께 《독립신문》을 발간했던 유길준이 단발령 사건으로 일본에 망명하자 서재필은 혼자 힘으로 독립운동을 이어가고 있었다. 서재필은 외세의존 정책에 반대하고 온전한 독립과 근대화를 추진했다. 서재필은 김옥균의 갑신 개혁이 민중의 지지를 얻지 못했던 실수를 반복하지 않기 위해 한글을 통한 계몽운동에 앞장서며 조선의 지식인과 젊은 층에 이르는 폭넓은 지지를 받고 있었다. 서재필은 《독립신문》에서 이렇게 주장했다.

말과 글, 국내외 사정을 안다고 해도 백성들 스스로가 자기 권리를 주장하지 않는다면 누구도 백성들에게 권리를 주지 않는다, 자유와 권리는 공짜로 주어지는 것이 아니라며 조정과 관청을 향해 민중의 목소리를 낼 수 있는 기관을 만들어야 한다.

서재필은 1896년 7월 2일, 대외적으로는 자주국을 표방하고, 독립문 건립과 독립공원을 조성하는 것을 목적으로 독립협회를 창설했다. 당시 고종은 아관파천으로 러시아공사관에 피신해 있었다. 국가의 상징적 존재인 국왕의 러시아공사관 피신은 독립국의 체면을 손상시켰을 뿐 아니라 백성의 자존심을 내팽개친 것이었다. 이에 서재필을 중심으로 나라의 자존심과 독립을 되찾기 위해 독립협회가 만들어진 것이었다. 서재필은 독립협회 창설식 행사장의 중앙에 태극기를 독립의 상징으로 내걸었다. 그는 박규수와 오경석이 틀을 만들고 김옥균과 박영효가 완성한 태극기를 계승함으로 김옥균의 갑신정변 정신을 계승하고자 한 것이다. 독립협회의 태극기는 독립의 상징이 되어 임시정부로 이어졌으며 오늘에 이르렀다.

서재필이 독립협회 창설 연설을 하고 있을 때 한구석에 상기된 얼굴의 젊은이가 있었다. 그가 이승만이었다. 개신교의 선교사들이 터전을 닦아놓았던 교육기관에서 공부하면서 이승만은 세상에 눈을 뜨게 되었다. 서재필의 연설이 끝난 후 이승만이 그를 찾아왔다. 그것이 서재필과 이승만의 첫 만남이었다. 이승만은 서재필이 미국 시민권자이고 미국 의사 면허를 갖고 있다는 것에 놀라움을 표시했다.

"선생님의 강연에 감동받았습니다. 독립협회에 저를 받아주시면 실망시키지 않겠습니다."

서재필은 이승만의 눈을 응시했다. 십 대 후반의 혈기 넘치는 청년 이승만은 미국에 대해 동경심을 가지고 있었다. 서재필은 이승만에게 말했다.

"지금 우리나라는 그대와 같은 젊은이들이 필요하오. 조선의 독립을 위해 열심히 일해 주시오."

그날 이후 이승만은 서재필을 보좌하며 열혈 청년회원으로 독립협회의 일에 앞장서게 되었다.

서재필은 독립문 건립을 발의했는데, 뜻있는 애국지사와 국민의 호응을 받아 1896년 11월 21일에 정초식定礎式을 거행했다. 이듬해 11월 20일 독립문은 사대 외교의 상징이었던 영은문迎恩門을 헐고 그 자리에 세워졌다. 독립문이 완공되는 날 서재필은 김옥균을 떠올리며 감회에 잠겼다. 독립문을 완성한 후 러시아에 의해 조선이 농락당하는 것을 지켜볼 수 없어 서재필은 고종에게 환궁을 요구했다. 여론에 떠밀려 억지로 환궁한 고종은 러시아 군인들의 호위를 받으며 덕수궁으로 돌아왔다. 조선을 두고 힘겨루기하던 일본과 러시아는 서로의 필요에 의해 1898년 4월 '니시-로젠협정Nish-Rosen Agreement'[63]을 체결하고 두 나라가 조선의 내정에 간섭하지 않고 조선의 독립을 보장한다고 서명했다. 그 후 조선에 자주독립의 기회가 찾아왔다. 독립협회는 1898년 종로에서 만민공동회를 개최해 6개조 개혁안을 결의하고 이를 고종에게 건의했다. 이에 독립협회를 주축으로 대한제국을 건설하고 황제로 호칭해 중국, 일본과 동등한 지위라는 것을 대외적으로 선포했다. 고종은 자

---

63  일본과 러시아가 조선에서 분쟁에 관해 체결한 협정으로 양국은 대한제국의 내정에 간섭을 삼가고 대한제국의 요청으로 군사나 재정 고문을 파견할 때는 사전에 상호 승인을 구하도록 한 것이 골자다.

신을 황제의 자리에 올려주자 흡족해했지만, 조선을 입헌군주제로 만들려는 서재필의 독립협회와 고종은 양립할 수 없었다.

조선 근대화를 위해 영국이나 일본처럼 입헌군주제를 도입해 의회제를 통해서 민의를 수렴해야 한다고 서재필의 독립협회는 주장했다. 그러나 고종은 자신의 권력을 빼앗는 것이라 생각하고 입헌군주제를 주장하는 사람을 반역죄로 몰아갔다. 고종은 보부상들과 지역 양반들을 중심으로 황제의 절대군주권을 주장하는 황국협회를 결성케 해 독립협회와 대립시켰다. 황국협회는 독립협회 회원들을 체포하는 일에 앞장섰으며, 그 중심에 김옥균을 살해한 홍종우가 있었다. 홍종우는 청일전쟁 후 개화파들이 정권을 잡자 중국으로 도망갔다가 을미사변과 단발령으로 개화파들이 몰락하자 조선으로 돌아와 고종의 지령을 받아 독립협회의 탄압에 앞장섰다. 황국협회는 깡패집단까지 동원해 독립협회 색출에 나섰고 홍종우는 고종의 신임과 더불어 승승장구했다. 황국협회의 사주를 받은 수천 명의 보부상이 독립협회 회원들에게 테러를 가했으며, 고종은 군대를 동원해 독립협회가 주최한 만민공동회를 강제해산시키고 독립협회를 영구히 불법화했다. 윤치호는 독립협회의 해산을 명령하는 고종을 이렇게 비판했다.

"이것이 국왕이라니! 어떠한 거짓말을 잘하는 배신적인 겁쟁이라도 이 대한의 황제보다 더 비열한 짓을 하지 못할 것이다."[64]

고종은 독립협회 해산 명령을 내리고 이상재 등 독립협회 간부들을 체포, 고문했으며, 조선의 마지막 개화파인 독립협회의 회원들을 탄압했다. 고종은 미국 시민권자인 서재필을 죽이지 못하고 미국으로 강제 추방했다. 서재필은 미국으로 돌아가면서 이승만을 불렀다.

"자네 같은 사람이 조선에 있으면 목숨이 위태로울 것이다. 내가 미국에서 추천서를 보내줄 테니 미국으로 와 공부해 조선의 진정한 독립을 위해 노력해주기 바라네."

이승만은 서재필의 제안에 눈물이 글썽였다. 그렇게도 꿈에 그리던 미국행 아니던가.

"무일푼인 제가 어떻게 미국에서 공부할 수 있겠습니까?"

"갑신정변 실패 후 일본에서 미국으로 건너갈 때 나도 마찬가지였네. 막노동으로 버티며 공부했지. 그만한 각오가 없으면 포기하는 것이 좋아."

이승만은 이를 악물고 말했다.

"저도 무엇이든 할 자신이 있습니다. 저를 미국으로만 보내주시기 바랍니다."

"내가 미국에 도착하면 추천서를 써줄 테니까 자네가 알고 있는 미

---

64    한국민족운동사학회 편, 『한국민족운동사 연구의 역사적 과제』, 국학자료원, 2001.

국 선교사들에게도 도움을 청하는 것이 좋을 것이야."

이승만은 큰절이라도 하고 싶었다. 고개를 깊이 숙이고 고맙다는 말을 몇 번이나 되풀이했다. 김옥균이 서재필에게 일본의 도야마 군사학교에 추천해 해외 사정에 눈뜨게 했던 것처럼 서재필은 이승만에게 미국 유학을 추천해 이승만은 미국에 갈 수 있었다. 서재필의 독립협회는 시장개방을 통해 상업을 진흥시키고 그를 바탕으로 공업과 농업의 발달을 구상하고 있었다. 이는 박지원과 박제가, 박규수, 유대치, 오경석으로 이어진 갑신 개혁과 정확히 일치하는 것이었다. 독립협회의 해산으로 조선은 마지막 기회마저 놓치고 친러 수구파 정권이 다시 들어섰고 대한제국은 서구 열강의 먹잇감으로 전락했다. 러시아가 제일 많은 이권을 가져갔고 일본도 이에 질세라 러시아와 이권 경쟁에 돌입했다. 이 두 나라의 이권 경쟁이 러일전쟁으로 이어졌다.

## 기울어진 역사

러시아에 의존하는 친러 정권이 새롭게 부상하면서 일본을 등에 업은 갑오개혁은 일 년 만에 실패하고 말았다. 조선이 러시아에 넘어가는 것을 막기 위해선 일본이 러시아와 전쟁을 치를 수밖에 없었다. 1904년 드디어 조선을 두고 러시아와 일본이 전쟁을 선포했다. 러일전쟁의 발발이었다. 도고 헤이하치로東鄕平八郞 제독이 이끄는 일본 함대가 쓰시마 해전에서 러시아의 발틱함대를 전멸시킴으로 러일전쟁은 일본의 승리로 끝났다. 예상 밖의 일이었다. 러시아는 패배를 인정하고 미국의 중재로 포츠머스 강화조약을 체결하고 조선에서 물러났다. 러일전쟁에서 승리한 일본은 이때부터 조선의 개화파를 배제하고 강제적으로 조선을 병합하기 위한 야욕을 드러내기 시작했다. 그 시작이 1905년 을사늑약 체결을 통한 조선의 외교권 박탈이었다. 이에 화가 난 박영효가 후쿠자와 유키치를 찾아가서 말했다.

"선생님이 말씀하신 탈아입구론脫亞入歐論[65]이 이런 것이었습니까? 일본이 처음부터 조선을 병합할 생각을 가지고 있었던 것 아닙니까?"

후쿠자와는 담배를 한 대 물고 길게 연기를 뿜으며 말했다.

"자네도 알다시피 메이지유신 이후 사무라이들 중심으로 정한론이 대두되었을 때 일본의 지식인들은 그것을 말렸어. 내가 가장 앞장선 것도 자네는 알고 있을 것이야. 그런데 조선은 갑신정변 실패 이후 독립할 기회를 스스로 포기한 것이야. 일본이 청나라와 러시아 같은 대국과 왜 전쟁을 치렀는지 자네는 모르는가?"

"그것이 결국은 조선을 삼키기 위한 전쟁이 아니었습니까?"

"그대로 두면 조선은 청나라나 러시아의 식민지가 되었을 것이야.

---

65  '아시아를 벗어나 유럽으로 들어간다'는 뜻으로, 1885년 3월 16일 후쿠자와 유키치가《시사신보》에 발표한 사설 '탈아론'에서 비롯되었다.

조선이 청나라나 러시아의 식민지가 되면 그다음의 총구는 우리 일본을 겨냥할 것이고. 우리는 조선에 근대화의 기회를 여러 번 주었어. 그런데 조선은 스스로 그 기회를 내팽개친 것이야."

박영효는 화가 나서 말했다.

"선생님, 그것은 올바른 명분이 아닙니다. 처음부터 조선을 식민지화하려는 계략으로 보일 뿐입니다. 조선을 중립국으로 선포하고 일본이 이를 보장하면 되지 않겠습니까. 그것이 김옥균이 선생님께 드린 말씀 아닙니까?"

"나도 조선을 중립국으로 만들자는 주장을 계속했지만, 정부와 군부를 설득할 수가 없었네. 그리고 중립국은 주위의 모든 나라가 인정해야만 하는데 조선을 둘러싼 모든 나라는 조선을 먹으려는 데에만 혈안이 되어있었어."

"거기에 일본도 포함되었던 것이군요."

박영효가 비꼬듯 말하자 후쿠자와는 한참 뜸을 들인 다음에 말했다.

"힘없는 나라는 결국 다른 나라에 먹히는 것이 국제적인 현상이야. 인도와 안남. 필리핀, 아프리카 등이 유럽과 미국의 식민지로 전락한 것이 그 예가 아니겠는가. 김옥균은 조선의 부국강병을 그렇게 주장하지 않았나? 그런 김옥균을 처참하게 살해하고 사체를 전국에 효수한 고종이 원망스럽네. 조선을 망하게 한 장본인이 고종이야."

박영효는 후쿠자와의 말에 반박할 수가 없었다.

"저도 철종 임금의 부마로서 일말의 책임이 있습니다."

"박 대감은 그 모든 것을 내려놓고 목숨을 걸고 김옥균과 함께 조선을 구하려고 하지 않았나? 어떻게 대원군 같은 아버지에게서 저렇게 비겁하고 못난 아들이 태어났을까?"

"고종은 아버지의 강인함은 물려받지 않고 욕심만 물려받은 것 같습니다."

박영효는 갑갑한 마음에 술을 한잔 들이키고는 후쿠자와를 정면으로 쳐다보며 말했다.

"선생님께서 고균을 아끼시는 마음으로 고균이 생전에 그렇게 원하던 조선의 독립에 힘을 보태주시지 않겠습니까?"

"나도 이제 늙어서 완전히 은퇴한 몸이야. 내가 도울 수 있으면 그렇게 하고 싶지만, 조선은 자력으로 일어나기에는 수많은 기회를 잃어버렸어. 조선은 고종이 살아있는 한 독립하기는 힘들 것일세. 나라의 지도자가 얼마나 중요한지 그대도 잘 알고 있지 않은가? 독립은 스스로의 힘으로 쟁취하는 것이야."

박영효는 더 이상 할 말을 잃고 망연자실하게 후쿠자와를 쳐다보고만 있었다.


을사늑약으로 조선이 외교권을 잃자 개화파들의 일본에 대한 배신감과 분노는 하늘을 찔렀다. 중국의 사상가이자 교육자인 양계초梁啓超는 을

사늑약 이후 《신민총보》에 게재한 '조선망국사략朝鮮亡國史略'에서 고종이 조선을 망하게 한 근본 원인이라며 다음과 같이 말했다.

조선이 망한 것은 조선 황제가 망하게 한 것이요. 조선 양반이 망하게 한 것이다. 조선 황제와 양반은 자신의 기득권을 지키기 위해 나라를 팔아먹었다. 조선 황제 고종은 두려움이 많고 나약하여 스스로 떨쳐 일어나지 못하고 의심이 많고 결단성이 부족해서 간신배의 말을 듣기 좋아하고 사리판단에 어두우며 여자를 밝혀 총애하는 궁녀들이 너무 많고 항상 잔꾀만 생각하며 계획은 늘 치졸하며 타인에게 의지하여 자립하지 못하고 허례허식을 좋아하고 진실된 마음이 없다. 그는 의심이 많아 사람을 씀에 있어서 버리기를 마치 바둑 두는 것과 같이하여 왕왕 1년 사이에 고문관 및 각부 대신들을 경질하곤 하였다. 한국에 이런 황제가 있음으로 한국은 마침내 망했다.

을사늑약 이후 개화파는 무능한 고종과 결별을 선언하고 기독교로 개종하면서 일본을 버리고 미국의 힘을 빌리려고 했다. 먼저 윤치호가 갑신정변 이후 망명 중이던 상하이에서, 이윽고 서재필이 미국에서 기독교에 입문했고 유길준과 이상재도 미국에서 기독교로 개종하면서 조선의 독립을 위해 일본과 결별하고 미국 중심의 기독교 개화파로 김옥균의 사상을 이어가고 있었다.

민비 살해 혐의로 또다시 역적으로 몰려 일본을 거쳐 미국으로 망명한 박영효는 이토 히로부미의 편지를 받고 고민에 빠졌다. 1905년 을사늑약으로 외교권까지 뺏긴 조선에 자신이 돌아가서 과연 무슨 일을 할 수 있을까 며칠을 고민했다. 결국, 목숨을 바칠 각오로 박영효도 1906년 비밀리에 일본으로 돌아온다. 이토 히로부미는 조선 통감으로 가면서 박영효에게 도와달라고 부탁했다. 박영효는 이토에게 말했다.

"내가 목숨을 걸고 싸웠던 것은 조선의 독립을 위해서였소. 당신이 조선의 독립을 빼앗고 조선을 일본의 식민지로 하려는데 내가 어찌 거기에 도움을 줄 수 있겠소?"

이토는 말했다.

"나는 조선을 보호하려는 것이오. 이미 조선은 혼란한 국제정세 속에서 혼자 살아남을 수가 없소. 그래서 우리 일본이 보호하려는 것이오."

"말만 번지르르하지 일본의 목적은 조선을 삼키려는 것이 아니오? 내가 당신에게 협조한다면 갑신정변에서 목숨을 잃은 동지들에게 내가 어떻게 낯짝을 들고 살겠소? 나는 그들을 위해서라도 목숨 걸고 싸울 것이오."

박영효는 말하면서 김옥균이 생각나서 울컥했다. 김옥균이 살아있다면 이 상황에서 어떻게 했을까 하는 생각에 더욱더 김옥균이 그리워졌다. 박영효는 이토 히로부미의 제안을 거절하고 조선의 외교권을 박탈한 일본을 비난하며 국제사회에 도움을 요청했다.

1907년 헤이그밀사사건이 터지고 고종의 퇴진 운동이 일본에서 벌어지자 박영효는 이토에게 조선으로 들어가겠다는 전보를 보냈다. 이토는 박영효가 마음을 바꾼 것으로 알고 기뻐서 박영효를 궁내대신宮內大臣으로 임명했다. 당시 이토 히로부미는 헤이그밀사사건을 구실로 고종의 퇴위를 강력하게 요구하고 있었다. 박영효는 궁내대신으로 임명되자 이토 히로부미를 공격하며 이토가 추진하는 고종의 퇴위를 거부하는 데 앞장섰다. 조선의 모든 신하가 이토 히로부미의 압박에 고종의 퇴위를 요구하는데 박영효가 분연히 일어나서 말했다.

"그대들은 조선의 신하인가? 일본의 신하인가? 단물만 빨아먹고 사는 기생충 같은 너희들이 조선을 이 꼴로 만들었다."

주위의 신하들은 깜짝 놀랐다. 박영효가 이토의 하수인으로 알고 있었는데 목숨을 걸고 고종퇴위를 막고 있었기 때문이다. 이 소식을 듣고 고종은 박영효를 불렀다. 박영효는 엎드려 말했다.

"폐하, 조선의 오백 년 사직을 목숨으로 지키셔야 합니다. 폐하께서 퇴위하시면 저들은 조선을 집어삼킬 것입니다."

고종은 그제야 박영효의 진심을 알 수 있었다.

"내가 그대의 진심을 몰랐던 어리석은 임금이었소. 이 모든 것이 나의 업보요."

박영효는 눈물을 흘리는 나약한 군주를 보면서 애처로운 생각마저 들었다. 어떻게 보면 고종은 박영효의 가족을 몰살한 원흉이었다. 그러나 고종이 마지막으로 목숨을 걸고 버텨준다면 조선의 민중이 들고일어날 것이다. 그러면 일본도 조선을 함부로 대하지 못할 것이다. 박영효는 고종을 정면으로 쳐다보며 말했다.

"폐하, 갑신년에 조선을 살리기 위해 김옥균 이하 저희들이 목숨을 걸고 추진했던 목표가 조선의 독립이었습니다. 그때 폐하께서 우리를 믿어주셨으면 조선이 이 지경에 빠지지는 않았을 것입니다. 폐하께서 목숨을 걸고 자리를 지키셔야 합니다. 전하의 뒤에는 이천만의 조선 백성이 있습니다."

고종은 말했다.

"나는 죽음이 두렵소. 나를 용서하시오."

박영효는 화가 치밀어 올랐다. 이런 사람을 위해 우리가 목숨을 바쳐 싸웠단 말인가? 박영효는 말했다.

"우리 모두도 죽음이 두렵습니다. 죽음을 이겨야 조선이 살 수 있습니다. 폐하께서는 퇴위하지 마시고 끝까지 버텨주십시오. 소신이 조선 백성을 동원해서 마지막 싸움을 치를 것입니다."

박영효는 절로 한숨이 나왔지만, 나라의 상징적인 존재이므로 고종을 중심으로 백성들을 규합할 수 있다고 믿었다. 고종이 목숨 걸고 자리만 버텨주면 을사늑약을 무효로 하고 독립을 이룰 계획을 준비하고 있었다. 박영효는 민심이 들끓고 있는 것을 보고 민중봉기를 도모했다. 그러나 박영효의 간곡한 부탁에도 고종은 두려움에 떨다 1907년 7월 황제 자리에서 스스로 물러났다. 조선은 선장을 잃고 침몰하는 배와 다름없었다. 1909년 이토 히로부미가 안중근 의사에게 암살당한 후 이완용이 조선을 일본에 합병시키려 시도하는 것을 알고 박영효는 이완용을 암살하고자 시도하다가 발각되어 제주도에 2년간 유배를 떠나게 되었다. 그의 유배 중에 조선은 사라졌다. 박영효가 그렇게 새롭게 만들고 싶어 했던 조선은 역사에서 영원히 사라져버린 것이다. 1910년 한일합방 후 일본이 끈질기게 박영효에게 후작 작위를 권유했지만, 박영효는 거절하고 낙향했다. 나이가 들수록 가솔들을 유지하는 것도 힘들어졌다. 조선의 부마로서 왕실의 권위를 누리던 박영효가 시골에서 혼자서 할 수 있는 일은 아무것도 없었다. 박영효의 어려움을 간파한 일본은 먼저 박영효의 부인에게 접근해 신분도 밝히지 않고 돈만 건네고 사라졌다. 박영효도 처음에는 갑자기 돈이 생기면서 그 돈이 어디에서 나왔는지 의심이 되었지만 모르는 체했다. 어느 날 조선총독부에서 사람이 나왔다. 박영효가 거부한 후작 작위와 엄청난 돈을 가지고 왔다. 박영효는 그들을 문밖에서 내쫓았다. 그러자 부인이 울면서 말했다.

"당신은 우리가 생활하는 돈이 어디에서 나온 것인지 나한테 한 번도 물어본 적이 없었습니다. 이때까지 우리의 생활비는 저분들이 주었습니다. 이미 조선은 사라졌습니다. 조선의 왕도 일본의 돈으로 살고 있는데 당신만 고고한 학처럼 사실 것입니까? 쌀독이 비어서 제가 온 사방에 쌀을 빌리러 다녔습니다. 이때까지 버틴 기개를 사람들도 알아줄 것입니다. 당신의 그 재능을 이제 힘없는 조선 백성을 위해서 사용해 주십시오."

박영효는 부인의 말을 듣고 한동안 미동도 하지 않고 돌 장승처럼 가만히 있었다. 조선이 망할 때 따라 죽지 못한 것이 한스러웠다. 자신의 비겁함이 치가 떨리게 싫었다. 한동안 그렇게 있던 그가 흐느끼기 시작했다. 부인은 박영효의 흐느낌이 통곡이 될 때까지 아무 말도 하지 않고 기다렸다. 그리고 다음 날 후작 작위를 받았다. 그것을 마지막까지 거부하지 못한 것이 그의 역사적 오점이었다.

박영효가 일본의 후작 작위와 돈을 받는 순간 그는 친일파의 수모를 겪어야 했다. 죽어서도 김옥균을 만나볼 면목이 없었다. 김옥균에게 일본의 식민지가 된 조선은 상상조차 할 수 없는 일이었다. 1920년《동아일보》초대 사장이 된 박영효는 김옥균마저 친일파로 매도되는 것이 안타까웠다.《동아일보》를 설립한 김성수는 초대 사장직을 평소 가장 존경했던 박영효에게 부탁했다. 신문을 통해서 조선의 독립과 민중의 계도를 함께 이룰 수 있으리라고 두 사람은 생각했다. 박영효가 나라를 빼앗긴 조선에서 아무리 민중을 깨우기 위해 노력한다 한들 그는 일본으로부터 받은 작위와 돈에서 결코 자유로울 수 없었다. 그 죄책감이 박영효를 옥죄었다. 목숨을 걸고 함께했던 김옥균과 갑신정변 동지들에 대한 죄책감이기도 했다.

박영효는 나이가 들어 죽음이 다가오자 제일 먼저 옥균이 떠올랐다. 박영효는 가쁜 숨을 몰아쉬며 말했다.

"옥균의 위대한 죽음에 비해 나의 죽음은 초라하기 그지없다. 인간은 어차피 죽는다는 사실을 망각하고 산다. 언젠가는 다가올 죽음을 몇 년 더 비겁하게 연장하는 것이 무슨 의미가 있을 것인가. 인생은 살아온 길로 평가받는 것이 아니라 어떻게 용감하게 죽음을 받아들였는가로 평가된다. 인간의 욕망은 죽음을 두려워하는 것에서 시작된다. 죽음을 두려워하지 않는다면 무슨 일이든 못할 것이 어디 있겠는가? 나는 눈앞의 명예와 부를 위하여 옥균과 함께 지키려고 했던 모든 것을 팔아버렸다. 죽음을 앞두고 나는 가슴을 치며 통곡한다. 마지막까지 명예롭게 죽지 못하는 것이 가장 가슴 아픈 일이다. 역사가 나는 두렵다. 후세에 나를 어떻게 평가하겠는가?"

박영효는 죽음 앞에서 당당했던 옥균이 부러웠다. 박영효는 하늘을 보며 한탄스럽게 읊조렸다.

"김옥균이 부럽기만 하구나. 나는 마지막까지 김옥균을 이기지 못하는구나."

박영효는 마지막 순간에 라이벌이자 친구였던 옥균이 사무치도록 그리웠다. 박영효는 옥균 앞에서 항상 이인자였다. 한편으로는 옥균의 외향적이고 개방적이며 사교적인 면에 질투도 느끼고 어떤 때는 부러워하기도 했다. 그래서 옥균에게 반발하기도 하고 옥균이 죽고 나서도 옥균을 뛰어넘기 위해 노력을 게을리하지 않았건만 그것도 허망한 꿈에 지나지 않았다. 그게 무어라고……. 박영효는 꿈속에서라도 옥균을 만나고 싶었다. 박영효는 눈을 감았다. 저편에서 옥균이 손짓을 하고 있었다. 박영효는 1939년 9월 21일 79세의 일기로 세상을 떠났다. 친일파로 낙인찍히면서 개혁가로 살아온 삶이 빛을 잃어가던 중이었다.

## 마지막 여정

경식은 박영효의 무덤이 있었던 부산 다대포를 찾았다. 부산광역시 사하구에 있었던 박영효의 무덤은 온데간데없고 그 자리에 요양병원이 들어서 있었다. 박영효의 시신은 유언에 따라 1939년 9월 30일 부인인 철종의 딸, 영혜옹주永惠翁主와 함께 합장해 부산 다대포에 묻혔다. 그 후 박영효의 손자가 박영효의 무덤 터를 팔았고 시신이 화장되면서 그의 흔적은 사라졌다. 경식은 바닷바람을 맞으며 박영효의 무덤 터에 오래 서 있었다. 부산과 연고가 없는 박영효가 왜 이곳 바다가 보이는 곳에 묻히길 원했을까? 경식은 박영효의 파란만장한 인생에 고개가 숙여졌다. 김옥균을 연구하면서 김옥균과 떼려야 뗄 수 없는 박영효의 마지막 자리에 경식은 술이라도 한잔 뿌리고 싶었지만, 그의 흔적은 사라지고 덧없는 세월의 흔적만 남았다. 경식은 KTX를 타고 서울로 올라와 김대식을 찾았다.

"선배, 박영효의 무덤이 있었던 부산 다대포에 다녀오는 길입니다. 이제 저의 여정이 끝나려고 하는데 선배님께 하나 묻고 싶은 게 있습니다."

경식의 마지막 여정을 축하하기 위해 나온 자리였다.

"선배님, 마지막까지 저를 따라다니며 괴롭히는 게 한 가지 있습니다. 선배님은 암살범의 총탄에 요절한 김옥균과 끝까지 살아남은 박영효를 어떻게 생각하십니까?"

경식의 갑작스러운 질문에 잠시 생각에 잠겼던 대식이 말했다.

"김옥균은 젊은 나이에 암살당했지만, 끝까지 집념을 포기하지 않은 영웅으로 역사에 기록되었지. 그렇지만 박영효는 한일합방 후 생활고를 버티지 못해 변절하고 말았어. 평생 그가 쌓아 올린 업적들이 한순간에 친일분자라는 딱지로 덮이고 말았지. 만약에 김옥균이 암살되지 않고 한일합방을 맞이했다면 그는 또 어떻게 행동했을지 궁금해지기도 한다."

경식은 선배의 말에 단호한 어조로 말했다.

"선배님. 김옥균이 살아있었다면 한일합방은 이루어지지 않았을 것입니다. 그는 어떻게 해서든 한일합방을 막았을 것입니다. 박영효는 어릴 때부터 부마의 신분으로 최고의 기득권을 누렸기 때문에 미국 망명에서도 견디지 못하고 돌아왔습니다. 반면에 옥균은 어릴 때 찢어지게 가난한 집안에 태어나 입양되었기에 출신성분에서부터 다르다고 생각합니다. 박영효도 나름대로 모든 권력과 부를 내려놓고 갑신정변에 참여한 것은 높이 평가합니다만 태생적인 한계가 작용했던 게 아닐까요."

"그렇지만 박영효를 친일매국노로 규정하는 것에 나는 반대야. 비록 일제 말기에 후작 작위를 받고 협조했지만, 그전까지만 해도 끝까지 일본의 유혹을 거부하고 시골로 내려갔어. 그리고 한일합방 후에도 무지한 백성을 일깨워야 한다는 마음으로 일관했지. 동아일보 초대 사장으로 있으면서도 조선의 독립을 도모했어. 일본의 집요한 회유와 생활고를 이겨내지 못해 뜻을 굽힌 것이 결정적인 실수가 되고 만 것이지. 나는 그게 늘 안타까워."

"선배님, 역사는 냉정한 것입니다. 박영효도 목숨을 걸고 절개를 지켜야 했습니다. 그것이 지도자의 자세 아닐까요. 지도자가 누구냐에 따라서 그 나라가 흥하고 망하기도 해온 걸 세계의 역사가 말해주지 않습니까. 조선과 일본의 역사를 보아도 분명히 드러나는 사실이지요. 조선 멸망의 가장 큰 책임이 고종에게 있다고 봅니다. 조선의 고종과 일본의 메이지는 두 나라의 역사를 완전히 바꾸었습니다. 메이지와 고종은 1852년에 태어난 동갑입니다. 그러나 한 사람은 메이지유신으로 일본을 근대화시키면서 강국으로 만들었으나 또 한 사람은 나라를 팔아먹은 옹졸하고 무능한 왕으로 후대에 손가락질을 받고 있습니다. 고종은 메이지보다 3년 먼저 왕으로 즉위했는데 고종과 메이지는 둘 다 허수아비 왕이었습니다. 고종은 아버지 흥선대원군이 섭정했고 메이지는 도쿠가와 막부가 모든 권력을 가지고 일본의 실질적인 왕 행세를 했습니다. 메이지는 상징적인 존재에 불과했습니다. 메이지는 삿초 동맹으로 도쿠가와 막부가 쓰러진 후에 명실상부한 국가원수의 자리에 올랐으며 고종은 대원군이 실정으로 무너진 후 실질적인 왕권을 잡게 되었습니다. 그러나 그 이후 두 사람의 역사적 행보는 극명한 대비를 이루고 있습니다. 메이지는 자신의 희생 아래 자신의 권력을 내어놓음으로써 메이지유신의 혁명을 성공적으로 이루어냈지만, 고종은 끝까지 자신의 권력에만 집착했습니다. 몇 번의 개혁의 고비에서 그 권력욕 때문에 수많은 개화파를 죽음으로 내몰았고, 끝내는 나라를 팔아먹은 매국노가 되었습니다."

선배는 경식의 말을 듣고 한참을 생각한 후에 한숨을 쉬며 말했다.

"나도 고종이 안타까워. 만약 고종이 일개 평범한 필부로 살았다면 누가 그에게 돌을 던지겠는가? 권력에는 책임이 따르는 것이야. 권력자가 그 책임은 내팽개치고 권력의 단맛만 빨아먹는 것은 당시에는 조금 행복할 수 있겠지만 역사는 그를 저주할 것이야. 고작 몇 년 더 비굴하게 산다는 것이 무슨 의미가 있겠는가? 옳은 일을 위해 자신의 목숨을 내어놓는 용기 있는 사람은 영원히 역사에서 살아 숨 쉴 것이며 그는 영원히 죽지 않고 영광스럽게 살아있는 것이야. 그 권력에 맞는 목숨을 바칠 각오가 없다면 그 권력을 내려놓는 것이 그 자신에게도 국가에게도 도움이 되는 것이야. 역사가 이를 뒷받침하고 있어."

"저는 김옥균이 한일합방을 보지 않고 죽은 것이 다행이라 생각합니다."

선배는 의아한 듯이 경식에게 물었다.

"너는 김옥균이 암살당한 것이 다행이라는 말이야?"

경식은 선배의 물음에 호흡을 가다듬고 그의 심정을 이야기했다.

"선배님, 저는 무의미하게 오래 사는 것보다 대의를 위해 일찍 죽는 것이 낫다고 생각합니다. 요즘 백세시대이니 뭐니 해서 오래 사는 것에 모두 정신이 팔려있습니다. 오래 사는 것이 중요한 것이 아니라 짧게 살더라도 정의롭게, 바르게 사는 것이 중요하다고 생각합니다. 요즘 정치인들이 공천권을 가진 사람에게 비굴하게 구는 모습을 보면 저는 역겨워서 구역질이 날 정도입니다. 지금의 우리 정치가 망해가는 조선의 상황과 비슷하다고 생각하니 소름이 끼칩니다."

선배는 경식의 등을 도닥거리며 말했다.

"과거가 현재를 도울 수는 없고 죽은 자가 산 자를 구할 수 없겠지만 갑신 혁명의 선각자들이 현재의 우리들에게 무엇을 말하려고 하는지 우리는 곰곰이 생각해보아야 한다. 과거에 옳은 일을 하다가 죽은 분에게 현재의 우리들은 모두 빚을 지고 있다. 그 빚을 갚기 위해서는 우리가 아무리 어려움이 있더라도 이겨내어야 한다. 그것이 우리 후손들에게 빚이 아닌 빛을 물려줘야 하는 이유다."

옥균이 상해로 떠난 후 종적을 감추었던 스기타니가 도쿄 진조지에서 김옥균의 장례식을 거행한다는 소식을 듣고 장례식장에 나타났다. 옥균을 기리는 사람들이 그녀에게 고개를 숙였다. 스기타니는 옥균의 머리카락과 유품을 무덤에 안치하며 하염없이 눈물만 흘렸다. 그녀의 눈물이 주위 사람의 가슴을 아프게 했다. 김옥균의 장례식 후 스기타니는 또다시 세상과 인연을 끊은 채 지내고 있었다. 을사늑약 이후 일본에서 조선으로 건너가는 사람들이 많았다. 스기타니는 그때 처음으로 조선에 유씨 부인이 살아있다는 것을 《시사신보》를 통해서 알게 되었다. 스기타니는 옥균이 살아있을 때 후쿠자와를 자주 만났다는 사실을 알고 《시사신보》를 찾아가 후쿠자와를 만났다. 후쿠자와는 스기타니를 반갑게 맞이했다.

"그동안 어떻게 지내고 있었습니까?"

스기타니는 쑥스러운 듯 말했다.

"그냥 살고 있습니다. 제가 오늘 찾아뵌 것은 선생님의 신문에 유씨 부인에 관한 기사가 있길래 그분의 조선 주소를 알 수 있지 않을까 싶어 이렇게 염치불고하고 왔습니다."

후쿠자와는 스기타니의 얼굴을 쳐다보았다. 그녀는 화장기 없는 얼굴에 무표정이었지만 무언지 모를 기품이 배어있었다.

"잘 왔습니다. 유씨 부인과는 저도 연락을 하고 있습니다. 혹시 전하실 물건이라도 있으면 제가 전해드리겠습니다."

스기타니는 단호한 목소리로 말했다.

"제가 조선으로 건너가 유씨 부인을 뵈었으면 합니다. 생전에 김옥균 선생님이 저에게 부탁하신 것이 있습니다. 그리고 저도 그분을 직접 뵙고 사과의 말씀을 전하고 싶습니다."

후쿠자와는 더 이상 말릴 일이 아님을 직감했다.

"여인의 몸으로 혼자 조선에 간다는 것은 위험한 일입니다. 제가 조선말을 잘하는 사람을 붙여주겠습니다. 제 성의를 받아주십시오."

후쿠자와는 김옥균의 딸을 일본으로 데려와 공부시키겠다는 제의를 거절한 유씨 부인에게 서운하기는 했지만 유씨 부인의 의견을 존중하기로 하고 경제적인 지원을 계속하고 있었다. 그리고 옥균이 스기타니에게 남긴 부탁이 있다니, 그녀를 돕는 게 옥균에 대한 도리라고 생각했다. 스기타니는 후쿠자와의 배려에 연신 감사하다는 인사를 올리고 떠났다. 후쿠자와는 스기타니의 뒷모습을 보면서 가슴이 울컥해졌다. 달빛에 비치는 그녀의 뒷모습에서 옥균의 얼굴이 겹쳐졌기 때문이었다.

스기타니는 후쿠자와가 붙여준 남자와 함께 배를 타고 조선으로 건너갔다. 그녀 옆에는 열 살 조금 지난 어린 소녀가 동행하고 있었다. 남자의 안내로 유씨 부인의 집 앞에 도착하자 스기타니의 마음이 흔들리기 시작했다. 유씨 부인이 자신에게 어떤 욕을 하더라도 참을 것이라고 다짐을 했다. 스기타니는 유씨 부인에게 고개 숙여 인사한 후 자신을 소개했다. 같이 온 남자가 통역하자 유씨 부인의 얼굴이 잠시 굳어지는 것 같더니 방안으로 스기타니를 안내했다. 곧 젊은 처녀가 다과상을 내왔다. 스기타니는 그녀가 옥균의 딸임을 직감했다. 스기타니는 그녀에게 자신이 데려온 어린 소녀를 부탁하고 유씨 부인에게 말했다.

"부인. 저를 용서해 주십시오. 김옥균 선생님과의 마지막 약속을 지키기 위해 이렇게 염치불고하고 찾아뵈었습니다. 김 선생님이 저를 멀리하셨지만 저는 김 선생님을 존경했습니다. 그 존경심이 깊어져 사랑으로 바뀌면서 부인께 큰 죄를 지었습니다. 저를 용서해 주십시오."

유씨 부인은 스기타니를 물끄러미 쳐다보았다. 질투심보다는 애처로움이 담긴 눈길이었다. 유씨 부인은 호흡을 가다듬고 말했다.

"용서를 구하시다니 무슨 말씀이십니까? 망명지에서 외롭고 힘들었을 남편을 보살펴주신 것에 오히려 감사한 마음입니다. 제가 하지 못한 일을 해주셨으니 제가 감사드릴 일이지요."

스기타니는 왈칵 눈물이 터져 나왔다. 부인 앞에서 자신이 더 작아지는 것 같았다.

"그렇게 말씀해주시니 몸 둘 바를 모르겠습니다. 부인께서 욕을 하고 뺨을 때리더라도 감수할 생각으로 찾아뵌 것입니다. 부인 진심으로 감사드립니다."

유씨 부인은 절을 하려는 스기타니를 말리며 그녀의 손을 잡았다.

스기타니의 손에서 옥균의 따스함이 전해졌다. 유씨 부인이 스기타니를 끌어안자 억눌렀던 눈물이 솟았다. 이를 지켜보던 통역사의 눈에도 눈물이 맺혔다.

유씨 부인은 스기타니에게 조선식으로 차린 된장국과 김치와 생선을 대접했다. 스기타니는 옥균이 김치를 좋아해 김치 담는 법도 배웠다고 했다. 저녁 식사를 마치고 스기타니는 함께 온 어린 소녀를 소개했다.

"이 아이가 김 선생님의 딸입니다. 부인께서 역정을 내시면 그냥 돌아가려 했습니다만 이렇게 가족처럼 대해주시니 감히 말씀드리는 것입니다."

유씨 부인이 이미 짐작하고 있던 바였다. 소녀의 얼굴에 어렴풋이 남편의 모습이 배어있었기 때문이다. 스기타니가 딸에게 말했다.

"인사드려라. 큰어머니이시다."

어린 소녀가 엎드려 유씨 부인에게 절을 했다. 유씨 부인은 그 딸에게 다가가서 와락 껴안았다. 옥균이 하늘나라에서 보고 있는 것만 같았다. 유씨 부인은 딸 순희를 불러서 스기타니에게 인사시켰다.

"여기 계신 분이 작은어머니이시고 여기가 네 동생이다."

그제야 스기타니는 옥균의 딸 순희를 자세히 볼 수 있었다. 목각인형 속의 얼굴과 너무나 닮아서 소름이 돋았다. 스기타니는 품속에서 옥균이 남긴 목각인형을 꺼내어 순희에게 건네며 말했다.

"이 인형은 아버님이 따님의 첫돌 선물로 만든 인형입니다. 너무 늦게 전해줘서 미안하다는 말을 꼭 전해드리라고 했습니다."

순희는 그 인형을 받고 눈물을 흘리며 말했다.

"저는 얼굴도 모르는 아버지를 이때까지 미워하며 살아왔습니다. 가족을 버린 아버지가 원망스럽기만 했습니다."

유씨 부인을 비롯한 모든 이들의 가슴이 먹먹해졌다. 스기타니도 마찬가지였다.

"망명지에서 아버님의 고단한 삶을 지탱하게 해준 게 따님이라 늘 이 목각인형을 품고 다니셨지요. 한순간도 따님을 잊은 적이 없으셨습니다."

그 순간 순희의 가슴 속으로 말로 설명할 수 없는 감정들이 솟구쳐 올랐다. 흐느낌보다는 울부짖음에 가까웠다.

"저는 그런 아버님을 평생 원망만 하며 살았습니다. 그 원망으로 일본에서 저를 학교에 보내준다고 데리러 왔을 때도 완강하게 반대했던 것이고요."

순희는 옥균이 평생 간직했던 목각인형을 안고 지치도록 울었다. 그런 그녀를 말리는 사람은 없었다. 한참이나 울음을 토해낸 후에 안정을 찾는 듯했다. 순희의 눈물이 잦아들자 네 사람은 옥균을 통해서 하나가 되었다. 옥균이 이승에 남긴 사랑의 흔적들이었다. 유씨 부인의 집에 일주일 머물다 일본으로 떠나기로 한 날 유씨 부인이 스기타니에게 말했다.

"나도 이젠 몸과 마음의 병이 깊어져서 오래 살지는 못할 것 같습니다. 여기 조선에서 여생을 나와 함께 지내는 것은 어떻겠습니까?"

스기타니는 유씨 부인의 말에 또 눈물이 쏟아졌다.

"저를 용서해 주시고 가족같이 대해주신 것만으로도 평생을 두고도 갚지 못할 은혜를 입었습니다. 저는 일본에 있는 김 선생님 무덤도 돌보아야 하거니와 일본에서 못 이루신 일도 마무리하고 싶습니다. 그리고 마지막으로 부인께 꼭 전해드리라 하셨던 편지가 있습니다. 제가 일본으로 떠나거든 읽어보시기 바랍니다. 저는 이곳 조선에서 김 선생님의 사랑을 다시 확인할 수 있어서 죽어도 여한이 없습니다."

스기타니는 옥균이 상하이로 떠나기 전 그녀에게 부탁한 편지를 유씨 부인에게 전했다. 옥균의 편지를 받는 유씨 부인의 손이 사시나무처럼 떨렸다. 스기타니가 떠나고 나서도 유씨 부인은 차마 그 편지를 읽을 수가 없었다. 모두가 잠든 밤에 일어나 호롱불에 불을 붙였다.

"살아보니 꿈도 혁명도 아무것도 아니었소. 마지막에 가슴에 남는 것은 사랑뿐이었소. 사랑은 흘러가는 물이라 했소. 물은 어떤 지형에서도 아래로 흘러갑니다. 그런데 나는 사랑을 아래로 흐르게 하지 않고 위로 솟구치게 하려 평생을 싸우며 살았소. 그것이 얼마나 부질없는 짓인지 이제야 깨닫게 되었소. 경화와의 사랑이 타오르는 불꽃이었다면 당신의 사랑은 사그라지지 않는 온돌 같은 사랑이었소. 그 온기로 늘 나와 가족의 가슴을 따뜻하게 데워주었소. 그리고 당신에게 편지를 전하는 이 여인은 스기타니라는 일본 여인이오. 이 여인은 일본 기생 출신으로 여러 남자에게 상처 입은 불쌍한 영혼이오. 그녀를 끝까지 물리치지 못한 나를 용서하오. 그러나 그녀 덕분에 건강을 회복할 수 있었소. 이제야 후회한들 무슨 소용이 있겠소만, 당신에게 죄스러운 마음뿐이오. 나를 용서하시오. 가을이 되면 나뭇잎은 바람에 휘날리며 떨어져 죽음을 맞이하오. 그러나 땅에 떨어지는 나뭇잎은 죽음을 두려워하지 않는다고 했소. 땅에서 받은 것을 땅으로 되돌려주는 것이기 때문이오. 땅으로 되돌려주지 않으면 썩어 악취가 나듯이 사람도 마찬가지라고 생각하오.

사랑하오. 내 사랑을 부인의 가슴 속에 담아주기를 바라오. 내가 이 세상에 없더라도 나는 부인을 통해서 영원히 사라지지 않을 것이오. 사람들은 죽음을 이해하기 힘들기 때문에 그냥 받아들이는 것입니다. 그러나 죽음은 끝이 아닙니다. 내가 죽은 후에 살아있는 한 사람이라도 나를 생각하고 기억한다면 나는 그 사람과 함께 살아있을 것입니다."

유씨 부인은 1914년 9월에 한 많은 생을 마감하였다. 그녀는 죽기 전에 유언으로 김옥균의 머리카락과 유품으로 만든 무덤에 합장해달라는 유언을 남겼다. 이승에서 함께 못한 인연을 죽어서라도 이어가고 싶은 유씨 부인의 마지막 바람이었다. 김옥균과 기계유씨 杞溪兪氏 부인의 합장묘는 충청남도 아산시 영인면 아산리에 외롭게 자리하고 있다.

고종의 독립협회 탄압으로 많은 동지들이 죽음을 맞이한 가운데 미국 시민권자라는 이유로 죽음을 모면하고 추방된 서재필은 조선이 망한 후 상해임시정부와 연계해 미국에서 독립운동을 이어갔다. 광복을 맞은 후, 미군정 장관 존 하지John R. Hodge의 초청으로 서재필은 조국 땅을 밟았다. 40여 년 만에 해방된 조국으로 돌아오면서 서재필은 만감이 교차했다. 그러나 독립을 한 조국은 좌익과 우익 세력 간의 극단적 이념대립에 시달리고 있었다. 서재필은 생각했다.

'이념으로 찢겨 이렇게 민족끼리 싸우기 위해서 갑신정변 혁명 동지들이 목숨을 걸고 싸운 것일까?'

이미 일흔이 넘어 머리에 하얗게 서리가 내린 서재필은 가슴이 먹먹했다. 이때 미군정의 하지 중장이 서재필을 찾아왔다.

"선생님께서 이렇게 싸우고 있는 조선을 하나로 뭉치게 할 유일한 분이십니다. 선생님께서 건국 대통령이 되셔서 찢어진 나라를 하나로 만들어주시기 바랍니다."

미군정은 이념으로 분열된 조선을 하나로 통합할 사람은 갑신정변의 주역 서재필밖에 없다고 생각했다. 온화한 성품과 불의에 목숨을 걸고 맞서는 사람이라는 것이 미국 정치권의 평판이었다. 서재필은 하지 중장에게 말했다.

"나는 이제 칠십이 넘은 노인입니다. 나보다 젊은 이승만을 대통령으로 추대하시기 바랍니다."

서재필의 말을 듣고 하지 중장은 말했다.

"이승만은 야욕이 너무 큰 사람입니다. 그리고 주위에 적이 너무 많습니다. 국민 전체를 아우를 수 있는 분은 선생님밖에 없습니다. 조국을 위해서 마지막 희생을 부탁드립니다."

"나는 의사입니다. 내 건강은 내가 제일 잘 압니다. 나는 오래 살지 못할 것입니다. 내가 만약 도중에 죽는다면 조선은 더욱 혼란에 빠질 것입니다. 그리고 이승만은 내가 누구보다도 잘 알고 있습니다. 자유민주주의를 이 땅에 뿌리내릴 수 있게 할 사람은 이승만밖에 없다고 생각합니다. 나는 조용히 미국으로 돌아가서 가족과 함께 마지막을 준비하고자 합니다."

하지 중장은 서재필을 존경스럽게 쳐다보았다.

'저런 큰 인물이 조선에 있다는 것은 조선의 큰 행운이다. 조선은 결코 작은 나라가 아니다.'

하지 중장은 이런 생각으로 서재필에게 거수경례를 올렸다. 서재필은 미군정청고문美軍政廳顧問으로 있는 동안 국민의 추앙을 받아 대통령 추대 연명을 여러 차례 받았으나, 그는 끝내 그 제안을 고사했다.


미국으로 돌아가기로 마음먹고 부모의 산소에 절을 하면서 서재필은 착잡하기만 했다. 미국으로 돌아가면 다시는 고국으로 돌아오지 못할 것을 예감하고 갑신정변의 거사를 치렀던 우정국을 찾았다. 숨 가빴던 혁명의 순간들이 그의 머릿속을 채웠다. 가슴이 뛰었고 호흡이 가빠졌다. 갑신정변의 기억들로 마음이 혼란스러워지자 우정국 건물을 나와 마당에 있는 회화나무와 마주 섰다. 회화나무는 갑신정변 당시에도 그 자리에 있었으나, 갑신정변의 주역들은 자신 말고는 한 사람도 남지 않았다. 회화나무가 애처로운 듯 서재필을 내려다보고 있었다. 서재필은 회화나무 우듬지를 말없이 바라보다 발길을 돌려 오늘날의 헌법재판소 인근 박규수의 고택을 찾았다. 지금은 후손이 관리하고 있었지만, 젊은 개혁가들이 꿈을 키우던 그 기상은 사라지고 초라하게만 느껴졌다. 서재필은 박규수의 사랑방에서 김옥균을 만났고 그와 함께 개혁의 야망을 키웠더랬다. 김옥균이 예전 그 자리에 앉아있는 것처럼 보였다. 옥균이 일본의 도야마 학교를 추천하고 영어를 배울 것을 당부하던 모습, 순수한 열정에 들떠 토론하던 모습, 친동생처럼 살뜰히 챙겨주던 모습이 주마등처럼 펼쳐졌다. 서재필은 생각했다.

'내 일생에 가장 영향을 미친 사람이 김옥균이었다. 그분이 없었다면 오늘의 나는 없었을 것이다. 이제 그분이 그렇게 바라던 독립된 한국에서 그분의 꿈을 후손들이 이끌어야 한다.'

서재필이 김옥균의 가르침으로 지금에 이를 수 있었다면, 이승만 역시 서재필의 조력으로 인해 오늘에 이를 수 있었다. 서재필은 김옥균의 영향으로 갑신정변의 주역이 되었고, 이승만은 서재필의 영향으로 독립협회 열혈 회원이 된 것이었다. 서재필은 그 뜻을 이승만에게 전했다.

"그대가 김옥균 선생의 뜻을 이어서 그분의 꿈을 펼쳐주기 바라네. 나는 이제 죽을 날이 얼마 남지 않아 모든 것을 그대에게 맡기고 미국의 가족과 함께 여생을 보내려고 하네."

이승만은 서재필을 붙잡고 옆에 머물러 주길 당부했지만, 서재필은 단호하게 말했다.

"내가 여기 남아있으면 미군정에 이용당할 수가 있다. 이미 하지 중장이 그대와 나를 놓고 저울질하고 있어. 내게 대통령을 하라 제안했지만, 고령임을 내세워 자네를 추천한 것이야. 권력은 절대로 나눌 수 없는 것이지. 그것을 명심하게. 미국으로 떠나더라도 내 몫까지 자네가 해주기 바라네. 나의 몫은 우리가 해내고자 했던 갑신 혁명의 꿈이네. 그 꿈을 자네가 완성해주기를 바라네."

"선생님의 뜻을 가슴 깊이 간직하겠습니다."

"나의 뜻은 곧 김옥균 선생의 뜻이네."

말을 마치고 서재필은 하늘을 쳐다보았다. 구름 속에 김옥균의 웃는 모습이 그려지는 것 같았다. 그리고 김옥균의 목소리가 서재필의 귀에 어른거렸다.

"고맙네. 그대가 있기에 나의 죽음이 헛되지 않았네."

그 순간 서재필의 눈에는 눈물이 고였다.

"형님. 고생 많으셨습니다. 이제 편히 쉬십시오. 제가 곧 따라가겠습니다."

서재필은 미국으로 돌아간 지 3년 후 세상을 떠났다. 그의 유해는 유언에 따라 고국으로 와 국립현충원 독립유공자 묘역에 안장되었다.

부록

김옥균과 갑신 혁명, 그 흔적들

갑신정변의 주역, 김옥균 집터. 종로구 정독도서관 정원 끝에 있다.

우정총국 건물. 김옥균과 개화파 청년들이 갑신정변을 일으킨 곳이다.

갑신정변 당시 우정국 연회 자리 배치도

우정국 앞의 회화나무. 수령이 400년이 되는 고목이다.

현재도 통용 중인 일본 1만엔 권. 김옥균의 스승인 후쿠자와 유키치가 주인공이다.

오가사와라의 지치지마 해변. 김옥균의 일본 유배지였다.

### 資　料　金玉均と小笠原

「戦前、母島の小学校に、金玉均という人が書いた額が掛かっていた」

「わたしの家には、金玉均の書がある」

こんな話をたびたび聞かされるが、金玉均という人は、いったいどんな人だったのだろうか。

話は明治時代の中ごろ、日清戦争（1895年）以前にさかのぼる。そのころ、朝鮮半島は「李王朝」が治めていたが、政治家たちは今までどおり清国（中国）を頼る与党の事大党と、これに反対し、新興勢力である日本と手を結ぼうとする独立党とに分かれて争っていた。

金玉均は独立党の中心人物であったが、日本の武器と駐留軍の力を借りて、1884（明治17）年12月4日にクーデターを起こし、王宮を占領して独立党の政権を樹立した。

▲金玉均

しかし、国王の要請を受けて出兵した清国駐留軍の攻撃によって、わずか3日後には敗退したため、金玉均は日本に亡命した。これが甲申の変と呼ばれる事件である。

金玉均は神戸・東京を転々として再起運動を続けたが、家族や同志の多くは処刑されてしまった。そのうえ本国からは日本政府に対して、金玉均の身柄引き渡しを強く要求してきた。日本政府はやむなく、「国外退去にした」といって表面をとりつくろい、1886（明治19）年8月金玉均をひそかに小笠原に移したのである。

小笠原での金玉均は、島民の暖かいもてなしを受けながら、ときには囲碁に興じ、書に親しんで不遇の日々をまぎらわしながら、2年間をすごした。1888（明治21）年7月、金玉均は横浜を経て北海道の札幌に移り、ここでも約2年をすごしたが、1896（明治23）年、東京に出て再起運動を再開した。しかし1894（明治27）年、本国から派遣された刺客のワナにかかり、中国の上海におびき出されて射殺されてしまった。

金玉均が射殺されたとき、小笠原時代からかわいがられ、連絡役として付き従っていた和田延次郎は、わずかの時間、金玉均のそばを離れたことを悔みながら、如何ともしがたく、せめて遺体を丁寧に葬ろうとした。しかしこれも清国の妨害によってできず、泣く泣く帰国した。そして金玉均の遺体は、清国から朝鮮に送られて、公衆の面前にさらされたと伝えられている。

오가사와라 학교에서 배우는 김옥균 관련 교재 자료

스기타니 다마와 김옥균의 사진

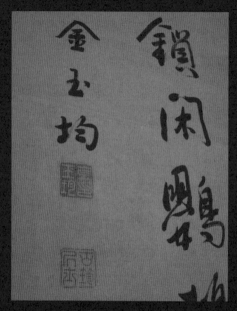

홋카이도 삿포로 시립 도서관에 전시된 김옥균의 글씨

능지처참된 김옥균의 사진. 깃발에 '대역부도옥균'이라고 적혀있다.

김옥균 묘. 아산시 영인면 아산리 소재

김옥균 묘비. 일본 도쿄 아오야마 靑山 공동묘지 소재

# 김옥균, 조선의 심장을 쏘다

| 초판 1쇄 발행 | 2025년 3월 24일 |
| 초판 2쇄 발행 | 2025년 4월 9일 |

| 지은이 | 이상훈 |
| 펴낸이 | 정해종 |

| 펴낸곳 | (주)파람북 |
| 출판등록 | 2018년 4월 30일 제2018-000126호 |
| 주소 | 경기도 파주시 회동길 480 아트팩토리엔제이에프 B동 222호 |
| 전자우편 | info@parambook.co.kr |
| 인스타그램 | @param.book |
| 페이스북 | www.facebook.com/parambook/ |
| 대표전화 | 031-935-4049 |

| 편집 | 현종희 |
| 디자인 | 이승욱 |

| ISBN | 979-11-7274-037-5 03810 |